I0672895

SANGUE REALE

ALLEANZA DI SANGUE

TRADUZIONE ITALIANA:
CLAUDIA SARTORI
A CURA DI:
ERIKA VENNARUCCI

AUTRICE DI BESTSELLER PER USA TODAY

LEXI C. FOSS

Questo libro è un'opera di fantasia. I nomi, i personaggi, i luoghi e gli eventi descritti sono frutto dell'immaginazione dell'autrice, oppure sono usati in modo fittizio. Qualsiasi somiglianza con persone, viventi o defunte, attività, luoghi o fatti reali è puramente casuale.

Titolo originale: Royally bitten

Copyright © 2019 Lexi C. Foss

Traduzione italiana: Claudia Sartori

A cura di: Erika Vennarucci

Tutti i diritti riservati.

Nessuna parte di questo libro può essere riprodotta in qualsiasi forma o con qualsiasi mezzo elettronico o meccanico, compresi i sistemi di archiviazione e recupero delle informazioni, senza il permesso scritto dell'autrice, tranne che per l'utilizzo di brevi citazioni in una recensione dell'opera. Questo libro non può essere ridistribuito a terzi per scopi commerciali o non commerciali.

Cover Design: Manuela Serra

Fotografia di copertina a cura di: Wander Aguiar Photography

Modelli: Kevin & Evan

Pubblicato da: Ninja Newt Publishing, LLC

ISBN eBook: 978-1-68530-039-5

ISBN stampa: 978-1-68530-040-1

❀ Creato con Vellum

Ai miei lettori, per aver abbracciato il mio lato oscuro e avermi permesso di giocare in questo mondo violento…

SANGUE REALE

ALLEANZA DI SANGUE
LIBRO SECONDO

SANGUE

REALE

Un tempo, il genere umano governava il mondo, mentre vampiri e licantropi vivevano nell'ombra. Ma ora non è più così.

Rae

Il Giorno del sangue. Il culmine del mio addestramento. Il giorno in cui scoprirò il mio destino.

Non piangerò. Non implorerò. Resterò calma.

Le emozioni appartengono ai deboli. E io non sono debole.

Il mio nome è Rae e sopravviverò a tutto questo.

Ma non mi sarei mai aspettata che proprio *lui* chiamasse il mio nome...

Kylan

Pensate che l'immortalità mi stia facendo impazzire?

Credetelo pure.

Sceglierò come esca una combattente, una consorte con un pizzico di insolenza.

E quando il colpevole tenterà di attaccare, sarò io a uscirne vincitore.

Perché nessuno tocca ciò che è mio, compresa la focosa rossa al mio fianco.

Benvenuti a Kylan City.
Vi sfido tutti a venire a giocare con me.

NOTA DELL'AUTRICE

Un avvertimento veloce prima di iniziare: l'amore di Kylan è poco convenzionale e talvolta crudele. È un vampiro molto antico, che prende tutto ciò che vuole, in qualsiasi momento lo desideri. Inclusa Rae, e non solo. Perché in questo mondo oscuro, popolato da vampiri e licantropi, gli umani non hanno alcun diritto.

Ci saranno morsi, condivisione di corpi e fiumi di sangue.

Buon divertimento,
Lexi

Un tempo,
il genere umano governava il mondo, mentre vampiri e
licantropi vivevano nell'ombra.

Ma ora non è più così.
Benvenuti nel futuro, in cui a dettar legge sono le stirpi
superiori.

Procedete a vostro rischio e pericolo.

L'ALLEANZA DI SANGUE

La legge internazionale sostituisce ogni governo nazionale e sarà amministrata dall'Alleanza di sangue, un consiglio composto in egual misura da vampiri e licantropi.

Tutte le risorse devono essere distribuite equamente tra vampiri e licantropi, compresi i territori e gli schiavi. La posizione sociale e la ricchezza, tuttavia, saranno a discrezione di ogni casata o branco.

Uccidere, ferire o provocare un essere superiore è punibile con la morte. Tutte le controversie devono essere presentate all'Alleanza di sangue per il giudizio finale.

Le relazioni sessuali tra vampiri e licantropi sono strettamente proibite. Le collaborazioni commerciali, se appropriate e fruttuose, sono invece permesse.

Gli umani sono considerati beni di proprietà e non hanno alcun diritto legale. Ognuno sarà giudicato attraverso un sistema basato su merito, intelligenza, ascendenza, abilità e bellezza. La classificazione sarà effettuata alla nascita e finalizzata nel Giorno del sangue.

Ogni anno, dodici mortali saranno selezionati dall'Alleanza di sangue e dovranno competere per l'immortalità. Di questi dodici, due riceveranno il morso che li sottrarrà allo scorrere del tempo. Gli altri soccomberanno. Creare un vampiro o un licantropo al di fuori di questo processo è illegale e punibile con la morte.

Tutte le altre leggi sono a discrezione dei branchi e dei reali, ma non devono sfidare l'Alleanza di sangue.

Prologo

KYLAN

Il Giorno del sangue.

Umani in fila come bestie al macello. Tutti in attesa di scoprire quale sarebbe stata la loro sorte, decisa per mano di una regina vampira che veneravano come una dea.

Alcuni avrebbero cercato di fuggire, altri avrebbero pianto, molti avrebbero accettato docilmente il loro destino.

Sospirai. Quei mortali erano i più fortunati. Erano i migliori tra i loro coetanei, tutti nel ventiduesimo anno di età. Gli altri erano già in viaggio verso le fattorie del sangue. Oppure erano tenuti prigionieri, in attesa della caccia mensile, in occasione della luna piena.

Ogni cerimonia era uguale alla precedente. Un gioco di potere per tenere in riga gli agnellini. Come se ce ne fosse stato bisogno.

Diedi un'occhiata al catalogo elettronico sul cellulare ed esaminai le caratteristiche degli umani destinati agli harem. Niente di straordinario. Certo, in quelle condizioni non era facile fiorire.

«Hai visto qualcuno che ti piace?» chiese Robyn. Le sue dita, dalla manicure ben curata, salirono lungo il mio braccio.

Guardai di sottecchi la splendida bionda vestita di nero. «A parte te, tesoro?».

Le sue labbra scarlatte si incresparono in un sorriso e nei suoi occhi azzurri balenò un lampo di interesse. «Perché non scegliamo insieme?».

Ah, di nuovo. Abbiamo fatto quel gioco così tante volte. Piacevole, certo. Cruento, pure. Nonché incredibilmente noioso. Ma in quel ridicolo balletto avevo una reputazione da difendere, e non potevo permettermi di macchiarla. Non dopo che gli ultimi avvenimenti avevano infangato il mio buon nome.

«Hai già qualcuno in mente?» le domandai, fingendomi incuriosito.

«C'è una brunetta che promette bene. La numero centootto».

Fissai lo schermo, scorrendo le foto di alcuni umani nudi, alla ricerca della donna in questione. Aveva la vita sottile, nessuna curva e lo sguardo spento. Esattamente il tipo di Robyn. Adorava torturare chi era già spezzato.

«Ne terrò conto» mormorai, sforzandomi di sorridere. «Chi altri?».

Alzò le spalle. «Il duecentotrentotto non è male, ma è un po' gracile».

Non c'era da stupirsene, visto che la società costringeva i mortali a vivere con il minimo indispensabile. Un rapido sguardo al profilo mi mostrò un giovane emaciato, che non catturò per nulla la mia attenzione.

«Hai sempre avuto buon occhio» la elogiai, mentendo spudoratamente.

«Già,» concordò, trascinando le unghie sui miei bicipiti «è proprio così».

«Stai flirtando con me?» la provocai, conoscendola fin troppo bene.

Mi pizzicò il braccio. «Flirtare implica che sia

necessario farlo. Sappiamo entrambi che potrei metterti in ginocchio con uno sguardo, Kylan».

Mi sporsi verso di lei. Le mie labbra trovarono il suo orecchio. «L'unica che si ritroverebbe in ginocchio saresti tu, dolcezza». Le mordicchiai il collo abbastanza forte da farla sanguinare. Sapeva che tentare di dominarmi era un grave errore. «Non sono uno dei tuoi giocattoli, Robyn».

Si leccò le labbra. L'eccitazione le tingeva gli occhi di un intenso color zaffiro. «Allora ne sceglieremo uno che si sottometta a entrambi».

«Un accordo che posso accettare» mormorai, rilassandomi. Lilith si stava avvicinando al suo trono. «Meglio che ti vada a sedere, tesoro. Sembra che la nostra regina sia pronta a brillare». O aveva deciso di essere una dea? Uff. La politica mi ha sempre annoiato.

«Ci vediamo dopo, amore». Robyn mi posò un bacio sulla guancia e prese posto, lasciandomi felicemente solo.

Mi accorsi che altri reali mi stavano osservando, ma nessuno di loro era abbastanza coraggioso da avvicinarsi.

Sì, trattatemi come se fossi completamente fuori di testa, li incoraggiai, mantenendo un'espressione gelida. *Dopotutto, ho massacrato il mio harem per divertimento, no?*

Era quello che pensavano tutti. Eppure, la società stava per assegnarmi altri umani da far fuori. Perché era così che andava il mondo.

Una totale follia. Noiosa, necessaria e terribilmente stantia.

L'aria si riempì di canti, per dare il benvenuto a Lilith sul suo palco letale.

Poveri agnellini.

Che il Giorno del sangue, o il bagno di sangue, abbia inizio.

RAE

NONOSTANTE L'ARIA FRESCA, l'abito di seta bianca si era appiccicato alla mia pelle madida di sudore. Ero tesa e mi tremavano le gambe. Dal podio davanti a noi, era stata pronunciata l'ennesima sentenza.

Willow udì ciò che l'aspettava e ne fu raggelata. *Campo di riproduzione.*

Mi si strinse lo stomaco e la mia bocca divenne secca tutto d'un tratto. *Non mandare là anche me, Dea. Ti prego.*

Mi ero preparata tutta la vita per quel momento. I miei punteggi erano tra i migliori della classe. Ma lo erano anche quelli di Willow.

Ottima qualità, mormorò il magistrato.

E se avesse detto lo stesso di me?

Deglutii. *Non farti prendere dal panico. Possono percepire la tua paura.*

«Vai». Il magistrato sollecitò Willow, indicando l'area dove si stavano raccogliendo gli umani destinati a perpetuare la specie.

Lei riuscì a scendere dal palco, seppur incerta sulle gambe. Il suo volto era cinereo.

Non l'avrei rivista mai più.

I suoi occhi luminosi incontrarono i miei. Sbatté le palpebre una volta soltanto, per poi seguire docilmente il vigilante. Ci eravamo già salutate qualche ora prima, sull'autobus, ma vederla partire rese tutto più reale.

Avrei potuto essere spedita alle fattorie per il sangue, ingabbiata in attesa della prossima caccia della luna, o condannata a una breve vita di schiavitù.

Le mie mani minacciarono di stringersi a pugno. Non avevo altra scelta. Non c'era un luogo dove scappare, dove nascondermi. Dovevo affrontare il mio destino, o morire.

Molti erano già stati puniti severamente per le loro reazioni inappropriate. I resti di Colleen erano disseminati su un lato del palco. La sua testa giaceva accanto alle scale, come un morboso avvertimento. *Comportatevi come lei e ne pagherete le conseguenze.*

Respira, mi dissi. *Presto sarà tutto finito.*

O inizierà.

«Numero settecentodue, anno centodiciassette» chiamò il magistrato. Silas mi sfiorò le nocche in segno d'addio, poi si incamminò verso il suo destino.

Sono la prossima.

Quelle parole mi riecheggiarono nella mente, offuscandomi la vista. Era giunto il momento. Quelli erano i miei ultimi istanti prima che tutto cambiasse. Niente più lezioni. Niente più allenamenti. Sarebbe rimasta solo la mia futura posizione in società. Dove mi avrebbero mandata?

«Torneo dell'immortalità» annunciò il magistrato.

Le mie labbra si schiusero.

Santo cielo.

Silas ce l'aveva fatta.

Era riuscito a entrare.

Io, Silas e Willow avevamo trascorso l'ultimo decennio a impegnarci per poter partecipare al Torneo.

Ero attonita, avevo gli occhi sgranati. Dea, ciò significava che Silas avrebbe potuto avere una vita piena.

Una vita felice. Una vita da immortale. Ma anche che io non avevo alcuna possibilità.

«Restano solo due posti» mormorò il magistrato. Aveva un tono divertito. Non c'era da stupirsene: i licantropi e i vampiri adoravano il Torneo. Ero cresciuta assistendo a tutte le gare, anno dopo anno, preparandomi e sperando di poter partecipare.

La tensione serpeggiava tra le nostre fila. Ognuno di noi sentiva la possibilità di una vita migliore sfuggirgli tra le dita. Solo a dodici umani era concessa l'opportunità di combattere per l'immortalità. Il mio punteggio mi qualificava per essere tra loro, ma lo stesso si sarebbe potuto dire di Willow.

Mi costringeranno a riprodurmi…

Smettila. Non lo sai ancora.

«Numero settecentotré, anno centodiciassette». La familiare identificazione mi fece correre un brivido gelido lungo la schiena. Era il mio turno di scoprire cosa il futuro avesse in serbo per me. Quando iniziai ad avviarmi lungo il sentiero, l'attenzione di tutti si concentrò su di me. Tenevo lo sguardo basso, in segno di deferenza. Gocce di sangue tingevano l'erba, ultima traccia dei corpi di chi aveva disobbedito. Tranne che per la testa di Colleen. I suoi occhi vitrei mi fissavano, mentre salivo le scale.

Respira.

Inspirai lentamente, espirai. Poi lo feci di nuovo. I miei tacchi rimbombavano sul palco. L'abito di seta mi sfiorava le gambe a ogni passo. Lo spacco rivelava che sotto non indossavo niente, com'era richiesto a tutti noi.

Mi inginocchiai innanzi al magistrato e tenni il capo chino. Mi ignorò, osservando invece il suo registro. Il suo dito, che terminava in un artiglio, si trascinava con calma lungo il foglio, denotando una pazienza che non condividevo.

7

«Interessante». Si schiarì la voce, lasciando in sospeso il verdetto ancora per qualche istante. «Anche la numero settecentotré è destinata al Torneo dell'immortalità».

Ebbi l'impressione che il mio cuore si fermasse.

Cosa?

Avevo sentito bene? L'aveva detto davvero?

Sto sognando?

«Il che lascia un unico posto ancora disponibile» continuò il magistrato. La sua voce mi trascinò di nuovo alla realtà.

Non è un sogno.

È tutto vero.

Mi alzai in piedi, con i muscoli tesi per lo shock. *Gareggerò per l'immortalità. Con Silas.*

A ogni passo, le mie gambe acquistavano forza. Mi diressi verso il vigilante, che non si premurò nemmeno di assumere una postura intimidatoria, limitandosi a camminarmi accanto. Pur sapendo che ne sarebbero sopravvissuti solo due, nessuno avrebbe cercato di fuggire e rinunciare a quell'opportunità.

Silas rimase in disparte, con le mani abbandonate lungo i fianchi, ma percepii la sua euforia per il fatto che mi sarei unita a lui. Perché anch'io provavo la stessa cosa per lui. Due di noi ce l'avevano fatta.

Oh, ma Willow. Dannazione. Quello doveva farle ancora più male dell'essere mandata al campo per la riproduzione. I nostri punteggi nei test erano gli stessi, il nostro aspetto era ben al di sopra della media e il nostro fisico era adeguato.

Qualcosa nella sua genetica doveva aver determinato la sua idoneità alla procreazione.

Quando presi posto accanto a Silas, le sue nocche sfiorarono ancora una volta le mie. Non osai volgere lo sguardo verso di lui, né dar segno di aver notato l'affetto celato in quel gesto. Ma l'avevo capito.

Sono così felice che tu sia qui, stava dicendo. *E anche a me dispiace per Willow.*

Noi tre eravamo inseparabili, nonché noti per gli altissimi standard e la competitività. Un tempo detestavo Silas, perché mi batteva sempre. Le mie labbra minacciarono di arricciarsi al ricordo di tutte le volte in cui io e Willow avevamo tramato per sconfiggerlo. Ma un giorno ci sorprese a metà sessione, e le nostre vite cambiarono per sempre.

Le sue dita indugiarono di nuovo accanto alle mie. Era il suo modo di dirmi di concentrarmi. Mi aiutava sempre, persino in quel momento.

Repressi le mie emozioni. Non potevamo controllare il destino di Willow.

Ti ricorderò per sempre, le giurai. *Mi dispiace.*

Le parole intrecciarono una rete nel mio cuore, racchiudendo per sempre i ricordi della nostra vita insieme.

Quel giorno ero rinata.

Non sarei più stata nota come la numero settecentotré della classe del centodiciassette.

Ora il mio nome era partecipante numero undici al Torneo dell'immortalità dell'anno centodiciassette.

E se avessi vinto, mi avrebbero chiamata Rae, il nome che mi ero scelta.

Sentii l'elettricità scorrermi nelle vene. La vera competizione sarebbe iniziata subito dopo la cerimonia. Solo dieci concorrenti sarebbero passati alla fase successiva. E io sarei stata una di loro.

Il magistrato continuò il suo appello, assegnando a ciascuno il proprio destino.

«Harem reale».

«Addestramento per vigilanti».

«Campo di riproduzione».

«Accoppiamento licantropi».

«Settore dei servizi di Lilith City».

«Harem per i clan».

Ogni nuova assegnazione mi lasciò sempre più sollevata. I vigilanti erano la mia seconda scelta. Nessuna delle altre fazioni era particolarmente allettante, ma erano comunque meglio delle fattorie per il sangue o la caccia della luna.

Essere cacciati per divertimento dai licantropi durante la luna piena... Tremai. *No, grazie.*

«Numero mille». Il magistrato chiamò l'ultimo umano rimasto. «Settore dei servizi del clan Clemente».

Quel nome mi fece stringere lo stomaco. Si trattava del clan di licantropi più potente tra tutti. Il loro alfa era sul punto di ritirarsi, e suo figlio Edon aveva preso le redini. Chiunque avesse vinto il Torneo si sarebbe unito al clan Clemente, oppure sarebbe finito tra i ranghi dei vampiri di Jace. Le assegnazioni cambiavano ogni anno.

Avrei preferito far parte dei vampiri di Jace, ma la scelta non spettava a me.

«E con questo il nostro annuale Giorno del sangue è concluso» annunciò la Dea, riprendendo il controllo del palco. Ci inginocchiammo tutti in segno di rispetto, tenendo sempre la testa chinata. «Vigilanti, accompagnate i vostri gruppi alle uscite designate. Coloro che sono stati assegnati agli harem e i partecipanti al Torneo, invece, restino qui».

Sta per cominciare.

Quella era la parte che non ci avevano mai spiegato: la selezione iniziale. Nonostante l'opportunità di competere fosse offerta a dodici umani, solo dieci affrontavano la prima gara. Nessuno sapeva come venisse ridotto il numero.

Ora lo scoprirò.

«Alzatevi, figli miei» tubò la Dea, con la stessa splendida voce che avevo sentito nei video. Era la prima volta che mi trovavo al suo regale cospetto. Indossava un abito rosso con una scollatura che le arrivava fino all'ombelico. I suoi lunghi capelli biondi le fluttuavano fino alla vita. Nonostante avessi ricevuto un punteggio alto per il mio aspetto, al confronto i miei capelli ramati e la mia carnagione pallida sembravano insignificanti. Un'altra dimostrazione del suo status superiore e della mia umile condizione di umana.

Ma quando vincerò il Torneo, tutto questo cambierà.

Ci rialzammo in piedi. Tenendo gli occhi bassi, esaminai i miei avversari. Tre quarti di loro provenivano da scuole diverse e non avevo idea di chi fossero. Ma conoscevo Silas, Clarence e Daniella. Non avrei mai sfruttato le debolezze di Silas, ma per quanto riguardava i miei ex compagni, beh, la situazione era diversa.

Quando anche l'ultimo degli umani lasciò l'area, calò il silenzio.

Addio, *Willow*, pensai, chiudendo gli occhi per un istante. *Saremo amiche per sempre. Non ti dimenticherò mai.*

Un fruscio di vestiti mi fece aprire rapidamente le palpebre. Mi irrigidii.

Eravamo circondati da vampiri e licantropi. Erano tutti alfa e reali. Gli abiti eleganti ostentavano la loro ricchezza e il loro status. Restavano in silenzio, allo scopo di intimidirci. Anni di studio mi aiutarono a identificarli grazie ai simboli dei loro territori e dei loro clan. Di solito, li portavano sugli anelli, ma alcuni li indossavano su collane o braccialetti.

Jace.

Robyn.

L'alfa del clan Clemente.

Hazel.

L'alfa del clan Stella.

Rallentai il mio battito, concentrandomi sul respiro. Volevano semplicemente dare un'occhiata agli umani che avrebbero potuto unirsi ai loro ranghi. Tutto qui.

Claude.

Kylan.

L'alfa del clan Ernest e la sua compagna.

Naomi.

Iniziarono a muoversi attorno a noi. I loro passi erano silenziosi sulla ghiaia. Alcuni erano dietro di me, altri davanti. Ci scrutavano, ma senza toccarci. Silas era immobile accanto a me. Mi concentrai su di lui, sul nostro potenziale futuro. Sul destino che entrambi desideravamo: l'immortalità.

«Allora, cosa ne pensate?» chiese la Dea. La piccola folla le fece largo per lasciarla passare. Si fermò a un paio di metri da noi, intrecciando le sue dita delicate davanti a sé.

«E questi sarebbero i migliori?» domandò un maschio burbero. La sua voce simile a un ringhio tradiva la sua appartenenza alla specie dei licantropi.

«Su, Walter. Devi vedere almeno un po' di potenziale». Suonava speranzosa, ma il suo tono era velato da una punta di rimprovero. Una meravigliosa combinazione che le aveva assicurato la posizione in cima alla gerarchia.

Per tutta risposta, Walter, l'alfa del clan Clemente, sbuffò. «Vediamo di muoverci, Lilith. Sono stanco di questo gioco ed è la mia ultima volta».

Mi mancò il respiro. Aveva chiamato la Dea per nome, non come previsto dal protocollo. Se un umano avesse commesso una tale insolenza, sarebbe stato punito con la morte. Cosa sarebbe successo a un licantropo?

«Hai fretta di reclamare il tuo harem?» lo provocò lei con un tono divertito. «Ma certo che ce l'hai. Ce l'avete tutti. Vigilanti, portate qui anche i candidati per gli harem. Che si uniscano ai partecipanti al Torneo».

Ero sul punto di accigliarmi, ma mi trattenni. Mostrare una qualsivoglia emozione era una debolezza che non potevo permettermi. Né ora, né mai.

I licantropi e i vampiri arretrarono, lasciando che gli umani destinati agli harem si mettessero vicino a noi. Si posizionarono su entrambi i lati, formando così una candida folla a forma di U.

«Eccellente» commentò la Dea. «Ora possiamo iniziare la procedura di selezione. Voi siete i migliori della vostra annata, coloro che hanno ricevuto i punteggi più alti in tutte le categorie che riteniamo importanti. È per questo motivo che vi offriamo il dono di essere alla presenza delle figure più stimate della società».

Mi costrinsi a deglutire. *Per qualche motivo, le sue parole suonano minacciose…*

«Chi è stato destinato agli harem inizierà un addestramento di due mesi per imparare come soddisfare i nostri bisogni fisici. Ma una manciata di prescelti avrà il privilegio di studiare direttamente ed esclusivamente sotto un reale o un alfa. O in uno dei loro harem». Il sorriso di cui era intrisa la sua voce non corrispondeva a ciò che implicavano le sue parole.

Intendeva forse che i reali e gli alfa avrebbero scelto dei candidati per servirli, *subito*, senza alcun allenamento? Avevamo ricevuto degli insegnamenti in campo sessuale, certo, ma nulla che fosse al livello richiesto da loro.

Ma riguarda solo quelli destinati agli harem, non…

«La tradizione prevede che i migliori vengano

selezionati per partecipare al Torneo. Il che è un peccato, visto che solo due di voi sopravviveranno alle gare. Per evitare uno spreco di potenziale, durante questo round sarete presi tutti in considerazione. Così ci assicureremo che i reali e gli alfa non perdano nessuna opportunità. Bene,» batté le mani «vigilanti? Aiutate i candidati a spogliarsi».

Il mio cuore mancò un battito.

Era così che riducevano il numero di partecipanti a dieci? Non attraverso qualche sanguinoso combattimento, ma dando agli alfa e ai reali la possibilità di aggiungere uno di noi ai loro harem?

Un vigilante mi si parò davanti e mi strappò il vestito dalle spalle.

Non mi opposi e non lottai contro di lui. Non strillai, né tantomeno gli feci notare che l'avrei fatto da sola, se mi avesse concesso un istante per elaborare quanto era stato detto. Lasciai invece cadere il tessuto e lo calciai via col tallone, prima che l'uomo avesse modo di toccarmi le gambe.

Silas gettò a terra il suo abito, accanto al mio. Il suo corpo muscoloso metteva in ombra tutti gli altri. L'avevo visto nudo un'infinità di volte, ed ero anche stata in coppia con lui per svariate dimostrazioni, a lezione. Dire che ci conoscevamo bene sarebbe stato un eufemismo.

Rimase vicino a me. Non potevo negarlo, il calore che irradiava dal suo corpo mi era di conforto. Poi, mentre tenevamo ancora lo sguardo abbassato, i vampiri e i licantropi si avvicinarono, allineandosi di fronte a noi.

«Kylan, inizia pure» disse la Dea, rivolgendosi al più antico tra tutti i reali ancora in vita. Il suo nome mi fece rabbrividire. I reali erano essenzialmente delle divinità che governavano ciascuno il proprio territorio. E ognuno di loro era noto per qualcosa.

Nel caso di Kylan, era la crudeltà.

Fece un passo avanti. Indossava un elegante abito nero, con una cravatta abbinata. Con lo sguardo abbassato, non potevo vedere la sua faccia, ma ne conoscevo bene i tratti. Capelli e occhi scuri, zigomi affilati, una linea della mascella severa e spolverata di barba. Era stupendo, come tutti i vampiri, e brutale.

«Uhm... e mi è permesso sceglierne uno solo?» rifletté ad alta voce, camminando lentamente ed esaminando l'ampia scelta.

«Uccidere il tuo harem non ti dà il diritto di averne di più» replicò una donna, senza preoccuparsi di celare lo sdegno che impregnava le sue parole. «Cerca di non far loro del male prima che possiamo averne un assaggio anche noi».

«Ho sempre apprezzato la tua schiettezza, Naomi». Nel suo tono vi era un'ombra di divertimento, che sparì quando proseguì. «Ma ti consiglio di ricordarti sempre a chi ti stai rivolgendo».

Anche i reali avevano una gerarchia, e Kylan era proprio in cima. L'aria sembrò gelarsi all'improvviso. Il significato della sua ammonizione non era certo passato inosservato.

Fatemi incazzare. Vi sfido, sembrava dire.

E, stando al modo in cui tutti arretrarono, nessuno aveva la più che minima intenzione di provarci.

«Le mie scuse» borbottò Naomi a denti stretti.

«Scuse accettate». Kylan si avvicinò agli umani destinati agli harem dei vampiri. Alzò la mano, che sparì dal mio campo visivo. «Questa è carina». Qualsiasi cosa le avesse fatto, la donna si lasciò sfuggire un piccolo strillo, che lo fece sospirare. «Così non va bene».

Ripeté l'azione con molte altre, che reagirono più o meno nello stesso modo. Con l'ennesimo sospiro drammatico, Kylan si avvicinò a noi. Mormorò qualcosa in una lingua antica che fece ridacchiare alcuni dei suoi simili.

Sfiorò una donna accanto a me. Lei trasalì. Dovetti trattenermi dall'alzare gli occhi al cielo. Se non era in grado di tollerare il tocco di un vampiro, non avrebbe avuto alcuna possibilità nel Torneo.

Quando Kylan mi raggiunse, costrinsi le mie membra a rilassarsi e il mio respiro a farsi regolare. *Vattene, vampiro. Qui non c'è niente da vedere.*

Il suo sguardo lasciò un sentiero ardente sulla mia pelle esposta. Lottai contro il fremito che ne derivò. Il mio corpo stava prendendo il sopravvento sulla mia mente.

Non fare nulla per attrarlo, mi imposi. *Fingiti indifferente.*

Indugiò con le nocche sul mio fianco. Sembrava quasi mi avesse udita e volesse testare la mia determinazione. Non mi mossi, né reagii.

Concentrati.

Inspira, espira.

Ancora.

Kylan mi afferrò il mento e mi costrinse ad alzare il viso. I suoi occhi scuri catturarono i miei. Fui attraversata da una scarica elettrica, che mi lasciò stordita. Gli strinsi il braccio. Avevo bisogno di qualcosa a cui aggrapparmi. Il contatto visivo con un vampiro era proibito, era un segno di disobbedienza. Ma era stato lui a obbligarmi a farlo. E ancora mi teneva lì, a qualche centimetro scarso dal suo viso.

Inclinò appena la testa sul lato. Aveva un'espressione incuriosita.

Deglutii, incerta. Stava cercando di spingermi a comportarmi male, dandogli un motivo per punirmi?

No. Non mi sarei fatta ingannare così facilmente.

Le mie unghie affondarono nella sua giacca. Il mio braccio era teso, pronto a reagire, spingere, *fare qualcosa*.

Un attimo… ero io che lo stavo toccando.

Oh, merda…

La mia mano restò immobile e si rifiutò di allentare la presa. La cosa peggiore da fare, in quella situazione. Aprii la bocca, pronta a scusarmi, ma le sue labbra coprirono le mie.

Restai di sasso, incapace di elaborare quanto stesse accadendo.

Mi sta baciando.

Perché diavolo mi sta baciando?

La sua lingua si insinuò tra le mie labbra e iniziò a esplorare.

Oh, no. Non potevo permettermi che Kylan fosse interessato a me. Non quando ero a un passo dall'immortalità.

Devo trovare il modo di farglielo capire, pensai.

Ma come?

Io… io…

Fa' qualcosa!

Serrai la mascella, frustrata. Non sapevo come fermare tutto… come fermare *lui*. Strinse la presa sul mio mento fino a farmi male. Il suo ringhio mi riecheggiò nel petto. Mi ci volle troppo tempo per capirne il motivo. Per capire quello che avevo fatto.

La sua lingua era intrappolata tra i miei denti.

L'avevo appena morso.

Avevo appena morso un vampiro di sangue reale.

E non uno qualsiasi, ma Kylan. Il più antico reale che ancora camminava su questa terra.

KYLAN

Mi aveva *morso*.

A giudicare dallo sgomento che lessi nei suoi occhi azzurro ghiaccio, la sua reazione l'aveva shoccata quasi quanto aveva shoccato me. Eppure le sue unghie restarono conficcate nella mia giacca.

Una combattente. Coraggiosa. Proprio ciò che mi serviva.

La mia inclinazione a scegliere tra gli umani destinati agli harem dei licantropi, giusto per far arrabbiare i lupi, sparì in un istante.

Avvolsi la mano attorno alla nuca della rossa e la strinsi. «È stato un errore, agnellino» sussurrai con tono sinistro. Perché ora la volevo. E tanto.

Schiuse le labbra, ma non le sfuggì alcun suono. Nemmeno una scusa.

Oh, mi sarei proprio divertito con lei.

Feci un passo indietro, trascinando anche lei con me. «Se la uccido prima che sia terminata la selezione, posso sceglierne un'altra?» chiesi a Lilith senza interrompere il contatto visivo con la mia nuova conquista.

«Visto il suo comportamento insolente, te lo concedo». L'irritazione nel tono di Lilith quasi mi fece sorridere. Non avevo dubbi che desiderasse che punissi la ragazza per la

18

sua reazione. Il che rendeva la splendida rossa ancora più perfetta.

Le mordicchiai il labbro tremante e serrai la presa sulla sua nuca. La costrinsi a unirsi a me nel gruppetto di reali. Non esitarono a farci spazio; nessuno di loro voleva rischiare di sporcarsi con qualche schizzo di sangue.

Quante cose orribili si aspettavano da me.

Ma non li avrei accontentati.

«Dovrei costringerti a metterti in ginocchio e supplicarmi di perdonarti» ringhiai. «Ma non mi fido di quella bocca».

«Walter, prego, tocca a te» disse Lilith. Era il turno dell'alfa del clan Clemente. Avremmo proseguito così per almeno un'ora, alternandoci per scegliere il nostro premio iniziale. Poi sarebbero stati selezionati altri partecipanti al Torneo dell'immortalità, per raggiungere i dieci necessari a cominciare le gare.

Quello che l'agnellino non sapeva era che le avevo appena salvato la vita. Perché se non l'avessi scelta, l'avrebbe fatto uno dei licantropi. Con i suoi capelli di fuoco, gli occhi azzurri e la pelle diafana, era troppo bella per essere sprecata nel Torneo. Oh, per non parlare delle sue curve, che avevano fatto venire l'acquolina in bocca a tutti.

Non distolse lo sguardo e mantenne un'espressione di sfida. Era perché avevo minacciato di farla mettere in ginocchio? O perché le avevo sottratto l'opportunità di competere? Forse entrambe le cose.

Accarezzai di nuovo le sue labbra con le mie e sorrisi quando serrò la mascella. «Oh, ragazzina, hai proprio voglia di morire» mormorai. «Potrei tenerti solo per divertirmi a spezzarti». Pronunciai quelle parole più per quelli che ci circondavano, che per lei.

Non rispose, ma l'incendio che le ardeva negli occhi mi

rivelò tutto ciò che desideravo sapere. Aveva spirito. Una tale rarità. La maggior parte degli umani erano già gusci vuoti prima ancora che li incontrassi. Le loro menti erano distrutte da anni di sevizie e lavaggio del cervello. Ma volevo godere del suo fuoco, non soffocarlo.

«Come dovrei chiamarti, agnellino?». La mia domanda si infranse sulle sue labbra.

Il suo sguardo divenne più tagliente. Ne ero deliziato. Era stretta a me, con addosso solo un paio di scarpe col tacco, e la sua vita era nelle mie mani. Eppure, mi aveva appena rivolto un'*occhiataccia*.

Un urlo dalle fila degli umani confermò la scelta di Walter. Ignorai gli ululati di approvazione e mi concentrai sul mio premio. Com'era possibile che il suo profilo mi fosse sfuggito? Probabilmente ero troppo impegnato a sfogliarli per rendermene conto.

«Jace». Lilith chiamò il secondo più anziano tra tutti i reali.

Quel nome inacidì notevolmente il mio umore. Qualcuno mi stava giocando un brutto scherzo, e sospettavo che quel qualcuno fosse proprio lo spensierato reale amante del divertimento. Il fatto che avesse nominato Darius come suo sovrano confermava i miei sospetti.

Un brivido attraversò il corpo della donna tra le mie braccia. L'aria notturna le stava gelando la pelle nuda. Sembrava che un po' della sua spavalderia fosse svanita, e che gli elementi iniziassero ad avere effetto su di lei.

La lasciai andare e mi tolsi la giacca. Gli umani erano così fragili e facilmente proni alle malattie. Non volevo che si indebolisse troppo presto.

Inarcò le sopracciglia mentre le avvolgevo il tessuto attorno alle spalle.

«Cosa c'è? Sei sorpresa che voglia mantenere in vita l'unico membro del mio harem?» le chiesi piano. Le rimboccai i risvolti della giacca sul seno e poi la strinsi a me. «Ho dei piani per te, tesoro. Avrai bisogno di essere in forze».

Deglutì. Finalmente, il suo sguardo abbandonò il mio, scendendo per un attimo sulle mie labbra. Ma poi tornò su di nuovo.

Jace fece la sua scelta mentre io osservavo il mio nuovo animaletto. Lilith chiamò l'alfa successivo. La sua decisione si tradusse in un urlo lancinante che non turbò minimamente il mio agnellino. Continuò a guardarmi negli occhi per svariati round. Ero sorpreso, e non poco. Qualsiasi altro essere umano avrebbe distolto lo sguardo nel giro di qualche secondo, in segno di deferenza o sottomissione. Ma non lei.

«Dimmi il tuo nome» le ordinai a bassa voce. Le mie parole erano solo per lei.

Un altro grido riecheggiò nella notte, quando un licantropo iniziò a familiarizzare con il suo nuovo giocattolo nel più antico dei modi. Avrei potuto fare lo stesso. Avrei potuto gettare quella donna sul selciato e prenderla finché non mi avesse risposto. Ma non era il mio stile.

«Il tuo nome» ripetei, strattonando la giacca. «O troverò un modo più creativo per farti parlare».

I grugniti provenienti dalla nostra sinistra sottolinearono la mia minaccia. Il suo sguardo gelido iniziò a sciogliersi. La consapevolezza di ciò che la aspettava stava finalmente facendo capolino. Ero quasi impietosito. Ma gli umani esistevano per servire gli esseri superiori, e lei avrebbe servito me.

E le sarebbe piaciuto.

Feci scivolare le dita tra i suoi capelli, intrecciandole tra le ciocche folte. «Stai mettendo a dura prova la mia pazienza, agnellino. Ti suggerisco di collaborare».

«Perché volete conoscerlo? Solo per poterlo cambiare prima di uccidermi?».

Dannazione, quella femmina trasudava sesso. Dal suo sguardo, dalle sue labbra carnose, da quelle curve seducenti nascoste sotto la mia giacca. Da quella voce così sensuale. Non mi importava nemmeno che avesse di nuovo evitato di rispondermi. Solo sentirla parlare era sufficiente a calmare anche la più turbolenta delle tempeste.

Serrai la presa sui suoi capelli, tirandoli finché non le si disegnò una smorfia sul viso. «Continua a provocarmi». Una minaccia e una richiesta, racchiuse entrambe in tre parole pronunciate con un tono sinistro.

Affrontami.

Sottomettiti a me.

Dammi tutto ciò che hai.

La mia mano si insinuò sotto la giacca, alla ricerca del suo fianco nudo. Quando la trascinai verso di me, i suoi palmi si posarono sul mio addome. Le mie labbra le sfiorarono la guancia, per poi sistemarsi sul suo orecchio. «Voglio sapere che nome ringhiare quando sarò dentro di te».

Il brivido che la attraversò non aveva nulla a che fare col freddo. Era stata la mia promessa a scatenarlo. Eppure i suoi muscoli rimasero in tensione, come se fosse pronta a colpirmi.

Affascinante.

«Numero settecentotré, anno centodiciassette» pronunciò a denti stretti. «Divertitevi a ringhiarlo».

Mi scappò una risata, sonora e genuinamente divertita, che ci fruttò svariate occhiate. Ma ignorai tutti quanti, concentrandomi sulla donna impertinente che mi stava davanti. «Sei adorabile».

Il gelo ammantò i suoi occhi azzurri, e lei si reimmerse in un silenzio esasperante.

Il mio cazzo già duro pulsò all'ovvia dimostrazione di forza. Non si sarebbe spezzata facilmente. Nessuna paura, nessuna vergogna, nessun desiderio di sottomettersi. Non pensavo che esistessero ancora umani così.

«Ci divertiremo così tanto insieme, agnellino» sussurrai, sfiorandole le labbra a ogni parola. «E tu mi darai il tuo nome». Sapevo che ne aveva uno. Ce l'avevano tutti, solo che non venivano segnati nei nostri registri.

Sprigionava un elettrizzante senso di sfida, che si riversava a ondate dal suo corpo.

Oh, mi era mancato tutto questo. Una donna che sapesse davvero cavarsela da sola, che rifiutasse di inchinarsi a me solo per il mio status.

Nonostante fosse circondata da predatori, non voleva arrendersi. Forse avrebbe preferito che la uccidessi, piuttosto che tornare a casa con me? Quella sarebbe stata una delusione. Comunque non l'avrei accontentata. La mia domanda a Lilith sul poterne scegliere un altro era solo un modo per preservare la mia immagine. No, mi sarei tenuto quella femmina grintosa. E le sue tendenze belligeranti l'avrebbero salvata, in questo gioco pericoloso che chiamiamo vita.

L'esca perfetta.

La feci voltare, premetti la sua schiena sul mio petto e la ingabbiai tra le mie braccia. «Guarda» le sussurrai all'orecchio. «Osserva bene quale potrebbe essere il tuo destino». I reali e gli alfa si scambiavano spesso i membri dei loro harem. Non che io l'avessi mai fatto, ma non c'era bisogno che lei lo sapesse.

Gli umani rimanenti, che ancora dovevano essere selezionati, si erano riuniti insieme. La maggior parte dei miei simili aveva già fatto la sua scelta. Robyn aveva preferito il maschio emaciato alla brunetta. Era inginocchiato ai suoi piedi, e lei gli accarezzava i capelli come a un cane.

Jace aveva scelto la bella mora che avevo accarezzato inizialmente. Non sembrava più così spaventata, avvolta nella giacca di lui. Jace incontrò il mio sguardo con un sopracciglio alzato, sfidandomi a commentare le sue azioni identiche alle mie. Non abboccai. Seguii invece lo sguardo del mio animaletto, rivolto verso l'umano biondo che avrebbe partecipato al Torneo.

Lo riconobbi dai file. Era off-limits per il primo round, visto che sia Jace che Walter avevano convenuto che sarebbe stato un perfetto immortale. Considerando il modo in cui teneva indietro le spalle, le sue gambe forti e l'espressione annoiata, fui d'accordo con loro. C'erano sei umani favoriti, e tra tutti lui era chiaramente il più promettente.

Ma perché il mio agnellino era incantato in quel modo?

La concentrazione dell'umano non vacillò mai, nemmeno quando Naomi trascinò un'unghia dal suo sterno fino all'inguine. Adorava provocare i candidati. Se non fosse stata una tale stronza, forse mi sarebbe piaciuta.

O più probabilmente no.

Il mio agnellino si irrigidì, quando Naomi avvicinò la bocca all'orecchio del maschio e gli sussurrò qualcosa. Le labbra di lui si incresparono in risposta. Interessante. Ma non quanto il respiro irregolare del mio animaletto. Non si rilassò finché Naomi non passò alla vittima successiva.

«Ah, una debolezza» le mormorai all'orecchio, in modo che nessun altro sentisse. Non che qualcuno ci prestasse attenzione. Erano tutti troppo occupati a divertirsi con i loro nuovi giocattoli, o a sbavare sugli umani rimasti.

Le si contrassero di nuovo le spalle. Sorrisi.

«Oh, sì, indubbiamente una debolezza». Le mordicchiai la pelle delicata sotto cui tuonava il suo battito. «Se ti uccidessi, potrei scegliere lui al tuo posto. Ho sempre trovato i maschi più abili delle femmine in certe attività». Le sfiorai la mascella col viso. «Cosa ne pensi, agnellino? Dovrei liberarmi di te e richiedere la sua compagnia? O forse hai qualcosa da offrirmi?».

Una minaccia crudele, che la fece tremare contro il mio corpo. Quasi mi dispiaceva farlo, ma non potevo perdere l'opportunità di riaffermare il mio dominio. Uno qualsiasi dei presenti l'avrebbe uccisa nell'istante stesso in cui li avesse morsi. Non mi aspettavo certo la sua gratitudine, o che strisciasse ai miei piedi implorando il mio perdono, ma volevo il suo nome. E avrei insistito finché non me l'avesse dato.

«Tic toc» la punzecchiai, accarezzandole la gola. «Il tuo silenzio mi sta annoiando».

Mi afferrò il braccio e lo strinse. Tremava. Era la seconda volta, quella sera, che mi aveva usato come supporto, senza nemmeno rendersene conto. La prima volta mi aveva intrigato così tanto che non ero riuscito ad allontanarmi da lei. Poi con quel bacio aveva segnato il suo destino.

«Rae». La parola raggiunse a stento le mie orecchie, sovrastata dai grugniti animaleschi provenienti dal campo. Jenkins, l'alfa del clan Winter, aveva regalato il suo nuovo animaletto umano al figlio. Il giovane licantropo non aveva perso tempo a farci conoscenza.

La mia umana cercò di girarsi, cogliendomi di sorpresa. Le afferrai i fianchi e le permisi di muoversi. Fu così che incontrai il suo sguardo furibondo.

«Il mio nome...» disse lentamente, con una voce roca che affascinò i miei sensi di maschio «il mio nome è Rae».

«Rae» ripetei, assaporando sulla lingua quell'unica

sillaba. «Mmm». Mi piaceva, ma mi sembrava troppo debole per lei. Troppo veloce. *Perché non...* «Raelyn».

Scosse la testa. «No, è Rae».

«Raelyn mi piace di più».

Il suo sguardo divenne di nuovo tagliente. «Se avevate comunque intenzione di cambiare il mio nome, perché me l'avete chiesto?».

«Perché volevo vederti obbedire».

«Come un cane».

«Esattamente».

Mi fissò con un tale ardore che non potei impedire alle mie labbra di sollevarsi ai lati. La sua voce mi piaceva, ma non vedevo l'ora di evocare quello sguardo in camera da letto.

«Il tuo segreto è al sicuro con me, agnellino» le promisi.

Aggrottò le sopracciglia. «Quale segreto?».

Premetti le labbra sul suo orecchio. Non volevo che nessun altro mi sentisse. «Qualunque sia il segreto che condividi con quell'umano». Le mordicchiai il lobo, espirai lentamente e avvolsi le braccia attorno al suo corpo. «Ma qualsiasi cosa fosse, non ha più importanza. Perché ora sei mia, Raelyn».

RAE

Sentivo la lingua gonfia. Come se fosse stato Kylan a mordermi, e non il contrario. Il suo corpo solido era stretto al mio. Le sue labbra mi sussurravano all'orecchio parole che non volevo udire.

Perché ora sei mia, Raelyn.

In che modo era diventato il mio destino?

Un attimo prima ero destinata al Torneo dell'immortalità. Quello dopo ero di proprietà di un reale. Tutto perché non ero riuscita a controllare il mio corpo. Quando Kylan aveva suggerito alla Dea che mi avrebbe uccisa, avevo smesso di provarci. Che differenza avrebbe fatto? Se aveva comunque intenzione di ammazzarmi, tanto valeva morire con la mia dignità intatta.

Solo che poi aveva minacciato Silas. La mia debolezza. L'unico modo in cui Kylan era riuscito a costringermi a comportarmi bene. Perché non avrei mai permesso che le mie azioni portassero alla disfatta di Silas. Non dopo tutto quello che avevamo passato insieme. Meritava una possibilità, e io avrei fatto di tutto per aiutarlo. Anche se significava essere gentile con il reale che avrei preferito uccidere, piuttosto che scopare.

Kylan aveva rovinato tutto.

No, non era stata colpa sua. Ero stata io a rovinare tutto mordendolo. Reagendo.

Premette un bacio a bocca aperta sul mio collo. «Ti hanno mai morsa, Raelyn?».

Strinsi i denti sentendolo usare quel nome ridicolo. «Importa?» ribattei, evitando di rispondergli. «Tanto lo farete comunque». Oltre a usare il mio corpo per il suo diletto.

Tra tutti i reali che potevano scegliermi, doveva capitarmi proprio quello con un debole per la violenza. I miei insegnanti vampiri avevano parlato molto del recente massacro del suo harem. A nessuno importava dei morti, ovviamente. Erano interessati soprattutto allo spreco di sangue e alla possibilità concreta che Kylan stesse impazzendo.

E adesso ero sua.

I suoi denti mi sfiorarono la vena pulsante del collo in un chiaro avvertimento. «Quando ti faccio una domanda, mi aspetto una risposta. Sei mai stata morsa?»

Conficcai le unghie nel suo addome piatto.

Per Silas, ripetei a me stessa. *Obbedisci solo per salvarlo. Poi, quando sarà passato al prossimo turno, potrai reagire.*

Perché non avevo nessuna intenzione di andare volontariamente a letto con quel vampiro. Splendido o meno, avrei preferito morire. E l'avrei fatto lottando.

«No,» mi sforzai di dire «non mi è mai successo».

Lo sentii sorridere sul mio collo. «Mmm, un altro punto a tuo favore». Mi baciò la gola, poi la mascella, e infine riportò i suoi occhi scuri nei miei. «Continua a incuriosirmi, Raelyn, e forse ti lascerò vivere». Mi sistemò una ciocca di capelli dietro l'orecchio, poi mi posò la mano sulla nuca. «Com'erano i tuoi punteggi nei corsi relativi al sesso?».

Me l'aveva chiesto perché era l'unica cosa che

importasse a un uomo nella sua posizione, lo sapevo. Ma mi sentii in dovere di correggerlo. «In tutte le materie i miei voti erano i migliori della classe»

«Non avevo dubbi, visto che ti sei qualificata al Torneo dell'immortalità» mormorò. «Ma voglio conoscerli nel dettaglio. In quali atti eccellevi e quali tecniche, invece, richiederanno più…» il suo sguardo si abbassò sulla giacca che mi copriva il seno «allenamento?».

«Kylan?» lo chiamò la Dea, costringendolo a spostare l'attenzione su di lei. «Hai preso una decisione? Gli altri hanno finito».

«Uhm…». Il suo sguardo tornò su di me, crudele e illeggibile. «Rispondimi, Raelyn». Era scontato cosa sarebbe successo se non avessi obbedito.

Deglutii. *Sono solo dei risultati, come in qualsiasi altro corso.* «Ho avuto valutazioni eccellenti nelle attività orali, e la mia tolleranza al dolore è ben al di sopra della media. Ho ricevuto un punteggio negativo, per così dire, solo nel campo della sottomissione. Ma mi sono comunque classificata sopra la media della classe». E l'avevo ottenuto solo perché faticavo a cedere il controllo, quando era Silas a guidare l'esercizio. Nonostante il suo talento nell'arte dei preliminari, sottomettermi a lui mi sembrava sbagliato.

Le labbra di Kylan si incresparono in un sorriso. «Grazie, Raelyn». Mi fece voltare nelle sue braccia, sistemandomi di nuovo con la schiena poggiata al suo petto. Ma poi mi strinse la gola e avvolse il braccio libero attorno al mio ventre.

Gli occhi di Silas cercarono i miei. La paura ribolliva nelle loro profondità azzurre.

Andrà tutto bene, cercai di fargli capire. *Non far vedere che ci tieni.*

Il silenzio continuò. La presa di Kylan si fece più stretta.

Non piangerò.

Non implorerò.

Resterò calma.

Macchioline nere mi danzarono davanti agli occhi, ma non prima che potessi cogliere il dolore nell'espressione di Silas.

Dea, fa' che Kylan non scelga lui. Ma sapevo che l'avrebbe fatto. Era stato tutto un gioco crudele per costringermi a parlare. Perché ciò che mi stava per succedere fosse d'esempio.

Era andato tutto male. Orribilmente male.

Mi dispiace, Silas. Mi dispiace così tanto.

Il pollice di Kylan sfiorò il punto in cui il mio battito aveva iniziato a diventare sempre più debole. Il suo tocco era come un marchio sulla pelle. «Più tardi potremmo esplorare anche un po' di giochi col soffocamento» mi sussurrò all'orecchio. Allentò la presa, lasciando che l'aria ricominciasse a entrarmi nei polmoni. Boccheggiai e inspirai avidamente, mentre il mio sguardo si offuscava per l'umiliazione di quella reazione necessaria.

Una debolezza.

In quel momento, lo odiai profondamente.

Mi stava prendendo in giro.

Aveva finto di uccidermi, solo per farmi capire quanto sarebbe stato facile. E aveva costretto Silas a guardare.

«Penso che mi piacerà spezzare questa qui, Lilith» disse, con un sorriso nella voce. «Grazie per avermi concesso l'opportunità di tenerla».

«Se ne sei convinto…» rispose lei. «Ma dubito ne valga la pena».

«Oh, ho bisogno di un po' di divertimento». Mi accarezzò la nuca col pollice, ma sempre tenendo il palmo premuto sulla mia gola. Potevo respirare a malapena, e il braccio che mi stringeva il ventre certo non aiutava.

«Bene, allora la procedura di selezione è conclusa. Adesso bisogna solo raggiungere di nuovo la quota di partecipanti al Torneo».

Contai chi era rimasto e mi resi conto che ce n'erano solo sei. Tutti gli altri erano stati scelti dagli alfa e dai reali. Due di loro erano per terra. I loro petti erano immobili, e la parte inferiore dei loro corpi... Distolsi lo sguardo, incapace di elaborare ciò che avevano subito. Uno dei cadaveri un tempo era Daniella.

Sarebbe potuto succedere a me...

Kylan allentò un altro po' la presa. Le sue labbra mi sfiorarono la tempia, come se fosse stato consapevole della direzione che stavano prendendo i miei pensieri.

No, era impossibile. Se avesse potuto leggere la mente, mi avrebbe fatta fuori. Perché avrebbe visto tutti i modi in cui avrei voluto ucciderlo. I vampiri non potevano morire, o così dicevano, ma mi sarebbe piaciuto scoprire come annientarlo. Come far sì che fosse *lui* a implorare *me* di lasciarlo respirare.

«Jace, Walter, occupatevene voi».

Jace consegnò il nuovo membro del suo harem al vampiro accanto a lui, un maschio dai capelli neri che non riconobbi come reale. Era accompagnato da una donna dai capelli e dagli occhi scuri, che indossava un vestito trasparente. Teneva lo sguardo abbassato.

Un'umana. Ma non era parte della selezione. Prima non mi ero accorta di lei, e nemmeno del suo Sire, che in quel momento mi stava fissando con dei penetranti occhi verdi. Sussultai e abbassai lo sguardo.

Ho completamente perso la testa?

No, solo la vita.

«È una vergine di sangue» disse piano Kylan. «E di recente è diventata la compagna di Darius, il nuovo sovrano di Jace».

Restai di sasso. Mi aveva appena spiegato qualcosa?

E cosa diavolo era una vergine di sangue?

Guardai ancora una volta la donna. Splendida, ben curata, e nessun segno di paura. Sembrava annoiata, così come il suo padrone, che si era concentrato di nuovo sugli eventi che si svolgevano davanti a noi. Jace aveva selezionato due umani. Walter ne aveva scelto uno, ma sembrava faticasse a trovarne un secondo.

Silas non si era mosso. Aveva una postura determinata e lo sguardo abbassato. *Buona fortuna*, avrei voluto dirgli. *Non che tu ne abbia bisogno.*

Kylan spostò la mano sul mio mento, costringendomi a voltare la testa in modo che potessi guardarlo negli occhi. «Cosa ti avevo detto sul fatto che fosse finita, Raelyn?» mi chiese dolcemente. Le sue pupille brillavano nel chiarore lunare.

Dopo essere stata quasi strangolata, in quella posizione scomoda mi doleva il collo. Cercai di rispondere, ma non ci riuscii. I miei occhi si riempirono di lacrime, facendomelo odiare ancora di più. Non piangevo mai. Non supplicavo mai. Non mi lamentavo mai. Eppure, dopo nemmeno un'ora con lui, desideravo solo singhiozzare.

Voglio uccidervi, gli dissi con lo sguardo, visto che la mia voce si rifiutava di uscire.

Sorrise e poi mi lasciò andare. Le sue mani mi caddero sui fianchi, tenendomi sempre stretta a lui. La sua erezione premette sul mio fondoschiena, mostrandomi che non ricambiava l'odio che provavo nei suoi confronti.

Fare sesso con lui sarebbe stato come se il mio peggiore incubo prendesse vita. Perché nonostante la mia mente lo disprezzasse, il mio corpo avrebbe reagito positivamente.

La sua forza e il suo potere avevano un effetto afrodisiaco, il suo viso sembrava scolpito dagli dei. Un maschio stupendo dotato di muscoli ed esperienza. Non potevo negarne il fascino. E da ciò che avevo capito, il morso di un vampiro regalava un'estasi completamente diversa da quella che un umano poteva dare a un altro.

Avrebbe preso da me tutto ciò che voleva. E a una parte malata di me sarebbe piaciuto, mentre il resto l'avrebbe odiato.

Le sue labbra furono di nuovo sul mio collo, il suo respiro caldo mi accarezzava la pelle. «Ti distruggerò, agnellino» sussurrò cupamente. «Quando avremo finito, non penserai più a lui».

Un brivido gelido corse lungo la mia spina dorsale. Perché aveva ragione. Non appena avesse annientato la mia anima, non avrei avuto motivo di pensare a nessuno, tantomeno a Silas.

Abbassai lo sguardo. Un senso di sconfitta stava calando su di me.

Molte persone che conoscevo desideravano quel destino, una vita lussuosa con i reali o con gli alfa. Ma dopo aver visto il campo che mi circondava, i corpi straziati, dopo aver sentito l'erezione del vampiro dietro di me che minacciava il mio destino, capii che era tutta un'illusione. Un falso senso di speranza instillato in noi fin dalla nascita, per tenerci in riga. E per cosa? Per una minuscola possibilità di diventare immortali?

Ne valeva la pena?

Silas avrebbe detto di sì. O almeno lo speravo.

«Sono questi i partecipanti che desideri aggiungere?» chiese la Dea. Aveva un tono sorpreso.

«Non sopravviveranno e non sono adatti ai licantropi. Mandali pure a tentare la sorte». Walter sembrava disgustato. Spinse gli umani che aveva scelto verso gli altri selezionati per il Torneo.

Io sarei sopravvissuta, pensai con un ruggito mentale. Quei due erano già docili e spezzati. Almeno quelli aggiunti da Jace erano meritevoli, anche se non avrebbero avuto alcuna possibilità contro Silas. O contro di me.

Solo che io non sono più in gara.

Avermi strappato via ciò che avevo desiderato per tutta la vita era un atto crudele. Eppure, estremamente appropriato.

I vampiri e i licantropi amavano giocare col cibo e coi loro animaletti.

Kylan non faceva eccezione.

Mi circondò ancora col braccio. Il suo tocco mi offrì un accenno di conforto, che rifiutai immediatamente. Non era meglio degli altri. Anzi, era molto peggio.

L'aria si riempì di parole. Le lodi della Dea ai partecipanti al Torneo, qualcosa sull'addestramento per gli harem, un commiato. Si mescolarono tutti nella mia mente. Non mi importava più. Non aveva più alcun senso.

Silas incontrò il mio sguardo. Il suo era ricolmo di un miscuglio di entusiasmo e dolore che mi spezzò il cuore.

Uccidili tutti, gli dissi col mio. *Vinci.*

Mi rivolse un cenno discreto, poi si girò per andarsene. Kylan sospirò. «Se non riesci nemmeno a obbedire al semplice ordine di dimenticare qualcuno, come farò ad addestrarti a servire?»

Mi morsi la lingua. *Non reagire. Non ancora. Aspetta finché Silas è al sicuro.*

«Seguimi, animaletto» mi ordinò, lasciandomi libera.

I miei piedi minacciarono di fare il contrario. Avrei voluto restare ferma là e fissarlo con aria di sfida. Ma la mente mi spinse a obbedire.

Mi condusse oltre gli altri reali, che ci lasciarono passare tenendosi a debita distanza. Era evidente quanto la sua presenza li mettesse a disagio. Giravano voci sul fatto che fosse impazzito, che l'immortalità avesse iniziato a fargli perdere il lume della ragione.

Ci riflettei sopra mentre camminavamo. Considerando come mi teneva sotto controllo, nonché il modo in cui aveva gestito la situazione, mi sembrava pienamente lucido.

Importa? mi chiesi. *Ha intenzione di distruggerti, ricordi?*

Al solo pensiero, un brivido mi corse lungo la schiena. Quell'affermazione poteva significare così tante cose.

Kylan mi scortò fino a una piccola auto nera a due posti. Premette un bottone. Ci fu un bip, seguito dall'alzarsi della portiera. «Entra, agnellino».

Diversi umani erano in piedi vicino alle auto, mentre gli altri reali e gli alfa si facevano lentamente strada verso di noi.

Esitai. Lui alzò un sopracciglio. «Mi stai disobbedendo ancora?».

Lo farò sempre. Riuscii a non dirlo a voce alta. Salii sull'auto e fissai ostentatamente davanti a me. La sua risatina fu smorzata dalla chiusura della portiera, ma sorrideva ancora quando si sistemò nel posto del guidatore.

«Cinture» disse, chinandosi verso di me per afferrare l'oggetto in questione. «La sicurezza prima di tutto».

Da sola in macchina con un vampiro sadico. Sicurissima.

«Sei così zitta» sentenziò, allacciandosi anche lui la cintura. «Stai ricominciando ad annoiarmi, Raelyn».

«Preferite che mi metta a cantare e danzare?» gli chiesi di rimando, mentre Jace passava accanto alla nostra auto. Teneva il braccio attorno alla vita di quella che Kylan aveva chiamato una vergine di sangue. Darius era dietro di loro, con il nuovo membro dell'harem. «Non avete nessun sovrano» dissi, ricordandomi dei miei studi sul suo territorio. «L'ho sempre trovato strano».

Il motore prese vita, con un suono roco e potente come il suo proprietario. «I sovrani sono dei fidati tirapiedi» rispose Kylan uscendo dal parcheggio. «E io non mi fido di nessuno».

Una donna comparve davanti alla macchina, costringendo Kylan a fare una brusca frenata. Aveva le mani sui fianchi.

Inclinò la testa di lato, strappandogli un sospiro.

«Giusto». Mise in folle, ma non spense il motore. «Non toccare niente o sarò costretto a punirti». Mi scoccò un'occhiata che rivelava quanto fosse reale la sua minaccia. «Ora sta' qui buona».

RAE

CONFICCAI le unghie nei palmi fino a farmi male. I vampiri e i licantropi mi avevano parlato con sufficienza per tutta la vita, ma mai in modo così accondiscendente.

Kylan scese dell'auto e si unì alla donna, Robyn. Avvolse la mano attorno al suo collo e la catturò in un bacio che mi diede la nausea.

I vampiri erano tendenzialmente affettuosi. Quei due non facevano eccezione, ma il modo in cui si comportava con lei sottintendeva un passato di cui non volevo sapere nulla.

Le mani di Robyn lo accarezzarono sui fianchi, per poi risalire lungo la camicia nera fino alle spalle, toccandolo come se fosse di sua proprietà. Lui sorrise sulle labbra di lei e le afferrò il polso con la mano libera. Qualsiasi cosa le disse per rimproverarla, le strappò un sorrisetto compiaciuto.

Alzai gli occhi al cielo, poi osservai l'umano che aveva scelto. Era inginocchiato sull'asfalto, ancora nudo, con il capo chino. Gli aveva fatto indossare un collare di metallo. Era unito a un guinzaglio, che aveva lasciato cadere per toccare Kylan.

Qualunque cosa il vampiro le avesse detto in seguito, però, ebbe l'effetto di trasformare il sorriso smagliante in un broncio. Poi Robyn guardò direttamente me. Nei suoi occhi si annidava una barbarie che mi fece riconsiderare la fama di Kylan come quello più crudele. Perché quell'occhiata lasciava trasparire chiaramente cosa avrebbe desiderato farmi.

Kylan voleva distruggermi.

Quella donna voleva farmi a pezzi.

Avrei dovuto distogliere lo sguardo, ma che senso avrebbe avuto? Il mio destino era già segnato, ed ero nelle mani di un mostro.

Robyn iniziò ad avvicinarsi all'auto, ma Kylan le afferrò il gomito e la strattonò di nuovo verso di sé. La sua espressione elegante si tramutò in quella del potente predatore in agguato sotto gli abiti costosi.

Non potevo sentirli, ma chiaramente la conversazione non era in favore della vampira. Gli scoccò un'occhiataccia, ma poi abbassò lo sguardo in segno di sottomissione. Lui la baciò sulla testa, come se stesse lodando un animale domestico. Le sussurrò una qualche banalità che sembrò calmarla almeno un po', ma la reale continuò a stringere i pugni anche mentre si allontanava.

«Ci vediamo presto, Robyn» disse, aprendo la portiera.

«Sì» rispose la donna, recuperando il guinzaglio. Strattonò l'umano con una forza tale da farlo slittare sulla ghiaia.

Quello spettacolo mi fece sussultare. Schiusi le labbra, scioccata, quando vidi che lo costrinse a seguirla camminando a quattro zampe, mentre lei si allontanava a passo spedito.

Kylan ci portò via dalla scena. Ne fui sollevata, nonostante non avessi idea di quale fosse la nostra destinazione. Mi aveva dato la sua giacca e mi aveva trattata in modo quasi gentile, se comparato con l'atteggiamento dei suoi pari. Il collo mi faceva ancora male dopo le sue attenzioni, ma preferivo di gran lunga quello, rispetto al collare e al guinzaglio.

E gli atti sessuali nel campo... Rabbrividii. Kylan avrebbe potuto fare molto di peggio. Ma allora perché non l'aveva fatto?

Tra noi calò un silenzio confortevole e minaccioso al tempo stesso, quando svoltò in una strada deserta. C'era solo la luce della luna a illuminare la via. Non c'erano edifici, non c'era nessun segno della città. Solo una miriade di stelle che punteggiava un cielo color pece. L'intero scenario mi suscitò un certo senso di pace. Era molto diverso da ciò che circondava la mia università: cecchini, guardie, muri di cemento rivestiti di filo spinato.

Oh, avrei voluto che ci fossero anche degli alberi. Non ne avevo mai visto uno, ma il paesaggio erboso era splendido, anche di notte.

«Robyn si diverte a rompere i suoi giocattoli» disse Kylan in tono sommesso.

Distolsi lo sguardo dalla serenità che ci circondava, per portarlo sul demonio seduto accanto a me. «E voi?» chiesi, incapace di trattenermi. «Cosa preferite?». *Ti distruggerò.* Nella mente mi risuonarono le parole che aveva pronunciato poco prima.

«Adoro la sottomissione» mormorò, mentre le sue labbra si stendevano in un sorriso. «Ma amo una combattente».

L'ambiente circostante ci sfrecciò accanto, mentre Kylan accelerava. Mi si rivoltò lo stomaco. Sia per il movimento, a cui non ero abituata, che per le sue parole. Voleva che mi ribellassi a lui, che dicessi di no. Era quello il motivo per cui mi aveva scelta. Sapeva che non mi sarei sottomessa facilmente.

Vuole costringermi ad accettarlo fisicamente. Per ferirmi nel peggiore dei modi: prendendo il mio corpo. Che mi piaccia o meno.

Fui scossa in profondità da un brivido che non riuscii a nascondere. L'avevo visto succedere un'infinità di volte, avevo udito le urla, vi avevo appena assistito nel campo. Ma sapere che lo desiderava, che mi stava portando a casa con tutte le intenzioni di farmi del male, mi fece venire di nuovo la nausea.

Mi ucciderà, ma solo dopo avermi scopata.

E non c'è nulla che possa fare per fermarlo.

«Oh, eccola lì. La paura assente per tutta la serata» osservò. «Durante la selezione, eri una dei pochi a non averne dimostrato nemmeno un pizzico. È proprio questo che mi ha spinto a scegliere te».

Svoltò senza rallentare. Mi premetti il dorso della mano sulla bocca, rifiutandomi di vomitare. Non lì. Non in quel momento. Non così facilmente.

In lontananza comparvero delle luci, bianche e scintillanti, con alcuni puntini rossi tra loro. Man mano che ci avvicinavamo, crebbero di intensità, evidenziando una strada più ampia sull'altro lato di una recinzione metallica. Dall'altra parte, c'era qualcosa che avevo visto solo nei libri.

Un aeroplano.

Le mie labbra si schiusero per la sorpresa. Era molto più grande di quanto mi aspettassi. Era circondato da svariate persone, tutte vestite di nero. Alcune stavano facendo la guardia al cancello verso cui Kylan si diresse con una velocità più pacata.

«Vostra Altezza». Un umano gli diede il benvenuto. Mi guardò rapidamente di sottecchi, indugiando per un attimo sulla giacca di Kylan, che ancora mi avvolgeva. «È tutto pronto».

«Grazie, Jackson» rispose Kylan, con mia grande sorpresa.

Conosce il nome dell'umano?

La maggior parte dei vampiri non salutava i mortali, nemmeno i vigilanti.

Kylan guidò verso il retro del velivolo, raggiungendo una rampa. Vi salì sopra con solo qualche minima indicazione da parte degli uomini di guardia. Dopo essere entrato completamente, spense il motore e attese che la rampa si alzasse dietro di noi, chiudendoci nel ventre dell'aeroplano.

I suoi occhi scuri cercarono i miei. Li studiarono in silenzio. Non osai distogliere lo sguardo. Avevo bisogno di sapere cos'avesse in mente. Si tolse la cintura e si sporse lentamente verso di me.

Iniziarono a sudarmi le mani. *È giunto il momento. Ora si getterà su di me, aspettandosi che reagisca.*

Ci sarei riuscita?

L'avrei fatto?

Potrebbe essere meno doloroso se…

Lo scatto della cintura mi strappò ai miei pensieri. Kylan fece un sorrisetto e scese dall'auto, poi raggiunse il mio lato. Aprì la portiera e mi tese la mano per aiutarmi a uscire.

Lo guardai accigliata e mi arrangiai da sola.

«È considerato un segno di maleducazione ignorare il gesto cortese di un superiore». Chiuse la portiera con una risolutezza che mi fece rabbrividire. «Sto iniziando a interrogarmi sulla tua istruzione e su come tu abbia fatto a sopravvivere così a lungo».

Anch'io. Perché a scuola non mi ero mai comportata così. Nonostante spesso desiderassi ribellarmi, non avevo mai agito di conseguenza. Sapevo che era meglio non farlo. Ma con Kylan… beh, non desideravo altro che prenderlo a pugni.

E adesso che Silas era al sicuro, potevo farlo.

Kylan mi catturò il polso prima che potessi alzarlo e mi

fece voltare tra le sue braccia, posando la mia schiena sul suo petto. «Voglio una sfida in camera da letto, tesoro, non nel garage» mi sussurrò all'orecchio.

«Oh, sembra che vi stiate divertendo» affermò una voce maschile, proveniente dalle nostre spalle.

«Non hai idea» replicò Kylan, con la sua erezione premuta sul mio fondoschiena. «Raelyn, questo è Mikael, il mio vergine di sangue. Mikael, ti presento il mio nuovo giocattolo, Raelyn». Mi spinse in avanti, facendomi inciampare. Riuscii a stento a riacquistare l'equilibrio sui tacchi. Mi voltai verso di loro.

Mikael scese una rampa di scale per sistemarsi vicino a Kylan. Aveva dei lunghi capelli biondi, che gli sfioravano le spalle ampie. Indossava un vestito nero come quello del suo padrone, ma senza la cravatta, lasciando così il colletto aperto.

«È carina» mormorò con aria di apprezzamento. I suoi occhi chiari mi squadrarono da capo a piedi. «E mi piace il tocco in più di agghindarla con i tuoi abiti, Vostra Altezza».

Kylan sorrise. «Già, la mia giacca le dona, vero?».

«Mmm».

«Dovrei dirle di toglierla per te?».

Mikael si grattò la mascella coperta da un'ombra di barba, mentre il suo sguardo si faceva rovente. «Sì, mi piacerebbe ammirare l'intero pacchetto».

«Raelyn?» chiese Kylan, inarcando un sopracciglio.

Voleva che mi spogliassi per il suo animaletto? «No». Se voleva che mi togliessi la giacca, avrebbe dovuto farlo lui.

Le sopracciglia bionde di Mikael schizzarono in aria, e Kylan ridacchiò. «Non è fantastica?».

«Si è appena rifiutata di obbedire?».

«Già». Kylan inclinò la testa di lato, con un sorriso che

gli danzava sulle labbra. «Proviamo a persuaderla a spogliarsi per noi?».

«Potremmo,» rispose Mikael con un tono perplesso «ma in passato non abbiamo mai dovuto farlo».

Kylan si strinse nelle spalle. «Forse è meglio che le spieghi come andranno le cose».

«Possiamo farlo di sopra? I piloti sono in attesa di decollare, e non lo faranno finché siamo qui». L'umano parlava con Kylan in modo disinvolto, come se fossero amici. Restai talmente scioccata che non riuscii a dire nient'altro.

«Ma certo». Kylan mi tese la mano. «Vieni, Raelyn».

E con quello il mio shock si sciolse in irritazione. «Bau. Bau».

Kylan ridacchiò di nuovo. «Ti serve un collare, tesoro? Come quello che Robyn ha dato al suo nuovo animale da compagnia? Non mi dispiacerebbe vederti a quattro zampe».

L'immagine del reale con quel povero maschio era ancora fresca nella memoria. Mi comparve nitidamente davanti agli occhi, e il solo ricordo mi fece rabbrividire.

«Come immaginavo» mormorò Kylan. Le sue dita si agitavano, denotando la sua impazienza. «Vieni qui, Raelyn, o ti trascinerò per i capelli».

«Se fossi in te, lo ascolterei» aggiunse Mikael, voltandosi verso le scale. «Le sue minacce sono da prendere sul serio».

Strinsi i denti e mi avviai verso le scale, ignorando la mano di Kylan. Ma lui mi afferrò per il gomito e mi tirò indietro con uno strattone così forte, che gli finii addosso.

«È già la seconda volta che ignori un gesto di cortesia da parte mia. Preferiresti che fossi più duro con te?» mi chiese. Mi stringeva il braccio con forza, fino al punto di farmi male. «Posso esserlo, Raelyn».

Feci una smorfia alla sua presa sempre più stretta, ma mi rifiutai di dargli la soddisfazione di chiedergli scusa. «Silas non è più qui. Non potete più usarlo contro di me. E non ho nient'altro da perdere».

Le sue labbra si contrassero in un ghigno. «Silas. Un nome interessante». Mi trascinò ancora più vicino a lui. La sua allegria scomparve sotto un'ombra oscura. «Solo perché *Silas* non è qui, non significa che non possa fargli del male. Ora è al Torneo. Mi basta una telefonata agli organizzatori, e al tuo ex amante capiterà un incidente da cui non si riprenderà mai più».

Il mio cuore mancò un battito. «Gli fareste del male solo per mettermi in riga?».

«Non gli farei semplicemente "male", tesoro». La promessa mi trafisse il petto, facendomi tornare la nausea.

Mi si strinse lo stomaco, la mia gola si riempì di bile. *Non vomitare. Non farlo.* Deglutii, ma il bruciore del liquido acido mi fece venire le lacrime agli occhi. O forse erano causate dalla disperazione che era calata su di me.

La vita di Silas è nelle mie mani.

Una mossa sbagliata e Kylan avrebbe dato un seguito alla sua minaccia. Come avrei potuto resistergli, conoscendone le conseguenze?

Mi si afflosciarono le spalle. Non avevo scelta. «Farò tutto ciò che volete».

Kylan inarcò le sopracciglia. «Per un maschio che non rivedrai mai più?».

Non gli risposi. La mia lealtà verso Silas non lo riguardava. «Desiderate ancora che mi tolga la giacca?». Perché l'avrei fatto. E avrei strisciato, se era ciò che voleva.

Allentò la presa e mi osservò. «È un umano che non rivedrai mai più, Raelyn. E anche se vincesse, si dimenticherebbe di te. Perché vuoi rinunciare al tuo fuoco per lui?».

Incontrai il suo sguardo con un sospiro. Non mi ero mai sentita così esausta. «Perché almeno ha la possibilità di avere un futuro. Non la metterei a rischio per nulla al mondo, nemmeno per la mia dignità». Mi divincolai da lui e lasciai che la giacca mi cadesse dalle spalle. «Farò tutto ciò che volete, Vostra Altezza» ripetei più formalmente.

Sconfitta, mi girai verso le scale, pronta ad affrontare il mio destino.

Kylan voleva una combattente in camera da letto.

Beh, aveva appena soffocato le mie fiamme.

Avrebbe dovuto accontentarsi di una sottomessa.

KYLAN

Guardai Raelyn salire le scale. Mikael stava aspettando in cima, sulla piattaforma. Inarcò un sopracciglio. Capendo la domanda implicita in quel gesto, annuii.

La ragazza aveva bisogno di una doccia, di vestiti e di cibo. Mikael, in quanto umano, era più adatto di me a occuparsene. Si prendeva sempre cura del mio harem e, in cambio, alcune di loro si prendevano cura di lui. Stabilimmo quella relazione dopo averlo comprato a un'asta, una decina di anni prima. A volte condividevamo le femmine, ma solo se anche loro erano d'accordo.

C'erano molte cose che Raelyn dava per scontate e che avrei dovuto chiarire in auto. Ma avevo scelto di non farlo. Spesso, un'azione vale più di mille parole. E col tempo avrebbe capito che non avevo nessuna intenzione di costringerla a fare qualcosa con me. Preferivo che i miei partner fossero consenzienti. E quando avevo detto che desideravo prendere una donna coraggiosa, intendevo una che potesse tenermi testa in camera da letto, non che rimanesse stesa a subire.

Lo stupro era per i deboli.

E io non ero un debole.

Se Raelyn preferiva l'isolamento, gliel'avrei concesso.

La sua relazione con l'umano, Silas, era più profonda di quanto pensassi. Quando l'avevo usato contro di lei, sul campo, era solo per tenerla in riga ed evitare che gli altri la uccidessero. E le mie parole di poco prima erano solo per punzecchiarla. Solo che avevano avuto l'effetto opposto.

Non avevo mai avuto intenzione di distruggere il suo spirito. Avevo bisogno che fosse forte per affrontare le sfide che sarebbero seguite. Perché qualcuno stava cercando di incastrarmi, dipingendomi come un immortale condotto alla follia dall'età. Chiunque fosse, aveva massacrato il mio harem, costringendomi ad assumermene la responsabilità, o ad ammettere che qualcuno era riuscito a penetrare nel mio territorio. Nessuna delle due opzioni era accettabile, visto che entrambe implicavano una debolezza. Ma preferivo che mi credessero pazzo, piuttosto che inetto.

Recuperai la mia giacca con un sospiro, poi seguii Mikael e Raelyn.

Mikael era uno dei pochi che conoscevano la verità. Era stato al mio fianco abbastanza a lungo da sapere che non avrei mai fatto del male al mio harem, nemmeno per noia. E avevamo pianto la loro perdita insieme.

Avevo scelto Raelyn per la sua tenacia, visto che avevo bisogno di un rimpiazzo che fosse in grado di farsi valere. Ma non ero più così certo della mia decisione. Amava un altro uomo. Un qualcosa che potevo tollerare, anche se mi aveva fatto fantasticare su come farlo fuori. Ma era pronta a sacrificarsi per lui.

Mikael mi attendeva nel corridoio accanto all'unica camera da letto del jet. In mano teneva una coppa di champagne corretto col sangue. Gli porsi la giacca e afferrai il bicchiere. «Mi porti sempre i regali migliori».

Appese la giacca nell'armadio accanto a noi, sorridendo. «Dopo il teatrino di sotto, sembrava proprio che ne avessi bisogno».

Sospirai e iniziai a sorseggiare il liquido frizzante. «Già, temo di aver fatto un casino».

«Solo un po'» concordò, mettendo in mostra per un istante le sue fossette. «Ma risolveremo tutto. Ora, però, è distesa sul letto e si rifiuta di mangiare o di farsi una doccia. Per usare le sue parole, vuole solo farla finita al più presto».

Sorrisi. «Povera cara, si aspetta una performance rapida».

«A quanto pare…».

«Le dimostrerò che si sbaglia, ma non stanotte». Non era neanche lontanamente pronta per me. Avrei preferito che mi implorasse di scoparla, piuttosto che prenderla mentre era in uno stato di apatia. «Puoi dire ai piloti di procedere col decollo? Non vedo l'ora di tornare a casa».

«Solo se nel frattempo vai a parlarle». Indicò la porta. «Almeno spiegale le regole».

Misi da parte il bicchiere. «Sei sempre un tale guastafeste».

«E tu uno stronzo» ribatté, per nulla spaventato di esprimere la sua opinione. «Va' a mostrarle chi sei davvero, così la smette di tenere il broncio. È disdicevole».

«Disdicevole» ripetei, scuotendo la testa. «Solo tu useresti quel termine».

«Smettila di tergiversare o non ti darò il mio sangue».

Alzai un sopracciglio. «Ora stai tentando di comandare? Cosa sta succedendo al mondo, oggi?»

Ridacchiò e cercò di superarmi, ma gli afferrai il fianco e lo trascinai verso di me. Gli sfiorai con le labbra il punto dove la sua gola pulsava. Il profumo della sua essenza era come il canto di una serena, per i miei istinti. I vergini di sangue erano rari, deliziosi e creavano dipendenza, ma con Mikael ero sempre riuscito a trattenermi. Avevo scelto un maschio perché, nonostante bevessi il suo sangue, non era la mia preferenza sessuale. Il che significava che con lui non avevo mai perso il controllo, nemmeno quando mi aveva incoraggiato a farlo.

«Non puoi rifiutarmi niente» sussurrai. La mia lingua gli stuzzicò la vena.

Fremette contro di me, e le sue mani volarono sui miei fianchi. «Non lo farei mai».

Gli morsi il collo. Non molto in profondità, ma abbastanza per un assaggio e per provocarlo con le mie endorfine. La sua erezione premette sulla mia. Il suo corpo riceveva sempre con gioia qualsiasi cosa volessi dagli. Di conseguenza, era facile condividere le donne con lui. Piaceva a entrambi, e ci piacevamo entrambi, ma non avevamo mai fatto sesso soltanto noi due. Non era ciò che preferivo, e nemmeno lui.

Quando mi allontanai, Mikael gemette di frustrazione. Sorrisi. «Cosa dicevi sul non darmi il tuo sangue?».

«Simpatico» borbottò. L'eccitazione traspariva dai suoi occhi chiari. «Va' a parlarle».

Alzai le spalle. «Solo perché voglio farlo».

«Ci scommetto». Si passò le dita tra i capelli e si avviò lungo il corridoio, diretto al salottino principale. «Prendo in prestito Zelda per un po'. Non venire a cercarci».

«È per quello che ti sei portato dietro la mia cuoca preferita?».

«No, sapevo che la ragazza avrebbe avuto bisogno di cibo. Ma ora userò Zelda per soddisfare altri appetiti». Mi rivolse un'occhiata rovente da sopra la spalla. «Quindi spero che tu non abbia fame, perché saremo impegnati per un bel pezzo».

Ridacchiai. «Ce la caveremo». Ero abbastanza sicuro che lui o Zelda ci avessero già lasciato del cibo nella stanza. Non avevo mangiato molto, per via delle festività del Giorno del sangue, ed ero certo che lo sapessero.

«Come sempre» rispose Mikael con un altro sfoggio di fossette, poi sparì verso la parte anteriore del velivolo.

Scossi la testa e bussai alla porta della camera da letto. Raelyn non rispose. Interpretai il suo silenzio come un permesso a entrare. La trovai rannicchiata sul bordo del letto, intenta a fissare la parete. Le sue scarpe erano sul pavimento, lasciandola così completamente nuda.

Mi allentai la cravatta, poi rimossi i gemelli per arrotolarmi le maniche. Raelyn mosse le gambe tornite, ma rimase immersa nel suo irritante silenzio. Le mie provocazioni sul ragazzo dovevano averla spinta troppo oltre. Peccato. Speravo che ci sarebbe voluto molto di più per domare il suo spirito ribelle.

Gli umani erano creature fragili. La maggior parte andava in pezzi per una semplice occhiata. Ma quella mi sembrava così promettente... Dovevo solo convincere il suo lato combattivo a riemergere e giocare con me.

Sistemai le scarpe accanto alle sue e mi posizionai davanti a lei, con le mani sulla cintura. «Che sia il caso di iniziare mettendo alla prova le tue abilità orali?». Solo a pensarci mi si tesero i pantaloni, ma non avevo nessuna intenzione di farlo sul serio. Volevo solo strapparle una reazione.

L'unica che ottenni fu che strinse le labbra.

Sospirai e mi spostai sull'altro lato del letto, dove mi stesi accanto a lei. «Mi stai annoiando di nuovo, Raelyn».

Niente. Nemmeno una smorfia.

«Devo tirare in ballo Silas ogni volta che ho bisogno della tua collaborazione?» chiesi, incuriosito. «È l'unico modo per ottenere una reazione da parte tua?».

«Cosa volete da me?» mi chiese, rotolando sul letto per guardarmi in faccia. «Volete che ve lo succhi? Che vi provi la legittimità dei miei voti?». La sua mano andò verso la mia cintura. «Perché posso farlo, se è questo che volete. Ditemelo e basta, così poi non ci pensiamo più».

Lasciai che mi slacciasse la cintura, ma poi le afferrai il polso e la bloccai. «Devi lavorare sulle tue abilità nei preliminari e nelle conversazioni intime».

Premetti la sua mano sul cuscino e la feci stendere sulla schiena. Nel mentre, le infilai la coscia tra le gambe e mi posizionai sopra di lei.

Mi afferrò la spalla e cercò di spingermi via. Sospirai e le catturai entrambi i polsi con una mano, bloccandoglieli sopra la testa. Quella libera, invece, gliela avvolsi attorno alla gola. I lividi che le stavano sbocciando sulla pelle confermarono che ero stato troppo violento con lei, sul campo. Era solo una dimostrazione a beneficio dei miei pari, per sottolineare come avessi la situazione sotto controllo, ma vedere quei segni mi mise a disagio.

«Ti fa male?».

«Oh, vi importa?» ruggì in risposta, strappandomi un sorriso.

«Non sai niente di me, agnellino» sussurrai. «Solo ciò che ti ha mostrato la società».

«Penso che le ultime ore in vostra presenza mi abbiano mostrato tutto ciò che ho bisogno di sapere».

«Ah sì?». Inclinai il capo, senza interrompere il contatto visivo con lei. «E cos'è che sai, Raelyn?».

Quegli splendidi occhi azzurri assunsero un'espressione tagliente. Ne fui entusiasta. *Eccoti, tesoro. Vieni a giocare con me. Stupiscimi.*

«Ti ho offerto la mia giacca quando avevi freddo» dissi, ripercorrendo ciò che era successo nel corso della serata. «Non ti ho scopata come hanno fatto molti coi loro nuovi giocattoli, e non ho lasciato che Robyn ti punisse dopo che l'hai fissata sfacciatamente dall'auto. Ti ho anche concesso di vivere, quando la maggior parte dei miei pari non avrebbe mai tollerato la tua disobbedienza. Quindi dimmi, mia cara, cosa dice di me tutto questo?».

Il letto iniziò a tremare sotto di noi man mano che il jet prendeva velocità. Il suo sguardo guizzò verso il finestrino sulla parete. La liberai dalla mia presa, aspettandomi che volesse afferrare la testiera, invece si avvinghiò alle mie spalle. Mentre acceleravamo nel cielo, la sua espressione divenne un miscuglio di meraviglia e preoccupazione.

Era raro che gli umani volassero. O almeno, non quando erano coscienti. Era molto più facile drogarli e ammassarli nella stiva, come si farebbe col bestiame. Raelyn schiuse le labbra e sgranò gli occhi.

«Vuoi guardare fuori dal finestrino?» le chiesi, divertito.

Il suo sguardo cercò il mio. «Io... no... io...». Deglutì e aggrottò la fronte. «Non ho mai... voglio dire...».

«Lo so» la interruppi, sistemandole una ciocca di capelli dietro l'orecchio. Mi appoggiai con i gomiti sul cuscino, ai lati della sua testa. «Se vuoi guardare fuori, fa' pure. Ma sii prudente». Feci per spostarmi da sopra di lei, ma strinse la presa sulle mie spalle. L'aria s'impregnò di paura.

Volare la terrorizzava, ma le mie labbra accostate al collo no.

Mi venne quasi da ridere. La società l'aveva resa insensibile all'ovvia minaccia che torreggiava sopra di lei. Non c'era da stupirsi che la maggior parte degli umani venisse da me già in pezzi.

Quando l'aereo si stabilizzò, iniziò a rilassarsi. La sua fronte si distese con un sospiro. Fu solo quando incontrò di nuovo il mio sguardo, che si rese conto di essere rimasta praticamente aggrappata a me per tutto il tempo. Ma piuttosto che lasciarmi andare, si bloccò.

«Allora, cos'è che sai di me?» la provocai, incapace di trattenermi. Posai delicatamente le labbra sulla sua gola e le accarezzai la mascella col naso. «Mikael vuole che ti dica le regole. Ogni tanto si crede il capo, ma non lo è».

C'era voluto un anno per liberare la personalità nascosta sotto l'indottrinamento dell'Organizzazione. Somigliava a malapena al maschio che avevo acquistato a quell'orribile asta. Era diventato molto più forte, e non si faceva problemi a farmi notare i miei errori. Il che lo rendeva un buon amico e un ottimo partner.

«Eccoti la prima regola» continuai. «Questo è il mio territorio, Raelyn. Ora sei mia e dovrai fare tutto ciò che ti dico, incluso permettere a Mikael di prendersi cura di te». Quella la considerai la seconda regola. «Quindi, se ti dice di farti una doccia e vestirti, ti laverai e ti metterai addosso qualcosa».

Mi rivolse un'occhiataccia. «Siete stato voi a dirmi di togliere la giacca».

Dovetti reprimere un sorriso. «No, ti ho chiesto se volessi farlo. Hai deciso tu di toglierla».

«No, non è quello che…».

La zittii, premendo la bocca sulla sua.

Aveva interpretato la mia domanda come un ordine, cosa che forse avevo causato di proposito, ma non le avevo mai detto di spogliarsi. Le sue labbra rimasero immobili sotto le mie, senza arrendersi né ricambiare, il che ci portò alla regola successiva.

Non mi piaceva costringere una donna a fare sesso.

Tuttavia, amavo sedurne una riluttante. Soprattutto una che non voleva essere attratta da me.

Era la mia regola non scritta. Una che Mikael comprendeva, e che non avrei mai pronunciato ad alta voce. Mettere Raelyn a suo agio mi avrebbe tolto tutto il divertimento. Preferivo che continuasse a ribellarsi e che mi odiasse. La sua futura sottomissione sarebbe stata molto più dolce.

Ci feci rotolare sul letto in modo da ritrovarmi sotto di lei, che era a cavalcioni sul mio bacino. Mi misi le mani sotto la testa. Raelyn si raddrizzò e appoggiò le mani sul mio addome per tenersi in equilibrio. Il suo petto si alzava e si abbassava in fretta per il movimento repentino.

«Hai un seno meraviglioso» la lodai, ammirandone i capezzoli rosei e la fermezza. La curva sottile della vita portava all'apice rasato tra le sue cosce. Chiunque l'avesse costretta a togliere quei riccioli rossi meritava una bella lezione. Ero certo che, ben curati, sarebbero stati splendidi.

Riportai lentamente il mio sguardo sul suo e mi accorsi che le sue guance avevano assunto una deliziosa sfumatura rosata. Mmm, sì, mi piaceva quasi quanto la sua espressione furibonda.

«Io non… Cosa volete da me, Kylan?».

Il mio nome pronunciato dalla sua voce roca mi colpì dritto all'inguine. Gli umani raramente si rivolgevano agli esseri superiori chiamandoli per nome. E il modo in cui si coprì immediatamente la bocca con la mano mostrava che si era resa conto dell'errore. I suoi occhi azzurri si spalancarono. «Io non… non volevo…».

«Quando siamo soli, puoi chiamarmi Kylan. Anzi, preferirei che lo facessi». Mikael usava sempre il mio titolo, "Vostra Altezza". Era abbastanza eccitante, ma perdeva la sua attrattiva se lo usavano tutti.

Rilassò le spalle e appoggiò di nuovo la mano sul mio addome. Non sembrava affatto turbata dalla sua nudità. Un condizionamento inculcatole dai miei simili. Avrei dovuto sentirmi un po' in colpa, o a disagio, ma non ci riuscivo proprio.

«Cosa volete da me?» chiese di nuovo in un sussurro.

«Cosa *non* voglio da te, tesoro…». Allungai una mano verso di lei e le avvolsi il palmo attorno al collo. Poi la tirai verso di me, facendo sì che la sua bocca fosse a pochi centimetri dalla mia. «Cosa pensi che voglia?».

«Che vi sfidi».

Le diedi un piccolo morso al labbro inferiore. «Brava». La baciai di nuovo, perché potevo e volevo farlo, e sorrisi quando emise un suono simile a un ringhio.

«Non sono un cane».

«No, non lo sei» mormorai, leccando il punto in cui le sue labbra si congiungevano. «Apri, principessa».

«Non...».

La mia lingua la interruppe. Il mio desiderio di baciarla davvero aveva preso il sopravvento. L'esplorazione nel campo era stata solo l'inizio. Avevo bisogno di averne di più. Avevo bisogno di assaggiarla per bene, di *conoscerla*.

Mi afferrò i bicipiti. I muscoli delle sue braccia si tesero, era pronta a spingermi via. Strinsi la presa sulla sua nuca e le afferrai il fianco, facendoci rotolare di nuovo sul letto. La sua schiena era sul materasso, io ero tra le sue cosce spalancate. Mi conficcò le unghie nella camicia, facendomi sorridere. «Così, Raelyn» sussurrai. «Continua a ribellarti. Sappiamo entrambi che non ci credi davvero».

«Ti odio» ansimò, mentre i suoi fianchi si inarcavano verso i miei, in diretto contrasto con le sue parole.

«Lo so». Al posto suo, mi sarei odiato anch'io. Avrei odiato quel mondo. Quella vita. Quello a cui l'aveva ridotta la società. Non c'era niente che potessi fare per impedirlo, ma questo non significava che lo accettassi. Mikael ne era la prova. Il modo in cui trattavo lei, anche in quel momento, testimoniava le mie convinzioni più profonde. Riconoscevo la mia posizione di potere, un diritto che la mia specie si era guadagnato grazie alla nostra superiorità. Ma legittimava ciò che facevamo a chi ci era inferiore? Era una domanda su cui riflettevo spesso.

Gemette nella mia bocca. La sua mano risalì lungo il

mio braccio, indugiando sul collo. Mi affondò le dita tra i capelli e iniziò finalmente a ricambiare il mio bacio.

Perché era ciò che desiderava? O perché voleva costringermi a fermarmi?

Quella ragazzina intelligente sapeva che agognavo una sfida, e abbandonarsi al bacio era esattamente l'opposto di ciò che le avevo richiesto. Anche se l'eccitazione che mi stava inumidendo i pantaloni suggeriva che fosse un miscuglio di disobbedienza e lussuria. Un invito inebriante che accettai baciandola più intensamente, prendendo il controllo delle nostre bocche e insegnandole ciò che preferivo. Lei ricambiò con altrettanta foga. Sentii i suoi capezzoli indurirsi contro il mio petto.

Oh, le piaceva, anche se non voleva fosse così.

Premetti la mia erezione sul suo calore accogliente, spalmandomi sui pantaloni la prova del suo apprezzamento. Le mie labbra le sfiorarono la guancia, per poi posarsi sul suo orecchio. «Non mi sembra la reazione di qualcuno che mi odia». Alle mie parole, le si bloccò il respiro. Ridacchiai. «Dovrei farti pulire i miei pantaloni con la lingua come punizione per aver mentito, tesoro. Darti una bella lezione di umiltà e onestà».

«Il mio corpo potrà anche approvare» disse con tono secco. «Ma la mia mente non lo farà mai».

Eccola, la sfida che bramavo. Avvicinai il viso al suo collo, accarezzandolo e godendo del suo battito accelerato. «Dammi tempo, agnellino. Conquisterò con altrettanta facilità anche la tua mente».

«Mai».

«Forse mi prenderò anche il tuo cuore» sussurrai con tono sinistro. «Lo ruberò a Silas». Solo pronunciare il nome di quell'umano raffreddò il mio ardore. Avere un animaletto innamorato di un altro non era certo il massimo. «Come avete fatto a tenere nascosta la vostra relazione?». Era illegale, per gli umani, avere delle relazioni tra di loro. I legami potevano portare alle ribellioni, e Lilith non voleva rischiare di mettere in pericolo il suo dominio.

Raelyn si irrigidì sotto di me. Il suo respiro quasi si fermò.

Mi tirai indietro per guardarla negli occhi. «Hai paura che lo dica a qualcuno? Che rovini la sua possibilità di diventare immortale?». Perché era esattamente ciò che sarebbe successo, se si fosse saputo. Una sola parola sul loro legame proibito lo avrebbe fatto uccidere. Un umano con una debolezza non era degno dell'immortalità.

Il suo labbro inferiore iniziò a tremare. I suoi splendidi occhi si riempirono di lacrime. «Cosa volete che faccia?» chiese. Sembrava sgomenta. «Io non… Per favore, non…».

Ah, ecco di nuovo quello spirito di sacrificio, la sua disponibilità a fare qualsiasi cosa volessi, solo per proteggere un ragazzo mortale che non avrebbe mai più rivisto. Una reazione così umana. Poco pratica e in contrasto con la mentalità di un guerriero. Silas significava davvero molto per lei, ma sapevo per esperienza che il maschio non avrebbe ricambiato la sua lealtà. I sopravvissuti facevano tutto il necessario per rimanere in vita, cosa che lei avrebbe fatto bene a ricordare.

Mi allontanai da lei prima di fare qualcosa di veramente catastrofico. Come ad esempio telefonare agli organizzatori del Torneo, con lei in ascolto, e chiedere che il maschio fosse strangolato e ucciso in diretta video. Avevo degli ottimi motivi per condannarlo, che fosse o meno un partecipante.

«Kylan…» mi implorò con voce rotta.

Non era per nulla il genere di supplica che preferivo in camera da letto.

Le avrei concesso quel momento, quella notte, per

superare la cosa. Il Giorno del sangue era un'esperienza spaventosa, e dubitavo che far parte del mio harem fosse tra le sue prime scelte.

Ma doveva rendersi conto che sarebbe potuta finire in posti peggiori.

La mia reputazione impallidiva in confronto a quella di altri, una verità che avrebbe appreso ben presto. Soprattutto se Robyn avesse dato seguito alla sua richiesta di un incontro.

«Dormi, Raelyn. Avrai bisogno di tutte le tue forze, se hai intenzione di restare viva in questo mondo». Intrisi di costrizione le mie parole, consapevole che altrimenti mi avrebbe ignorato. Ci aspettava un lungo volo. Tanto valeva che lo sfruttasse per riposarsi.

Mi fermai sulla soglia, con la mano attorno alla maniglia.

Dannazione.

Non riuscii a evitare di lanciare un'occhiata alle mie spalle. Raelyn aveva ceduto al sonno, come le avevo imposto. Le lacrime, che prima le riempivano gli occhi, si erano riversate sui suoi lineamenti delicati, distruggendo la sua maschera da guerriera.

«Che spreco di potenziale» commentai con un sospiro.

Stavo quasi per andarmene, ma non potevo. Se avesse dormito in quella posizione, al mattino il suo collo sarebbe stato peggio. Avevo già fatto abbastanza danni.

Era così fragile tra le mie braccia mentre la muovevo sul letto, infilandole le gambe e il torso sotto le coperte. I suoi capelli rossi erano sparsi sui cuscini. Mi ricordarono il sangue fresco. Il mio pollice vagò verso la sua gola, e mi ritrovai a riflettere se il suo avrebbe avuto lo stesso colore.

«Ci riproviamo domani, Raelyn». Non poteva sentirmi, ma le mie parole erano più per me che per lei.

Normalmente, l'avrei consegnata a Mikael e avrei

lasciato che fosse lui a prepararla. Ma come unico membro del mio harem, mi sentivo obbligato a tenerla al sicuro. C'era un bersaglio sulla sua schiena. Non per qualcosa che aveva fatto, ma perché qualcuno voleva dipingermi come un pazzo. Finché non avessi risolto il problema, la sua vita era, quasi letteralmente, nelle mie mani.

Avevo sempre protetto ferocemente ciò che era mio, e Raelyn non avrebbe fatto eccezione. Significava che avremmo dovuto trascorrere più tempo insieme di quanto non facessi di solito con i miei umani. E avremmo dovuto renderlo divertente. Non sarebbe stato facile, visto che viveva solo per proteggere qualcun altro.

Non poteva esistere solo per un ragazzo. Dovevo trovare il modo di motivarla. Per fortuna, amavo le sfide.

Le rimboccai le coperte e le sfiorai la tempia con un bacio. «Sogni d'oro, agnellino».

RAE

Ero circondata dalla luce. Era bianca, sbiadita ed estranea.

Sbattei le palpebre. Misi a fuoco delle finestre che andavano dal pavimento al soffitto, e il candore che c'era al di là.

Montagne, mi venne in aiuto la mia mente. *Vere montagne*.

«Cazzo, non posso crederci» esalai. Mi liberai in un attimo delle coperte e mi lanciai verso la portafinestra che dava su una terrazza. Abbassai la maniglia e una folata di aria gelida si intrufolò nella stanza. Ma non mi importava.

C'erano. Delle. Montagne.

E alberi.

Veri. Alberi.

Varcai la soglia, trasalendo un attimo dopo. I miei piedi avevano toccato qualcosa di freddo.

Neve.

Spalancai la bocca. Caddi in ginocchio e affondai le mani in quella candida morbidezza. Ne uscirono congelate. «Oh!». Era così fredda, ma così bella. Ripetei l'azione, emozionata di provare qualcosa che conoscevo solo attraverso i libri.

La luna illuminava il terreno, tingendo d'argento ogni

singolo dettaglio. Era quella la causa dello strano chiarore: il terso cielo notturno e la luna quasi piena che rimbalzavano sul paesaggio invernale.

Spalancai la bocca per la meraviglia, nonostante stessi iniziando a tremare. «È bellissimo» mormorai tra me e me, scioccata.

«Già» concordò una profonda voce maschile.

Balzai all'indietro, finendo a sbattere contro qualcosa, anzi, *qualcuno* di duro. Delle braccia calde mi avvolsero, dissipando immediatamente il freddo dell'esterno. Mi accorsi solo allora che avevo addosso un pigiama.

Kylan.

«Benvenuta nella mia casa, Raelyn».

Restai di sale. Era la sua casa. La sua stanza. Mi possedeva. Perché ero stata scelta per il suo harem, per essere scopata fino alla fine dei miei giorni.

Perché adesso era quella la mia vita.

Il mio entusiasmo si dissolse in un sospiro. Non avrei potuto esplorare il circondario o godermi il paesaggio. Avrei potuto soltanto sottomettermi al reale dietro di me.

«Hai bisogno di mangiare» mormorò, con le labbra posate sul mio collo.

Il mio stomaco concordò con un brontolio, ricordandomi che erano ore, o forse addirittura giorni, che non mangiavo. Mikael aveva provato a convincermi a nutrirmi, sull'aereo, e mi aveva lasciato un piatto sul comodino. Ma non l'avevo neanche sfiorato. Non volevo rischiare di vomitare, quando Kylan fosse venuto per me.

In quel momento, però, non avevo scelta. Digiunare mi avrebbe indebolita, e non potevo permettermelo. Dovevo essere al massimo delle mie forze, in presenza di Kylan. Già l'aver dormito così tanto la diceva lunga su quanto fossi debilitata.

«Altro silenzio» constatò con un sospiro. «Sei ripetitiva». Mi fece voltare verso di lui. I miei piedi scivolarono sul pavimento gelido. Mi catturò il viso tra le mani e mi scoccò uno sguardo incandescente. «Ora mangerai».

«Non ho mai detto che non lo avrei fatto» ribattei, irritata che avesse già iniziato a maltrattarmi. «E se mi aveste dato più di due secondi per rendermi conto della situazione, vi avrei risposto».

Le sue sopracciglia si inarcarono. Sembrava colpito. «Molto meglio».

Mi trattenni a stento dall'alzare gli occhi al cielo. «Dovete condurre un'esistenza veramente noiosa, se tutto questo vi fa divertire». Non potevo credere di averlo detto a voce alta. Probabilmente era quel posto. Mi sopraffaceva, mi obnubilava i sensi. Non c'era altra spiegazione, perché sapevo benissimo che non avrei mai dovuto parlare in quel modo a un vampiro, men che meno a un reale. Anche se, dannazione, quell'uomo era esasperante.

Le sue labbra si curvarono in un ghigno ferino. «Dolcezza, non ne hai idea».

E non avevo alcun desiderio di approfondire. «Pensavo voleste che mangiassi qualcosa».

«È così».

«Allora perché mi state tenendo in questo modo?».

«Perché mi va di farlo». Strinse la presa. «E perché posso».

«Bene» sbottai.

«Bene» ripeté lui, sbottando di rimando.

Ci fissammo in cagnesco, i suoi occhi scuri incatenati alla luminosità dei miei. Mi si stavano congelando i piedi nella neve. Desideravo disperatamente girarmi e dare un ultimo sguardo alla montagna, ma le sue dita mi bloccavano il mento. Il gelo mi si diffuse dai piedi alle gambe, facendomi rabbrividire. La neve era stupenda, ma anche freddissima. Iniziai involontariamente a battere i denti, così serrai la mascella in segno di protesta.

Kylan lasciò cadere le mani sui miei fianchi e mi sollevò, per poi chiudere la portafinestra con un piccolo calcio. Notai che indossava degli stivali adatti al clima, un paio di jeans e un dolcevita nero. *Quell'abbigliamento gli sta proprio bene*, dovetti ammettere a malincuore tra me e me.

Mi posò in una cabina armadio piena di vestiti. «Mettiti qualcosa di caldo. Dopo mangiato ti porto fuori».

«Per una passeggiata?» gli chiesi con una punta di sarcasmo.

Di nuovo quel ghigno ferino. «Sì, animaletto. Per una lunga e bella passeggiata. Vuoi che mi porti dietro anche un guinzaglio?».

Gli rivolsi il mio miglior inchino. «Se è questo ciò che desiderate, *Vostra Altezza*».

Rise fragorosamente e scosse la testa. «Se dormire ti rende così esuberante, ti costringerò a farlo più spesso».

«Costringermi…». Strinsi i denti quando mi divenne chiaro il motivo per cui avevo dormito così profondamente. «Mi avete fatta addormentare coi vostri poteri da vampiro».

Mi lanciò un'occhiata sardonica. «Ho fatto molto di più». Mi afferrò per le spalle e mi fece voltare verso una sfilza di abiti femminili. «Scegli qualcosa».

«Perché? A quanto pare, siete capacissimo di farlo voi».

«Allora andrai in giro nuda».

Mi strinsi nelle spalle. Non mi importava. «Se è quella la vostra scelta…».

«Congelerai».

L'ennesima alzata di spalle. «Sarà più un problema per voi che per me».

«Ah sì?». Mi avvolse le braccia attorno alla vita e posò il mento sulla mia spalla. «Spiegami il tuo ragionamento».

«Un giocattolo congelato è un giocattolo morto». *Cosa diavolo c'è che non va, in me?* Stavo praticamente sfidando un mostro a farmi congelare.

La risatina con cui accolse le mie parole mi riecheggiò lungo la schiena. «Oh, Raelyn, sei veramente adorabile».

Beh, già che c'ero… «Rae». Mi girai verso di lui e gli rivolsi uno sguardo tagliente. «Raelyn è un nome ridicolo».

«Si potrebbe dire lo stesso di Rae».

«Beh, è quello il nome a cui rispondo. Fatevene una ragione, o aspettatevi che vi ignori».

Inarcò le sopracciglia. «Da dove salta fuori tutta questa sicurezza, mio caro agnellino?».

«Non lo so. Forse ho capito di non aver niente da perdere. E, prima che lo diciate, no. Non userete più Silas per tormentarmi». Le parole mi uscirono dalla bocca proprio mentre la mia mente metteva insieme un pezzo cruciale del nostro destino. Era semplicemente scattato, come spesso accade, e non riuscii a evitare di sorridere. «Non potete».

Kylan aveva un'espressione fin troppo divertita. «Oh, non posso? Per quale ragione?».

«Perché non potete» ripetei, euforica.

Mi avvolse una mano attorno al collo e mi costrinse a indietreggiare verso la parete accanto agli abiti. «Non è una spiegazione soddisfacente, Raelyn. Prova ancora».

Non mi lasciai intimidire. «Se vi liberate di Silas, non avrete più alcun potere su di me. Non sarò nient'altro che un guscio vuoto, un giocattolo rotto. E a quel punto cosa farete?». Non avrebbe avuto più nessun interesse in me. E il modo in cui mi fissava in quel momento ne era la prova.

Un'ombra di rispetto si annidava nel suo sguardo

astuto. «Come hai fatto a sopravvivere così a lungo in questo mondo?».

«Essendo la migliore della classe». E capendo i miei avversari meglio di quanto facessero loro stessi.

«Perché desideravi l'immortalità».

«O diventare una vigilante».

Inclinò la testa di lato, con un'espressione quasi malvagia. «E invece sei finita nella mia tana».

Cercai di non lasciarmi ferire dalla sua osservazione, ma non ci riuscii. «Solo perché mi avete scelta».

«Se non l'avessi fatto io, l'avrebbe fatto qualcun altro».

«Questo non lo potete sapere».

«No, lo so per certo. Sei stata marchiata come preda. Uno dei licantropi ti avrebbe scelta in un batter d'occhio, e il tuo spirito valoroso sarebbe stato soffocato e ucciso in quel campo, davanti a tutti». Mi lasciò andare così all'improvviso che quasi caddi. «È una sceneggiata crudele, Raelyn, lo so, ma non eri mai stata destinata a lottare per l'immortalità. La cerimonia è stata studiata solo per fartelo credere per un secondo, per darti un falso senso di speranza e strappartelo via subito dopo. Tutto per il nostro regale divertimento. È così che funziona la società».

Si voltò e iniziò a frugare tra i vestiti, mentre io rimasi a fissarlo a bocca aperta.

Per darti un falso senso di speranza e strappartelo via subito dopo. Tutto per il nostro regale divertimento. Stava forse insinuando che era tutta una messinscena? Che non ero mai stata realmente selezionata per competere? Che non ero nient'altro che un animaletto da illudere e torturare psicologicamente per un crudele intrattenimento?

In effetti, corrispondeva a ciò che sapevo sui vampiri e i licantropi. E il fatto che Kylan me lo stesse rivelando, non faceva che aumentare il tormento.

«Tieni». Mi porse un maglione cremisi con lo scollo a V e un paio di jeans. «Questi dovrebbero andarti bene».

Non li accettai. «Non sono mai stata destinata al Torneo dell'immortalità».

Il suo sguardo peccaminoso catturò il mio. «No, eri destinata al mio letto. Che è esattamente dove ti metterò, se non inizi a vestirti».

«E Silas?».

I suoi occhi si incendiarono. «Ancora quel dannato umano. Quante volte ti ho già detto di smettere di pensarci? Tre? Forse quattro?».

«Ditemi cosa gli succederà» gli domandai, ignorando l'irritazione che traspariva dal suo tono. «È tutta una tortura mentale anche per lui?».

Kylan lasciò cadere i vestiti e mi spinse di nuovo contro la parete. Appoggiò le mani su entrambi i lati della mia testa. «Stai mettendo a dura prova la mia pazienza. La cui normale durata, devo avvertirti, ho già esteso a tuo beneficio. Non provocarmi».

«E allora ditemi cosa gli accadrà». Lo afferrai per la vita. Il suo maglione era così morbido sotto i miei palmi. «Devo sapere che ha una possibilità».

«Nessuno di voi ce l'ha».

«No». Scossi la testa, rifiutandomi di crederci. «Lui ce l'ha. Ditemi che ce l'ha».

La violenza iniziò a ribollire nei suoi occhi scuri. Il predatore era stato tenuto sopito, ma ora mi stava guardando, palesemente furibondo. Se non fossi già stata addosso al muro, avrei fatto un passo indietro.

Questo è il vero Kylan.

Il più antico reale vivente.

E l'ho appena fatto infuriare.

Deglutii. La mia bocca cercava di formulare delle scuse, ma il mio cuore si rifiutava di farlo. Avevo il diritto di sapere, no? Se tutto non era nient'altro che uno stratagemma per tormentare il mio più vecchio amico, me, tutti noi, allora volevo che lo ammettesse. *Avevo bisogno* che lo ammettesse.

I suoi zigomi si tesero in delle linee brutali. Praticamente ringhiò: «Non sono tuo amico, né qualcuno a cui hai il diritto di chiedere o ordinare qualcosa, Raelyn».

Non me l'avrebbe mai detto. Perché mi vedeva come un animale da compagnia. Un'umana senza diritti.

Nessuno di noi era degno.

Chinai il capo in segno di deferenza.

Troppo a lungo avevo dimenticato chi avessi davanti. Non un uomo, non una persona, ma un vampiro di sangue reale con la fama di massacrare i suoi sottoposti.

E, in quel momento, sembrava proprio volesse uccidermi.

Dovevo essere impazzita. Tener testa a una creatura superiore… *Chi credevo di essere?* Mi ero messa a battibeccare con lui nello stesso modo in cui l'avrei fatto con Silas o con Willow. Sapevo bene che non era quello il modo di comportarsi. Non si trattava di un umano, ma di un essere soprannaturale che poteva uccidermi con un gesto e non sarebbe importato a nessuno.

Perché non ho nessuno.

Nessun amico.

Nessun alleato.

Nessuna scelta.

Ero *di proprietà* di Kylan e avevo avuto l'ardire di oppormi a lui. No, peggio, gli avevo chiesto qualcosa, avevo rifiutato i vestiti che mi offriva e qualsiasi gesto cortese che mi avesse rivolto. Perché? Perché lo ritenevo colpevole di avermi sottratto la possibilità di diventare immortale.

Ma non ho mai avuto una possibilità.

Com'è che mi aveva chiamata? Preda? Era stato tutto un giochetto mentale per lo svago dei suoi simili. *Guarda quella mortale che crede di essere degna di unirsi a noi. Non è adorabile?*

Tutti i miei corsi, tutti i miei punteggi... nulla importava. Ero stata semplicemente addestrata per diventare un animale da compagnia.

«È uno dei favoriti» disse Kylan con un tono seccato. «Se il tuo ex amante vince, diventerà un immortale e si dimenticherà di te, Raelyn. Ma, a quanto pare, tu morirai ricordandoti di lui».

Si allontanò. I suoi passi erano silenziosi.

«Non è mai stato il mio amante» sussurrai, incerta sul perché sentissi il bisogno di chiarirlo. «Solo il mio migliore amico, come Willow».

Chiusi gli occhi, trattenendo le lacrime che premevano per uscire. Avevamo sempre saputo che i nostri destini si sarebbero divisi, che dal nostro ventiduesimo anno di età non ci saremmo più rivisti. Ma viverlo nella realtà faceva *male.*

Mi tremavano le gambe. Il mio corpo era nuovamente esausto. Avevo proprio bisogno di cibo. Ma cosa importava? Pensavo di voler essere forte davanti a Kylan, ma avevo appena avuto la dimostrazione di come fosse impossibile. Qualche parola litigiosa non era niente in confronto alla sua forza bruta e al suo potere.

Avrei trascorso i miei ultimi giorni servendolo, e sarei morta quando si fosse stancato di me. O forse sarei stata relegata a lavorare per lui, in modo che potesse prendersi delle nuove amanti più giovani.

Un divertimento passeggero.

Proprio un destino di cui andar fieri.

E d'un tratto mi ritrovai il suo palmo ad accarezzarmi

il viso, il suo pollice a cancellare una lacrima che non mi ero accorta mi fosse sfuggita. Non l'avevo nemmeno sentito tornare. «È un'epoca cruenta» sussurrò, posandomi un bacio sulla fronte. «Prenditi un momento per te, Raelyn. Fatti una doccia, vestiti e raggiungimi nell'atrio. Ceneremo e ti farò fare un tour della tenuta».

KYLAN

SOLO IL MIO MIGLIORE AMICO.

In un attimo, le sue parole avevano dissipato la mia ira, lasciandomi perplesso. Tanto per cominciare, perché ero così infuriato? Perché aveva un amante umano? Certo, apparteneva a me, ma perché avrebbe dovuto importarmi qualcosa dei suoi sentimenti, passati o presenti che fossero?

Mi passai la mano sul viso.

«Devi raderti» sentenziò Mikael a mo' di saluto, con lo sguardo puntato sulla mia barba vecchia di tre giorni. «O davvero non ti darò più il mio sangue».

«Perché tutti gli umani che vivono in casa mia pensano di essere loro a comandare?». Prima Raelyn, adesso lui. «Sto iniziando a pensare che dovrei scoparvi fino a ficcarvi in testa un po' di buon senso».

A Mikael si illuminarono gli occhi. «Sì, ti prego».

Sbuffai. Sapevo che sarebbe stato subito d'accordo. Preferiva le donne, ma, se avessi desiderato qualcosa di diverso, non mi avrebbe mai rifiutato. Purtroppo per lui, mi capitava di rado. Nonostante apprezzassi notevolmente la sua bocca.

Al momento, però, agognavo qualcosa di un po' più femminile e focoso.

Zittire Raelyn infilandoglielo in gola... Mmm, quello sì che suonava divino.

Mikael si appoggiò al muro, accanto a me. I suoi occhi verde acqua brillavano di curiosità. Quel giorno si era legato i capelli in una coda bassa, lasciando il collo esposto, proprio come piaceva a me. «L'hai fatta dormire nella tua camera».

«Sì».

«Questa sì che è una novità».

«Già». I membri dell'harem avevano una zona riservata. Era là che mi divertivo con loro, non nelle mie stanze. «Le attuali circostanze giustificano il mio strappo alla regola».

«Sei preoccupato che qualcuno possa arrivare a lei».

«Puoi biasimarmi?». Lo guardai. «Lo sai che è un bersaglio».

Annuì. «Ucciderla danneggerebbe ulteriormente la tua immagine».

«Non si limiterebbero a ucciderla, Mikael. Ne farebbero uno spettacolo eclatante». Dopo la sua insolenza nel Giorno del sangue, nessuno mi avrebbe rimproverato se le avessi inflitto una sentenza di morte. Il che, per dimostrare ancora una volta quanto fossi uscito di senno, avrebbe implicato un omicidio pubblico e drammatico.

«Hai fatto progressi nell'identificare chi sia il colpevole?».

Scossi la testa. «No, ma ho una lista di sospetti che intendo invitare a cena, ora che ho una nuova consorte da usare come esca».

E Jace era in cima alla lista.

La sua recente nomina di un nuovo sovrano mi forniva la scusa perfetta. Conoscevo già Darius, ma organizzare una presentazione formale del nuovo leader di una regione era in linea con la politica dei vampiri.

Dal momento che la regione di Jace confinava con la mia, mi sembrava ovvio che fossero stati lui o uno dei suoi tirapiedi a massacrare il mio harem. Se si fosse dimostrato che ero incapace di regnare, Darius, essendo di sangue reale, avrebbe potuto ereditare tutto il mio territorio.

Era quello il ragionamento che aveva posto Jace in cima alla mia lista dei sospettati. L'infido reale stava tramando qualcosa. Lo sentivo ogni volta che lo incontravo.

«Un piano che prosciuga molte energie» commentò Mikael, con un sorrisetto che gli si faceva strada sulle labbra.

Mi sporsi verso di lui e gli posai una mano sul fianco. «Sei mio. Decido io se condividerti o meno».

Il desiderio donò ai suoi occhi una maggiore intensità di turchese. Era un uomo così bello, con quegli zigomi affilati e la mascella delicata. Non avrei mai lasciato che qualcuno lo toccasse senza il mio permesso.

«Lo so» mormorò, avvicinando il palmo alla mia guancia. «Ti sei sempre preso cura di me».

«E ciò non cambierà mai» gli giurai in un sussurro, proprio mentre si apriva la porta della mia stanza.

Invece di salutare Raelyn, tirai Mikael più vicino, in modo da sfiorare le sue labbra con le mie. Lui ricambiò il bacio, modellando il suo corpo sul mio in un modo che mi fece sentire un re. La mia lingua si insinuò nella sua bocca, strappandogli un gemito. Ne fui immensamente compiaciuto.

Dominare un maschio, soprattutto uno forte quanto Mikael, era un'esperienza unica. Adoravo la sensazione di stabilire il mio dominio, rivendicare il mio diritto su di lui e piegarlo al mio volere.

Desideravo da Raelyn la stessa, totale fiducia che aveva Mikael nei miei confronti mentre lo divoravo. Le sue dita si infilarono tra i miei capelli, stringendomi a lui. Accentuai la presa sul suo fianco in segno di avvertimento. Amava sfidare i miei limiti, cercare di prendere ciò che non era suo, provocarmi in ogni modo.

Lo spinsi contro il muro. Le mie labbra lasciarono le sue, scendendo invece verso il suo collo. Gli conficcai i denti nella gola senza alcun preavviso. Raelyn mi aveva messo di cattivo umore con tutto il suo parlare di quell'umano. Per fortuna, Mikael poteva subirne le conseguenze al posto suo. Amava il dolore che gli infliggevo, anche quando mi spingevo troppo in là.

«Di più» gemette. Fremeva per il piacere che avevo scatenato in lui con il mio morso.

Farlo venire sarebbe stato crudele, soprattutto davanti a Raelyn. Oh, sarebbe stato così facile. Mi sarebbe bastato aumentare le endorfine che gli stavo instillando col mio morso, e mandarle dritte al suo inguine. L'imprecazione che gli sfuggì dalle labbra mi fece capire che stava funzionando, che lo stavo spingendo al limite senza nemmeno avvicinarmi al suo sesso. E se l'avessi costretto a esplodere senza nemmeno offrirgli la gentilezza del mio tocco, mi avrebbe odiato ancora di più.

Ma la tortura peggiore di tutte sarebbe stata lasciarlo a bocca asciutta, costringendolo a cercare una delle cameriere, o di nuovo Zelda, per ottenere il sollievo di cui aveva bisogno.

La sua dolce essenza mi bruciava in gola, ricordandomi perché l'avessi pagato così tanto. Quelli come lui erano allevati per la loro rara linea di sangue, che li rendeva di conseguenza molto costosi. La maggior parte veniva scopata una volta e scartata, ma io decisi di tenerlo come compagno. Anche perché mi piaceva.

«Mi stai uccidendo» rantolò, riferendosi non al mio morso, ma all'estasi che gli scorreva nelle vene.

Ridacchiai, ma continuai imperterrito a bere il suo sangue, mentre lui sfregava la sua erezione sul mio fianco.

«Va' al diavolo, Kylan» ringhiò.

L'utilizzo del mio nome mi fece capire quanto l'avessi spinto in là. Sorrisi sul suo collo. «E tu che volevi rifiutarmi il tuo sangue». Leccai la ferita, guarendola, e incontrai il suo sguardo ardente. «Non riesci a durare neanche un giorno».

«Stronzo» replicò. La sua voce era bassa e irritata, nonché intrisa di eccitazione.

Posai la mano sulla sua erezione. «Stavo solo cercando di non metterti in imbarazzo di fronte a Raelyn».

«Resti comunque uno stronzo».

Sorrisi, accarezzandoglielo nel modo che preferiva. E che amavo anch'io. «Vuoi che finisca, o preferisci che se ne occupi Zelda?».

Mi afferrò il polso. Era chiaramente vicino all'orgasmo. «Odio quando fai così».

«Lo so».

«Eppure lo fai lo stesso».

«Sì». Gli morsi il labbro inferiore abbastanza forte da farlo sanguinare. Leccai la ferita, causandogli un altro spasmo.

«Kylan» ruggì.

«Dimmi che vuoi di più».

«Lo sai».

Sbirciai in direzione di Raelyn. Aveva le guance arrossate, le labbra schiuse, e lottava per mantenere un respiro regolare. «Ti piacerebbe vederlo venire? È uno spettacolo magnifico». Applicai più pressione, facendolo gemere ancora più forte. Si aggrappò al mio braccio per non cadere. «Allora, Raelyn? Lo lascio venire per te?».

Spalancò gli occhi e il suo viso assunse un'intensa tonalità cremisi.

«Non sono sicuro che sia pronta, Mikael» mormorai. Il mio sguardo era ancora su di lei, mentre lo massaggiavo da sopra i jeans.

Mikael abbandonò la testa sulla mia spalla. «Cazzo...».

«Non credo sia pronta neanche per quello». Inclinai la testa di lato. «Raelyn?».

Si leccò le labbra. Il suo sguardo continuava a guizzare alternativamente tra me e Mikael. Doveva aver notato l'agonia nell'espressione o nella postura di lui, perché, lentamente, annuì.

«Dillo» la incoraggiai.

«Sì» sussurrò.

Mikael rabbrividì, il suo sollievo era palpabile. Sapeva che avrei smesso, se lei avesse rifiutato.

Gli sbottonai i jeans e abbassai la cerniera, liberando la sua erezione. Sentii il suo respiro farsi sempre più affannoso. Iniziai ad accarezzarglielo dalla base alla punta, con movimenti violenti e decisi. Aveva sempre preferito che fossi brutale, rivelando solo in questo frangente il desiderio di essere dominato.

Piuttosto che costringerlo ad aspettare, come amavo fare di solito, gli diedi ciò che bramava, mordendolo ancora una volta.

Venne con un grido gutturale, esplodendo per il mio morso e il mio tocco. Gli avvolsi il braccio attorno alla vita, sorreggendolo mentre si contorceva. Ciò che provava era un miscuglio di dolore e piacere, la forza del suo orgasmo raddoppiata dalle mie zanne nella gola. Mormorò il mio nome come una maledizione e una supplica, continuando a dimenarsi tra le mie braccia.

Così tanta forza per un umano.

Così tanta bellezza.

Bevvi a sazietà, poi gli chiusi le ferite sul collo. Raelyn era immobile. Il suo respiro irregolare riecheggiava nel corridoio, il suo interesse era più che evidente. La femmina distrutta era sparita, al suo posto vi era una donna che si stava rendendo conto del potenziale della sua situazione.

Perché tra le mie braccia ci sarebbe potuta essere lei, e avevo lasciato che vedesse con i suoi stessi occhi cosa implicasse.

La testa di Mikael era ancora appoggiata sulla mia spalla. Cercava di ricomporsi, pur continuando ad ansimare.

Ressi lo sguardo di Raelyn, lasciando che percepisse la passione del momento. Dal modo in cui stringeva le cosce, mi fu chiaro quanto le fosse piaciuto lo spettacolo. Forse una parte di lei aveva anche desiderato unirsi a noi.

Ma non era ancora pronta.

Lasciai un bacio leggero sulla tempia di Mikael e lo aiutai a rimettersi in piedi. La sua erezione mi pulsava ancora in mano. Aveva fatto un disastro sia sul suo maglione che sul mio, ma la sua espressione soddisfatta mostrava quanto poco gli importasse.

«Grazie» sussurrò.

«Ne avevi bisogno». Soprattutto considerando che aveva passato la notte precedente con Zelda.

«Già» confermò. «Ricambierei il favore, ma non è davvero ciò che vuoi».

A volte, temevo mi conoscesse fin troppo bene. Ignorai il suo commento e mi sfilai il maglione. Glielo porsi. «Fallo lavare».

Se lo premette sull'inguine e lo usò per darsi una ripulita. «Certo».

L'eccitazione di Raelyn si stava facendo sempre più intensa, impregnando l'aria e spingendomi a cercare il suo sguardo. I suoi occhi erano incollati al mio addome nudo. «Penso che approvi, Mikael».

«Dovrebbe essere cieca per non farlo» commentò, per

poi scoccarle un sorrisetto. «Comportati bene, e forse te lo farà toccare».

Le avrei permesso di fare molto di più. «Non andare via, Raelyn. Ho bisogno di un altro maglione».

Annuì, senza dire nulla. Il suo sguardo era sceso sul mio inguine. In quel momento, il suo silenzio non mi dava più così tanto fastidio. Si inumidì le labbra, facendo pulsare la mia erezione sotto i jeans.

Avremmo testato quelle abilità orali al più presto. Assolutamente.

Mi ravviai i capelli ed entrai nella mia suite. Avevo svariati maglioni neri sparsi tra armadi e cassetti, il che rendeva la mia scelta estremamente facile. Presi un altro dolcevita e lo indossai, poi afferrai una sciarpa per Raelyn, per quando ci fossimo avventurati all'aperto.

«È una linea di sangue unica» udii Mikael spiegare. «Quelli come me non vanno all'università come hai fatto tu. Noi siamo cresciuti dall'Organizzazione e veniamo messi all'asta quando compiamo ventidue anni».

«Messi all'asta?» ripeté, affascinata. «È qualcosa di simile al Giorno del sangue?».

«No, non proprio. Il vostro destino è letto dal magistrato. Il nostro, invece, viene comprato da ricchi vampiri. Per fortuna, Kylan ha fatto l'offerta più alta».

Per fortuna, pensai, trattenendomi a stento dall'alzare gli occhi al cielo. Non aveva torto, ma non aveva nemmeno ragione.

«Quindi ti ha comprato».

«Sì».

«E quanto a lungo hai vissuto con lui?».

«Più di dieci anni».

Scelsi quel momento per unirmi di nuovo a loro, soprattutto perché volevo vedere l'espressione di Raelyn. Non mi deluse. Aveva la bocca spalancata. «Non avere quell'aria sorpresa, tesoro» la provocai, chiudendomi la porta alle spalle. «Mikael è l'esempio di quello che succede quando un umano mi piace. Lo lascio vivere. Pensa un po'».

Mikael mi scoccò un'occhiataccia. «Smettila di comportarti da stronzo».

«Come mi hai fatto notare svariate volte nel corso della serata, sai che è la mia specialità».

Scosse la testa. «Mi arrendo. Non cercherò più di aiutarti».

«Si potrebbe pensare che tu me lo debba».

«Ho pagato il mio debito col sangue» ribatté, rivolgendomi uno sguardo severo. Si voltò per andarsene. «Buona gita. Io vado a riposare».

Sorrisi al suo fondoschiena. «Qualcosa ti ha sfinito, Mikael?».

Mi salutò alzando un unico dito, facendomi scoppiare a ridere. Cielo, era molto più divertente rispetto alla prima volta in cui l'avevo incontrato. Tutti quei vecchi film e programmi televisivi gli avevano insegnato come essere un vero umano, dotato di un vocabolario sconcio e tutto il resto.

Raelyn lo guardò allontanarsi con un'espressione perplessa. «Non capisco cosa significhi».

Ovvio. La maggior parte dei miei simili disprezzava la maleducazione. «Mi sta mandando al diavolo».

Sgranò gli occhi. «E voi glielo permettete?».

«Prima ti ho sentita imprecare e non ti ho rimproverata. Perché in questo caso dovrei comportarmi diversamente?». Il che mi portò alla domanda successiva. «Chi ti ha insegnato quella parola?».

Aggrottò la fronte. «Quale parola?».

«Cazzo».

«State scherzando? I licantropi la usano tutto il tempo».

Ah, giusto. «Ha senso».

«Preferite che non la usi?».

«Al contrario, spero tu lo faccia spesso». Mi avvicinai a lei, intrappolandola contro il muro. «Soprattutto in camera da letto. La frase "Voglio succhiarti il cazzo" è una delle mie preferite. Sentiti libera di usarla quando vuoi». Le avvolsi la sciarpa attorno al collo, che si stava tingendo di rosso, e sistemai lentamente i lembi sul suo petto. «Mmm, questo colore ti sta proprio bene».

Deglutì. Fiamme danzavano nelle sue iridi azzurre. «Gr… grazie».

Stavo per baciarla di nuovo, ma fui interrotto da un brontolio di stomaco che mi ricordò i suoi bisogni da mortale.

Cibo.

Giusto.

Poi una passeggiata fuori per intrattenere il mio animaletto. Le mie labbra si incurvarono al ricordo della sua reazione di poco prima. Per quanto non avessi apprezzato i commenti su Silas, trovavo tutto il resto molto divertente.

Le accarezzai la guancia, per poi scendere lungo il suo collo, sul suo seno, e infine intrecciare le mie dita alle sue. Mi portai il suo polso alle labbra. «È ora di un po' di cibo per umani».

RAE

Nel corso degli anni, avevo visto molte volte un vampiro nutrirsi di un umano. Ma non avevo mai assistito a nulla di paragonabile a quello che era successo tra Kylan e Mikael. Di norma, i mortali urlavano di dolore, non di piacere. Mikael, però, aveva chiaramente apprezzato le attenzioni di Kylan.

Al solo pensiero, strinsi involontariamente le gambe.

«Tutto bene, animaletto?» chiese Kylan, con una luce subdola negli occhi. Probabilmente riusciva ad annusare la mia eccitazione.

«Sì». Mi sforzai di prendere un altro morso del cibo che mi aveva dato. Era una specie di pasta cremosa, decisamente troppo saporita. Quando gli avevo chiesto proteine e vegetali, si era messo a ridere, offrendomi invece ciò che avevo davanti. L'aveva definita una delizia. Ero sicura che più tardi mi sarei sentita male.

Spinsi via la ciotola ancora mezza piena. Kylan sorrise e mi prese il cucchiaio di mano, usandolo per assaggiarne un boccone. «È un piatto troppo sofisticato, vero?» chiese dopo aver deglutito. «Le università, come le chiami tu, vi forniscono solo un nutrimento di base. Ma non ti preoccupare, riaddestrerò le tue papille gustative. Mi ringrazierai».

«Perché?» domandai. «Il cibo serve solo a dare energia, nient'altro».

«Oh, tesoro». Mi rivolse un'occhiata impietosita. «Il cibo dà piacere. Fidati».

«Come?».

«Ricordami di farti assaggiare il cioccolato». Finì la mia cena e ripose la ciotola vuota nel lavello. «Mangeremo di più dopo la passeggiata».

Mi toccai la pancia e scossi la testa. «Non credo di potercela fare».

«Vedrai». Mi afferrò la mano e mi fece scendere dallo sgabello accanto al bancone. «Vieni, agnellino. È ora di uscire a giocare».

«Volete davvero che vi prenda a pugni» borbottai.

«Mi piacerebbe molto che ci provassi, non c'è dubbio». Il suo sguardo cadde sui miei piedi. Si acciglio. «Ti servono delle scarpe».

Non sapevo cosa volesse che mi mettessi con quei pantaloni, così non avevo indossato nulla. La maggior parte del mio guardaroba, a scuola, consisteva in vestiti e tacchi alti. Un abbigliamento adatto a una femmina. Mi allontanavo dalla norma solo durante gli esercizi fisici, dove di solito non avevo addosso niente.

«Giusto» mormorò, lasciando la mia mano e sparendo in un battito di ciglia.

Letteralmente.

Era svanito davanti ai miei occhi.

Avevo già visto dei vampiri farlo, all'università, ma non in quel modo. Era incredibile.

È davvero antico. Aveva più di cinquemila anni, stando ai libri. Ma non agiva nel modo che mi sarei aspettata. Era quasi… giocoso.

«Tieni» disse Kylan, comparendo di nuovo davanti a

me. Aveva in mano un paio di calzini e degli stivali. «Mettiteli. Ora».

Sembrava si aspettasse che iniziassi a discutere. Così, li accettai con un sorriso e li indossai senza dire una parola, solo per dargli torto.

Mi alzai in piedi e sbattei le ciglia. «Sono pronta ad andare fuori a giocare, Vostra Altezza».

Il divertimento illuminò i suoi occhi scuri, donando loro un'intensa tonalità marrone. «Quindi sei capace di comportarti bene. Lo terrò a mente».

Mi calò un cappello di lana sulla testa e sulle orecchie prima che potessi mugugnare una risposta, poi mi condusse attraverso la grande sala da pranzo, verso una serie di porte di vetro.

Alla splendida vista che ci si parò davanti, tutta la mia irritazione svanì.

Montagne. Neve. Alberi.

Il mio cuore mancò un battito, lo stupore mi fece schiudere le labbra. Nemmeno le folate di vento gelido riuscivano a disperdere il mio incanto. La porta era aperta. Varcai la soglia, con l'attenzione rivolta verso le montagne in lontananza.

Meraviglioso.

Volevo avvicinarmi, esplorare. Iniziai a correre, impaziente di…

I miei piedi inciamparono l'uno sull'altro, facendomi finire contro un cumulo di neve. Cercai di risalirlo, confusa, e scivolai su un fianco, gemendo. Alla fine, rotolai sulla schiena e mi ritrovai a fissare le stelle.

O forse erano solo delle macchie di luce che mi tremolavano davanti agli occhi.

Ahia.

«Wow, molto elegante». Kylan mi si avvicinò, con un'espressione divertita e la mano tesa. «Cosa ne dici di riprovarci? Stavolta, però invece di correre sulla neve, puoi tentare di imparare a camminarci».

Lo guardai. Iniziai a battere i denti, per via del gelo che mi si insinuava sotto i vestiti, lambendo la mia pelle nuda. Kylan agitò le dita e io le afferrai, non sapendo cos'altro fare. Mi fece alzare con uno strattone, poi mi diede una ripulita dalla neve.

«Fa' un passo» mi sollecitò.

Obbedii e quasi caddi di nuovo. Il suo braccio attorno alla vita era l'unica cosa che mi teneva in piedi. Afferrai il suo maglione, cercando un po' di equilibrio.

Non era poi così divertente come mi aspettavo.

Kylan ridacchiò, abbassando le mani sui miei fianchi. «Sento l'improvviso bisogno di portarti a sciare, solo per vedere come te la cavi».

Aggrottai le sopracciglia. «Cosa?».

«È uno sport. Uno dei miei preferiti. Un giorno te lo mostrerò».

Uno sport? «È come un gioco?».

Scosse la testa, la sua espressione si rabbuiò. «Per quanto possa capire lo spostamento degli equilibri di potere, non approverò mai la distruzione della vostra cultura».

Lo fissai. «Cosa intendete dire?».

«Credi che le cose siano sempre andate così, agnellino, ma è una bugia. Un tempo, erano gli umani a regnare, mentre noi vivevamo nascosti». Mi posò una mano sulla guancia. «Tutto cambiò il giorno in cui un licantropo prese la donna sbagliata. La tua specie cercò di trasformare il suo branco in un'arma, e noi ci vendicammo».

Il mio battito accelerò. *Un tempo erano gli umani a regnare? Cosa? Com'era possibile?*

«Eravate più numerosi di noi» aggiunse, avvolgendomi un braccio attorno alla vita e dandomi una piccola spinta.

Feci un passo solo perché mi aveva costretta a farlo, stessa cosa per il successivo. «Così, brava» si complimentò, tenendomi al suo fianco. «Qui è profonda solo una ventina di centimetri. Se mantieni un ritmo costante, dovresti farcela senza problemi».

Ne dubitavo. La neve cedeva sotto i miei passi, ma al tempo stesso minacciava anche di intrappolarmi, aggrappandosi ai miei stivali.

«Comunque, tornando a quello che ti stavo dicendo… Eravate decisamente più numerosi di noi, ma un gregge di pecore non è nulla, se si trova di fronte un lupo inferocito. E sterminare circa il novanta percento della vostra specie ha reso più facile controllarvi».

Le mie gambe si muovevano, seppur lentamente, ma la mia mente faticava a elaborare le sue parole. Gli umani erano fragili e vivevano molto meno. Com'era possibile che un tempo dominassimo sugli esseri superiori? Perché si preoccupavano di nascondersi?

Kylan aumentò il ritmo, sollecitandomi a fare lo stesso con il braccio che mi teneva avvolto attorno ai fianchi.

«È il centodiciassettesimo anno di questo nuovo mondo, Raelyn». Potei vedere il suo sospiro mescolarsi all'aria della notte. Sia quel fenomeno che le sue parole mi avevano lasciata di sasso. Avevo sempre vissuto avvolta da notti umide o dalle occasionali serate fresche, mai da quell'aria frizzante cosparsa di gioie invernali.

Questa è la mia nuova vita.

Non era perfetta, tutt'altro.

Ma poteva essere peggio.

«Il vecchio mondo mi manca» continuò. La sua voce si era addolcita. «Più spesso di quanto dovrebbe».

Alzai lo sguardo su di lui, incuriosita. «Cosa vi manca, in particolare?».

Continuammo a camminare. Aveva gli occhi rivolti alle

stelle e un'espressione distante. «Ho sempre preferito starmene in pace, ma sapevo di poter contare sugli umani per avere qualche forma di intrattenimento. Forme che si trasformarono nel corso dei secoli, mutando di generazione in generazione. C'era sempre un nuovo cambiamento nell'evoluzione culturale della tua specie. Finché non abbiamo distrutto tutti gli umani con uno spirito combattivo, lasciando in vita solo i miti. Creature deboli che abbiamo iniziato a rieducare e allevare per il nostro diletto».

La sua affermazione mi fece correre un brivido lungo la schiena.

«Non c'è più nessuna caccia» mormorò. «Nessuna emozione. Mi basta guidare per un'ora per ritrovarmi a Kylan City, nel centro di una metropoli dove posso avere tutto ciò che voglio, quando voglio. Dov'è il divertimento?». Alla fine, distolse lo sguardo dal cielo, riportandolo su di me. «Gli umani non discutono né combattono più. Vi piegate e accettate tutto. Mi manca la sfida, Raelyn».

Ci fermammo. Davanti a noi si stendeva il filare di alberi che delimitava la foresta. Dietro di noi si ergeva la tenuta. Le sue pupille brillavano. Il predatore che c'era dentro di lui era lì, in agguato. Avrei dovuto sottomettermi, abbassare lo sguardo, spostarlo ovunque tranne che su di lui. Ma mi ritrovai ipnotizzata dalla sua bellezza.

Vederlo nella sua vera forma, con Mikael, aveva risvegliato qualcosa dentro di me, qualcosa di affamato. Il che, ovviamente, era proprio il motivo per cui mi aveva lasciata assistere. Ero abbastanza intelligente da capirlo. Ma non potevo negare il suo fascino enigmatico.

«Come hai fatto a sopravvivere?» mi domandò ancora una volta, meravigliato. «Dovresti essere un guscio vuoto, proprio come gli altri, ma non c'è un grammo di paura in te. Come hanno fatto i tuoi insegnanti a non notare il tuo potenziale?».

«Volete che abbia paura di voi?». La parte più logica di me già lo faceva. Eppure, c'era qualcosa in lui che mi spingeva a reagire, invece di cedere.

Mi avvolse il palmo attorno alla nuca e mi tirò verso di sé. «Voglio sapere perché, a differenza degli altri, non ce l'hai. Voglio sapere come sei riuscita a passare inosservata in una società in cui anche il minimo accenno di ribellione ti fa spedire alle fattorie del sangue».

Tremai alla menzione delle famigerate strutture in cui gli esseri umani venivano mandati a morire dissanguati. Molti dei miei compagni di classe erano stati inviati là nel corso degli anni, e molti altri proprio quella settimana, invece di partecipare alle cerimonie del Giorno del sangue.

Per quella giornata, infatti, venivano scelti soltanto mille umani.

Su quanti, non lo sapevo.

«Anche in questo momento, non ti precipiti a rispondere come dovresti» mormorò. «Potrei ucciderti senza nemmeno battere ciglio, Raelyn, eppure ti fidi che non lo farò».

«Forse è perché non ho paura di morire» sussurrai di rimando.

Strinse la presa. «Non mentire. Tu vuoi vivere. Altrimenti, perché desideravi l'immortalità?».

Non aveva tutti i torti. «Dovrei avere paura di voi».

«Dovresti» concordò.

«Ma non ce l'ho».

«Lo so. Ora dimmi perché».

«Non posso». *Perché non lo so.*

Inarcò un sopracciglio. «Forse dovrei ispirare una risposta migliore».

«Cosa...».

Le sue labbra zittirono le mie. Mi fece camminare all'indietro. Qualcosa di duro, forse un albero, mi colpì la schiena, facendomi uscire tutta l'aria dai polmoni. Mi aggrappai al suo maglione, avevo bisogno della sua forza per restare in piedi. La sua mano si spostò sulla mia gola, mentre la sua lingua si insinuava nella mia bocca, sfidandomi a ribellarmi.

Ma non potevo.

Non dopo ciò che avevo visto.

Non dopo il modo in cui il mio corpo aveva risposto al suo.

Praticamente mi sciolsi su di lui. La mia risolutezza distrutta dopo meno di ventiquattr'ore in sua presenza. Non volevo essere attratta da lui, desiderarlo, averne *bisogno*. Eppure, era proprio così che mi sentivo. In un modo in cui non mi ero mai sentita per nessuno. Era per via della sua età? Della sua esperienza? Era perché era un reale?

Nonostante l'ambiente gelido, sentivo le fiamme scorrermi nelle vene. La sua lingua rilasciava delle endorfine che non sapevo nemmeno esistessero.

Dea, non avevo mai provato nulla del genere. Era come se avesse incendiato la mia anima dall'interno. Perché lui? Perché in quel momento? Perché lì?

Non poteva durare. Non sarebbe durata. Sarei stata morta e sepolta in quello che per lui era un istante.

Ma almeno la mia vita avrebbe avuto uno scopo.

Davvero?

Spinse il bacino verso il mio, facendo deragliare i miei pensieri. Era così esigente, così *grosso*. Fremetti contro di lui, al tempo stesso eccitata e terrorizzata dal suo potenziale. La mano che mi cingeva la gola si abbassò verso il mio seno. Quel contatto fu come essere colpita da una scarica elettrica.

Oh, mi piace...

Silas mi aveva toccata in quel punto, in passato, ma solo in classe. Ero il suo soggetto per un esame, in cui era valutato sulla base della velocità con cui fosse riuscito a farmi venire. Lo aiutai fingendo, e lui ricambiò il favore un'ora più tardi, quando fu il mio turno di sostenere quella prova.

Ma il tocco di Kylan era diverso. Più crudo, più intenso... più reale. Mi pizzicò il capezzolo da sopra il tessuto, strappandomi un gemito.

Non riuscivo più a ricordare quale fosse il punto di quella dimostrazione, o perché avesse iniziato, ma non volevo che finisse.

Mi sollevò, facendo sì che le mie gambe gli si avvolgessero attorno alla vita, e mi appoggiò alla superficie dura dietro di me per tenermi in equilibrio. Poi iniziò a baciarmi sul serio. Prima, era soltanto un assaggio di ciò che poteva fare, un'introduzione, un test. E dovevo averlo passato, perché si lasciò andare completamente, dominando fino all'ultima fibra del mio essere.

Mi girava la testa.

Quello era il predatore.

La bestia.

Il maschio che voleva divorarmi.

E tutto ciò che potevo fare era accettarlo.

Gli gettai le braccia al collo e spalancai la bocca per accogliere meglio il suo sensuale assalto. La mia lingua non osò sfidarlo. Mi voleva, quindi mi avrebbe avuta.

Obbedisci o muori.

Aveva ragione.

Non volevo morire.

E vivere così non era poi così male...

«Dannazione» mormorò. «Non riesco a ricordare l'ultima volta che ho desiderato così tanto qualcuno».

Le sue parole mi spaventarono quasi quanto le sue zanne, che affondarono nel mio labbro inferiore. Strillai, poi gemetti.

«Oh...». La sensazione della sua lingua sulla ferita aperta mi piacque fin troppo. Tremai violentemente, sopraffatta dal piacere. «Cosa...?». Non potei finire. Le mie gambe, come animate di vita propria, si strinsero ancora più forte attorno a lui. «Kylan...» ansimai. Non capivo cosa stesse succedendo.

Il suo inguine si strusciò sul punto sensibile all'apice tra le mie cosce, intensificando quella sensazione estranea. Gemetti e lasciai cadere la testa sulla sua spalla.

Cosa mi stai facendo?

Un nodo si formò dentro di me, si torceva e tirava, inviando scosse elettriche a ogni terminazione nervosa.

«Cedi» sussurrò. La sua erezione mi accarezzava il clitoride da sopra i jeans.

Come?

Perché?

Ero già stata toccata in quel punto, prima, ma mai in quel modo. Di solito mi dimenavo, ma lui mi spinse a esigere qualcosa di più.

«Adesso, Raelyn». Mi catturò il mento, alzando la mia bocca verso la sua, e mi morse di nuovo. Riuscii a malapena a percepire il dolore delle sue zanne che affondavano nella mia carne, avvolta com'ero dall'euforia che ne seguì.

E poi caddi.

Precipitai.

L'oscurità divorò la mia vista, sostituita presto da luci brillanti.

Un urlo che a stento riconobbi come mio.

E una risatina soddisfatta di Kylan.

L'esplosione continuò. Le mie membra tremavano

incontrollabilmente, tutti i miei sensi erano travolti dall'estasi.

Un orgasmo. Uno vero.

Ero convinta di averlo già provato, ma mi sbagliavo. Non era nulla, paragonato a ciò che stava accadendo, a Kylan, al modo magistrale in cui l'aveva suscitato e posseduto.

Non c'era da stupirsi che Mikael fosse così esausto. Riuscivo appena a continuare a baciare Kylan, figuriamoci a staccarmene. Se le sue braccia non mi avessero retta in piedi, sarei caduta sulla neve.

«Mi correggo» mormorò sulle mie labbra. «*Questo* è stato uno spettacolo magnifico». Si avventò di nuovo sulla mia bocca, con maggior violenza, strusciandosi brutalmente su di me.

Mi ci volle qualche istante per cogliere il riferimento a ciò che aveva detto sull'orgasmo di Mikael.

Ti piacerebbe vederlo venire? È uno spettacolo magnifico.

Chissà come funzionava la relazione tra loro due. Era chiaramente di natura sessuale, ma Kylan non ne aveva tratto alcun piacere. Si aspettava che ricambiassi a nome di entrambi? Per un attimo, immaginai di prenderglielo in bocca. Conoscevo tutti i movimenti corretti, ero brava. Dovevo propormi di farlo? Inginocchiarmi nella neve? Sbottonargli i jeans e succhiarglielo?

«Continui a non essere spaventata da me» disse. Lo sentii sorridere sulla mia bocca. «È fantastico».

Le sue pupille si dilatarono al punto da fagocitare le sue iridi. Era uno spettacolo inquietante, soprattutto visto che ero io il bersaglio della sua brama. «Perché dovrei avere paura di voi, dopo quello che è appena successo?» chiesi.

Ridacchiò e mi sfiorò la guancia col naso. «Già, perché?». Parlava con un tono basso, seducente e controllato in un modo inquietante. «Potrei distruggerti, Raelyn».

«L'avete già detto».

«Sì» sussurrò, con le labbra che scivolavano sul mio collo. «È vero. Eppure, continui ad aggrapparti a me come se fossi la tua fonte di vita».

«Perché lo siete» replicai, inarcandomi verso di lui. «Voi mi possedete».

Si bloccò. La sua bocca indugiava sulla mia gola. «Davvero?».

«Sì». Mi sentivo esausta nonostante non avessi fatto praticamente nulla. Il mio corpo era sazio nel più strano dei modi.

«E non hai paura di me». Non era una domanda, ma un'affermazione.

«Dovrei, lo so, ma no. Non ho paura di voi». Non del tutto, se non altro. Non nel modo in cui avrei dovuto. «Se devo morire, lo farò con la mia dignità intatta». Era riuscito a far vacillare la mia determinazione solo per un attimo, con le sue minacce a Silas, ma avevo capito quanto i miei timori fossero infondati.

Sarei morta quando Kylan l'avesse ritenuto opportuno.

Non l'avrei implorato di riservarmi un destino diverso, né l'avrei accettato come un docile animaletto.

Ma aver paura dell'inevitabile non mi sembrava più ragionevole. Ciò che doveva succedere sarebbe successo, che fossi d'accordo o meno.

«Perché dovrei obbedire quando il risultato finale non cambierà di una virgola?» gli domandai, allontanando un po' il viso da lui, cercando i suoi occhi. Aveva uno sguardo indecifrabile. Non riuscii a leggervi nessuna emozione. Non vi trovai rabbia, né curiosità. Solo Kylan che mi osservava di rimando.

«E quale sarebbe il risultato finale?».

«La mia morte».

«Capisco». Inclinò appena la testa, le sue mani scesero sui miei fianchi. «Continui a presupporre che la morte sia tutto ciò che ho in serbo per te».

«Non è forse così? È quello il vostro metodo, no? Scopare l'harem, poi farlo fuori».

Mi pentii di aver pronunciato quelle parole nel momento stesso in cui lasciarono la mia bocca. Erano dure e provocatorie, e le vidi ribollire nel suo sguardo. Avevo toccato un nervo scoperto, facendo sì che un silenzio minaccioso ci avvolgesse decisamente troppo a lungo.

Che stesse rivivendo quei momenti nella sua mente? Crogiolandosi nel ricordo di ciò che aveva fatto? Che stesse immaginando come mi avrebbe massacrata? Perché la sua espressione, sempre più cupa, suggeriva che desiderava farlo proprio in quel momento.

«Devi fare attenzione, Raelyn» disse a voce bassa. «Sono comprensivo, ma fino a un certo punto. Parlare di azioni di cui non conosci nulla potrebbe fruttarti una punizione che non apprezzerai».

Mi staccò dal suo corpo così velocemente che quasi caddi.

La perdita del suo calore, unita al gelo che era calato sui suoi lineamenti, mi fece scorrere un brivido lungo la schiena. «Questa passeggiata è stata illumin…». Si voltò con un ringhio. Una donna dalla pelle scura stava attraversando il giardino a una velocità incredibile.

Un vampiro.

No, non un vampiro qualsiasi.

Angelica.

L'umana che vinse il Torneo dell'immortalità quando avevo quindici anni. Era stata un'ispirazione per me, una prova del fatto che le donne potevano vincere tanto quanto gli uomini.

Spalancai la bocca quando la vidi cadere in ginocchio ai piedi di Kylan, con i capelli scuri sparsi sulla neve. «V… Vostra Altezza. Sono venuta il… il prima possibile».

«Cosa c'è?». Kylan si accucciò accanto a lei. La sua mano andò verso il maglione di lei.

Sangue, realizzai. Era coperta di sangue.

«Cos'è successo?» chiese, visto che lei non aveva ancora risposto.

«T… Tremayne» sussurrò. Stava tremando.

«Tremayne cosa?» la incalzò. Il nome gli era chiaramente familiare, ma a me no. I miei studi si erano concentrati sui reali, non sui loro sottoposti. «Cos'ha fatto?».

Angelica non riusciva a smettere di tremare, la sua paura era palpabile. Kylan la costrinse ad alzare la testa e incontrare il suo sguardo.

È terrorizzata… non dalla situazione, ma da lui.

Kylan le posò una mano sulla guancia, addolcendo il tono di voce. «Non ti punirò per le sue azioni, Angelica. Ora dimmi cos'ha fatto».

Lei deglutì, aveva un'espressione dubbiosa. Kylan era famoso per le sue punizioni crudeli, il suo dominio non era basato sulla benevolenza. Eppure, con me era sempre stato gentile, anche quando l'avevo spinto oltre il limite.

Quale versione è il vero Kylan?

«Li ha uccisi tutti, Vostra Altezza» sussurrò Angelica.

«Tutti» ripeté lui. «Tutti chi?».

«Ogni singolo umano alle sue dipendenze a Tremayne Tower». Spalancò gli occhi. «È stato un bagno di sangue. Sono venuta qui per dirvi… per avvertirvi… che ora è a Kylan City e credo che farà lo stesso al K Hotel. Sta dicendo…». Angelica rabbrividì incontrollabilmente. «Sta dicendo a tutti che sta eseguendo i vostri ordini».

RAE

Kylan piombò in un silenzio inquietante.

Angelica riportò il viso a terra, piagnucolando, mentre io rimasi immobile dietro di loro.

Sta dicendo a tutti che sta eseguendo i vostri ordini.

Di massacrare gli umani come aveva fatto col suo harem?

Stando alla sua reputazione, era da lui. Ma la rigidità della sua schiena suggeriva tutt'altro.

Si alzò lentamente, con le mani chiuse a pugno. Quando si girò verso di me, vidi il reale in tutta la sua magnificenza. Fronte regale, mascella serrata, occhi di ghiaccio.

La sua espressione richiedeva sottomissione.

Cercai di inchinarmi, di cedere al suo dominio, ma le mie ginocchia si rifiutarono di piegarsi. Persino il mio collo si ribellò.

Non hai paura di me. Le sue parole si rincorrevano nella mia mente, cercando di farmi ragionare e fallendo.

Dovrei averne. Lo so che dovrei. Ma ha ragione. Non ho paura, e non so perché.

Dedicò alla mia disobbedienza solo una rapida occhiata, per poi concentrarsi sull'altra donna.

«Alzati, Angelica» le ordinò. «Abbiamo del lavoro da

fare». Mi guardò di nuovo. «Ho bisogno di te di sopra, nella mia suite. Adesso».

Non discussi, non con la rabbia trattenuta a stento che gli ribolliva negli occhi scuri. Sembrava pronto a uccidere, e non volevo essere il bersaglio della sua ira.

Mi avvolsi nella giacca e mi precipitai in casa. Salii di corsa le scale e raggiunsi la sua stanza.

E adesso? Mi domandai, mordendomi il labbro. Che mi volesse di nuovo nuda? Aveva intenzione di unirsi a me? Forse ero appena stata congedata per il resto della serata...

Mi sfilai gli stivali e li riposi sul tappetino all'interno dell'armadio. Poi mi tolsi la giacca e la appesi a un gancio. Cos'altro? Dovevo continuare col resto dei vestiti?

La porta si aprì prima che avessi il tempo di spogliarmi ulteriormente. L'improvvisa presenza di Kylan alle mie spalle non prometteva nulla di buono. Mi voltai lentamente, terrorizzata dell'espressione che avrei trovato sul suo viso, ma nondimeno bisognosa di vederla.

Ma lui mi stava semplicemente fissando. I suoi occhi scuri celavano qualsiasi dettaglio.

Forse non gli importa?

Che sia semplicemente annoiato?

Mentre lo studiavo, però, il lampo di qualcosa balenò nelle profondità del suo sguardo. Sparì così velocemente che quasi lo mancai. Forse me l'ero sognato. No. Ero certa che ci fosse.

Devastazione.

«Dobbiamo andare a Kylan City» disse con voce piatta, avvicinandosi a me. Mi afferrò il mento tra il pollice e l'indice. Il suo sguardo si fece sempre più penetrante. «Ho bisogno che ti comporti bene, Raelyn. Ciò significa che devi inchinarti e rispettare tutte le formalità». Il suo petto premette sul mio, mentre mi spingeva contro il muro.

«Se disobbedisci, sarò costretto a punirti pubblicamente. Non sarà una cosa piacevole».

Alle sue parole, un brivido gelido mi corse lungo la spina dorsale. «Ho capito» sussurrai, deglutendo a fatica.

«Non era così che volevo trascorrere la nostra prima settimana insieme, ma grazie a Tremayne non ho altra scelta. Se potessi lasciarti qui, lo farei». Sembrava quasi si stesse scusando, il che non aveva alcun senso. I reali portavano i membri preferiti del loro harem ovunque andassero. Essendo la sua unica consorte, al momento, non avrebbe potuto fare altrimenti. «Sono serio, Raelyn. Ho bisogno che ti comporti bene».

«Ho detto che ho capito» risposi, salvo poi aggiungere in fretta: «Vostra Altezza», per smorzare il tono delle mie parole.

Scosse la testa con disapprovazione. «Non mi sembra un ottimo inizio, Raelyn».

«Non siamo ancora in città» borbottai.

Inarcò le sopracciglia. Aveva chiaramente esaurito la pazienza. «Amo il tuo coraggio, ma adesso non è proprio il momento. A meno che tu non voglia che ti sculacci fino a fartelo diventare rosso fuoco e poi ti scopi davanti a tutti i miei sudditi. E se sarai veramente disobbediente, sarò costretto a lasciare che lo facciano anche loro. È questo che vuoi?».

Spalancai la bocca, scioccata dall'orribile, vivida descrizione di ciò che mi avrebbe fatto, e dalla furia con cui l'aveva pronunciata. Era come se solo l'idea lo facesse esplodere di rabbia. Mi schiarii la voce, cercando il coraggio di rispondere. «Io… No. Certo che non voglio che accada». Chi diavolo lo vorrebbe?

Accentuò la presa sul mio mento e mi rivolse un'occhiata tagliente. «La mia reputazione è ciò che tiene in vita questo territorio. Tu non mi temi, ma gli altri sì, ed è così che devono stare le cose. Hai capito?».

Restai di sasso.

Si era appena… confidato con me? Mi aveva appena spiegato perché aveva bisogno che mi comportassi bene? Aveva davvero praticamente ammesso che indossava una maschera a beneficio del pubblico? Perché ciò corrispondeva a quello che avevo visto fino a quel momento, ossia che il Kylan dei libri di testo non era la persona che avevo davanti.

Il reale di cui avevo letto all'università non avrebbe avuto alcun problema a prendermi in pubblico, anche durante il Giorno del sangue. E l'avrebbe fatto di nuovo in quella stanza, senza curarsi di ciò che gli aveva detto Angelica.

Solo che a lui importava.

Abbastanza da spingerlo ad andare a Kylan City.

Il che significava che non aveva mai dato l'ordine di uccidere gli umani.

Ripresi a studiare i suoi lineamenti, mentre continuava a stringermi il mento. Lo sguardo cupo, le labbra serrate in una linea dritta, la tensione negli zigomi. Tutta la sua postura tradiva la sua inquietudine.

Voleva che capissi la sua richiesta, ma non solo. Voleva che capissi perché fosse così importante. Aveva bisogno che obbedissi. «Non volete punirmi». Non erano le parole che si aspettava, ma erano le uniche che la mia bocca mi permise di pronunciare.

«Non nel modo richiesto dalla società» concordò. «Ma se le tue azioni lo renderanno necessario, lo farò».

«Come ad esempio se mi mettessi a discutere con voi in pubblico». Qualcosa che non avrei mai pensato di dire ad alta voce, figuriamoci di fare. Ma le mie reazioni a Kylan non erano mai state lucide, sin dal momento in cui me l'ero trovato davanti su quel campo.

«Esatto, o anche con qualcun altro» rispose. «Ho bisogno della tua paura, Raelyn».

«E se non posso darvela?».

«Allora dovrò far sì che tu mi tema».

La sua risposta mi fece rabbrividire. «Non voglio che accada».

«Nemmeno io».

«Perché perpetuare un'immagine pubblica che non vi piace nemmeno?» chiesi, genuinamente curiosa.

«Perché mantiene la pace. Qualcuno deve fare il cattivo, Raelyn. È un fardello che ho dovuto portare per secoli, ma in questo modo la mia gente prospera. O almeno, lo faceva, fino a poco tempo fa».

«Fino a poco tempo fa?» ripetei.

Scosse la testa. «Ho già detto sin troppo». Fece un passo indietro e lasciò andare il mio mento, per poi passarsi una mano sul suo. In quell'attimo scorsi un barlume dell'uomo esausto sotto la maschera. Dell'uomo che usava la brutalità per governare, convinto che fosse il modo migliore di farlo. E forse aveva ragione. La nostra società si fondava sulla violenza, e lui era il famigerato reale. Il più antico di tutti, fatta eccezione la Dea stessa.

«Assicurami che ti comporterai bene, Raelyn».

L'ho praticamente appena fatto, volevo ribattere, ma aveva bisogno di sentirmelo dire. Quindi feci l'unica cosa che gli avrebbe messo l'animo in pace. Mi inginocchiai e posai la fronte sul pavimento, offrendogli la più alta forma di rispetto che un umano potesse dare a un superiore.

«Sì, Vostra Altezza» dissi, senza alzare lo sguardo né cambiare posizione finché lui non mi avesse concesso di farlo.

Restò in silenzio così a lungo che pensai mi stesse

testando. Ma poi si accucciò davanti a me e mi sollevò il mento con l'indice. «Mi piaci in questa posizione, Raelyn» mormorò. «Anche se sarebbe ancora meglio se tu fossi nuda».

Buona fortuna a costringermi a farlo, pensai, ma mi limitai a rispondere in sussurro: «Qualunque cosa desideriate, Vostra Altezza».

Le sue labbra si incresparono. «Ti ho quasi creduta, Raelyn. Ma i tuoi occhi suggeriscono tutto il contrario». Mi sfiorò le labbra col pollice, poi si rialzò in piedi. «Avrai bisogno di un abito nuovo. Chiederò a Mikael di occuparsene». Mi guardò. «Se ti dicessi che mi dispiace, mentirei. Perché so già che mi godrò ogni istante».

Aggrottai la fronte.

Che diavolo avrei dovuto indossare?

———

Pizzo.

Ecco a cosa si riferiva Kylan. Il vestito, se così si poteva chiamarlo, era trasparente e rosso fuoco, e mi copriva a stento il sedere. Per il viaggio, Kylan mi aveva avvolto la sua giacca attorno alle spalle, ma sapevo che se la sarebbe ripresa non appena fossimo arrivati.

Era seduto accanto a me sul sedile posteriore della limousine. Aveva la mano appoggiata sulla mia coscia e lo sguardo perso fuori dal finestrino. Mikael era di fronte a noi, con addosso un'elegante camicia nera e pantaloni dello stesso colore. Stava sorseggiando un bicchiere di vino rosso. Il suo viso era nascosto minacciosamente nell'ombra.

La luna illuminava il paesaggio innevato, ma lo scenario idilliaco svanì bruscamente, con il palesarsi di un muro coperto di riflettori. Un brivido mi strisciò lungo la schiena alla vista delle strutture familiari che punteggiavano il perimetro. Torri di guardia. Erano controllate dai vigilanti, il cui lavoro aveva un unico scopo: tenere gli altri umani in riga. Volevo unirmi a loro solo perché avevano privilegi che non erano concessi agli altri mortali. Come cibo e alloggi decenti.

Era opinione comune che finire nell'harem di un reale o di un clan fosse un destino migliore, per via di tutti i lussi forniti a coloro che servivano sessualmente i loro padroni. Ma dopo aver saputo come venivano trattati molti consorti umani, non ero minimamente d'accordo.

Però Kylan era stato buono con me. Almeno fino a quel momento.

Quando la limousine iniziò a rallentare, avvicinandosi alle porte principali della città, Kylan mi strinse la coscia con più forza. «Togliti la giacca e mettiti a cavalcioni su di me, Raelyn». Non era una richiesta, ma un ordine.

Discutere non era un'opzione, non con la schiera di uomini e donne in divisa che non vedevano l'ora di ferire uno schiavo insolente. Erano addestrati per catturare, non per uccidere. E c'era un motivo.

Vampiri e licantropi amavano punire gli umani che si ribellavano.

Non avevo alcun desiderio di fare quella fine.

Lasciai cadere dalle spalle la giacca di Kylan. Poi gli salii in grembo, e con quel movimento anche il mio abito succinto fece lo stesso, arricciandosi sui fianchi. E mettendomi in mostra il sedere. Mikael commentò con un verso di apprezzamento.

«È bella, vero?» mormorò Kylan, avvolgendo il palmo attorno alla mia nuca.

«Stupenda» concordò Mikael.

«Ha anche un sapore delizioso» aggiunse Kylan, con la bocca sulla mia. «Apri, Raelyn».

Schiusi le labbra per lasciar entrare la sua lingua, e fremetti quando si insinuò a marcare il territorio nel più bollente dei modi.

Dannazione, non volevo che mi piacesse, ma quell'uomo sapeva come baciare. Non era il mio primo, ma era di sicuro il migliore. Così tanta passione, esperienza e calore avvolti in un'abilità tecnica che mi faceva cedere le gambe.

Mi tirò più vicino a sé, in modo da posare la sua erezione sulla mia carne sensibile. Era bastata una leggera spinta a farmi bagnare, nonostante ci fossero i suoi pantaloni a separarci. Quasi odiavo la sua capacità di convincere il mio corpo ad accoglierlo, anche quando la mia mente non voleva saperne. Ma smisi di preoccuparmene nel momento in cui premette di nuovo il suo sesso su di me.

Essere desiderata da un uomo così potente, essere trattata con una tale sicurezza... erano delle sensazioni inebrianti, da cui iniziavo a essere dipendente.

Non avrei dovuto amarle.

Non avrei dovuto goderne.

Eppure, mi ritrovai a gemere.

I suoi denti si conficcarono bruscamente nel mio labbro inferiore. Non so se fosse stata l'eccitazione a spingerlo, o se l'avesse fatto per rimproverarmi. I miei occhi si riempirono di lacrime per il dolore. Kylan si scostò per esaminare la ferita che mi aveva inflitto.

Il finestrino accanto a noi si abbassò, ma l'attenzione di Kylan non abbandonò mai la mia bocca. «Sì?» chiese, con un tono che non avrei mai voluto sentire rivolto a me.

«Perdonateci, Vostra Altezza. Non ci aspettavamo il vostro arrivo e...».

«Ho bisogno di un invito per entrare nella mia città?» domandò.

«N... no, mio...».

Il finestrino si richiuse prima che l'uomo potesse finire. Kylan leccò il sangue che mi colava sul mento, seguendolo fino alla mia bocca. Il suo mormorio di approvazione mi colpì dritto al cuore, gettandolo in un ritmo caotico. Mi aveva morsa anche prima, ma più delicatamente. Quel morso era un qualcosa di diverso, di più intimo. E aveva un significato.

È un marchio.

Si avventò di nuovo sulla mia bocca. Le sue labbra dominavano le mie e non lasciavano spazio a domande o discussioni. Appartenevo a lui. Da baciare, da scopare, da usare in qualsiasi modo desiderasse. E voleva che tutti, me compresa, lo sapessero.

Mi girava la testa per quel turbine di sensazioni ed emozioni che mi avevano assalita tutte in una volta. Non capivo cosa mi avesse appena fatto, o come ci fosse riuscito, ma mi aveva costretta a piegarmi al suo volere.

Quando liberò la mia bocca, mi accorsi che gli brillavano gli occhi. Nelle loro profondità si annidava una fame incontrollata. «Forse potresti anche sopravvivere, agnellino».

KYLAN

ODIAVO LA CITTÀ, soprattutto a mezzanotte. Le strade e i marciapiedi pullulavano di vampiri, in giro per commissioni o per mangiare un boccone durante le pause dal lavoro. Molti indossavano abiti costosi da dirigenti, che designavano il loro ruolo nella supervisione dei vari impiegati umani della città. Nessuno voleva occuparsi delle attività più dure o noiose, quelle che però erano necessarie a mantenere viva la società. Di conseguenza, le riservavamo ai mortali.

Un mondo crudele, ma estremamente pragmatico.

Il denaro scorreva come aveva sempre fatto, solo in valute diverse, e veniva usato per acquistare oggetti più utili, come il sangue.

E in quel territorio io ero in cima alla catena alimentare. Ciò, però, implicava la necessità di certi protocolli, come tenere segreta la presenza di Mikael.

Lasciai Raelyn sulle mie ginocchia, nel caso fossimo stati fermati di nuovo, e anche perché mi piaceva averla lì. La baciai ancora una volta, ma più dolcemente. Si aggrappò alle mie spalle, con i capelli rossi che ricadevano attorno ai nostri volti.

Che se ne fosse resa conto o meno, stava già imparando i miei gusti e le mie preferenze. Le sue labbra si aprirono per la mia lingua, accettando ciò che desideravo e concedendomi un accesso incondizionato.

Le mie dita si insinuarono tra le sue ciocche setose, trattenendola dove la volevo. L'autista segnalò che eravamo arrivati facendo scattare le serrature. Raelyn non se ne accorse nemmeno, troppo persa nel nostro abbraccio. La sua dolce eccitazione mi implorava di darle qualcosa di più di un semplice bacio.

L'avrei fatto, col tempo.

Ma non in quel momento.

La allontanai con un delicato strattone ai capelli. Mi guardò con un'espressione stordita, rubandomi un sorrisetto. «Mi sono a malapena nutrito di te e già sei ubriaca di desiderio».

Quel piccolo morso sul labbro inferiore era stato sufficiente a segnarla come mio possesso, ma non abbastanza per un vero e proprio assaggio. Eppure, l'introduzione le era chiaramente piaciuta.

Battei le nocche sul finestrino, per indicare che ero pronto a scendere dall'auto.

Judith non perse tempo, salutandomi con un inchino formale prima ancora che avesse finito di aprire la portiera. «Mio principe».

Gavin e Karl si unirono a lei con le ginocchia sul selciato, in attesa che dessi loro il permesso di alzarsi.

Quei tre erano i membri più fidati del mio team di sicurezza; Judith era la guardia di grado superiore.

Sollevai Raelyn dal mio grembo e la misi sul sedile accanto a me, poi uscii dalla limousine. «Vieni, agnellino». Le tesi la mano e lei obbedì senza discutere. La premiai con un bacio sulla tempia.

Rabbrividì. Il garage riscaldato in cui ci trovavamo non bastava a proteggere la sua pelle nuda dal freddo invernale. Le sistemai il vestito, abbassandoglielo di nuovo fino alle cosce, e sospirai quando mi accorsi che i miei uomini erano ancora in ginocchio. «Alzatevi» dissi. «Com'è la situazione, Judith?».

La mia tenente preferita raddrizzò la schiena, incontrando il mio sguardo. «Qui siamo al sicuro, Vostra Altezza. Ho già messo in loop i feed della sicurezza di tutto il percorso, fino alla suite».

Sorrisi. «Eccellente. Mikael, ti unici a noi?».

«Certo, Vostra Altezza» mormorò, lasciando il sedile posteriore. Rivolse un sorriso alle guardie. «Judith».

Un leggero rossore le si diffuse sulle guance quando rispose: «Mikael».

Il mio vergine di sangue incantava tutti sul suo cammino, dimostrando ancora una volta che era stato un ottimo investimento. E che era necessario tenerlo nascosto. Tutti sapevano quanto fosse importante per me, e ciò lo rendeva un bersaglio. Non rendevo mai noti i suoi spostamenti; questo viaggio non faceva eccezione.

Recuperai la mia giacca dalla limousine e la avvolsi attorno alle spalle tremanti di Raelyn. «Fai strada, Judith».

Lei chinò appena la testa bionda a si avviò, con Mikael al suo fianco. Io li seguii, tenendo una mano sulla schiena di Raelyn. Gavin e Karl chiudevano la fila. Il viaggio in ascensore passò in un lampo e ci depositò in una delle mie dimore preferite: un attico sontuoso che vantava sette camere da letto con bagno privato, due cucine, diversi salotti ed enormi finestre con vista sulla città.

Perfezione, opulenza, casa.

Zelda apparve nel corridoio, con gli occhi azzurri abbassati e un sorriso che le increspava le labbra. Alcuni membri del mio staff ci avevano preceduti per preparare tutto. Mi sembrava uno spreco avere del personale in ciascuno dei miei alloggi, così li facevo viaggiare con me.

«Il pranzo di mezzanotte è pronto» annunciò con un piccolo inchino.

Mikael seguì subito la mia cuoca dai capelli d'oro, mentre Raelyn rimase docilmente al mio fianco. In quella casa poteva essere se stessa senza temere di essere punita, ma preferii non dirglielo. Quella sarebbe stata la prova generale. Se l'avesse superata, l'avrei portata con me a incontrare Tremayne. Altrimenti, l'avrei lasciata lì con Mikael, sotto la protezione di Judith.

Non erano molte le persone a cui avrei affidato i miei beni di valore, e Judith era una di esse.

Tolsi la giacca dalle spalle di Raelyn e la passai a Gavin. «Hai fame, agnellino?» le chiesi. Non aveva mangiato nulla da quell'assaggio di cibo nella tenuta, molte ore prima.

«Sì, Vostra Altezza» rispose con la sua voce bassa e sensuale.

Fin lì tutto bene. «Seguiamo Mikael allora, okay?». Le diedi una piccola spinta sulla schiena, mandandola nella direzione da cui era giunta Zelda.

Raelyn camminava con sicurezza, ma il suo battito accelerato mi rieccheggiava nelle orecchie. Sembrava che fossero passate più di ventiquattr'ore da quando l'avevo scelta per il mio harem. Strano. Di solito, le vite dei mortali trascorrevano in fretta. Ma avevo l'impressione di assaporare ogni minuto con lei come se fosse un anno.

Quando entrai, Mikael alzò lo sguardo. La sua espressione non era per nulla contrita, nonostante fosse appena stato sorpreso in piedi tra le gambe spalancate di Zelda. Lei era sul bancone, con le guance paonazze e le labbra schiuse.

«Vedo che avevi in mente un altro tipo di pasto» mormorai. Raelyn si bloccò al mio fianco, scioccata.

Mikael si strinse nelle spalle. «Puoi biasimarmi, dopo lo show nella limousine?».

Inarcai un sopracciglio. «Stai insinuando che prima non ti ho soddisfatto?».

Le sue fossette fecero la loro comparsa. «Quello è stato prima del mio riposino».

«Sei insaziabile» commentai, ricambiando il suo sorriso. Poi mi concentrai sulla donna nervosa accanto a me. «Raelyn, mangia qualcosa e mettiti qualsiasi abito ti dia Mikael. Partiamo tra un'ora». Mi voltai per andarmene, ma prima lanciai un'ultima occhiata minacciosa al mio vergine di sangue. «Mikael, non mettere sottosopra la mia cucina». Mi rispose sbuffando.

Andai dritto nel mio ufficio per fare tutte le chiamate necessarie.

Ormai la mia presenza in città era nota, le voci viaggiavano velocemente. Nessuno apprezzava le mie visite a sorpresa, ed era proprio per quello che sceglievo di farle.

Judith si unì a me, con il telefono in mano. «Dove siete diretto, Vostra Altezza?».

Sorrisi alla mia tenente, sempre pronta. Si sarebbe occupata di neutralizzare le telecamere di sicurezza. «È meglio se ti siedi, Judith. Ho una lista di preparativi per questa visita». Saremmo dovuti rimanere almeno per qualche settimana per rimediare a quel disastro. E mentre ero lì, potevo invitare qualche reale.

Quale modo migliore di sfoltire la lista dei sospettati che dare una festa? L'alcol scioglie la lingua e fornisce un terreno fertile per comportamenti loschi. Mi avrebbe anche concesso l'opportunità di riaffermare il mio status come il più antico tra tutti i reali.

Già, la politica dei vampiri era una danza ambigua che avevo padroneggiato nel corso dei secoli.

Raelyn sarebbe stata la mia esca.

E il colpevole avrebbe cercato di attaccare.

Benvenuti a Kylan City. Vi sfido a venire a giocare con me.

———

«Mmm, hai proprio un aspetto commestibile, agnellino».

Raelyn era in piedi nell'atrio, vestita di nero, con i capelli ramati raccolti per lasciare il collo esposto. Il pizzo si mescolava alla seta, coprendola in modo seducente nei punti giusti. Seguii col dito la scollatura profonda. I suoi capezzoli si inturgidirono in risposta; non potevo vederne il colore rosato, ma la forma era delineata perfettamente.

Gli spacchi su entrambe le gambe rendevano inutile toglierle il vestito, ma probabilmente più tardi l'avrei fatto lo stesso.

Le baciai la gola, là dove il suo battito tuonava, poi risalii col viso fino al suo orecchio. «Mikael mi ha riferito che sei stata il ritratto dell'obbedienza». Mi ero fermato nella stanza di lui, mentre andavo verso l'atrio per incontrarla. «Purtroppo, invece di premiarti, ho bisogno che mi accompagni in quella che probabilmente sarà una visita spiacevole».

Le alzai il mento, costringendola a guardarmi negli occhi.

«So che all'università sei stata istruita sul protocollo da seguire in queste situazioni, ma l'incontro a cui stiamo per partecipare metterà in imbarazzo la tua scarsa preparazione. Di conseguenza, voglio offrirti una rete di sicurezza. Se in qualsiasi momento ti rendi conto che stai per comportarti in modo sconveniente, chiamami "Vostra Altezza" e farò tutto il possibile per migliorare la situazione. Altrimenti, continua pure a rivolgerti a me come "mio principe" e saprò che sta andando tutto bene. Hai capito?».

Era l'unica indulgenza che potevo concederle, e anche così, non garantiva che sarei stato in grado di aiutarla. La società dei vampiri aveva certi requisiti per gli umani. E anche se non li apprezzavo tutti, li capivo.

Gli umani erano esseri inferiori, aveva senso che stessero in fondo alla catena alimentare. Ma a differenza di molti della mia specie, avevo scelto di ricordare come avevamo iniziato: come mortali.

Raelyn deglutì. Sembrava nervosa. «Ho capito, mio principe».

«Kylan» la corressi. «Quando siamo in privato, chiamami Kylan».

«Kylan» ripeté. «Sto cercando di essere obbediente» aggiunse, con una sfumatura tagliente nel tono che mi strappò un sorrisetto.

«Ecco la mia femmina grintosa» mormorai, trascinando il pollice sulla ferita che le avevo lasciato sul labbro. «Non perderla, Raelyn. Più tardi spero di riuscire a giocare un po' con lei».

«Un attimo prima volete che obbedisca, quello dopo che mi ribelli». Mi rivolse uno sguardo vagamente irritato. «Verrei punita se vi dessi del lunatico, Kylan?».

Scoppiai a ridere.

Mi avevano chiamato in modi ben peggiori…

«Oh, agnellino, pensa che siamo solo all'inizio». Non aveva ancora visto la mia maschera crudele, ma presto sarebbe successo. «Andiamo».

RAE

KYLAN STAVA CONSEGNANDO le chiavi della sua auto a un umano, tenendo la mano saldamente posata sulla mia schiena. La sentivo bruciare. Aveva insistito per guidare lui stesso, optando per un'elegante due posti nera. L'aveva presa in un garage che assomigliava a quello in cui ci eravamo diretti dopo la selezione del Giorno del sangue.

È successo solo ieri notte?

Sembrava fosse passato un secolo.

Una femmina in un abito di sartoria ci aprì la porta con un profondo inchino. E un brivido che non riuscì a celare.

Kylan mi condusse attraverso la soglia a passo sicuro, ignorando la donna.

L'interno brulicava di vampiri. Alcuni erano seduti su dei divani di pelle, altri accanto a un bar con degli enormi televisori. Ce n'era anche un gruppetto in coda davanti al lungo bancone di legno della reception.

Seguii Kylan verso gli ascensori, dove premette il pulsante per farne scendere uno. Nel frattempo, apparve un umano.

«Posso aiutarvi, signore?».

Quando Kylan gli rispose, sentii la sua mano irrigidirsi. «Hai la più pallida idea di con chi stai parlando?».

Il suo tono funesto mi provocò un brivido lungo la schiena. Rivolgersi a un reale con qualcosa che non fosse "mio principe" o "Vostra Altezza" era un'offesa molto grave, soprattutto per un umano.

«I... io... no, V... Vostra...».

Un rumore di tacchi, proveniente dalla nostra sinistra, riecheggiò rumorosamente sul pavimento di marmo e mise a tacere il povero umano, che nel frattempo era caduto in ginocchio. «Vostra Altezza, vi porgo le mie più sincere scuse. Non mi aspettavo la vostra visita, altrimenti avrei informato i miei dipendenti. Vi chiedo perdono». La donna si inginocchiò accanto all'uomo, chinando il capo coperto di capelli scuri.

L'ascensore arrivò proprio in quel momento.

Attorno a noi calò il silenzio. Erano tutti in attesa di una risposta, ora che si erano finalmente accorti della presenza di Kylan e l'avevano riconosciuto.

Piuttosto che concedere loro una scenata, mi spinse delicatamente nell'ascensore, premette un pulsante, e lasciò che le porte si chiudessero dietro di noi. Non osai dire nulla, né chiedere una spiegazione. L'umano aveva insultato la sua posizione, doveva bruciargli parecchio. Fin dalla giovane età, a tutti gli umani era insegnato a riconoscere tutti i reali. Non capivo perché quell'uomo non si fosse reso conto di avere davanti proprio quello a capo della sua regione.

Kylan premette il pollice sulla mia schiena, massaggiandola con dei cerchi leggeri.

Sta cercando di rassicurarmi? Di calmarmi?

Il campanello trillò, annunciando il nostro arrivo, e il movimento sulla mia schiena si fermò.

Le porte si aprirono, rivelando due uomini in giacca e cravatta che tenevano in mano una pistola. La puntavano entrambi verso di noi. Mi costrinsi a tenere lo sguardo sul pavimento, non volendo incoraggiare una reazione spoproporzionata, ma non fu necessario. Nel momento in cui riconobbero Kylan, caddero in ginocchio mormorando una profusione di scuse.

Li ignorò, conducendomi invece in una suite finemente decorata, con delle enormi finestre che davano sulla città, molto simile al suo stesso attico. Mi ci volle uno sforzo notevole per non studiare il luogo in cui mi trovavo, con tutto quell'arredamento elegante che brillava sotto i lampadari.

Oro.

Ricopriva anche il pavimento, intrecciandosi tra le lastre di marmo, dimostrando una propensione allo sperpero.

Kylan non sembrava colpito. Si limitò a guidarmi verso alcuni gradini, che ci condussero a un salotto pieno di divani sfarzosi. Erano disposti circolarmente attorno a un enorme tavolo di metallo. *Anche questo è d'oro.*

Sopra vi giacevano due umane, nude, intente a darsi piacere a vicenda.

Kylan tolse la mano dalla mia schiena e si avvicinò alle donne, lasciandomi sola.

«Vostra Altezza» lo salutò un maschio, entrando nella stanza mentre ancora si stava abbottonando la camicia.

La mancanza di scarpe e calzini suggeriva che si fosse rivestito in fretta. Chinò la sua testa bionda ma non si inginocchiò per terra come gli altri, il che indicava una posizione più alta in società. Distolsi lo sguardo, sapendo di dover evitare il contatto visivo.

«A cosa devo l'onore?».

«Ho sentito che hai avuto una serata movimentata, Tremayne». Kylan trascinò un dito lungo la spina dorsale della donna stesa sull'altra. Aveva un tono incuriosito.

«Sono passato per saperne di più e ho portato il mio nuovo animaletto per una potenziale lezione».

Ecco perché mi aveva concesso una rete di sicurezza.

La comprensione mi fece stringere lo stomaco. Avevo le mani sudate.

Se mi avesse chiesto di unirmi a quelle donne sul tavolo… Oh, Dea, non riuscivo nemmeno a immaginarlo. Quel tipo di addestramento era facoltativo, e avevo preferito investire il mio tempo in un corso di scherma. Le mie abilità nel sesso orale si limitavano a compiacere i maschi.

«È bellissima» affermò Tremayne. Sentivo il suo sguardo strisciarmi sulla pelle. «Una rossa, sono molto rare. Gruppo sanguigno?».

«B positivo». Kylan tornò da me, posizionandosi dietro al mio corpo e posandomi le mani sulle spalle. «Vuoi dare un'occhiata più da vicino?».

«Non direi mai di no».

Kylan infilò i pollici sotto le spalline del mio vestito e me le fece scivolare lungo le braccia, esponendo i miei seni. I capezzoli si inturgidirono al contatto con l'aria fredda. Avevo la pelle d'oca; mi correva lungo i bicipiti, fino al punto in cui le mani di Kylan indugiavano appena sotto i miei gomiti.

«Reattiva» si complimentò Tremayne, abbassando la voce a un'ottava che mi fece rivoltare lo stomaco. Mi si avvicinò. Riuscivo a sentire la puzza di alcol di cui era intriso il suo respiro. «Rosata, anche. Scelta notevole, mio principe, come sempre».

Kylan mi baciò la nuca e risistemò il mio abito, ricoprendomi il seno. «Sono d'accordo» mormorò, abbassando le mani sui miei fianchi. «Ora dimmi cos'è successo». Mi tirò indietro e si sedette su un divano, facendomi prendere posto accanto a lui.

Tremayne si accomodò di fronte a noi, lasciando le donne sul tavolo a separarci. «Suppongo tu ti riferisca all'epurazione dei membri inutili dello staff?».

«Sì». Parlando, Kylan giocherellava con lo spacco del mio vestito. Vi infilò sotto una mano, appoggiandola sulla mia coscia nuda. «Ti hanno fatto un qualche torto?».

«Mi hanno annoiato». Il suo tono suggeriva che quella era una motivazione sufficiente per fare una strage. Kylan doveva averlo sollecitato con lo sguardo a offrirgli maggiori dettagli, perché Tremayne sospirò drammaticamente. «Desideravo un cambio di ritmo, carne fresca con cui giocare. Queste due stanno facendo un'audizione per un ruolo di rimpiazzo in casa mia, così come le tre che ho lasciato in camera da letto».

«Chi vince guadagna un impiego» tradusse Kylan, mentre il suo palmo mi marchiava la pelle. «E chi perde?».

«Non merita di vivere». Tremayne diede una pacca sul sedere della femmina in cima. «Al momento sta vincendo questa, visto che finora ha già fatto venire quella sotto due volte. Ma, in tutta onestà, non sono particolarmente impressionato da nessuna delle due, ed è per questo che le ho lasciate qui fuori a fare pratica tra di loro. Le università hanno chiaramente bisogno di istruttori migliori, Vostra Altezza».

Kylan non rispose subito. Le sue dita stavano risalendo la mia coscia, raggiungendo il punto in cui si congiungeva con l'altra. «È vero, Raelyn? Ti senti poco preparata a servirmi oralmente?».

Sfiorò la parte più intima di me, inviandomi una scarica di energia in tutto il corpo.

Non volevo farlo così.

Non là.

Non in quel momento.

Ma il mio corpo sembrava deciso a ignorare la mia

mente. Il ricordo del suo tocco aveva riacceso una fiamma destinata solo a lui.

Deglutii, reprimendo ciò che provavo e concentrandomi sulla sua domanda. «I miei studi» iniziai lentamente, valutando con cura ogni parola prima di pronunciarla «mi hanno preparata a soddisfare sessualmente gli uomini, mio principe. Di conseguenza, mi sento sicura delle mie capacità orali». Un fatto di cui era già a conoscenza, visto che mi aveva chiesto chiarimenti sui miei voti.

Trascinò delicatamente il dito nella mia carne umida. «Ho posseduto Raelyn solo per un giorno, quindi non ho ancora avuto modo di provare la sua bocca, ma i suoi voti erano molto buoni. Vogliamo mettere alla prova la tua teoria, Tremayne? Vediamo se Raelyn è all'altezza dei miei standard? Ti assicuro che sono piuttosto alti».

Qui?

Davanti a Tremayne?

Le mie mani si riempirono di sudore, nonostante il gelo che mi correva lungo la spina dorsale. *E se avessi fallito?*

«Se avessi ragione?» chiese Tremayne.

«Allora esaminerò personalmente la questione, con Raelyn come mia allieva principale, a scopo dimostrativo». Infilò un dito dentro di me, sottolineando le sue parole e spingendo il mio cuore a battere a un ritmo sfrenato. Non sapevo cosa aspettarmi da quella visita, non avevo la minima idea di dove intendesse portarmi, ed era proprio quello il punto.

Mi possedeva.

Per farmi qualsiasi cosa volesse, incluso scoparmi con un dito davanti a uno dei suoi subordinati.

Non avevo scelta.

Non potevo discutere.

Non avevo alcun diritto.

Sono di proprietà di Kylan.

La consapevolezza della mia situazione mi colpì così in fretta che mi si bloccò il respiro. Avevo mentito a me stessa nelle ultime ventiquattr'ore, fingendo di avere una possibilità contro un reale. Ma era tutta un'illusione.

Avevo letteralmente perso la testa. Avevo dimenticato quale fosse la mia posizione nella società, e Kylan mi aveva rimessa al mio posto senza alcuno sforzo.

Il suo bacio durante la cerimonia di selezione mi aveva fatto uscire di senno.

Anzi, no, era stato il mio morso involontario a condurmi in quella stanza dorata. Quella contrazione accidentale della mia mandibola aveva risvegliato un gene che dormiva dentro di me: l'impulso a combattere. Avevo voluto morire con la mia dignità intatta.

Il mio errore più grande era stato credere che Kylan mi avrebbe uccisa immediatamente.

Ma ovviamente non lo aveva fatto. Sarebbe stato troppo facile.

No, voleva spegnere la luce che avevo dentro, prima di concedermi la morte.

Quando avesse finito con me, non sarebbe rimasta più nessuna dignità.

Un altro giochetto mentale, esattamente come il Torneo dell'immortalità.

L'ennesimo modo di distruggere lo spirito degli umani.

Ciò spiegava il suo comportamento altalenante. Voleva che mi ribellassi a lui perché avrebbe prolungato il suo divertimento, ma aveva anche bisogno che seguissi i suoi ordini per dimostrare il suo potere. Solo che nessuno avrebbe mai messo in discussione la sua superiorità, nemmeno io.

«Ma se dimostra che hai torto» continuò, abbassando la voce. «Allora avremo una conversazione molto seria sul potenziale umano e su come liberarsi adeguatamente dei dipendenti indesiderati».

«Liberarsi adeguatamente?» ripeté Tremayne, sbuffando. «Li ho bruciati, esattamente come hai fatto tu col tuo harem».

Il ricordo mi fece tendere i muscoli delle gambe, il che portò Kylan a far scivolare un secondo dito dentro di me. In profondità. Una punizione per aver reagito? Mi strinsi attorno a lui, il mio corpo non era abituato a quel genere di intrusione. Il mio addestramento includeva solo la penetrazione superficiale. Era un modo per mantenere intatta la mia innocenza, un aspetto che lui era pericolosamente vicino a scoprire.

Alcuni umani sceglievano di sottoporsi a un addestramento erotico più approfondito, che comprendeva anche il rapporto sessuale, perché desideravano far parte di un harem.

Io non avevo mai voluto essere in un harem, o venire sfruttata per la gratificazione sessuale.

Il percorso che avevo scelto includeva diventare una vigilante o competere nel Torneo dell'immortalità.

«Ah sì?» chiese Kylan. Aveva un tono tagliente. «Non ricordo…».

Fu interrotto da un gemito proveniente dal tavolo, dove la femmina che stava sotto iniziò a contorcersi. Entrambi gli uomini ammirarono lo spettacolo, facendomi venire la nausea.

Tremayne diede di nuovo una pacca sul sedere di quella in cima, facendole arrossare la pelle. «E siamo arrivati a tre, piccola. Continua così».

Quella sotto si dimenò e i suoi gemiti divennero un lamento. Il suo corpo aveva chiaramente bisogno di una pausa.

«Vedi qual è il mio problema?» chiese Tremayne, alzandosi in piedi. «Cambiate posizione. Ora».

Un paio di occhi verdi ricolmi di terrore incontrarono i miei, mentre le due donne si affrettavano a obbedire. Mi ci volle uno sforzo considerevole per non reagire. Certo, non volermi unire a loro era un ottimo motivo per rimanere immobile.

Kylan continuò ad accarezzarmi come se non fosse successo nulla, come se la donna che prima stava sotto non avesse delle linee rosse che le segnavano la pelle a causa della superficie dura.

Tremayne spinse la parte inferiore del corpo dell'umana su quello dell'altra, facendola mugolare in segno di protesta. La mano di lui le si abbatté sul fondoschiena così forte che persino io sussultai.

«Fa' il tuo lavoro, sgualdrina» ringhiò, rimarcando le sue parole con un altro schiaffo.

Kylan ridacchiò.

Ridacchiò, cazzo.

Ma certo, perché me ne stupivo? Era il suo parco giochi, solo in scala ridotta. Lui amava il dolore. La punizione. L'agonia.

«Stasera ho scoperto che Raelyn viene meravigliosamente». Il movimento tra le mie gambe cambiò. Il suo pollice salì, andando ad accarezzare il mio clitoride. «Forse dovrebbe darci una dimostrazione di come esprimere correttamente il piacere. Poi, potrà restituire il favore dando prova delle sue doti orali. Supponendo che tu sia ancora interessato all'offerta di testare la tua teoria, naturalmente».

«Voglio unirmi a te nell'investigazione delle università».

«Una richiesta audace».

«È una cosa che ho scoperto io» insistette.

Le dita di Kylan si fermarono. «D'accordo. Se la performance di Raelyn sarà insoddisfacente, allora ci occuperemo delle università insieme. Ma anch'io ho una richiesta, Tremayne».

«Dimmi».

«Se si dimostrerà capace, allora non solo discuteremo dell'eliminazione dei dipendenti, ma mi dovrai spiegare perché tutti, in questa città, hanno l'impressione che io abbia emesso un editto di sterminio».

RAE

Nella stanza calò il gelo.

Kylan irradiava disapprovazione, pur con la mano ancora tra le mie gambe.

«Non… non hai emanato nessun editto?» chiese Tremayne. Per la prima volta da quando eravamo arrivati, nel suo tono vi era un accenno di disagio.

«No, non l'ho fatto». Rimosse le dita da dentro di me e le portò accanto alla mia bocca. «Apri, Raelyn».

Socchiusi le labbra, lasciando che le immergesse all'interno, ricoprendomi la lingua con la mia stessa eccitazione. Un sapore nuovo, che non avevo mai provato. E che mi suscitò un'ondata di calore tra le cosce, nonostante la tensione che stava crescendo attorno a noi.

«Non fare il finto tonto, Tremayne» disse Kylan. Suonava annoiato. «Non emano editti indirettamente. Lo sanno tutti, te incluso. Quindi sai cosa penso?». Tolse le dita dalla mia bocca e le trascinò sulla mia guancia, scendendo poi lungo il collo. «Penso che tu stia diffondendo delle voci basate sulle tue stesse supposizioni. Provami che mi sbaglio». Accavallò le gambe e mi avvolse il braccio attorno alle spalle.

Tremayne si alzò in piedi. «Concedimi solo un momento, ho bisogno del mio telefono».

Kylan gli rispose con un gesto sdegnoso della mano. «Ti aspetto».

«Vostra Altezza». Chinò il capo, poi si precipitò fuori dalla stanza, lasciandoci soli con le donne ancora impegnate nella loro esibizione. Dovevano essere esauste. E, dalla mancanza di gemiti, era chiaro che non ne stessero traendo alcun piacere.

«Inginocchiati, Raelyn» mormorò Kylan. «Tra le mie gambe».

Il mio cuore mancò un battito.

Non intende…

Non può davvero volere che…

Non dopo…

Spostò il braccio. La sua mano risalì sulla mia nuca e la strinse. «Ora, Raelyn».

«Sì, mio principe» riuscii a mormorare. Avevo la bocca secca.

Scivolai sul pavimento. Le mie ginocchia disapprovarono subito la durezza del marmo. Con il capo chino, posai i palmi sulle sue gambe, in attesa dell'ordine successivo.

«Prova il tuo valore, agnellino. Mostrami che ti sei guadagnata quei voti». Il suo tono era intriso di sfida.

Davvero non credeva ai miei risultati accademici?

O era a causa dei commenti di Tremayne sulle università?

Forse una combinazione di entrambe le cose?

Trascinai le unghie lungo le sue cosce di marmo, salendo verso la cintura. La slacciai senza esitazione. Se voleva che dimostrassi le mie capacità e legittimassi la mia istruzione, allora l'avrei fatto.

I test erano sempre stati qualcosa in cui eccellevo.

Quello non sarebbe stato diverso.

Sbottona.

Fatto.

Ora la cerniera.

Deglutii quando i miei gesti liberarono il suo sesso. Era impressionante. Silas era il mio unico metro di paragone, e non ricordavo ce l'avesse così... pronunciato.

Kylan si rilassò sul divano, spalancando le braccia sullo schienale. «Sono già annoiato, Raelyn. Forse Tremayne ha ragione. Forse è meglio che ti lasci qui a imparare con i suoi giocattoli, visto che non ho un mio harem che possa insegnarti».

No. Non volevo assolutamente essere lasciata là. E non sarebbe stato necessario.

Sempre che non fallisca miseramente.

Ma non accadrà.

Spero.

Fallo e basta, Rae. Fingi che sia Silas.

Solo che non era assolutamente come quello di Silas. Né come dimensioni, né come potenza.

No, il sesso di Kylan era più grosso, più lungo e molto più minaccioso.

Gli avvolsi attorno la mano. *Non ci starà mai dentro di me.*

Dovrà. Deve.

Le mie cosce si strinsero al pensiero di Kylan che si appropriava della mia innocenza. Uno strano calore iniziò ad ardere nel mio ventre, lasciandomi vagamente stordita.

Sarebbe stato violento. Esigente. Forse anche crudele.

Come se avesse percepito a cosa stessi pensando, mi infilò le dita tra i capelli e li strattonò, costringendomi a specchiarmi nei suoi occhi fiammeggianti.

«Non sono stato chiaro?» chiese, stringendo la presa. «Succhiamelo, Raelyn».

«Sì, mio principe». La mia voce roca tradì il mio nervosismo, e il modo in cui inarcò un sopracciglio confermò che se n'era accorto anche lui. O, più probabilmente, era il suo modo di esprimere quanto fosse irritato.

Cosa c'è che non va in te? Sai come fare.

Ma è Kylan...

Fallo e basta!

Glielo accarezzai per tutta la lunghezza, imparando a conoscerne la setosità. Era così grosso, liscio, *duro*. Mi piegai e seguii il percorso del mio palmo con la lingua, dalla base alla punta. Le sue dita mi strinsero ancora più forte i capelli, sottolineando la sua impazienza. Aprii la bocca e scesi quanto la mia gola me lo permetteva, succhiando.

«Vostra Altezza, il mio telefono» disse Tremayne, comparendo accanto a me.

Feci per staccarmi, ma Kylan mi spinse giù di nuovo, facendomelo entrare ancora più in profondità. Il mio addestramento evitò che mi venisse la nausea, ma quel movimento brusco mi mozzò il respiro.

Tese la mano libera verso l'altro vampiro. «Cosa devo guardare?» chiese, indifferente.

Cercai di inspirare, ma fallii. Kylan mi teneva ferma, in posizione, bloccando qualsiasi mio tentativo di prendere aria.

Si rende conto che non riesco a respirare?

Non potevo nemmeno usare la parola di sicurezza che avevamo concordato. Non che mi aspettassi che mi ascoltasse, comunque.

«Il secondo messaggio» spiegò Tremayne. «Indica te come mittente».

Il mio sguardo guizzò per un istante verso quello di Kylan, ma lui era troppo occupato con il dispositivo per accorgersene. Le lacrime mi offuscavano la vista, i miei polmoni bruciavano per la mancanza di ossigeno. Deglutii, o almeno ci provai, e in quel modo la mia gola si strinse attorno a lui. Mosse la mano con cui mi teneva quel tanto che bastava perché inalassi un po' d'aria.

«Vedo...» mormorò, allentando ulteriormente la presa. «Continua, Raelyn» disse piano. Era ancora concentrato sul telefono di Tremayne.

Lo succhiai con forza. Ero quasi irritata dalla sua mancanza di una reazione esteriore. Sembrava che quel dispositivo reclamasse tutta la sua attenzione, al punto da non notare nemmeno tutti i miei sforzi tra le sue ginocchia. Provai di nuovo, avvolgendogli il palmo attorno alla base e ingoiandolo fino a toccare la mia mano.

Nonostante la sua espressione imperturbabile, la leggera pressione che sentii sulla testa, unita a una contrazione delle sue dita, confermò che stava funzionando.

Ancora, decisi, perfezionando il movimento e aggiungendo un guizzo della lingua sulla punta. Ne uscì un piccolo assaggio della sua essenza salata, che mi incoraggiò a proseguire.

Strinse di nuovo la presa sui miei capelli. Le sue cosce si tesero.

«Questo lo tengo io». Si infilò il telefono di Tremayne in tasca e posò la mano, ora libera anch'essa, sulla parte posteriore del mio collo. «Il mio tecnico dovrà rintracciare l'origine di quel messaggio, perché non l'ho mandato io».

«Non lo sapevo, Vostra Altezza. Pensavo...».

«No, Tremayne» ruggì, stringendomi la nuca e dettando il ritmo dei miei movimenti. «Vuoi sapere perché non ti nominerò mai mio sovrano? Perché non pensi». Kylan lasciò cadere la testa sul divano. «Santo cielo, sta dimostrando che hai torto anche sulla tua dannata teoria».

Quasi sorrisi, ma si spinse ancora più a fondo nella mia gola.

«Quel messaggio veniva da te» sbottò Tremayne. «Come cazzo facevo a sapere che non era vero?».

«Perché un buon sottoposto conosce il suo superiore» ribatté Kylan quasi boccheggiando e stringendomi tra le sue gambe. «*Cazzo*, Raelyn».

Un piacevole calore sbocciò dentro di me, sentendolo perdere il controllo *a causa mia*. Quel maschio potente era preda della mia bocca, delle carezze della mia lingua, del modo in cui glielo succhiavo.

«La tua valutazione all'università…» si interruppe con un basso ringhio, un suono da predatore che mi fece ardere fin nelle viscere «… non è accurata». Mi doleva lo scalpo per la forza con cui mi teneva, mentre sentivo il mio battito martellarmi nelle orecchie.

Avevo sempre pensato che quell'atto fosse rivolto esclusivamente al piacere maschile, ma ne stavo godendo anch'io. Vedere la sua mascella che si tendeva, sentire le sue mani che si aggrappavano alla mia testa, percepire l'imminenza dell'orgasmo che gli cresceva dentro… era una sensazione inebriante, da cui avrei potuto facilmente diventare dipendente.

Avrà pure posseduto il mio corpo, ma in quel momento anch'io possedevo il suo.

«Vostra Altezza…».

«Basta». Il sesso di Kylan mi pulsò nella bocca. «Ingoia, Raelyn. Fino all'ultima goccia». Quando il suo piacere esplose, mi spinse giù la testa, costringendomi ad accogliere il suo seme direttamente in gola.

Obbedii senza battere ciglio. I miei occhi erano puntati sul suo viso, memorizzando ogni istante della sua estasi.

Era un maschio così bello.

L'avevo già notato, ma in quel momento era ancora più evidente. Le sue labbra carnose erano socchiuse, i suoi lineamenti aristocratici in qualche modo meno severi. I suoi occhi scuri erano diventati di un caldo marrone, nelle cui profondità nuotavano desiderio e approvazione. Abbassò lo sguardo su di me, con un sorrisetto che lottava per non palesarsi.

Mi ci volle qualche secondo per capirne il motivo.

Lo stavo fissando senza il suo permesso.

E mi ero completamente dimenticata che avevo bisogno di respirare.

Allentò la presa mentre mi staccavo da lui, succhiando man mano che mi allontanavo, per non perdere nemmeno una goccia del suo piacere. E mi costrinsi ad abbassare lo sguardo, incontrando il suo sesso ancora eretto.

Anche quella parte di lui era bellissima.

Ovviamente. Perché tutti i vampiri erano stupendi.

«Oh, tesoro, ti sei certamente guadagnata i tuoi voti». Kylan mi accarezzò la vena che mi pulsava sul collo con il pollice, mentre il suo palmo era ancora posato sulla mia nuca. L'altra mano, invece, ricadde sul suo addome. «La tua teoria non potrebbe essere più sbagliata, Tremayne. Il che significa che ora dobbiamo discutere del tuo inopportuno smaltimento di umani».

Tremayne sbuffò. «Perché pensi che abbia creduto a quell'editto, Kylan?». Sentii Kylan raggelarsi all'udire il suo nome proprio. «Hai massacrato il tuo harem. Perché non possiamo fare lo stesso anche noi? Sono soltanto umani».

Dal tavolo provenne uno strillo che sfociò in un vero e proprio grido. Al tempo stesso, sentii qualcosa di caldo e viscido colarmi sulla schiena. Un gorgoglio riempì l'aria, il suono di qualcuno che lottava per respirare, seguito da un brusco rantolo.

Kylan non si mosse né reagì in alcun modo. La sua postura si fece più rilassata. La sua mano si spostò dalla nuca alla mia testa, e iniziò ad accarezzarmi delicatamente i capelli.

Un altro urlo risuonò nella stanza, facendomi sussultare.

Le sta facendo a pezzi.

Non potevo vederlo, ma potevo *sentirlo*.

La sostanza che mi sta colando sulla schiena è sangue.

Il sangue di quelle donne.

E Kylan non sta facendo nulla per fermarlo.

«Hai finito di fare i capricci, Tremayne?» chiese dopo un po', di nuovo con quel suo tono annoiato.

«Non è così che hai ucciso i tuoi umani?» ribatté il vampiro. «Perché non mi dai una dimostrazione con quella nuova? Visto che chiaramente pensi che lo stia facendo male».

Le mie spalle si irrigidirono, il mio cuore assunse un ritmo irregolare.

Non lo farà.

Potrebbe farlo.

Kylan continuò ad accarezzarmi, giocando con le dita tra le mie ciocche. Poi sospirò. «Alzati, Raelyn».

Mi sentii sprofondare. *Cos'ha intenzione di fare? Ammazzarmi? Darmi a Tremayne?*

Chiusi gli occhi, rifiutandomi di mostrargli le lacrime che li velavano, e lentamente iniziai a rimettermi in piedi. Nemmeno il dolore alle ginocchia fu sufficiente a distrarmi dal martellare impazzito che mi rimbombava nelle orecchie.

Anche Kylan si alzò. Il calore del suo corpo non poté nulla contro il gelo che stava fagocitando il mio essere.

Il suono della cerniera e della fibbia della cintura che venivano sistemate mi fece mordere il labbro inferiore. Le mie palpebre si rifiutarono di aprirsi. Poi mi posò una mano sulla guancia e un bacio sulla fronte.

«Perché dovrei uccidere una donna con delle tali abilità orali, Tremayne?» mormorò sulla mia pelle. «Non ne ho ancora goduto appieno».

Quasi mi accasciai tra le sue braccia, sollevata, ma lui mi stava già spostando di lato.

«È questo che non riesci a cogliere» continuò, allontanandosi da me e dirigendosi verso l'altro vampiro. Diedi una rapida sbirciata al pavimento.

Oro coperto di schizzi di sangue.

Sangue umano.

Di quelle due donne.

I loro cadaveri giacevano entrambi sul tavolo. Avevano le gole squarciate e le espressioni congelate per sempre nel terrore.

Il mio stomacò si ribellò. Serrai la mascella, rifiutandomi di vomitare. Il mio corpo tremò per lo sforzo.

«Tu proprio non capisci» riprese Kylan, infilandosi le mani in tasca. «Un umano può non essere più utile a te, ma ciò non lo rende inutile per gli altri. Puoi comprare e vendere proprietà, Tremayne. Te l'ho già spiegato molte volte».

«Chi vorrebbe mai acquistare della merce usata?» ribatté l'altro, con una postura quasi aggressiva. «Non è per questo che hai ucciso il tuo harem? Perché non ti avrebbe portato nessun profitto?».

Kylan si tolse la giacca e la appoggiò sul divano.

«Un'altra cosa che non sembri in grado di afferrare, Tremayne, è che tutte le proprietà in questa regione mi appartengono. Ciò include tutti i beni, materiali e non, dei vampiri che sono sotto il mio dominio. Il che significa che quelle donne che hai appena massacrato, quelle che stavano facendo l'audizione e che non erano ancora di tua proprietà, erano mie. Esattamente come tutti gli altri umani che hai ucciso oggi».

Per tutta risposta, Tremayne sbuffò. «Mi stai veramente rimproverando per la morte di qualche umano dopo l'esempio che hai dato? Questa è bella».

«E infine...» Kylan fece una pausa per arrotolarsi lentamente le maniche della camicia «non sembri minimamente pentito delle tue azioni».

«Vuoi che mi scusi per aver commesso le tue stesse azioni». Il vampiro scoppiò a ridere. Aveva un'aria genuinamente divertita. «Quindi, fammi capire... solo il reale Kylan può uccidere gli schiavi quando si stanca di loro? Il resto di noi deve chiedere il permesso?».

«Gli umani saranno anche una proprietà, ma le loro vite sono ciò che ci fa prosperare. Ucciderli senza scopo è inaccettabile e non verrà tollerato nel mio territorio».

«Quindi il tuo harem è stato massacrato per un motivo?».

«Sì». Gli avambracci di Kylan erano esposti, le mani gli ricaddero lungo i fianchi. «Ma ti sbagli su un elemento chiave di tutto questo, Tremayne».

«Ah sì? E quale sarebbe, *Vostra Altezza*?» chiese, pronunciando il suo titolo con tono sarcastico.

«Non sono stato io ad ammazzare il mio harem».

Il braccio di Kylan si mosse con una velocità impressionante. Tirò un pugno in faccia a Tremayne, seguito da un colpo all'addome e un terzo al petto, il tutto in un battito di ciglia. Nel mentre, le sue parole mi risuonavano nella testa.

Non sono stato io ad ammazzare il mio harem.

Tremayne si scagliò contro Kylan con un ruggito furioso. Il reale, però, era troppo veloce per lui. La sicurezza si precipitò nella stanza, ma uno sguardo di Kylan li tenne tutti a bada.

La mia mano mi volò alla bocca quando Tremayne

sfruttò quella distrazione a suo vantaggio, colpendo con un pugno la mascella di Kylan.

Il reale ridacchiò e scosse il capo.

«Sarai anche uno dei più anziani della mia regione, Tremayne, ma ho comunque quasi duemila anni più di te».

Le sue parole furono seguite dal bagliore di una lama, che andò a conficcarsi nel cranio di Tremayne. Il vampiro cadde a terra con un tonfo. Kylan lo sollevò e lo portò verso le finestre.

«Sei ufficialmente esiliato finché non ti permetterò di rientrare nel mio territorio. Goditi la caduta».

Crash.

Spalancai la bocca.

Aveva appena gettato Tremayne dalla finestra.

Dell'attico dell'hotel.

KYLAN

Il RESPIRO boccheggiante di Raelyn fu inghiottito dall'infuriare del vento, che entrava nella stanza attraverso la finestra rotta. Mi assicurai di non avere delle schegge sulla camicia, poi mi srotolai le maniche e recuperai la giacca dal divano.

Lei era in piedi, a fissare quel disastro con gli occhi sgranati. Aveva le spalle rigide dalla tensione e ricoperte di sangue, grazie alla ridicola dimostrazione di forza di Tremayne. Era stato un epilogo atteso da tempo. Non faceva che testare i miei limiti, cercando sempre un modo di mostrarsi superiore.

Chiunque gli avesse inviato quel messaggio sapeva bene che avrebbe colto l'occasione al balzo. Ciò continuava a suggerire che il colpevole fosse Jace, vista la vicinanza dei nostri territori. Sempre che non si trattasse di qualcuno che aveva un complice tra i miei ranghi.

Avrei dato il telefono a Judith e chiesto alla sua squadra di scavare un po'. E di determinare se altri avessero ricevuto un messaggio simile.

Da quello che aveva detto Angelica, sembrava che fosse stato Tremayne a mettere in giro la voce del mio presunto editto. Beh, almeno quel problema sarebbe stato risolto subito.

«Vieni, Raelyn» la chiamai, sovrastando l'ululare del vento. Le tesi la mano. Lei si avvicinò, facendo attenzione a non calpestare il sangue sul pavimento. Aveva la pelle d'oca.

Ci voltammo, ritrovandoci davanti una decina di guardie armate. Erano tutte in ginocchio, col capo chino, in attesa dei miei ordini.

Giusto.

Lo staff di Tremayne.

«Ripulite questo casino» ordinai. «Presto avrete un nuovo supervisore. Assicuratevi che le ragazze nella camera da letto siano vive e date loro del cibo e dei vestiti. Fate loro del male in qualsiasi modo, e vi ucciderò con le mie stesse mani».

C'era già stata abbastanza morte nell'edificio, non avrei aggiunto anche quelle povere femmine alla lista. Anche se forse avrebbero preferito morire, dopo qualsiasi cosa avesse inflitto loro Tremayne.

Fottuto pervertito.

«Sì, mio principe» disse il capo del team, con la testa ancora abbassata.

Non avendo più nulla da aggiungere, trascinai Raelyn verso gli ascensori. Non appena si aprirono le porte, la spinsi dentro. La sua schiena colpì la parete, le sue labbra tremavano.

Ti prego, resisti.

Quando le porte si richiusero, premetti il pulsante per bloccare l'ascensore.

Mi avvicinai a lei. Raelyn non fece una piega. Non mi mosse nemmeno mentre modellavo il mio corpo sul suo, coscia contro coscia, inguine contro inguine. Né quando le afferrai il mento tra pollice e indice. Le alzai la testa, in modo da poter esaminare la sua espressione.

I suoi occhi azzurri ricambiarono il mio sguardo, le sue pupille si infiammarono.

Sorrisi. Il tremore era dovuto soltanto al freddo.

Bene.

«C'è una telecamera alle mie spalle, ma non ha l'audio. Puoi parlare liberamente, Raelyn».

«Per dire cosa?» chiese. Aveva la voce roca per il modo in cui le avevo scopato la gola. Dovevo rimediare.

«Tutto quello che vuoi» risposi, sfiorando le sue labbra con le mie. «Ma prima…». Mi tagliai la lingua sull'incisivo e gliela infilai in bocca. Lei sussultò. Si avvinghiò alle mie braccia man mano che rendevo il bacio sempre più intenso, riversando il mio sangue nella sua divina gola.

Dopo il modo esitante in cui me l'aveva accarezzato, le mie aspettative sulle sue abilità orali erano diminuite drasticamente. Ma la femmina mi aveva sorpreso. No, mi aveva sbalordito. Era da molto tempo che qualcuno non imparava le mie preferenze così velocemente, riuscendo a metterle in pratica anche sotto pressione.

Perfezione assoluta.

La ringraziai con la mia bocca, la venerai con la mia lingua e giurai di ricambiare al più presto il favore.

Lei gemette, abbandonandosi alle endorfine di cui era impregnata la mia essenza.

Lo scambio di sangue con i mortali era un'attività rara. Di solito, era riservata a quelli che sembravano promettenti, e che un vampiro desiderava proteggere. Garantiva più forza, una guarigione più rapida che acuiva i loro sensi. Si trattava di poteri temporanei, per così dire, che potevano creare facilmente dipendenza. Ma se era così che reagiva Raelyn, strusciandosi sul mio corpo, allora poteva abbeverarsi da me tutte le volte che voleva.

Leccai il suo labbro inferiore, guarendo la ferita che le

avevo lasciato lungo il tragitto verso l'hotel. E rimuovendo così il mio marchio. Ma non importava, perché qualsiasi vampiro che l'avesse annusata avrebbe sentito la mia essenza su di lei.

Mia.

E non avevo intenzione di condividerla.

Ammirai il suo sguardo colmo di lussuria. «Ti senti meglio?».

«Cosa mi avete appena fatto?» mi chiese, incantata.

«Ho ravvivato il tuo spirito con un piccolo fuoco immortale». La baciai di nuovo, adorando il suo sapore mescolato alla mia essenza. Un accenno di paura serpeggiò nell'aria, segno che i miei simili stavano cominciando a reagire al messaggio che avevo recapitato sul marciapiede.

Avrebbero voluto conoscerne il motivo.

E io l'avrei spiegato a modo mio.

«Non abbiamo ancora finito» la avvertii, staccando la bocca dalla sua. «Ho ancora del lavoro da sbrigare».

Mi guardò negli occhi. «Okay».

Studiai il suo viso, cercando qualche segno di paura. Il suo battito era aumentato più volte, soprattutto quando Tremayne aveva suggerito che la uccidessi. Ma in quel momento mi stava semplicemente osservando. La sua pulsazione era regolare, le sue guance tinte di rosa. «Continui a non avere paura di me» mi meravigliai.

«Dovrete fare di meglio che lanciare uno stronzo attraverso una finestra per spaventarmi» sussurrò. Poi spalancò gli occhi, rendendosi conto di ciò che aveva appena ammesso ad alta voce. «Volevo dire…».

Ridacchiai, premendole un dito sulle labbra. «Sei sempre libera di parlare apertamente con me in privato, Raelyn. Soprattutto se questo include dare dello stronzo a Tremayne, visto che lo è».

«È?» ripeté, aggrottando la fronte. «Quindi non è…?».

«Morto?» finii per lei. «No, vivrà. Ci vuole molto più di

una caduta per uccidere un vampiro. Ma gli ci vorrà un po' per guarire, soprattutto perché proibirò a chiunque di aiutarlo. Si è guadagnato l'agonia e l'esilio. Lascerò che raccolga i suoi stessi cocci da solo, senza trascinare nessun altro con sé».

Una punizione crudele, forse, ma necessaria per inviare un messaggio. Non avrei tollerato uccisioni insensate nel mio territorio, a prescindere che credessero o meno che il mio comportamento fosse un esempio da seguire.

Premetti la fronte sulla sua. «Il che ci porta al prossimo impegno della serata. Pronta?».

«Avete davvero bisogno del mio permesso?».

«No».

«E allora perché me l'avete chiesto?».

«Mi è permesso preoccuparmi almeno un po', Raelyn» dissi, voltandomi per schiacciare il pulsante per il piano terra. L'ascensore iniziò a muoversi. Mi girai ancora una volta verso di lei, tenendola bloccata contro la parete. «Non ho ucciso il mio harem».

Lei deglutì, fissandomi. «E allora chi è stato?».

«È quello che sto cercando di scoprire. E, finché non l'avrò fatto, mi accompagnerai ovunque. Perché sospetto che chiunque sia stato voglia fare di te un esempio».

Il suo battito finalmente si impennò. «C... cosa?».

L'ascensore trillò, annunciando il nostro arrivo. Raelyn rimase impietrita, con il colore che le scivolava via dal viso.

Beh, almeno le sue reazioni sarebbero state appropriate.

Anche se era un po' crudele, dirle la verità in modo così brutale.

Le tenni il mento mentre le porte si aprivano. «Non lasciare mai il mio fianco, e ricordati di comportarti come si deve». Le diedi un bacio leggero e la liberai dalla mia presa. «Vieni».

A ogni passo, la mia ira tesseva nell'aria una nube minacciosa. I vampiri sotto la mia protezione sarebbero riusciti a percepire la mia furia, nonostante li osservassi con un'espressione imperturbabile. Molti smisero di parlare e caddero in ginocchio. Altri, i più anziani, chinarono il capo in segno di rispetto. Gli umani, invece, si prostrarono sul pavimento, piagnucolando e implorando passivamente per le loro vite.

Mi mossi lentamente, con le mani in tasca, scrutandoli tutti. Raelyn era al mio fianco, con gli occhi bassi, ancora pallida per ciò che le avevo detto in ascensore.

Bene. Era il modo corretto in cui avrebbe dovuto comportarsi il membro di un harem, dopo aver assistito a ciò che era successo di sopra.

Myers fece irruzione nell'atrio attraverso la porta principale. «È un fottuto...». Il vampiro dai capelli lunghi si interruppe, vedendomi al centro della sala. Le sue ginocchia si piegarono immediatamente, gettandolo sul pavimento.

«Finisci la frase, Myers» lo esortai, curioso. «È un fottuto cosa?».

La pelle scura dell'uomo sbiancò, il suo terrore era palpabile. «Casino, Vostra Altezza».

«Cosa?»

«Lord Tremayne» riuscì a biascicare in risposta.

«Lord?» ripetei, ridacchiando. «Quello non lo è di certo. In compenso, è stato esiliato, finché non deciderò altrimenti. Chiunque venga trovato ad assisterlo in qualsiasi modo ne risponderà a me. Avete capito?».

Un coro di: «Sì, mio principe» e: «Sì, Vostra Altezza» risuonò in tutto l'atrio. Nessuno osava discutere o guardarmi negli occhi.

«Per chi se lo stesse chiedendo, il crimine che gli è valso questa condanna è stata la diffusione di informazioni false. Nel mio territorio, non ho mai condonato, né mai lo farò, l'uccisione indiscriminata di mortali. Se avete voglia di un bagno di sangue, ordinate un umano dal servizio di ristorazione o di intrattenimento».

Indicai con un gesto la sala da pranzo dell'hotel. Svariati umani, ornati di catene, giacevano sui tavoli. Alcuni respiravano a malapena, altri erano già morti. Era quello il loro scopo. Placare la fame dei vampiri. Che fossi d'accordo o meno non era rilevante. Noi eravamo vampiri. Gli umani erano cibo.

Nessuno osò commentare né chiedere qualcosa, così continuai.

«Tremayne aveva bisogno che gli ricordassi che tutto, in questa regione, appartiene a me. Inclusi i vostri umani. Non danneggiate le mia proprietà senza motivo, solo perché vi annoiate. È inaccettabile e proibito».

Altro silenzio, seppur punteggiato da un leggero malumore.

«Tremayne ha sostenuto che l'uccisione del mio harem era il segnale che anche voi avreste potuto fare lo stesso. Discuterò solo due punti. Primo, i membri di un harem sono schiavi sessuali atti a fornire intrattenimento. Sfruttarli fino in fondo è accettabile, proprio come a voi è permesso indulgere nei vostri acquisti. Secondo, in quanto mia proprietà, è mia prerogativa farne quel cazzo che mi pare. Se qualcuno non è d'accordo con questi punti, parli ora».

Ovviamente, nessuno lo fece. E anche quell'accenno di malumore svanì.

No, l'immortalità non mi sta facendo impazzire.

Sì, sono ancora il vostro reale.

E questo è il mio dannato territorio. Se non vi piace come gestisco le cose, andatevene.

«Bene, visto che non ci sono domande, ho un annuncio da fare. Alzatevi».

I vampiri obbedirono immediatamente, mentre gli umani restarono sul pavimento, lasciando Raelyn come unica mortale in piedi. Mi chiesi se si fosse resa conto del simbolismo presente in quell'immagine, se avesse colto che c'erano anche dei vantaggi nel far parte dell'harem di un reale.

«La posizione di amministratore delegato della K Hotel Enterprise è ufficialmente aperta. Accetterò le candidature per tutta la settimana e prenderò una decisione entro un mese». Chiunque avessi scelto non avrebbe ereditato soltanto quell'hotel, ma anche molti altri disseminati nel territorio. E uno nel cuore di Lilith City. Sarebbe stato divertente vederli competere, visto che diversi vampiri nella regione erano abbastanza anziani da poter assumere il controllo dell'ex impero di Tremayne.

«Spargete la voce» ordinai, riferendomi anche al mio avvertimento, oltre che alla possibilità di impiego.

Un intenso brusio si levò nella sala mentre i miei sudditi facevano ciò che avevo richiesto, inviando messaggi ai loro contatti e discutendo di possibili candidati. Alcuni dei nomi menzionati appartenevano a vampiri che avrei contattato personalmente.

«Vostra Altezza». Cherise aggiunse al saluto un piccolo inchino. Quelle sue continue interruzioni erano insopportabili. Non aveva imparato nulla, quando le avevo chiuso le porte dell'ascensore in faccia? «Per quello che è successo prima, volevo…».

La misi a tacere con un gesto della mano. «Cos'hai fatto all'umano che non mi ha riconosciuto?».

Il brusio attorno a noi cessò, erano tutti in attesa.

Lei deglutì. «L'ho… l'ho consegnato allo staff delle cucine per inserirlo nel menu».

Beh, immagino fosse meglio che ucciderlo direttamente lei stessa. «Questa punizione implica che lo incolpi di ciò che è successo, giusto?».

«Dovrebbe conoscere il suo principe, Vostra Altezza». Alzò il mento, era chiaramente convinta della sua posizione sulla vicenda.

«Sono d'accordo. E chi pensi abbia la responsabilità di insegnarglielo, Cherise?».

Le sue narici fremettero. «Le università, mio principe».

«Inizialmente, sì. Ma chi è responsabile del mantenimento di quelle conoscenze e di preparare gli umani alle interazioni faccia a faccia con i loro reali?».

Un turbine di paura addolcì l'aria, le sue guance persero colore.

Troppo tardi, Cherise. Sei stata tu a tirare fuori di nuovo l'argomento.

«I loro… i loro superiori, Vostra Altezza».

«In questo caso, quindi, *tu*, dato che gestisci la reception» conclusi. Avrei lasciato perdere, visto che c'erano questioni più urgenti che richiedevano la mia attenzione. Ma Cherise aveva deciso di ricordarmi ciò che era successo. Davanti a tutti, tra l'altro. «Hai spedito l'umano in cucina per essere macellato. Quello è il dipartimento di Maeve». Cercai con lo sguardo la vampira bionda e la trovai appoggiata a una parete, con un'espressione impassibile. «Unisciti a noi».

Non esitò. A ogni passo, i suoi stivali di pelle scricchiolavano sulla pietra. I jeans e il maglione facevano molto secolo scorso, rivelando la sua giovane età. La maggior parte della sua generazione preferiva il comfort allo stile.

«Mio principe» mi salutò con un piccolo inchino.

«L'umano è ancora vivo?».

Indicò con un'unghia laccata di rosso il maschio dai

capelli castani che giaceva su un tavolo della sala da pranzo. Era nudo, in posizione fetale, e tremava incontrollabilmente.

Quindi sì, respirava ancora, e a quanto pare non era stato toccato.

Ottimo.

«Cosa ne pensi della gestione della reception, Maeve?».

I suoi occhi nocciola brillarono. «Sarebbe un bel cambiamento rispetto al sorvegliare le cucine, mio principe».

«Si dà il caso che mi si sia liberato un posto, se ti interessa. Ma ho una richiesta».

Cherise balbettò: «Vostra Alt...».

«Stavo parlando con te?» le chiesi, riservandole il mio migliore sguardo omicida. «In ginocchio, Cherise, e non osare alzarti o parlare finché non ti dirò che puoi farlo».

Il mio tono fece accelerare il battito di Raelyn, ricordandomi della sua presenza accanto a me. Le accarezzai il fondoschiena e la baciai sul collo, più per abitudine che necessità, guadagnandomi qualche occhiata stupita. E così, non si aspettavano che mostrassi affetto ai membri del mio harem. Bene.

«Come stavo dicendo, ho una richiesta che riguarda il maschio. Voglio che lo recuperi da quel tavolo e lo addestri di nuovo. Considerala un'audizione per il nuovo ruolo. Tornerò in settimana per valutare i suoi miglioramenti. Se saranno sufficienti, potrai tenere il lavoro. Altrimenti, tornerete entrambi in cucina».

Increspò le labbra. «Vi ringrazio per questa opportunità, mio principe. Non vi deluderò».

No, ero abbastanza sicuro che non sarebbe successo. «Eccellente. Prendi l'umano, potete iniziare già da stasera».

«Vostra Altezza». Si inchinò e si avviò con determinazione verso la sala da pranzo.

Era il momento di occuparsi della vampira ai miei piedi. Sospirai, disegnando col pollice dei piccoli cerchi sulla schiena di Raelyn. «Cherise, non solo sono deluso della tua scarsa abilità in un ruolo di comando, ma lo sono ancora di più per la tua mancanza di candore e rispetto. Forse un nuovo ruolo in cucina ti aiuterà a rinfrescare le tue priorità, cosa dici? Organizzati per scambiare i ruoli con Maeve. E quando la vedrò, tra una settimana, sarà meglio che non mi riporti alcun problema».

Non disse nulla e tenne il capo chino.

Molto bene. Aveva preso sul serio i miei ordini riguardo all'alzarsi e al parlare. C'era ancora speranza per lei.

«Vai». La invitai ad allontanarsi con un gesto della mano. «Sono stanco della tua presenza».

Avvolsi le braccia attorno a Raelyn e la baciai dolcemente. Quel gesto informò la stanza che consideravo la mia consorte più importante di Cherise, visto che l'avevo liquidata in favore di un'umana. In più, mostrava che sapevo essere tenero con gli umani di mia proprietà, quando volevo.

La bocca di Raelyn si aprì per me, accontentando i miei desideri. Ignorai le parole e i movimenti di Cherise mentre se ne andava, ignorai tutti quelli che ci stavano guardando, crogiolandomi nel sapore inebriante dell'umana.

La mia erezione premette sul suo ventre, avevo bisogno di molto di più.

Avrei potuto costringerla a offrire uno show, a mostrare a tutti quanto fosse abile con la lingua… ma quella sarebbe stata una punizione, più che una ricompensa. E il mio adorato, docile agnellino si era guadagnato il mio apprezzamento, non la mia ira.

«Sarà meglio che il parcheggiatore abbia le mie chiavi pronte» mormorai sulle sue labbra. La baciai appassionatamente ancora una volta, poi mi rivolsi all'intera stanza. «Godetevi l'alba. A breve riceverete un invito per un evento a Kylan Tower, che si terrà tra un paio di settimane».

Balenò qualche sorriso, l'idea di una festa li entusiasmava. Erano presenti abbastanza vampiri per far sì che la voce si spargesse, ma in serata Judith avrebbe anche inviato una serie di inviti formali a tutti i miei sudditi. Ce n'erano quasi cinquemila nella regione, una delle più ampie al mondo. Solo una cinquantina erano lì, ma non ne ero sorpreso. Era un albergo, non un residence, e nessuno si aspettava il mio arrivo.

Condussi Raelyn verso il parcheggiatore e gli presi le chiavi di mano senza dire nulla. Aprii la portiera dal lato del passeggero e aiutai Raelyn a salire in auto. Nel mentre, notai gli schizzi di Tremayne sul marciapiede e sulla facciata dell'hotel.

«Myers» chiamai.

Il maschio allampanato mi raggiunse immediatamente, tenendo lo sguardo nocciola sul selciato. «Mio principe».

«Assicurati che ripuliscano bene tutto quanto e spedisci i resti di Tremayne a est, verso il confine con il clan Calgary. Non aiutarlo in alcun modo».

Myers chinò la testa, cercando di non sorridere per la soddisfazione di aver ricevuto un compito. «Sì, Vostra Altezza. Grazie».

Lo salutai con un cenno del capo e mi unii a Raelyn nel tepore della mia due posti. Non era l'ideale per le strade innevate, ma le gomme erano progettate per affrontare il cemento scivoloso. E gli umani avevano fatto un buon lavoro a spalare.

Allungai il braccio per allacciare la cintura a Raelyn,

poi misi in marcia e ci allontanammo dall'albergo. «Puoi essere di nuovo te stessa, mia cara».

Rimase in silenzio per un attimo. «Non sono certa di cosa significhi».

Ridacchiai. «Siamo soli, il che significa che è più difficile che tu incorra in qualche punizione».

«Ma è comunque una possibilità».

«Sì, sempre». Avevo degli standard. E se non li avesse rispettati, l'avrebbe saputo subito. Aumentai la velocità, per rendere più difficile a chiunque seguirci. Possedere mezza città di certo aiutava. Non era facile indovinare la mia posizione, o dove fossi diretto. Anche i tunnel sotterranei erano perfetti per quello scopo. I miei ingegneri li avevano progettati per assomigliare a un labirinto, mentre costruivano Kylan City sulle rovine della città un tempo nota come Vancouver.

Presi una rampa che ci portò in basso, verso le caverne di pietra, e posai la mano sulla coscia di Raelyn. «Sei stata fantastica stasera. La prova che da qualche parte, dentro di te, c'è un'umana ben addestrata».

«Conosco le regole, le ho seguite per tutta la vita. Finché non mi avete baciata». Sembrava frustrata.

Sorrisi. «Pensi che sia stato lo stress del momento a spingerti a fare quello che hai fatto?».

«Forse. È solo che non volevo che mi sceglieste e, beh, vi ho morso».

«La maggior parte degli umani sogna di essere scelta per far parte di un harem. Sono convinti che avranno accesso a una vita lussuosa». Ciò che non tenevano in considerazione era il prezzo da pagare. Molti alfa e reali preferivano il dolore al piacere. Io apprezzavo un mix di entrambi.

«Volevo partecipare al Torneo».

«Lo so, mio piccolo agnellino assetato di immortalità».

Le strinsi la coscia e spensi le luci dell'auto, in modo da nascondere le nostre tracce.

Lei si irrigidì. I suoi occhi mortali non le concedevano lo stesso tipo di visione notturna dei vampiri. Accelerai, solo per lo spasso di sentire il suo battito cardiaco impennarsi.

«Lilith vi sventola l'immortalità davanti agli occhi per controllarvi. Piuttosto che lavorare insieme, vi mettete gli uni contro gli altri nella speranza di avere un futuro migliore. Anche se mi sembra tu abbia legato un po' con Silas». Qualcosa che sospettavo contribuisse al modo impertinente con cui si rivolgeva a me. «Vi siete mai divertiti insieme?».

Sbuffò. «Abbiamo iniziato come rivali e non facevamo che litigare. Ma poi diventammo amici grazie a Willow. Ci fece notare che eravamo essenzialmente la stessa persona, solo in forma maschile e femminile». Nella sua voce si insinuò un pizzico di nostalgia. L'affetto con cui ripensava alla sua vecchia vita era palese.

«Dov'è stata mandata Willow?». Non conoscevo nessuno dei suoi compagni di classe per nome, a parte Silas. La mia specie preferiva i numeri. Erano più facili da gestire e ricordare.

«Alle fattorie per la procreazione» sussurrò.

Ah, sì, quello era un triste destino. Umani costretti a riprodursi. Era necessario per mantenere alti i numeri, e volevamo solo linee di sangue di qualità. «Deve aver avuto degli ottimi voti».

«Uguali ai miei».

Annuii. «Sì, probabile». Perché anche Raelyn sarebbe stata eccellente materiale da riproduzione, ma il sorteggio l'aveva salvata da quel destino. Il magistrato fingeva di basare tutte le scelte su precisi parametri scientifici. Realisticamente, però, inseriva un mucchio di punteggi nel suo computer e randomizzava i risultati per quelli di una certa classe e ascendenza.

Silas era stato destinato al Torneo da tempo, selezionato anni prima da Jace e Walter per il suo potenziale. Esattamente come avevo fatto io in precedenza con una manciata di candidati. I primi della classe erano seguiti ed esaminati di frequente.

Voltai in un altro tunnel che correva sotto la città, e sfruttai la tecnologia incorporata nella mia auto per interrompere le riprese delle telecamere di sicurezza.

Judith era magica.

«Cosa le succederà?» chiese piano Raelyn.

«Vuoi davvero che ti risponda?».

Restò in silenzio per un lungo istante. Inspirò ed espirò profondamente, calmando il suo battito. «Quanti bambini avrà?».

«Dipende dalla sua fisiologia. Un'umana può avere una gravidanza all'anno, a volte anche meno. I nostri scienziati hanno imparato ad accelerare il processo, ma Madre Natura non sempre collabora. E dal momento che per la nostra specie la vita umana è sacra, visto che siete fondamentali per la nostra sopravvivenza, facciamo tutto il possibile per tenere i procreatori in buona salute, finché ci sono utili».

«E poi?».

«Vengono spediti nelle fattorie per il sangue o nel settore dei servizi». Zelda ne era un esempio. Un tempo sfruttata per la riproduzione, era stata mandata in città, nella proprietà di Vilheim, per aiutare in cucina. Venni presto a conoscenza delle sue abilità attraverso il suo superiore e Vilheim stesso. «Alcuni ottengono una sistemazione accettabile».

«Ma non tutti».

Solo una piccola parte, in realtà. Le diedi un'altra stretta alla gamba, poi riportai la mano sul cambio. Delle scuse minacciarono di sfuggirmi dalle labbra, una cosa che accadeva molto di rado. *Un lupo non si scusa con l'agnello*; *lo mangia a basta.*

Mi schiarii la voce e cambiai argomento, scegliendo qualcosa di meno problematico. «Resteremo in città per alcune settimane, forse mesi. In più, alla festa di cui parlavo saranno presenti anche altri reali, il che significa che dovrò intensificare il tuo addestramento in campo sessuale. Si aspetteranno che tu sia più o meno al livello dei membri dei loro harem, e nel caso in cui dovessi condividerti con uno di loro, ho bisogno che tu sia preparata».

Sentendo parlare di condivisione, il suo cuore sussultò. Non ne fui sorpreso. Probabilmente pensava che l'avrei data a Robyn. Cosa che non sarebbe mai e poi mai accaduta senza supervisione. Non ero nemmeno certo che avrei voluto condividere Raelyn, visto il pericolo in cui si trovava, ma dovevo comunque istruirla.

«Iniziamo subito». Perché perdere tempo, quando il sole non sarebbe sorto per un altro paio d'ore?

Oh, quanto amavo l'inverno.

Notti lunghe, giorni brevi e infinite ore da trascorrere a giocare tra le coperte.

Cosa che avremmo fatto.

Cominciando da quella notte.

RAE

«Spogliati». Dopo avermi condotta oltre la soglia della sua camera, Kylan non aveva perso tempo. Il suo ordine fu come una calda carezza.

Addestramento sessuale.

Allo scopo di condividermi con altri reali.

Reali come Robyn.

Il mio stomaco si contorse per protesta. Non volevo un collare e un guinzaglio, né essere trascinata sul cemento.

Ce n'erano altri come lei? Erano anche peggio?

Importa? Tanto per cominciare, devo sopravvivere a Kylan.

Tremai ripensando a come aveva trattato Tremayne e tutti gli altri al piano di sotto. Quello era il Kylan che tutti temevano, quello che trasudava potere e autorità, e non tollerava la disobbedienza.

Eppure, il modo in cui si era comportato con me…

«Raelyn». Il leggero accenno di ammonimento con cui aveva pronunciato il mio nome mi fece capire che non aveva apprezzato la mia esitazione.

Giusto, dovevo concentrarmi.

E spogliarmi.

Abbassai le spalline sottili e lasciai che il vestito cadesse ai miei piedi. Rimasi completamente nuda, fatta eccezione per i tacchi. Mi piegai per togliere anche quelli, ma la sua mano mi trattenne.

«Le scarpe possono restare». Mi mordicchiò l'orecchio, premendo il suo petto, avvolto nell'abito di sartoria, sulla mia schiena nuda. «Stenditi a letto e spalanca le gambe. Voglio vederti, Raelyn, ed esplorare ogni centimetro di te».

Alle sue parole, un intenso calore mi si raccolse tra le cosce.

Dea, cosa sta per farmi?

Era davvero solo all'inizio della serata che mi aveva spinta contro quell'albero? E solo ieri che mi aveva scelta?

Non c'era da stupirsi che le mie membra fossero così pesanti, mentre mi arrampicavo sull'enorme letto. Erano state le ventiquattr'ore più lunghe della mia vita, nonostante mi fossi riposata sul jet.

O forse era il suo sangue che mi scorreva nelle vene. Da quando mi aveva baciata, nell'ascensore, mi ero sentita più viva, più lucida. Come se il mio stesso essere fosse stato incendiato dall'interno. I miei sensi erano più acuti, il mio corpo più consapevole. Riuscivo quasi a *sentire* il desiderio di Kylan solo dallo sguardo predatorio con cui seguiva i miei movimenti.

Una fame pura e assoluta.

Deglutii.

Era lo sguardo di un maschio che bramava sesso, o violenza, o forse un insieme dei due.

Spalancai le mie gambe tremanti, offrendo ai suoi occhi la mia intimità. La sua attenzione si spostò verso il basso, lentamente. Scavò sulla mia pelle un sentiero arroventato, finché non si concentrò tra le mie cosce.

Quell'occhiata bollente risvegliò qualcosa dentro di me. Qualcosa di caldo, intenso ed estraneo.

Rabbrividii. Il desiderio di chiudere le gambe riuscì

quasi a sopraffare la mia mente. *Vuole che restino aperte. Ma io ho bisogno... ho bisogno...*

Kylan si sfilò la giacca e la posò su una sedia accanto al letto. Subito la seguì anche la cravatta. Mi si avvicinò, sbottonandosi con calma la camicia, rivelando a poco a poco il suo torso muscoloso.

L'avevo già visto a petto nudo, quindi sapevo cosa aspettarmi. Eppure, il fatto che si stesse spogliando con l'intento di toccarmi, rendeva l'esperienza ancora più intensa.

I vampiri erano tutti perfetti. Sembrava essere un dono che veniva con l'immortalità.

Ma Kylan? Lui ridefiniva il concetto stesso di perfezione.

Linee dure e nette, avvolte in una pelle levigata.

Mi venne l'acquolina in bocca solo a guardarlo.

Lasciò cadere la camicia sulla giacca, un sorriso gli si era disegnato sulle labbra. «La tua eccitazione è inebriante, Raelyn» mormorò, avanzando verso di me. I miei muscoli si tesero quando si unì a me sul letto, sistemandosi tra le mie gambe. Il suo intento era chiaro.

Mi concesse meno di un istante per reagire, anzi, nemmeno quello. Prese a tracciare con la lingua un sentiero verso il mio sesso. Sussultai, avvinghiandomi alle coperte.

Wow...

Silas l'aveva fatto più di una volta, ma non era mai stato *così*.

Kylan ripeté l'azione, ma applicando più pressione, facendomi contorcere incontrollabilmente. Sorrise, con le labbra posate sul mio clitoride. Lo sfiorò delicatamente con i denti, causandomi un'altra ondata di spasmi.

«Me l'hai succhiato così bene prima, agnellino. Permettimi di ricambiare il favore».

Cos...

Oh, Dea...

Mi inarcai con un gemito, sollevando il busto dal materasso, solo per essere subito riportata giù dalla sua mano, che mi premette sull'addome. L'altra volò verso il mio fianco. Mi tenne saldamente, mentre mi divorava con la lingua.

Delle feroci ondate di energia si riversarono su di me, correndomi attraverso, consumandomi completamente. Non riuscivo a respirare, non riuscivo a pensare, non riuscivo a muovermi; potevo solo sentire.

Non sapevo che un piacere del genere fosse anche solo possibile. Era così intenso che quasi faceva male. Ardeva nelle mie vene, incendiando ogni singola terminazione nervosa.

«Kylan» gemetti, incerta se spingerlo via o afferrargli i capelli. «È... è...».

Il suo incisivo sfiorò la mia carne sensibile.

Non...

Gridai, sopraffatta dal piacere. Il mio corpo tremava, le mie labbra si agitavano incoerentemente, mentre Kylan obliterava i miei sensi.

Mi aveva morsa.

Là sotto.

O forse mi aveva appena graffiata. Non importava. Aveva incendiato la mia stessa essenza.

Ma, Dea, una cosa del genere non avrebbe dovuto essere permessa. Estasi e agonia si mescolarono insieme, quando Kylan iniziò a leccarmi la ferita. Succhiava, mordicchiava, mi trascinava in un vortice di follia, privo di ragione e focalizzato sul sentire.

Le mie membra formicolavano.

Il mio cuore batteva all'impazzata.

I miei polmoni lottavano per respirare.

«Lo stai negando» mormorò, con tono di approvazione. «Ma non riuscirai a vincere, tesoro». Un'altra leccata che mi incendiò il sangue. «Arrenditi, Raelyn. Sottomettiti alla sensazione. Sottomettiti a me».

Mi graffiò di nuovo coi denti, e io gli afferrai le spalle, conficcandogli le unghie nella carne.

«Kylan». Era sia una supplica che una maledizione, il desiderio di avere di più e il bisogno che si fermasse. Non riuscivo a smettere di tremare, le fiamme che bruciavano dentro di me mi stavano dilaniando.

Ciò che mi aveva fatto addosso all'albero non era nulla, in confronto. Non era che un mero prologo.

«Raelyn». Il suo ringhio vibrò in profondità dentro di me. «Voglio sentirti venire sulla mia lingua». Fremetti. Tutto il mio essere si era abbandonato al suo volere e ai movimenti della sua bocca. «Adesso».

Il suo ordine riverberò attraverso il mio corpo, raggiungendo la mia anima e costringendomi a obbedire. Il mondo andò in frantumi attorno a me, dipingendo la mia visione in sfumature di bianco e nero. Il nome di Kylan sfuggì dalle mie labbra, rincorso da parole sconclusionate.

Mi sentivo distrutta.

Smarrita.

Liquida.

Il mio petto ardeva, il mio corpo era travolto dall'estasi.

«Il tuo piacere è coinvolgente, Raelyn» sussurrò Kylan sulla mia pelle umida. «Ne voglio di più». La sua lingua mi penetrò in profondità, gettandomi oltre il limite, facendomi di nuovo precipitare nell'oblio.

Com'era possibile?

Era perché avevo bevuto il suo sangue?

Oh, non importava. Non con quello che era capace di fare.

Mi contorsi sulla sua bocca. I suoi piccoli morsi e le sue leccate mi avevano avvolta in una nebbia di spaesata beatitudine. La mia mente era come infranta, non riuscivo più a formulare pensieri coerenti.

C'erano solo le sensazioni.

Calore.

Sesso.

Mi accorsi a stento che Kylan si era tolto i pantaloni, troppo consumata dall'abisso stellato che mi fluttuava davanti agli occhi. Anche le mie scarpe erano sparite.

Come?

Quando?

Cosa mi aveva appena fatto?

Il suo sesso premeva tra le mie gambe. Lo strofinò sul mio clitoride, che pulsò e protestò. Il suo calore stava annientando i miei sensi.

«Kylan» mormorai.

Non ho mai…

Le sue labbra catturarono le mie, soffocando ciò che avevo bisogno di dirgli. Fremetti sotto di lui, terrorizzata ed eccitata al tempo stesso. Ma invece di infilarlo dentro di me, si limitò a strusciarlo sulla mia carne umida, ricoprendo la sua erezione con la mia estasi.

«Apri» sussurrò, mentre con la lingua mi accarezzava le labbra.

Obbedii, permettendogli l'accesso a ogni parte di me. Continuò a impregnarsi della mia essenza, cospargendo la mia bocca con il frutto del mio orgasmo.

«Riesci a sentire il tuo sapore?» chiese dolcemente. «Mi sei venuta su tutta la lingua». Evidenziò il concetto baciandomi ancora, più intensamente, rendendo abbondantemente chiaro il suo dominio. «Alcuni della mia specie non si divertono più a dare piacere, ma io trovo sia molto gratificante, se fatto bene». Il suo sesso scivolò più in basso, sfiorando l'ingresso del mio intimo.

Mi irrigidii, in attesa.

Mi avrebbe fatto male.

Tanto male.

Ma dovevo accettarlo.

Prendermi era suo diritto, in quanto mio padrone.

«Mmm, una vergine». Sorrise. «Ciò apre la porta a diverse possibilità intriganti, agnellino».

Tremai. Kylan si sedette sui talloni, sempre stando tra le mie gambe, e avvolse la mano attorno alla sua erezione.

«Oh, la tua eccitazione sul mio cazzo è un qualcosa di spettacolare, Raelyn». Fece scorrere il palmo su e giù, con gesti violenti e ipnotici. A ogni movimento, i suoi addominali si flettevano, contraendosi sempre più man mano che il suo ritmo aumentava.

Mi leccai le labbra e mi alzai sui gomiti per vedere meglio, affascinata.

Non era compito mio, quello?

E cosa intendeva con "possibilità intriganti"?

Oh, e come sapeva che ero vergine?

«Resta così» disse, con una voce bassa e profonda.

Slittò in avanti, mettendosi a cavalcioni dei miei fianchi, offrendomi una vista ancora migliore. Quella sensazione inebriante ricominciò a raccogliersi nel mio ventre, facendomi tendere e pulsare.

Non ero affatto pronta per un'altra ondata di piacere, ma guardarlo accarezzarsi era innegabilmente stimolante. Il suo avambraccio si fletté.

«Apri la bocca, Raelyn». Il comando fu sottolineato da un ringhio che andò a colpire il bisogno che mi bruciava tra le cosce.

Schiusi le labbra e lo guardai negli occhi.

Mi afferrò i capelli con la mano libera e mi tirò in

avanti. Il suo orgasmo esplose sulla mia lingua con degli spruzzi caldi e densi che mi scivolarono in fondo alla gola, costringendomi a deglutire.

Il suo viso si contorse in un'agonia così splendida che non potei fare a meno di memorizzarne ogni dettaglio: la mascella serrata, le lunghe ciglia spalancate, il modo in cui il mio nome cadde dalle sue meravigliose labbra.

«Puliscimi» ordinò, dandomi uno strattone ai capelli.

Lo presi in profondità, quanto la mia gola me lo permetteva. Il resto della sua estasi si mescolò alla mia. Kylan accentuò la presa, tenendomi saldamente in posizione.

«Fino all'ultima goccia, Raelyn. Voglio che tu sia piena del mio seme, della mia essenza, in modo che chiunque sappia che sei mia».

Il suo tono mi fece rabbrividire. Vampiri e licantropi erano noti per la loro possessività.

Eppure, progetta di condividermi con gli altri reali.

Ignorai quel pensiero, tornando a concentrarmi sul mio compito. Alla fine, allentò la stretta. Mi passò le dita tra i capelli, fissandomi con un'espressione che sfociava nella meraviglia.

«Così sei stupenda» mormorò. L'altra mano si spostò sulla mia mascella. «Con la bocca avvolta attorno al mio cazzo». Si spinse più in profondità, con uno scintillio diabolico nello sguardo. «La tua mancanza di riflesso faringeo conferma il tuo addestramento sul sesso orale, e dev'essere stato un corso avanzato. Eppure non sei mai stata scopata. È affascinante».

Deglutii attorno a lui, con gli occhi che iniziavano a inumidirsi per la violenta intrusione. Kylan se ne accorse e scivolò fuori dalla mia bocca.

Poi abbassò lo sguardo. Un sorrisetto gli danzava sulle labbra. «Immacolato. Ottimo lavoro, Raelyn».

La sua bocca si avventò sulla mia prima che potessi rispondere, spingendomi indietro sul letto. Sistemò i gomiti su entrambi i lati della mia testa e adagiò il suo sesso tra le mie cosce.

«Potrei baciarti per ore» sussurro. «E scoparti ancora più a lungo. Pasteggiare tra le tue gambe per un secolo». Mi sfiorò il naso col suo. «Ma vedo che sei esausta. È stata una serata molto lunga, e devi riposarti per le prossime prove».

«Prove?» ripetei.

«Addestramento sessuale». Mi baciò la guancia, trascinando poi le labbra fino al mio orecchio. «Ora che so che sei vergine, dovremo essere particolarmente ingegnosi. Quella è una carta che voglio giocare al momento opportuno».

Deglutii, incerta di cosa intendesse con quella affermazione.

Voleva donare la mia innocenza a qualcuno? In cambio di qualcosa che per lui avesse maggior valore?

Nonostante fossero possessivi, i vampiri erano anche noti per il loro atteggiamento pratico e la propensione a scambiare gli oggetti di proprietà. In quel modo, non rischiavano di attaccarsi troppo.

Pochi di loro tenevano un umano a lungo termine.

Ma sono almeno dieci anni che ha Mikael con sé...

«Continueremo a parlarne più tardi». Mi baciò teneramente, e la sua lingua mi convinse a ricambiare. «Sono molto soddisfatto di te, caro agnellino. Sarai un'ottima consorte».

Ricordandomi di chi, o cosa, fossi per lui, un dolore iniziò a formarsi nel mio petto.

Per un attimo me n'ero quasi dimenticata, troppo persa nelle sensazioni che aveva evocato.

Ma era tutto temporaneo.

Un piacere di cui godere e scordarsi in un battito di ciglia.

Per me, invece, sarebbe stata la mia intera esistenza. Nata solo per servire nella camera da letto di un vampiro reale. E presto ce ne sarebbero state altre, mentre lui espandeva il suo harem, dimenticandomi...

Quel pensiero non avrebbe dovuto ferirmi.

Non *poteva* ferirmi.

Le emozioni appartengono ai deboli. E io non sono debole.

Il mio nome è Rae e sopravviverò a tutto questo.

Non c'era altra scelta. Nessuna opzione, nessun altro modo.

Vivere o morire.

E io cercherò sempre di vivere.

KYLAN

Passai le dita tra le ciocche ramate di Raelyn. Il colore si sposava meravigliosamente con la sua pelle chiara.

Un'umana così bella.

Dotata, anche.

E indubbiamente vergine.

Lo sospettai dal modo in cui si era irrigidita, e il suo file me l'aveva confermato.

Non aveva mai seguito un corso di rapporti sessuali. Affascinante. La maggior parte degli umani lo faceva, ma lei aveva preferito optare per l'esercizio fisico. Probabilmente perché desiderava diventare una vigilante. Un percorso che sarebbe stato adatto a lei. Ma anche quello che l'aveva condotta verso il mio letto lo era.

Le accarezzai il collo mentre con la mano libera sfogliavo i suoi documenti universitari, esaminando le sue scelte curricolari.

I primi anni erano uguali per tutti gli umani. Consistevano in corsi di indottrinamento, destinati a fornire una rigida introduzione ai requisiti della società. Chi li passava era ammesso al livello successivo, che prevedeva le materie di base. A coloro che ricevevano i risultati migliori, tra cui Raelyn, venivano concesse certe libertà di proseguire con gli studi.

Era a quel punto che entravano in gioco le scelte.

Agli umani era permesso scegliere il loro percorso, ma in realtà era tutto un test, atto a osservare le loro naturali inclinazioni. Il curriculum di Raelyn mostrava che i suoi interessi spaziavano in varie materie, senza una netta specializzazione.

Scherma.

Francese.

Un corso di scienze politiche che esaminava la leadership dei clan nel secolo precedente.

Religione.

L'ultimo mi fece sbuffare. Di certo Lilith si divertiva a costringere gli umani a venerarla. Se solo avessero saputo che era soltanto un vampiro, come tutti noi, e nemmeno molto più vecchia di me…

Cam era il più antico della nostra specie.

Rivolsi un sospiro al soffitto, chiedendomi per la milionesima volta cosa gli fosse successo. Lilith sosteneva che fosse morto, ma la conoscevo troppo bene. Sicuramente l'aveva rinchiuso da qualche parte. Nello stesso posto in cui sarei finito io, se fossero riusciti a dimostrare che l'immortalità mi aveva condotto alla pazzia.

Ma non sarebbe successo.

Avevo lasciato a Judith il telefono di Tremayne e mi aspettavo di ricevere novità a breve. Ma non riuscivo ancora a lasciare Raelyn. Tutto di lei mi affascinava. La sua innocenza, il suo spirito ribelle, la sua sottomissione.

È vergine.

Un sorriso trionfante mi increspò le labbra. Era l'opportunità perfetta per manipolare i reali. L'avrebbero desiderata ancora di più. E, con un po' di allenamento, l'avrei resa l'esca perfetta per chiunque avesse osato mettersi contro di me.

Di norma, sarebbero state le altre consorti a occuparsi dell'addestramento di Raelyn. Le avrebbero spiegato tutte le procedure formali, le avrebbero fornito gli avvertimenti necessari e l'avrebbero iniziata in modo appropriato al mondo degli harem reali. Ma le mie consorti non c'erano più.

Di conseguenza, Mikael era l'unico insegnante disponibile.

Le sue esperienze erano simili, ed era vissuto con me abbastanza a lungo da sapere quali fossero le mie abitudini, soprattutto per quanto riguardava la condivisione.

Sì. Lui sarebbe andato bene.

Gli avrei assegnato quel compito, e nel frattempo mi sarei occupato dell'organizzazione della festa. Avrei dovuto mandare degli inviti personalizzati e assicurarmi che i miei ospiti avessero una sistemazione adeguata.

Sospirai. Odiavo intrattenere gli altri, ma era il modo migliore per scoprire chi ci fosse dietro a quella dannata macchinazione. Sarebbero stati tutti sotto lo stesso tetto, con Raelyn come esca. Mi sarebbe bastato vedere chi avrebbe abboccato.

Il mio telefono vibrò: era Judith che mi costringeva a lasciare le coperte.

Sono in salotto, mi aveva scritto.

Sarò lì tra cinque minuti.

Non ero ancora pronto a staccarmi da Raelyn. Mi si era accoccolata addosso, usando il mio petto come cuscino. Il mio braccio le circondava le spalle e le mie dita le danzavano tra i capelli. Le nostre gambe erano naturalmente intrecciate, era come se quella donna fosse stata creata apposta per me.

Incredibile cosa rivelasse il sonno: il suo corpo si fidava già del mio. Un messaggio pericoloso, considerando quello che avrei potuto farle. Ma la paura non le apparteneva. Doveva essere il risultato della sua amicizia illegale con Willow e Silas, un fatto che i suoi documenti non provavano né contestavano.

In compenso, c'erano molti video dei suoi esami orali con il maschio, in cui lei stava chiaramente fingendo l'orgasmo. Era la conferma che non avesse nessuna attrazione verso di lui, un qualcosa che mi rendeva più felice di quanto avrebbe dovuto.

Mi piaceva, e il file su di lei me l'aveva resa ancora più cara. Il mio esuberante agnellino... Oh, sarebbe stata un'eccellente consorte. Probabilmente anche una delle favorite.

Si mosse su di me, mentre riponevo il telefono sul comodino.

Le baciai la fronte e la sistemai sui cuscini con estrema delicatezza. «Dormi, tesoro. Dirò a Mikael di portarti la colazione serale a letto». Gli sarebbe piaciuto trovarla nuda. Era un mio piccolo regalo per lui.

Con addosso solo un paio di pantaloni della tuta, incontrai lui e Judith in soggiorno. Mikael mi passò una tazza di caffè nero, corretto con il suo sangue.

«Mi ami davvero» mormorai, poi ne bevvi un sorso. «Ti ho lasciato anch'io qualcosa in camera. Ha bisogno di essere istruita sulla seduzione dei reali e sulle aspettative generali. Presumo che tu sia all'altezza del compito».

Le sue sopracciglia bionde si inarcarono «È il tuo modo di dire che ieri notte non è stata all'altezza? Perché le sue grida suggerivano il contrario».

Un sorrisetto si fece strada sulle mie labbra. «Al contrario, è molto dotata. Ma ho bisogno che sia adeguatamente informata su certi requisiti della società, il che potrebbe richiedere qualche lezione pratica».

I suoi occhi chiari brillarono. «Mi stai dando il permesso di giocarci».

«Ti sto dando il permesso di addestrarla» risposi, con un piccolo ghigno nascosto dal bordo della tazza. «Buon divertimento».

«Prima avrà bisogno di cibo». Si avviò verso la cucina. «Poi ci metteremo al lavoro, Vostra Altezza».

«Mi aspetto dei risultati» sottolineai alzando la voce, mentre si allontanava. Poi mi sistemai sul divano accanto a Judith, che mi osservava con un'espressione seria. Il suo severo chignon biondo e il candido tailleur pantalone erano in netto contrasto con il mio abbigliamento casual. Appoggiai la caviglia sul ginocchio e mi rilassai sul cuscino di pelle. «Dimmi che hai trovato qualcosa, Judith».

«Sì,» i suoi occhi grigi incontrarono i miei «ma non vi piacerà».

Bevvi un altro sorso di caffè e posai la tazza sul tavolino davanti a noi. «Ti ascolto».

Mi porse un tablet, il cui schermo mostrava tutta una serie di linee e numeri. «Il messaggio ha attraversato svariate coordinate, ma alla fine sono riuscita a individuarne l'origine, e l'ora in cui è stato inviato». Trascinò l'indice sullo schermo. «È partito dal vostro aereo, Vostra Altezza. Durante la cerimonia del Giorno del sangue».

La prova di ciò che affermava mi fissava dallo schermo del dispositivo. «Com'è possibile?».

«Ho alcune teorie. Quella più plausibile è che qualcuno sia entrato nei vostri sistemi mentre eravate entrambi all'aeroporto. C'erano altri jet abbastanza vicini al vostro per riuscirci. Una volta entrati, inviare un messaggio da qualsiasi dispositivo presente sul velivolo sarebbe stato un gioco da ragazzi».

«Hai appena suggerito che il tuo team potrebbe non aver fatto un buon lavoro» le feci notare.

«Infatti ho già avviato un'indagine sull'apparente violazione».

Quella donna non faceva che dimostrare il suo valore e la sua lealtà. «Bene».

«Ho anche messo insieme una lista dei reali e degli alfa che stavano usando lo stesso aeroporto e avevano i jet vicino al vostro». Premette qualcosa sullo schermo, facendo apparire una serie di nomi. «Sono ordinati dal più vicino al più lontano, ma non è un dettaglio importante. Chiunque di loro avrebbe potuto hackerare il vostro sistema».

Naomi.

Walter del clan Clemente.

Niklas del clan Stella.

Robyn.

Claude.

«Jace non è sulla lista» mormorai.

«No, non è venuto in aereo. È arrivato in auto alla cerimonia, con Darius e la sua nuova *erosita*, dopo aver trascorso qualche giorno a Hazel City. Tutti i nostri sistemi di sorveglianza hanno confermato che dopo le selezioni del Giorno del sangue è tornato a Hazel City, dove continua a trovarsi in questo momento».

«Il che significa che non è volato a casa».

«Non ancora».

«Ma potrebbe lavorare con qualcuno». Certo, ciò avrebbe significato che c'era più di un reale che voleva distruggere il mio nome. O, forse, il leader di un clan. «Dov'erano Brandt e Luka?». La mia regione confinava con quelle del clan Calgary e del clan Majestic. Sarebbero stati dei partner ideali per Jace, visto che condividevano lo stesso desiderio di possedere la mia terra.

Judith afferrò il tablet e iniziò a controllare i suoi appunti, con le labbra arricciate di lato. Mikael scelse quel momento per riapparire in soggiorno con due piatti. Me ne porse uno.

«Mangia» mi ordinò.

Sollevai un sopracciglio. «Sembra che voi umani abbiate una propensione a comandarmi».

«Non oserei mai, Vostra Altezza» replicò con un inchino sarcastico, poi si diresse verso la camera padronale.

Raelyn ne sarebbe stata entusiasta. O mortificata.

«Sono atterrati entrambi sull'altro lato del campo dove si teneva la cerimonia» disse Judith, digitando sullo schermo. «A meno che non abbiano inviato dei licantropi per penetrare di nascosto nell'aeroporto, è molto poco probabile che siano stati loro».

Strappai un pezzo di bacon dal piatto che mi aveva preparato Mikael e lo gustai, riflettendo sulle ultime informazioni. «Sembra che tutto provi l'innocenza di Jace».

«Il che potrebbe essere esattamente quello che vuole farvi credere» mormorò, ancora concentrata sul tablet. «Ma se fosse lui il colpevole, starebbe facendo un ottimo lavoro. Non c'è assolutamente nulla che suggerisca che sia opera sua».

Annuii. «Vero». Quando era stato massacrato il mio harem, si trovava a Naomi City. «Ovviamente, potrebbe anche aver assoldato qualcuno». Mangiai un'altra fetta di bacon. «Ci sono state altre infrazioni sospette nella mia tenuta?».

Dopo l'incidente, Judith aveva installato ulteriori misure di sicurezza. Nel corso degli anni, mi ero convinto che nessuno sarebbe mai stato così sciocco da attaccarmi nel mio stesso territorio.

Un errore che non avrei mai più commesso.

Scosse la testa. «Niente. E, nonostante sia impossibile, tutto lascia pensare che non ci sia stata nessuna infrazione».

«Già, perché chiunque abbia ucciso le mie consorti voleva far sembrare che fossi stato io».

«E ci sono riusciti alla grande» borbottò lei, irritata.

«Su, Judith, non sarebbe un gioco divertente, se il colpevole fosse ovvio».

«Gioco» ripeté a denti stretti.

«In che altro modo lo chiameresti?».

«Una missione suicida?» suggerì.

«Beh, sì, c'è anche quell'aspetto» concordai. Perché chiunque fosse stato a sfidarmi sarebbe morto. Di quello ero totalmente certo. «Invitali tutti alla festa, inclusi Jace, Brandt e Luka».

Non c'era nulla che provasse la loro colpevolezza, ma il mio istinto mi diceva che Jace stava nascondendo qualcosa. Conoscevo il reale da molto, molto tempo. Ed era abile quasi quanto me nell'arena politica. Quindi, se davvero non c'era lui dietro tutto quello che stava succedendo, avrebbe potuto essermi d'aiuto.

«Anzi, chiamerò Jace personalmente».

Mi rivolse un'occhiata stupita. «Sicuro?».

«Sì». Avrei invitato lui e il suo nuovo sovrano a trascorrere qualche giorno con noi, dando a entrambi l'opportunità di passare del tempo con Raelyn. Le loro reazioni avrebbero provato la loro innocenza, o confermato i miei sospetti. Presi un altro boccone dal piatto, per poi appoggiarlo sul tavolino. «C'è altro, Judith?».

«Sì». Premette un paio di pulsanti sullo schermo e lo girò verso di me. Mostrava due messaggi identici. «Anche Zion e Vilheim hanno ricevuto una copia del vostro presunto editto».

Le mie sopracciglia schizzarono in alto. «E non pensavi fosse il caso di cominciare con quello?».

«Sono entrambi monitorati costantemente. Nessuno dei due ha ancora fatto nulla».

«Sarebbe stato comunque il caso di dirmelo subito» aggiunsi con tono piatto. Beh, sembrava che una visita a due tra i vampiri più anziani della mia regione fosse appena salita in cima alle cose da fare. Avrei dovuto telefonare a Jace dall'auto. Dannate priorità. «Hai qualcos'altro da dirmi?».

«Solo un ultimo chiarimento logistico, mio principe. Presumo che la festa si terrà al K Hotel, giusto?».

Annuii. «Mi sembra la scelta più appropriata. E vorrei che le stanze di Tremayne fossero completamente rinnovate».

«Quel progetto è già stato assegnato a Bethany».

«Fantastico». Bethany aveva buon occhio e si era già occupata di arredare molte delle mie proprietà. Mi alzai in piedi, poi mi ricordai di un ultimo particolare. «Voglio che promuovi Angelica».

La giovane vampira aveva rischiato la vita e la posizione recandosi nella mia tenuta senza invito, ed era anche riuscita in qualche modo a raggiungermi, eludendo la sicurezza. Notevole, anche se leggermente suicida. In ogni caso, aveva mostrato una lealtà sconfinata. Non solo perché mi aveva informato di ciò che aveva fatto Tremayne, ma anche perché sapeva che non avrei mai mandato un messaggio del genere.

Pochissimi avrebbero messo in discussione l'editto. Angelica l'aveva fatto, e ciò la rendeva estremamente preziosa.

Gli occhi grigi di Judith guizzarono verso i miei. «La novellina?».

«È stata quella novellina, come la chiami tu, a

informarmi del comportamento di Tremayne. Sarà pure la vampira più giovane di tutta la regione, ma ha del potenziale, Judith. Voglio che quel potenziale venga coltivato e premiato».

Trattenne il mio sguardo per un lungo istante, poi annuì. «La aggiungerò alla vostra scorta».

«Bene». Non mi fidavo ancora completamente di lei, ma in quel modo avrei avuto l'opportunità di giudicare adeguatamente il suo valore. «Grazie, Judith».

«Mio principe». Chinò il capo, e nel mentre io mi alzai dal divano.

Le visite a Zion e Vilheim sarebbero state estenuanti. Entrambi volevano essere promossi a posizioni di maggior prestigio, data la loro età e il loro potere. Zion era l'unico che avrei preso in considerazione, ma non mi aveva chiamato dopo aver ricevuto il mio presunto editto. Ciò bastava a squalificarlo.

Sospirai, andando verso la mia stanza per cambiarmi.

Il delizioso tono di Raelyn mi accarezzò le orecchie, strappandomi un sorriso.

Peccato non poter restare a giocare.

RAE

«Raelyn». Una voce maschile si librò su di me. Era in qualche modo familiare. «Ti ho portato la colazione della sera».

Rotolai nella nuvola di coperte, i capelli mi coprivano il viso. Una mano calda mi aiutò a togliere le ciocche dagli occhi, permettendomi di vedere Mikael. Aveva un ampio sorriso stampato in faccia. Mi misi a sedere e quasi gli feci cadere il piatto dalle mani.

Il suo sguardo si abbassò sul mio seno.

Sono nuda.

Giusto.

Mi tirai le coperte sul busto e indietreggiai fino a sbattere sulla testiera del letto. Piegai le ginocchia e le avvicinai al petto, usando le gambe come scudo.

Il sorriso di Mikael assunse una sfumatura di curiosità. «Sfidi Kylan ma scappi da me. È affascinante, Raelyn».

«Il mio nome è Rae. E ti conosco a malapena».

«Non conosci davvero nemmeno Kylan» mi fece notare lui. «Ho qui per te uova senza sale, broccoli al vapore e una ciambella».

Diedi un'occhiata a ciò che mi aveva portato, corrugando la fronte. «Una ciambella?».

«Mmm, uno dei miei cibi preferiti. Ho pensato che

avremmo potuto mangiarla insieme». Si sedette sul letto, con il piatto in grembo. «Non ha nessuna farcitura, visto che le tue papille gustative non sono ancora pronte per sapori elaborati, ma sarà comunque un'ottima introduzione». Afferrò ciò che assomigliava a un pezzo di pane di forma circolare e me lo mise davanti agli occhi. «Provala».

«Preferirei di no».

«Come vuoi». Ne prese un morso, poi sistemò accanto a me il piatto e una forchetta. «Su, mangia».

I broccoli avevano un aspetto familiare, ma le uova non somigliavano a quelle a cui ero abituata.

«Sono a cottura media, invece di quelle schifezze strapazzate già pronte. Fidati, ti accorgerai della differenza». Mi avvicinò ulteriormente il piatto. «Ora mangia, *Rae*».

Aveva usato il *mio* nome. Dovevo avere un'espressione scioccata, perché si mise a ridacchiare.

«Sono stato addestrato dall'Organizzazione, ma sono un umano come te, Rae. Io fornisco sangue e tu sesso, entrambi per soddisfare solo e soltanto Sua Altezza Reale». Si strinse nelle spalle e assaporò un altro pezzo di ciambella. «Il mio destino era solo leggermente più definito del tuo, tutto qui».

Non aveva tutti i torti.

Un altro umano. Solo che era un maschio. Come Silas.

Sollevai il piatto e lo misi in equilibrio sulle ginocchia. Uova e broccoli. Cibi normali, che potevo mangiare. In più, avevo bisogno di energia, dopo la notte precedente. L'effetto del sangue di Kylan era scemato, lasciandomi un vago senso di malessere. Più che esausta, mi sentivo abbattuta. Forse era anche per via del fatto che mi ero svegliata con un altro uomo nella stanza, e non lui.

I broccoli fornivano le sostanze nutritive di cui il mio

corpo aveva bisogno, mentre le uova erano un po' pesanti. Le mangiai lentamente, sotto lo sguardo attento di Mikael. La ciambella era già sparita.

«Anche Zelda ha frequentato l'università» mormorò. «Sa a cosa sono abituati gli umani che provengono da lì, e anche come introdurli lentamente a nuovi sapori. Vedrai. È fantastica in cucina».

L'avevo incontrata brevemente la sera prima. Ricordavo le sue guance paonazze, quando era stata scoperta con Mikael. Mi era sembrata una persona piacevole.

«Com'è andata la notte scorsa?» mi domandò Mikael. «All'hotel?».

Ingoiai il pezzo di uovo che avevo già in bocca, poi gli chiesi di rimando: «Quale parte?».

«In generale... voglio dire, ci sono stati dei problemi? Qualcosa che non sapevi come gestire?». Inclinò la testa di lato. «Kylan ha detto che hai bisogno di essere addestrata, e voglio sapere da dove devo iniziare».

Posai la forchetta sul piatto. «Sarai... sarai tu a farlo?». Odiai il modo in cui gli posi quella domanda, l'incertezza nella mia voce. Ma Kylan non aveva detto che sarebbe stato Mikael a occuparsi del mio addestramento. Ero convinta che avrebbe continuato lui con la mia istruzione sul sesso, da solo. Non che avrebbe coinvolto anche il suo animaletto umano.

«È ciò che ha detto Kylan, sì». I suoi occhi verde acqua catturarono i miei. «Possiamo farlo con o senza contatto fisico. Sono qui per insegnarti come funziona questo mondo, non per costringerti a fare qualcosa che non vuoi, Rae».

Aggrottai le sopracciglia. «Come farai ad addestrarmi correttamente senza toccarmi?».

«Non sempre la formazione richiede un contatto fisico,

Raelyn». Kylan entrò nella stanza con addosso soltanto un paio di pantaloni sportivi. I suoi muscoli si flettevano a ogni movimento, attirando il mio sguardo verso il basso, verso l'impressionante rigonfiamento coperto dal tessuto. Mi sentii avvampare al ricordo del suo orgasmo. Non avrei dovuto desiderarlo così tanto, non in quel modo. Ma non riuscivo a evitarlo. Il solo ritrovarmi vicino a lui mi faceva stringere le cosce con un intenso bisogno di averne *di più*.

Cosa mi ha fatto?

Doveva essere colpa del suo sangue. Ero convinta di averlo smaltito tutto, ma chiaramente non era così.

«È insaziabile quanto te, Mikael. Forse potete trovare un qualche tipo di accordo». Mi posò un bacio sulla tempia che fu come una secchiata d'acqua gelida.

Un'affermazione così indifferente sul condividermi con Mikael. Davvero non avrebbe significato niente, per lui, se un altro maschio mi avesse toccata?

Certo che no. Nel giro di qualche mese, o anche prima, Kylan avrebbe ricostituito il suo harem, e io sarei stata solo una tra le tante. Un giocattolo da condividere con i suoi amici reali, come Robyn.

Questa è la mia vita.

Perché ci avevo messo così tanto a rendermene conto? Shock?

La speranza di qualcosa di più?

Il desiderio di essere al posto di Silas?

Potrei essere al posto di Willow. Il pensiero mi fece rabbrividire. *Sarebbe potuta andarmi molto peggio di così.*

Kylan mi prese il mento tra le dita e mi costrinse a guardarlo negli occhi. Qualsiasi cosa avesse letto sul mio viso, lo fece accigliare. «Inizia con tutte le procedure formali, Mikael. E raccontale le tue esperienze in modo dettagliato, così saprà cosa aspettarsi».

«Sì, Vostra Altezza».

«Ho due questioni che richiedono la mia immediata attenzione». Mi afferrò i capelli e mi diede uno strattone per mettermi in ginocchio, facendo cadere sia il piatto che le coperte. «Al mio ritorno, mi occuperò della parte pratica del tuo addestramento».

Mi sfiorò le labbra con le sue, riaccendendo le fiamme sopite in me con una facilità che quasi mi spaventò. Quasi.

Il suo petto nudo arse sul mio, facendomi inturgidire i capezzoli.

Sapevo che il mio corpo mi avrebbe tradita, che avrebbe adorato il suo, ma non mi sarei mai aspettata che mi piacesse.

Kylan mi aveva avvertita che voleva distruggermi. Avevo accettato quel destino, presumendo che intendesse distruggermi fisicamente.

No.

Quell'essere mi avrebbe *devastata*.

Ha intenzione di fare a pezzi la mia stessa anima.

«Ti voglio bagnata e pronta per me nel momento stesso in cui varco la soglia, Raelyn». Kylan trascinò il naso sulla mia guancia, inalando il mio odore in un modo che mi lasciò stordita. «Non deludermi». Premette un bacio sulla mia gola pulsante. «Mi aspetto che tu ti unisca a me nella doccia la maggior parte delle sere. In ginocchio. Ma non oggi, purtroppo. Le incombenze di lavoro hanno la meglio sui piaceri della vita».

I suoi pantaloni erano decisamente più tesi di quando era entrato in camera. Si allontanò da me, lasciandomi infreddolita, nuda e inginocchiata.

«È deliziosa, non è vero?» chiese.

«Sì» concordò Mikael, con un tono di voce più basso.

Mi sta fissando. Sta fissando i miei seni.

Deglutii.

Sono già stata nuda davanti a dei maschi.

È la stessa cosa.

No, non lo è. Perché in questo caso desidero uno di loro.

La bocca di Kylan si incurvò in un sorrisetto. «Sì, agnellino. Bagnata e pronta, proprio come adesso. Tornerò presto ad assaggiarti». Mi fece l'occhiolino e andò in bagno. Rimasi a fissare il punto in cui si trovava qualche istante a prima, con un senso di disagio tra le gambe. Mi sedetti lentamente sui talloni. Il mio respiro era vagamente irregolare.

«È come una droga, vero?». Mikael sembrava quasi triste. «Cerca di non innamorarti di lui, Rae. Ricordarsi chi è, cos'è, aiuta. Almeno un po'».

Incontrai il suo sguardo limpido, e colsi un barlume di ciò che si annidava dietro la maschera dell'uomo sicuro di sé.

Dolore.

Lo scacciò via con un battito di ciglia, ritrovando il sorriso. «Bene, cominciamo dando un'occhiata alla lista degli invitati? Ne chiedo una copia a Judith, così possiamo dedicarci a esaminare le perversioni di ciascuno di loro».

«Sei stato con tutti quanti?».

Alzò le spalle. «Molti, ma non tutti».

«Perché Kylan ti ha condiviso».

Di nuovo un lampo della tristezza di poco prima. «Faccio qualsiasi cosa lui desideri, esattamente come farai anche tu».

Lo fissai e finalmente lo *vidi*.

È come me.

Me l'aveva già fatto notare, riferendosi a come il suo corpo venisse sfruttato per il sangue e il mio per il sesso, ma in quel momento me ne resi conto sul serio.

Era un alleato.

«Fa male?» sussurrai.

«Dipende dal compito» rispose piano. Poi il suo

sguardo si illuminò, piccole rughe apparvero accanto ai suoi occhi. «Okay, so cosa fare. Cosa ne dici di metterti una vestaglia, così facciamo un giro per l'attico? È enorme, con un sacco di stanze piene di sorprese a cui non crederesti mai, se te ne parlassi e basta».

«Tipo?».

Mikael scosse la testa. Scese dal letto e prese con sé il piatto. «Seguimi e lo scoprirai». Un paio di adorabili fossette fecero eco al suo invito. «Ma prima vestiti. Ti aspetto in corridoio. Vado a portare il piatto in cucina e ad avvertire le cameriere che c'è da rifare il letto». Fece un vago cenno con la mano alle sue spalle. «Le vestaglie sono in bagno, i vestiti nell'armadio».

Entrambi richiedevano che mi avvicinassi a Kylan, che si stava facendo una doccia.

Ottimo.

Mikael se ne andò senza dire un'altra parola, lasciandomi a dover prendere una decisione. O aspettavo che Kylan uscisse, o andavo in bagno mentre c'era lui.

Nessuna delle due opzioni era particolarmente allettante.

Entrambe avrebbero avuto lo stesso risultato: vedere di nuovo Kylan.

Ma almeno una delle opzioni mi avrebbe fruttato dei vestiti.

Presa la mia decisione, scesi dal letto. Se mi fossi sbrigata, forse Kylan sarebbe stato ancora…

Voltato l'angolo, la mia faccia si schiantò sul suo petto duro e bagnato.

Mi catturò i fianchi, evitando che ricadessi all'indietro.

«Non riuscivi ad aspettare fino al mio ritorno, eh?» mi provocò, cercando i miei occhi.

«Io… uhm… no. Ho… ho bisogno di vestiti». Perché tutto d'un tratto suonavo come un'idiota?

«Mi permetto di dissentire, Raelyn. Stai molto meglio senza vestiti» commentò con un sorrisetto. Poi la sua mano scivolò sul mio fondoschiena, tenendomi stretta a lui. C'era solo un asciugamano a separarci, sentivo il calore della sua erezione diffondersi attraverso il tessuto. «Voglio trovarti nuda nel mio letto ogni notte, finché non ti ordinerò di fare altrimenti». La sua bocca indugiò sulla mia. «Hai capito?».

«Sì» sussurrai.

«Bene». Mi baciò dolcemente. «Se ne hai bisogno, la doccia è tutta tua».

Mikael mi aveva solo detto di mettermi qualcosa addosso, ma una bella doccia suonava molto meglio. Avrei fatto in fretta. E poi avrebbe potuto mostrarmi qualsiasi cosa lo entusiasmasse al punto da far comparire le sue fossette.

RAE

Un televisore.

E non uno qualsiasi, ma uno che mostrava degli *umani*.

In passato, avevo usato quegli aggeggi soltanto per vedere degli spezzoni del Torneo o un programma della Dea.

Ma mai niente del genere.

Nel corso della settimana, Mikael mi aveva portata ogni giorno nella sala di proiezione e mi aveva mostrato un nuovo film. Quello di oggi era un qualcosa di folle, su un umano che attraversava dei portali che lo conducevano in altri regni.

Mikael mi passò una ciotola di popcorn, un cibo nuovo che riuscivo a reggere solo con estrema moderazione. Ne presi un paio, poi glieli restituii. Avevamo passato il tardo pomeriggio a rivedere di nuovo i reali e gli alfa. Ogni giorno ne sceglieva due. Mi raccontava le sue esperienze personali con ciascuno, le loro preferenze in camera da letto e le loro potenziali richieste.

Quel giorno era il turno di Robyn e Luka. Il licantropo era felicemente accoppiato e quindi non era una minaccia. Robyn, tuttavia, apprezzava sia la compagnia dei maschi che delle femmine, e molto probabilmente avrebbe richiesto di trascorrere una notte con me. Mikael mi illustrò le sue inclinazioni con dovizia di particolari, confermando la sua intima familiarità con la sadica vampira.

Rabbrividii.

Notte dopo notte, Kylan diventava sempre più esigente. Era come se toccarmi alimentasse la sua passione. Ma non aveva fatto nulla di simile a ciò che aveva descritto Mikael.

Robyn adorava il dolore, una preferenza che mi ero inizialmente aspettata da Kylan, data la sua reputazione. Eppure, sembrava molto più interessato a darmi piacere che a farmi del male.

Non mi ero mai sentita così sazia e al tempo stesso così esausta in tutta la mia vita. E a scuola avevamo dei corsi finalizzati a uccidere la mia specie. Letteralmente. Ma non erano nulla, paragonati al modo in cui il reale possedeva il mio corpo.

La notte precedente ero venuta cinque volte.

Cinque orgasmi.

Non dovrebbe nemmeno essere possibile, ma Kylan me li aveva strappati a forza, rifiutandosi di smettere di leccarmi il clitoride finché le lacrime non avevano iniziato a rigarmi le guance.

Poi mi aveva guarita con la sua essenza, un atto espressamente proibito. Ma Kylan aveva continuato a farmi bere il suo sangue.

Non sembrava importargli molto delle regole, anzi.

Ed era un amante feroce.

Uno schianto proveniente dal televisore riportò la mia attenzione sul film. Mikael ridacchiò e recitò le battute in coro con l'umano sullo schermo.

Attori, mi aveva spiegato.

Da un mondo che non esisteva più.

In cui erano gli umani a governare.

Da ciò che mi aveva detto Mikael, quelle pellicole

erano fuorilegge, ma Kylan le aveva tenute lo stesso. *Già, decisamente uno che ama infrangere le regole.*

Sorseggiai la mia acqua e scelsi un altro chicco dalla ciotola. Mikael aveva aggiunto un po' più di burro, allo scopo di abituarmi gradualmente a cibi più saporiti. Quel pomeriggio mi ero finalmente arresa e avevo assaggiato una ciambella. Era talmente dolce che riuscii a mangiarne solo due piccoli morsi, ma approvai. Il giorno dopo sarebbe stato il turno del cioccolato.

La porta si aprì e comparve Kylan, vestito con un abito elegante.

Schiusi le labbra. *È in anticipo.*

Avevamo trovato una nostra routine: Kylan spariva prima della colazione serale per gestire i suoi affari, lasciando a Mikael il compito di istruirmi su alfa e reali. Dopo il pranzo di mezzanotte guardavamo un film, e Kylan tornava sempre durante la cena. O, meglio, *per* cena.

Mikael lanciò un'occhiata a Kylan. «La sto introducendo alla cultura pop».

«Lo vedo». Chiuse la porta dietro di sé e si tolse la giacca, spostando lo sguardo sullo schermo. «Questo è uno dei miei preferiti».

«Lo so».

Kylan sistemò la giacca sullo schienale del divano e si sedette accanto a me. «Vieni qui». Mi trascinò sul suo grembo, avvolgendomi le braccia attorno alla schiena. «Mi delude trovarti ancora tutta vestita».

«Non vi aspettavo così presto» ammisi.

«Dovresti essere sempre ad aspettarmi» mormorò con le labbra appoggiate al mio orecchio. La sua mano scivolò lungo la mia coscia, spingendo le mie gambe in modo da costringerle ad aprirsi. «E avresti potuto almeno metterti una gonna per me».

«Preferisce i jeans». Mikael gli porse i popcorn. «Ne vuoi un po'?».

«Perché pensi che sia qui?». Trascinò il naso sul mio collo.

«Parlavo dei popcorn».

«Io parlavo di Raelyn».

«E dai a me dell'insaziabile». Mikael avvicinò un chicco alla mia bocca. Lo accettai catturandolo tra i denti. «Le piacciono».

«Le piacciono un sacco di cose» replicò Kylan, con le labbra posate sulla mia gola. Le sue dita risalirono verso il mio inguine e mi sbottonarono i jeans. «Voglio che spariscano, Raelyn». Mentre parlava abbassò la cerniera, esponendo il mio sesso.

Nell'armadio che mi aveva assegnato, non era presente nessun capo di biancheria intima. Non che fossi abituata a indossarne. I vampiri e i licantropi preferivano la nudità.

«Adesso» aggiunse, dando uno strattone ai pantaloni in questione.

Mikael sbuffò e scosse la testa. «Così impaziente».

Kylan afferrò Mikael per il colletto della camicia, avvicinando il viso dell'umano al suo. «No, Mikael. *Questo* è essere impaziente». Colpì così in fretta che strillai. Le sue zanne affondarono in profondità nel collo di Mikael, spargendo tutti i popcorn sul pavimento.

Mikael gemette, rovesciando gli occhi all'indietro. Kylan aveva ancora una mano sui miei jeans, a cui diede un altro violento strattone. Mi affrettai a toglierli, ma la sensazione del suo palmo caldo sulla mia carne esposta non mi facilitava certo il compito.

Mi aiutai con i piedi, scalciando via il tessuto incriminato.

Le dita di Kylan si insinuarono tra le mie cosce. Me ne infilò dentro due insieme.

Dannazione. Inspirai profondamente col naso ed espirai dalla bocca. Di solito, faceva le cose con calma, lasciando che mi abituassi. Ma quella notte c'era qualcosa di inquieto in lui. Riuscivo a sentirlo nella tensione dei suoi muscoli, nel modo in cui il suo avambraccio si era allineato al mio addome, bloccandomi in posizione.

Era arrabbiato perché ci aveva trovati lì a guardare un film invece di studiare?

Mancavano ancora due settimane alla festa, e avevo esaminato praticamente tutti i fascicoli, oltre ad aver sopportato l'addestramento sessuale ogni singola notte.

Cos'altro voleva?

«Kylan» ansimò Mikael, con le unghie conficcate nel cuscino del divano. «Cazzo!».

«È da tempo che hai bisogno di un promemoria, Mikael» ringhiò Kylan sul suo collo. «Tu sei al mio servizio».

«Sì, mio principe». Il suo viso era contorto in un'espressione agonizzante, i suoi occhi stavano per chiudersi. «Sempre».

«E, in cambio, io mi prendo cura di te» continuò Kylan, accarezzando con la lingua la gola di Mikael. «Non è forse così?».

«Lo è» concordò con un filo di voce. «È quello che fai».

«Esatto». Kylan mi lasciò andare. «Alzati, Raelyn. Ora».

Obbedii, nonostante mi tremassero le gambe. Il film continuava a scorrere dietro di me, proiettando strane ombre in tutta la stanza. Dava a Kylan un alone più oscuro e sinistro, che rivelava la sua vera natura.

Predatore.

Vampiro.

Antico.

Deglutii. Era imperscrutabile e imprevedibile. Cosa

voleva da me? Era un'altra lezione? Una punizione? Un gioco?

Kylan si rilassò sul divano, posando la caviglia sul ginocchio e mettendo il braccio sullo schienale, attorno alle spalle di un Mikael ubriaco di lussuria. «Togliti il maglione per noi, Raelyn».

Un brivido si fece strada lungo la mia spina dorsale. Mi leccai le labbra. Il suo sguardo minaccioso seguiva ogni mio movimento.

Inarcò un sopracciglio. «C'è qualche problema, Raelyn?».

Col fatto che entrambi mi vedessero nuda? No, non proprio, anche se non avevo ancora fatto nulla del genere davanti a Mikael. Durante la settimana, eravamo diventati più o meno amici. Ma non eravamo mai stati destinati ad avere un rapporto platonico, dal momento che entrambi appartenevamo al parco giochi sessuale di Kylan.

È solo un maglione, mi dissi. *La nudità è la parte più facile.*

Lo sfilai da sopra la testa, e subito i miei capezzoli si indurirono a contatto con l'aria fredda.

Mikael sembrò rilassarsi. I suoi occhi chiari seguivano lentamente i contorni del mio corpo, mentre Kylan giocava con una ciocca dei suoi capelli biondi. «Non è forse meglio così?» chiese Kylan, come se stesse avendo una normale conversazione. La sua mano libera, intanto, cercò il telecomando e mise in pausa il film.

«Che con i jeans?» Mikael sorrise. «Decisamente».

«Dovrei farli togliere dal suo guardaroba, lasciando solo degli abiti corti che le mettano in mostra le gambe». La sua attenzione si spostò sul mio inguine. «E magari dovrei farle avere anche della lingerie».

«Rossa» aggiunse Mikael.

«Assolutamente. Ne parlerò con Taylor. Raelyn ha comunque bisogno di altri outfit per le nostre future cene».

Continuava a parlare accarezzando i capelli di Mikael, con un'espressione impenetrabile. «O forse dovrebbe andarci nuda».

Avevo visto di peggio. Mortali vestiti solo di piercing di metallo e catene. *Collari, borchie, tutti coperti di sangue.* Tremai. *No, grazie.*

«Nervosa, agnellino?». I suoi occhi scuri brillarono. «Perché questo è esattamente ciò che ti farò con i miei pari. Lascerò che ti guardino, che ti tocchino, forse anche che ti scopino».

Le ultime parole mi fecero rivoltare lo stomaco. *Maledetto.* Non aveva fatto altro che prendermi la bocca per tutta la settimana. Avrebbe davvero permesso a qualcun altro di rubare la mia innocenza?

L'aveva definita "una carta da giocare".

Non avevo ancora scoperto cosa intendesse farne.

«Non è molto più divertente di un vecchio film?» chiese Kylan.

Mikael lo guardò di traverso. «È di questo che si tratta? Sei scontento dei miei metodi e hai sentito il bisogno di fare una scenata?». Il suo tono gli fruttò un violento strattone ai capelli, ma Mikael non fece una piega.

«Al contrario, ne sono compiaciuto. Ma penso sia giunto il momento che Raelyn affronti il livello successivo. È in grado di soddisfare le mie necessità e lo fa incredibilmente bene, ma mi chiedo come se la cavi con gli altri». Si chinò a leccare la ferita di Mikael, lentamente. «Vuoi che ti tocchi il cazzo, Mikael?» chiese dolcemente, mentre la sua lingua tracciava un umido sentiero sulla gola dell'umano. «Vuoi che si metta in ginocchio e te lo succhi con quella sua bella boccuccia?».

Restai di sale.

Kylan voleva che dessi piacere a Mikael.

Davanti a lui.

Era questo che avrebbe fatto con gli altri reali? Mi avrebbe detto di mettermi in ginocchio e farli godere, mentre lui ci guardava?

Mikael mi aveva spiegato che i membri di un harem venivano istruiti per due mesi in tutte le arti sessuali, prima di farne ufficialmente parte.

Nel mio caso, quell'addestramento era compito di Kylan.

E di Mikael.

I suoi occhi cercarono i miei. Le sue pupille brillavano in modo spettrale nella luce soffusa che proveniva dalle mie spalle. La sua espressione era tinta di consapevolezza e comprensione. Sapeva che non sarebbe stato facile per me, ma capiva anche che non avevo altra scelta.

Quella era la vita con Kylan. La vita con un reale. La vita con un vampiro.

Esistevamo entrambi per servire, e l'atto era ciò che il nostro superiore ci aveva ordinato.

Mi rivolse un piccolo cenno, un istante di compassione, poi disse: «Voglio la sua bocca».

Kylan sorrise. «Una scelta eccellente. Raelyn, presumo che tu abbia una certa familiarità con l'attività in questione?». Sollevò un sopracciglio.

«Sì, mio principe». Non dissi "Vostra Altezza", nel caso la parola di sicurezza fosse ancora valida. Perché potevo farcela. In fondo, era solo Mikael.

Qualcosa di simile all'approvazione gli illuminò il viso. Forse perché non mi ero messa a discutere? Avrei davvero potuto farlo, quando aveva un umore del genere? «Bene, agnellino. In ginocchio, allora». Continuò a passare le dita tra i capelli di Mikael, pur tenendo i suoi occhi scuri fissi su di me. Mi inginocchiai tra le gambe spalancate del suo umano. «Sai cosa fare».

Appoggiai con cautela i palmi sulle cosce di Mikael,

facendoli scivolare verso l'alto, dove un rigonfiamento stava crescendo sotto la cerniera. Le mie dita minacciavano di tradirmi, mettendosi a tremare. Perché toccare qualcuno che non fosse Kylan mi sembrava semplicemente sbagliato.

Va tutto bene. È lui che vuole che lo faccia.

Ma io non voglio farlo.

Quello che vuoi tu non ha importanza. È per lui, non per te.

Come se avesse percepito la mia esitazione, Kylan mi accarezzò la guancia, ricordandomi della sua presenza. Dei suoi desideri. Dei suoi ordini.

Bloccarmi in quel modo con un altro reale mi avrebbe fatto guadagnare una sentenza di morte.

Si aspettavano sicurezza e abilità nel sedurre, non una donna ridotta a una cosina tremante solo per aver toccato le cosce di un altro uomo.

Non sono la persona giusta per tutto questo.

Sì che lo sei. Sei una sopravvissuta.

«Penso abbia bisogno di un po' di motivazione» mormorò Kylan. Le sue labbra risalirono lungo il collo di Mikael, fino a raggiungere la sua bocca. Il bacio che ne risultò mi fece mancare un battito.

Un calore primordiale incendiò l'aria.

Così virile.

Così erotico.

Così inebriante.

Le mie labbra si schiusero e la mia lingua schizzò fuori a inumidirle, come se fossi stata io quella a essere baciata.

Li avevo già visti condividere dei momenti intimi, ma mai nulla di simile. Il bacio era fame, energia e *bisogno*. Kylan allungò la mano verso la mia, la afferrò e la mise sull'erezione di Mikael, costringendomi ad accarezzarlo da sopra i pantaloni. Riuscii a malapena a concentrarmi su quel gesto, presa com'ero da come si divoravano l'un l'altro, dal duello in corso tra le loro lingue.

Lo voglio anch'io...

La devozione.

L'intensità.

La fiducia.

Mikael si arrendeva completamente a Kylan, il suo corpo non era nient'altro che un burattino con cui il suo padrone poteva giocare.

Che aspetto avevamo io e Kylan insieme? Eravamo altrettanto adatti l'uno all'altra? Altrettanto sensuali? Selvaggi?

La pressione sulla mia mano si accentuò, l'ordine era chiaro. Sbottonai i pantaloni di Mikael, liberando la sua erezione. Kylan guidò le mie dita, avvolgendole attorno alla base, spingendole verso l'alto e poi di nuovo giù. Le sue istruzioni erano accurate e inequivocabili.

Seguii il suo esempio, lasciando che fosse lui a dettare il ritmo. Mikael gemette, lo sentivo pulsare di desiderio. Kylan gli morse il labbro abbastanza forte da farlo sanguinare.

«Stronzo» ruggì l'umano.

Kylan strinse la presa attorno alla mia mano, costringendomi a strizzare il sesso di Mikael. «Attento. Anche se è lei a toccarti, sono io quello che ha il controllo».

«Lo sei sempre».

«Vero». Kylan si avventò di nuovo sulla sua bocca con un'intensità che mi fece mancare il fiato. Non smise nemmeno per un attimo di guidare la mia mano. I suoi movimenti erano decisi, sicuri, frutto dell'esperienza. Stessa cosa per le sue labbra.

Strinsi le cosce, il desiderio che mi stava crescendo dentro era quasi insopportabile.

Volevo che Kylan mi baciasse in quel modo mentre Mikael era inginocchiato tra le mie gambe.

Volevo essere tra loro.

Volevo condividerli.

Volevo che loro condividessero me.

Quei pensieri estranei incendiarono qualcosa dentro di me, che diffuse nel mio corpo delle impetuose ondate di calore.

Iniziai a muovere la mano vigorosamente, con tutta me stessa, senza più bisogno del tocco esperto di Kylan. Lui mi sfiorò la guancia con la mano, risalendo tra i miei capelli. Li strinse nel pugno e mi spinse verso il sesso di Mikael.

Non era lungo quanto quello di Kylan e aveva la punta leggermente più arrotondata, ma era altrettanto bello e proporzionato. Seguii con la lingua la vena pulsante che lo attraversava, sorridendo quando Mikael sussultò, e lo presi in bocca.

«Oh!» ansimò Mikael. Lo ingoiai fino alla mia mano, poi tornai su succhiandolo. Sentii i suoi muscoli irrigidirsi in risposta.

«Ti ho detto che è brava» mormorò Kylan, intrecciando le dita tra i miei capelli e spingendomi giù di nuovo, per prendere Mikael ancora più in profondità. «Spero tu sia pronta a ingoiare, Raelyn. Mi aspetto che accetti tutto quello che ti dà».

I miei occhi iniziarono a riempirsi di lacrime per il modo in cui mi stringeva i capelli e per il sesso di Mikael che quasi mi soffocava.

Incontrai i suoi occhi, aveva le palpebre pesanti. Non vi era più nessuna traccia di scuse e comprensione. I suoi lineamenti erano quelli di un uomo in preda alla passione. Kylan si spostò sul collo di Mikael e lo morse. Le sue violente succhiate rieccheggiavano nel corpo dell'umano, riempiendolo di energia. Lo sentii tendersi e contorcersi sotto di me, mentre il suo sesso si ingrossava nella mia bocca.

Era diventato assurdamente più grande.

La mia gola si contrasse, i miei polmoni protestarono.

Aria…

Kylan non demordeva, e la sua presa sui miei capelli non mi permetteva di muovermi.

«Cazzo!» gemette Mikael, squarciato dall'orgasmo. Mi esplose nella gola con una forza tale da rischiare di spingermi indietro, se Kylan non mi avesse tenuta ferma. Deglutii perché non potevo fare nient'altro, il suo seme caldo continuava a scivolarmi sulla lingua.

Ma non era ancora finita.

L'estasi lo travolse di nuovo, strappandogli un grido. Gli conficcai le unghie nelle cosce. La mia vista iniziava a confondersi, punteggiata da macchie scure. Non riuscivo… Avevo bisogno… Ma mi costrinsi a ingoiarlo lo stesso, nonostante i miei polmoni bruciassero.

Kylan mi tirò indietro per un attimo, permettendomi di respirare. Avevo bisogno di più aria, di una pausa. Ma non appena presi una boccata di ossigeno, mi spinse giù di nuovo, in tempo per un'altra esplosione.

«Kylan…». Il nome del vampiro lasciò le labbra di Mikael in un rantolo, spingendomi ad alzare ancora una volta lo sguardo su di lui. Era molto pallido, le sue labbra stavano assumendo una sfumatura di blu che sembrava in qualche modo sbagliata.

È perché ci vedo male?

La forza del suo orgasmo mancava del calore e della potenza di prima. Il suo corpo era notevolmente meno teso, quasi rilassato.

«Ti prego» sussurrò, posando la mano sulla coscia di Kylan. «Io…». Si interruppe su un mugolio, spalancando gli occhi di colpo. «Kylan…».

No.

Non può…?

La sua mano rimase tra i miei capelli, ma l'estasi era

scomparsa, sostituita da una pelle fredda che raggelò anche me.

Mi immobilizzai, incapace di parlare, di muovermi, di reagire.

Mikael stava diventando sempre più freddo. La sua pelle impallidì fino ad assumere una tonalità cinerea che conoscevo fin troppo bene.

I suoi occhi chiari trovarono i miei, fissandomi con un dolore profondo.

E poi le sue palpebre si chiusero.

Una lacrima mi sfuggì dalle ciglia.

Lo conoscevo appena, ma era stato così gentile con me. Come avevo potuto restare ferma a guardare? Perché Kylan gli aveva fatto una cosa del genere? A me? A noi?

Cercai di allontanarmi, l'erezione di Mikael era sparita da tempo. Ma Kylan mi tenne ferma, costringendomi a restare tra le gambe dell'uomo morente, mentre lui continuava a nutrirsene.

Cerca di non innamorarti di lui, Rae. Ricordarsi chi è, cos'è, aiuta. Almeno un po'.

Le parole di Mikael risuonarono nei miei pensieri come un sinistro promemoria.

Non avevo dato abbastanza ascolto al suo avvertimento.

Perché, per un attimo, avevo iniziato a fidarmi di Kylan. Forse aveva iniziato anche a piacermi un po'.

Quello era il reale che temevo.

Quello di cui avevo letto nei libri.

Il padrone crudele che uccideva senza una ragione.

Quello che affermava di non aver massacrato il suo harem.

Un bugiardo.

Un vampiro.

Un mostro.

KYLAN

IL BATTITO DI MIKAEL VACILLÒ, gli ultimi slanci della sua vitalità mi avvisarono del suo imminente trapasso.

Lo lasciai andare, guarendo la sua ferita con la lingua, ma senza staccarmi immediatamente da lui.

Il crescente terrore di Raelyn attirava il predatore che c'era in me, implorandomi di attaccare. Se l'avessi guardata, l'avrei fatta mia. Brutalmente. E non era ancora pronta per quello.

«Siete malvagio» sussurrò, emanando odio.

Inarcai le sopracciglia. «Scusa?».

«Mi avete sentita». Ero affascinato dal tono roco che aveva in quel momento. Mi sarebbe piaciuto sentirle urlare il mio nome con quella voce, soprattutto mentre la facevo venire. «Si fidava di voi».

«Lo so». Era sempre stato uno dei più grossi difetti di Mikael, nonché un tratto di lui che adoravo. Di conseguenza, amava provocarmi e testare i miei limiti, senza mai temere ciò che avrei potuto fargli. Per sua fortuna, non aveva mai esagerato. Dopo qualche istante ancora, incontrai gli occhi azzurri di Raelyn. Ma la mia attenzione fu attirata dalle sue labbra gonfie. «Hai fatto un ottimo lavoro, agnellino. Ti devo una ricompensa».

Cercai di tirarla sul divano, ma lei si ribellò. Riuscì a

sottrarsi alla mia stretta, a spese di qualche capello rosso. Si alzò in piedi e indietreggiò fino ad andare a sbattere sulla parete. «Non voglio niente da voi, *Vostra Altezza*».

Il mio cuore sussultò al sentirle usare la parola di sicurezza che avevamo concordato. Alzai le mani e mi sistemai sul divano, estremamente confuso. «Parlami, Raelyn. Dimmi cos'è stato troppo, per te».

«Mi state prendendo per il culo?». Sembrava furiosa, aveva un tono che non le avevo mai sentito usare. E si stava anche comportando in modo incredibilmente irrispettoso.

«Hai forse dimenticato chi sono?» le chiesi, sconvolto.

Rispose con una risata priva di gioia. «Oh, a quanto pare sì, ma grazie di avermelo ricordato. Non lo dimenticherò mai più. Ci potete scommettere».

Di che diavolo stava parlando?

«È così che avete ucciso il vostro harem?» mi domandò, indicando Mikael. «O li avete semplicemente sgozzati come il mostro che siete?».

«Non ho ucciso il mio harem, Raelyn». Lo sapeva già. «Perché ti stai comportando così? Cos'ho fatto?».

Mi guardò con la bocca spalancata. «Cos'avete fatto?». Il suo tono stridulo mi perforò i timpani. «Quello!». Indicò di nuovo Mikael. «L'avete ucciso mentre mi avete costretta a... Dea, si fidava di voi e voi l'avete ucciso. Dissanguato. Come se non significasse nulla per voi. Il che è la verità. Nessuno di noi significa nulla per voi. Siete solo un branco di mostri del cazzo che ci sfruttano e ci costringono a... ci costringono a...». La sua voce si spense e le sue gambe cedettero. Cadde a terra con un singhiozzo.

Qualcosa si ruppe dentro di me, una sensazione che non avevo provato da molto, molto tempo.

Rimorso.

Avevo involontariamente ferito quella bellissima anima guerriera.

«Raelyn» sussurrai, sedendomi sul pavimento accanto a lei. Si strinse le ginocchia al petto, cercando di allontanarsi, ma la sollevai senza fatica e la sistemai sul mio grembo. «Raelyn».

«Vi odio». Il suo pugno mi colpì la mascella con più forza di quanta mi aspettassi. Si staccò da me e me ne sferrò un altro, che riuscii a bloccare prima che potesse raggiungere il mio naso.

«Raelyn» ripetei più forte, spingendole via la mano. «*Smettila*».

«No!». Iniziò a lottare con tutta se stessa, con le lacrime che le sgorgavano dagli occhi. Un pugno si infranse sul mio palmo, ma un altro riuscì a colpirmi sul fianco. E a farmi male.

«Basta!» sbottai, stanco di quella follia. La spinsi sul pavimento e le intrappolai i polsi sopra la testa con una mano. Si contorse furiosamente sotto di me, cercando di liberarsi. Sarebbe stato molto più piacevole, se avesse smesso di sputarmi in faccia con rabbia.

«Uccidetemi!» gridò, continuando a lottare nonostante la mia presa. «Preferisco morire che stare un altro minuto qui con voi. Vi morderò, urlerò…».

«Cazzo, Raelyn, non è morto» la interruppi. Non avrei mai ucciso Mikael. Adoravo quell'uomo. «È solo prosciugato». Ma il sangue che gli avevo fatto scivolare in bocca l'avrebbe fatto riprendere al più presto.

Finalmente si fermò, ansimando. «C… cosa?».

«Si sveglierà tra qualche giorno con i postumi di una sbornia e qualche parola di troppo da scagliarmi contro, ma a parte quello starà bene». Mi pulii via la saliva dalla mascella con la mano libera. Che immagine poco attraente. «Avevo bisogno di renderlo innocuo. Per proteggerlo».

I suoi occhi lucidi cercarono i miei. «Non... non capisco».

«Jace arriverà domani, con Darius e la sua nuova *erosita*. Il fatto che Mikael sia indisposto riafferma la mia reputazione e marca il suo sangue come off-limits». Anche se avevo sempre tenuto segreta la posizione di Mikael, in quel caso si sarebbero aspettati di trovarlo al mio fianco. Il che significava che i reali in visita potevano richiederne un morso. Ma non avevo nessuna intenzione di concederlo.

Tra quelli della mia specie, la possessività era vista come una debolezza. E non potevo permettermi di essere considerato debole. Non con tutte le voci che giravano sulla mia presunta follia.

«Non volete condividerlo» disse piano.

Non aveva senso mentirle. «Esatto, non voglio».

«Ma condividerete me».

Mi strinsi nelle spalle. «Beh, è consuetudine scambiarsi consorti». Anche se, a dire il vero, non volevo condividere nemmeno lei. Mi era quasi piaciuto mettere fuori gioco Mikael. Era la prima volta che succedeva. Di solito, lo avvertivo in anticipo e lo prosciugavo lentamente, ma vederlo godere delle attenzioni di Raelyn mi aveva incendiato il sangue. Una strana reazione, considerando che avevo sempre condiviso il mio harem con lui e con altri.

Ma Raelyn, ecco, non mi era piaciuto vederla tra le sue gambe. Proprio per nulla.

La nostra era una situazione particolare, frutto della follia degli ultimi mesi. Aveva dormito con me ogni notte, una cosa che in passato non avevo mai apprezzato. Di solito, incontravo le mie consorti nelle loro stanze, e alternavo le visite, senza mai avere una favorita. A volte, passavo anche un mese senza vedere nessuna di loro.

E non ne avevo mai usata una più notti di seguito.

Fino a Raelyn.

Mi aveva intrattenuto per tutta la settimana, eppure avevo ancora voglia di lei. La sua verginità era solo parte di ciò che la rendeva così attraente. Non vedevo l'ora di incontrarla, di trovare nei suoi occhi quella fiamma che sembrava accendersi solo in mia presenza.

La mia piccola ribelle senza paura.

Era riuscita a mettere a segno non uno, ma due colpi. Un'impresa praticamente impossibile per un umano, anche con l'elemento sorpresa a suo favore. Aver bevuto quotidianamente il mio sangue probabilmente l'aveva aiutata, ma ero comunque colpito dall'agilità dei suoi movimenti.

«Ti rendi conto che prendere a pugni un vampiro è un atto punibile con la morte, vero?» le chiesi, divertito.

Nonostante le profondità azzurre dei suoi occhi fossero ancora ricolme di dolore, riuscì a fulminarmi con lo sguardo. «Non sono pentita».

«Lo so». Piegai la testa di lato. «E sei ancora arrabbiata con me».

Si morse il labbro e non disse nulla.

«Ancora il trattamento del silenzio?». Inarcai un sopracciglio. «Usa un po' di inventiva».

«Vi colpirei di nuovo, ma mi avete bloccato le mani».

«Dimmi perché sei arrabbiata».

«Perché vi odio».

«Elabora, Raelyn. Voglio una spiegazione».

«Perché?» ribatté. «Tanto non vi importa».

Le risposi con una risatina. «Se davvero non mi importasse, non te lo chiederei». Avevo imparato molti secoli prima a non preoccuparmi di esprimere un'opinione e a non sprecare parole per sciocchezze inutili.

Continuò a restare trincerata dietro un muro di silenzio.

«Ti ho detto che Mikael starà bene». A quelle parole, un tenue dolore mi si formò nelle viscere. Lo adorava già così tanto? Da quello che avevo visto, non erano romanticamente coinvolti. Erano solo amici. Ma era chiaro quanto il pensiero della sua morte la turbasse immensamente. O era il fatto di essermi sbarazzato di lui con tanta noncuranza? «Parlami, Raelyn».

«Va bene. Cosa volete che faccia con Jace?».

Tra tutte le risposte che mi aspettavo, *quella* non mi era neanche passata per l'anticamera del cervello. «Seguirai il protocollo, come sempre».

«Voglio dire, come vostra consorte». Pronunciò quelle parole con un tale disprezzo che quasi rabbrividii. Nessuna delle mie consorti si era mai comportata così, nemmeno quelle che avevo scelto e istruito personalmente. Erano sempre ansiose di compiacere me o gli altri.

«Parla chiaro, Raelyn. Cos'è che vuoi sapere?».

«Parlare chiaro…» ripeté, con un lampo di furia che le accese lo sguardo di una meravigliosa sfumatura celeste. «Avete intenzione di costringermi a scopare Jace?».

La sua domanda fu come uno schiaffo in faccia.

Se le avessi permesso di scopare Jace? No, *costringerla*, era quella la parola che aveva scelto.

Quasi scoppiai a ridere.

Non avrei mai concesso un'opportunità così preziosa né a lui, né a nessun altro.

«Tu sei mia, Raelyn».

Ebbe la faccia tosta di alzare gli occhi al cielo. «Sì, lo so. Sono vostra da condividere eccetera eccetera. Il minimo che possiate fare è darmi un'idea di cosa aspettarmi quando Jace sarà qui. O uno qualsiasi degli altri. Ma no, non potete nemmeno concedere a me, l'umile umana, la cortesia di sapere come userete… Com'era la frase? Oh, giusto, in che modo giocherete la carta della mia verginità». Cercò di nuovo di divincolarsi dalla mia presa. Quando non mi mossi di un millimetro, sbuffò. «*Bene*».

Erano anni che non sentivo una femmina umana borbottare quella parola, e con *quel* tono. Evidentemente, aver permesso a Mikael di introdurla al cinema l'aveva influenzata. E in nientemeno che una settimana.

«Vuoi sapere come ho intenzione di prendere la tua innocenza?» le chiesi, perplesso. «E sei arrabbiata perché non te l'ho ancora detto?».

Si limitò a rispondermi con un'occhiata omicida.

«Ti è passato per la mente che forse non ho ancora deciso?».

Ulteriore silenzio.

«Vuoi che lo faccia ora?». Mi sistemai meglio tra le sue cosce, permettendole di sentire la mia crescente erezione. «Ti scoperò con piacere, Raelyn, se è questo che desideri».

Le sue narici fremettero. «Andate al diavolo».

Passai il naso sulle sue guance infuocate. *Deliziosa*. Ero ben nutrito, ma il suo sangue mi tentava. «Mi odieresti di meno se ti scopassi, Raelyn? Perché ho il sospetto che mi odieresti di più. Soprattutto visto che ti marcherebbe come una consorte, con tutte le opzioni disponibili».

Le mordicchiai la gola, là dove il suo cuore batteva all'impazzata, crogiolandomi nel suo profumo inebriante. La paura si mescolava al desiderio e alla rabbia, creando un aroma che difficilmente avrei potuto ignorare. I miei incisivi mi imploravano di assaggiarla. Non avrebbe soddisfatto le mie voglie allo stesso modo del sangue di Mikael, ma, oh, quanto desideravo divorarla.

«Tutte le opzioni disponibili?» ripeté in un sussurro.

«Mmm, sì». Trascinai i denti sulla sua pelle sensibile. Così facile. Che tentazione. «Una volta che ti avrò presa, chiunque altro potrà richiederlo. È questo che vuoi, Raelyn?»

Io no di certo. Volevo gustarla e tenerla per me il più a lungo possibile. Nessun reale né nessun alfa sarebbe stato interessato ad avere solo la sua bocca. Volevano il pacchetto completo, che sarebbe stato off-limits finché prima non l'avessi provata io.

«Non possono... finché...?». Deglutì, tacendo di nuovo.

Alzai la testa e incontrai il suo sguardo combattuto. «Pensavi che ti avrei condivisa prima ancora di averti presa io stesso?». Scossi il capo. «Mio caro agnellino, non succederà mai».

Scrutò il mio viso, ancora poco convinta. «Ma l'avete chiamata una carta da giocare».

«Perché lo è». Le liberai i polsi e posai i gomiti su entrambi i lati della sua testa. «Una carta che posso giocare contro i miei avversari. Non offrendo la tua innocenza, ma proteggendola. A meno che tu non preferisca liberartene ora?». L'offerta era ancora sul tavolo, e sarei stato felice di accontentarla.

L'avrebbe messa in pericolo.

O forse no.

Solo un pazzo ucciderebbe la proprietà di un reale mentre l'ha in prestito.

No, il mio avversario era molto più furbo di così. O furba.

Ma non volevo comunque rischiare che Raelyn venisse ferita accidentalmente.

Non vuoi condividerla, sussurrò il mio lato oscuro. *È nostra.*

Era lo stesso lato di me che aveva preso il sopravvento quando avevo morso Mikael, poco prima di fargli perdere i sensi. Quando gli avevo fatto provare un po' di dolore. Un sottile castigo per aver goduto della *mia* femmina.

Aver trascorso tutta la settimana con lei mi stava scombussolando il cervello.

Avevo bisogno di una prospettiva diversa, di una pausa.

O forse avevo solo bisogno di scoparla e non pensarci più.

La mia erezione si ingrossò ancora di più all'idea, sfiorando la sua carne tenera. Sarebbe stato così facile, con lei già nuda e bagnata sotto di me.

«N… no» disse, scuotendo la testa. «Non… non voglio essere condivisa».

Le sue parole scivolarono su di me come un refolo di vento gelido, raffreddando il mio ardore. «Non vuoi essere condivisa?».

Scosse di nuovo la testa. «Io… no. Non voglio».

Le avevo appena detto che non l'avrei condivisa, per il momento. Dovevo ricordarglielo di nuovo? O non ero stato chiaro? «Non ti condividerò finché non ti avrò presa io stesso, Raelyn».

Si morse il labbro. «Ma… ma io non…». Sembrò riconsiderare ciò che stava per dire, facendomi corrugare la fronte.

«Mi stai dicendo che non vuoi mai essere condivisa, Raelyn?».

Restò in silenzio per un lungo istante. C'era una guerra in corso dietro i suoi occhi, come se non riuscisse a decidere il modo migliore di rispondere. «S… sì».

Trattenni a stento una risata. «Ma tu sei la mia consorte, è quella la tua funzione: scopare chiunque ti dica di scopare». Non aveva capito come funzionano gli harem? «Di certo ti è stato spiegato all'università».

Tremò, e un po' del fuoco che le bruciava negli occhi si spense. Così fragile, ferita, spezzata.

Quella era l'espressione degli animaletti di Robyn, non dei miei.

Cosa diavolo era appena successo?

«Sì, mio principe» sussurrò, abbassando lo sguardo.

La sua sottomissione mi colpì dritto al cuore, suscitando nelle mie viscere un vortice di emozioni diverse. Prima tra tutte, un'estrema delusione.

«È così facile distruggerti?» le chiesi. «Che peccato». Mi aspettavo almeno un lampo di disprezzo o uno sbuffo di frustrazione, non mera accettazione. Mi allontanai da lei e mi alzai in piedi. «Vestiti, Raelyn».

Non si mosse.

Scossi la testa, incapace di sopportare quella follia un secondo di più. Se voleva frantumarsi sotto il peso della sua situazione, bene, era la benvenuta.

«Se volete scoparmi, fatelo». La rabbia di cui era intrisa la sua voce mi fece bloccare con la mano sulla maniglia. «Se volete darmi a uno dei vostri amici reali, fatelo. Ma non chiedetemi cosa voglio per poi prendermi in giro quando vi dico la verità».

Mi voltai, incuriosito, e trovai Raelyn in piedi, con le mani posate sui fianchi e le guance infuocate.

«Potete fare tutto ciò che volete al mio corpo, ma la mia mente è solo mia, Kylan. Quindi... vaffanculo».

Le mie sopracciglia schizzarono in alto. Aveva imparato quella parola da un film, o da qualche licantropo sboccato? Forse l'aveva sentita dire a Mikael.

In ogni caso, non avrebbe mai dovuto usare parole del genere con un reale, tantomeno con me.

Peggio ancora, non avrebbe mai e poi mai dovuto piacermi sentirla parlare così.

Tornai verso di lei, spingendola contro il muro. In un attimo, il mio palmo si avvolse attorno alla sua gola, mentre lei mi guardava con disprezzo. «E se desiderassi la tua mente, agnellino?» le chiesi dolcemente, accarezzandole col pollice la vena che pulsava sempre più rapidamente. «E se la esigessi?».

«Non l'avrete mai».

Strinsi la presa, quel tanto che bastava per minacciarla. «Oh, mia cara, ma io posseggo ogni parte di te. O te ne sei dimenticata?».

«No». La sua voce tremava per un miscuglio di paura e rabbia. «La mia mente, il mio cuore, il mio spirito, quelli sono miei. Tutto ciò che avete è il mio corpo, e mi rifiuto di darvi qualsiasi altra cosa. È mio diritto scegliere».

«Non hai diritti».

«Non più». Il suo sguardo si infiammò. «Ma un tempo sì».

Sorrisi, ma era un sorriso triste. «No, tesoro, non ne hai mai avuti».

«Gli umani li avevano».

«In passato» concordai, premendo il bacino sul suo. «Ma ora viviamo nel presente. Un presente in cui le vostre libertà sono perdute e tu appartieni a me. Sei mia, Raelyn».

«Da scopare, da toccare, da comandare». Le sue pupille si contrassero, facendo brillare ancora di più quelle adorabili fiamme celesti. «Potete provare a manipolare la mia mente quanto volete, Kylan, ma non mi arrenderò mai a voi. Mi rifiuto».

«Chi stai cercando di convincere, tesoro? Me o te?». Avevo l'impressione che fosse lei ad aver bisogno di quel discorsetto, non io. «Perché non ho neanche iniziato a manipolare la tua mente».

Sbuffò. Il suo coraggio era vivo e palpabile, nonostante fosse nuda e intrappolata contro il muro. «Vi dico che non voglio essere condivisa, e voi mi ricordate subito che quello è il mio scopo. Un attimo prima volete che sia mite, quello dopo tutto il contrario. Mi avete detto che non ero destinata al Torneo dell'immortalità, affermando che fosse tutto un gioco crudele, ma l'unico che sta giocando, qui, siete voi. E io non ho più intenzione di partecipare».

Allentai la presa, sbigottito dalla sua valutazione fin troppo accurata. Avevo giocato con lei come si farebbe con un animale domestico. Non era mai stata mia intenzione. Ma dopo un tale riassunto, non potevo negare la veridicità della sua accusa.

Desideravo una guerriera ed esigevo una sottomessa. Due obiettivi molto diversi, seppure entrambi corretti.

Per la prima volta in secoli, non fui in grado di ribattere. Quella donna mi aveva battuto, lasciandomi solo una cosa da dire: «Hai ragione». La liberai dalla mia presa e feci un passo indietro. Delle scuse minacciarono di sfuggirmi dalle labbra, scioccandomi ancora di più.

Io non mi scusavo mai.

Mai.

«C... cosa?».

«Hai ragione» ripetei. «Non farmelo dire una terza volta». Già faticavo a credere di averlo ammesso due volte di seguito. Ma era il minimo che potessi fare.

«Avete giocato con me».

«È quello che hai detto, no?».

«E voi l'avete ammesso».

Incrociai le braccia. «Adesso sto ricominciando ad annoiarmi».

Scoppiò a ridere, era una risata quasi isterica. «Com'è possibile che questa sia la mia vita? Perché?». Si passò le dita tra i capelli e rise di nuovo, ma senza alcuna allegria. «Anche tutto quello che avete detto sulla mia verginità era una bugia? Un modo per darmi fiducia, solo per poi infrangerla quando mi consegnerete a qualcun altro?»

Un ringhio mi crebbe nel petto. «Assolutamente no». Strinsi le mani a pugno. «Nessuno ti toccherà, tranne me».

Mi scoccò un'occhiata scettica. «Okay, Kylan». Il modo sprezzante in cui lo disse mi incendiò il sangue.

«Non ti ho mai mentito, Raelyn, ed è un'accusa che non prendo alla leggera».

Si posò di nuovo le mani sui fianchi. «No, giusto, mi avete solo presa in giro».

«Preferisco chiamarlo "fornire priorità discordanti", che non significa mentire». Mi mossi verso di lei, ma Raelyn non fece una piega. «Sono stato più onesto con te che con qualsiasi altra consorte».

«Facile, visto che le avete uccise tutte».

Non mi preoccupai di correggerla. Conosceva la verità. «Stai cercando di provocarmi, Raelyn? Vuoi che ti faccia del male? Altrimenti, ti sconsiglio di proseguire su questa strada».

«Cos'altro potreste fare?» ribatté con un'altra di quelle strazianti risate spente. Lasciò cadere le braccia. «Fate del vostro peggio, Kylan. Vi sfido».

«Mi sfidi?». Inarcai un sopracciglio. «È un'affermazione pericolosa, visto che mi credi capace di fare una strage».

«Siete un vampiro, Kylan». Indicò il corpo esanime sul divano. «E siete chiaramente capace di far del male alle persone».

«Ritenta, sono dieci anni che mi prendo cura di Mikael».

«L'avete appena prosciugato mentre mi costringevate a succhiarglielo, e non vi siete preoccupato di informarci delle vostre intenzioni. Fa male».

Di nuovo quello. «Mikael ha capito cosa stessi per fare nell'istante in cui ha assaggiato il mio sangue. Non ha protestato, quindi abbiamo proseguito».

Lei alzò un sopracciglio. «Allora perché vi ha supplicato, verso la fine?».

Sospirai, passandomi la mano tra i capelli. Perché mi stavo prestando a quelle sciocchezze? Avevo cose molto più importanti da fare.

Altri due minuti, mi dissi. *Sono tutto quello che le concedo.*

Cosa mi aveva chiesto?

Giusto, voleva sapere perché Mikael aveva il tono di un uomo tradito, prima di perdere conoscenza. «Verso la fine, ho smesso di instillargli piacere col mio morso, facendogli sentire un po' di dolore».

«E perché, se non volevate fargli del male?» domandò.

«Perché non mi piaceva vederti tra le sue gambe, Raelyn. E odiavo quanto se la stesse godendo». Le parole mi sfuggirono dalla bocca prima che potessi fermarle, e sorpresero entrambi.

Perché questa donna mi obbligava costantemente a dire la verità?

Schiuse le labbra, arrossendo. «Ma... ma voi mi avete...».

Bene, i due minuti erano passati. «Devo biasimare solo me stesso, giusto?». Ero convinto che quell'atto sarebbe stato una buona introduzione a ciò che ci si aspettava da lei, ma mi si era ritorto contro. La mia territorialità era troppo forte perché riuscissi a condividere Raelyn con qualcun altro. Un blocco che dovevo superare in fretta.

Una volta che l'avessi scopata, sarebbe andato tutto bene.

Ma ancora non potevo. Non prima della festa.

A meno che non volessi rischiare che un altro reale o un alfa la prendesse.

«Ho del lavoro da sbrigare» dissi, voltandole le spalle. «Troverò qualcuno che riporti Mikael nella sua stanza. Va' a letto presto, Raelyn. Avrai bisogno di riposare, prima dell'arrivo di Jace».

Non aspettai che mi rispondesse. Mi sbattei la porta

alle spalle e mi diressi verso il mio ufficio. Quella dannata donna mi aveva accusato di fare giochetti mentali con lei. Beh, sembrava che stesse facendo lo stesso con me.

Ma avrei vinto io.

Come sempre.

RAE

Mi svegliai da sola. Il lato di Kylan era intatto, identico a quando ero andata a dormire.

Non mi aveva raggiunta dopo il lavoro.

Avrei dovuto esserne felice, ma per qualche motivo le mie labbra erano piegate all'ingiù.

Perché non mi piaceva vederti tra le sue gambe.

Le sue parole erano rimaste con me nel corso della notte, facendomi visita anche nei sogni. Cosa significavano? Continuava a insistere che il mio scopo fosse servire, eppure aveva detto che non gli piaceva che lo facessi. Un altro giochetto mentale? Kylan di certo li apprezzava, ma era sembrato così serio quando aveva pronunciato quelle parole.

Sosteneva di essere sempre stato onesto con me.

Era la verità?

Non riuscivo a capirlo, e lo odiavo per questo. Viveva di enigmi, chiedendo costantemente qualcosa mentre pretendeva l'esatto opposto. La notte precedente era stata l'ultima goccia. Gli avevo vomitato addosso tutto quello che pensavo di lui e della situazione.

Senza ricevere alcun castigo.

All'università, un atteggiamento del genere mi avrebbe fruttato una punizione molto severa. Avevo visto gente condannata a morte per molto meno. Ma Kylan si era limitato ad andarsene.

Aveva pianificato qualcosa di ancora peggiore? Per fare di me un esempio?

Mi misi a sedere, stordita per aver dormito troppo. Preoccuparmi di Kylan e delle sue intenzioni mi avrebbe fatta uscire di senno. Quell'uomo era imprevedibile.

Un leggero bussare alla porta mi fece tirare le coperte sul petto, per nascondere il seno. Avevo dormito nuda, aspettandomi che Kylan si unisse a me. Cosa che ovviamente non aveva fatto.

Quando la testa di Angelica apparve sulla soglia, il mio cipiglio si fece ancora più pronunciato. I suoi occhi scuri cercarono i miei. La sorpresa di vederla di nuovo mi tenne incatenata al letto, così mi limitai a borbottare: «K... Kylan non è qui». Non avevo idea di cosa volesse. Dopo l'incidente nella tenuta, non l'avevo più rivista.

Lei sorrise. «Lo so. È impegnato in una chiamata d'affari, ma mi ha chiesto di occuparmi di te».

E ciò significa...? «Oh... uhm... okay» mormorai.

Entrò con un piatto in mano e si chiuse la porta alle spalle.

«Uova con gli spinaci» mi spiegò, avvicinandosi. «Ne ho mangiate a tonnellate crescendo, ho pensato che probabilmente sia stato lo stesso per te». Appoggiò il cibo sul comodino e arricciò le labbra di lato. «Kylan mi ha incaricata di aiutarti con gli abiti. Jace e Darius saranno qui tra un'ora».

Schiusi le labbra. «Oh». Non sapevo cos'altro dire. Era stato Mikael a occuparsi di me per tutta la settimana, ma ovviamente quel giorno non poteva. Non dopo quello che gli aveva fatto Kylan.

«Okay... allora, tu mangia quelle» indicò il piatto «e io andrò a cercarti un outfit adatto». E si allontanò, aggiungendo in un borbottio: «Perché a quanto pare ora il mio lavoro consiste nel nutrire e vestire gli umani».

«Posso farlo da sola» mi offrii. «Voglio dire, se tu non...». La mia voce si spense. Mi morsi le labbra mentre lei si girava verso di me. Aveva un'espressione sorpresa. Fantastico. Decoro completamente infranto. Era già abbastanza grave che sfidassi costantemente Kylan, ma parlare a sproposito agli altri, persino guardarli negli occhi...

Ho chiaramente voglia di morire.

E, peggio ancora, mi ero comportata in quel modo con Angelica, un vampiro trasformato di recente, che conosceva le regole bene quanto me, forse anche meglio.

«P... perdonatemi» sussurrai, abbassando lo sguardo.

Lei si mise a ridere, e il suono mi fece rivoltare lo stomaco.

Angelica non poteva uccidermi, non senza il permesso di Kylan, ma poteva punirmi. Forse.

Corrugai la fronte. *Nessuno ti toccherà, tranne me.* Diceva sul serio? E ciò comprendeva anche i castighi?

Un brivido mi percorse la schiena al pensiero di come Kylan mi avrebbe punita. Non l'aveva ancora fatto. Nonostante me lo fossi più che meritato, visto che continuavo a sfidarlo. Ma si era limitato solo a qualche minaccia verbale.

D'altro canto, era esattamente ciò che voleva: una ribelle in camera da letto e un cagnolino obbediente in pubblico.

Tecnicamente, ero ancora in camera da letto.

«Hai idea di quanto tempo è passato dall'ultima volta che ho avuto a che fare con un essere umano intatto?» chiese Angelica, abbandonandosi sul letto accanto a me. «Mi sembrano secoli». Si lasciò cadere all'indietro con un sospiro. «Tutti non fanno che inchinarsi e si rifiutano di guardarmi negli occhi, come se fossi un qualche mostro spaventoso. Ma meno di dieci anni fa ero ancora un'umana».

Aspettai che aggiungesse qualcos'altro, ma tra noi cadde il silenzio. Era stranamente piacevole.

«Com'è?» le chiesi piano. «Passare da... beh, trasformarsi in un vampiro?».

Rotolò su un fianco, guardandomi negli occhi. «Neanche lontanamente glorioso come ci si potrebbe aspettare. Ti fanno partire dal basso, con un reddito minimo e lo stretto necessario, e ti costringono a lavorare e fare carriera. Come ha messo bene in chiaro Judith, quando mi ha promossa, sono qui solo perché l'ha richiesto espressamente Kylan. Ora faccio parte della sua scorta. Ma temo che la sua decisione mi costerà cara. Vogliono trovarsi tutti vicino a lui, al suo potere, e io sono la più giovane e insignificante».

«Se Kylan ti ha promossa, allora ha visto che c'è del potenziale in te». Le parole mi uscirono di bocca senza pensarci, ma in qualche modo sapevo che era la verità.

Angelica rimase in silenzio per un lungo istante, con le labbra arricciate di lato. «Spero tu abbia ragione».

«Ce l'ha» mormorò Kylan emergendo dall'ombra e camminando nella luce lasciata entrare dalle finestre. Il suo corpo sembrò materializzarsi davanti ai nostri occhi. «Perché non stai mangiando, Raelyn?».

Spalancai la bocca per la sua comparsa inaspettata, la mia voce svanì.

Angelica saltò giù dal letto con un suono strozzato, cadendo in ginocchio. «Perdonatemi, mio principe. È colpa mia se...».

«Dubito fortemente che lo sia» rispose lui. «Raelyn?».

Invece di rispondere, presi il piatto e mi infilai in bocca

un enorme boccone di uova. Kylan inarcò un sopracciglio, lottando contro un sorriso, e scosse la testa.

«Angelica, trova un abito adatto a Raelyn. L'aereo di Jace è appena atterrato. In anticipo».

«Subito, mio principe». Si alzò e si precipitò a capo chino verso il guardaroba nell'antibagno.

Mangiai un'altra forchettata mentre lui si avvicinava. Il cuore mi rimbombava nel petto. «Dovrei punirla?» mi domandò tranquillamente. «Per aver chiacchierato con te, invece di obbedire al mio ordine di nutrirti e vestirti?».

Lo fulminai con lo sguardo, ingoiando il cibo ancora mezzo masticato. «Sono perfettamente capace di mangiare e vestirmi da sola, senza bisogno di supervisione».

Inclinò la testa di lato. «È questo che le hai detto?».

«No, le ho chiesto com'è essere un vampiro». Il che andava contro il protocollo, ma era la verità.

«Perché, vuoi diventarlo anche tu?».

«Che senso ha desiderare qualcosa di impossibile?» replicai, posando il piatto sul comodino, nonostante fosse ancora quasi pieno. Non avevo appetito.

«Tutti hanno dei sogni, Raelyn». Mi sistemò una ciocca di capelli dietro l'orecchio e si chinò per sfiorare le mie labbra con le sue. «Anche gli animaletti».

«Sognare è da deboli».

«Un tempo, era per persone audaci».

«Come avete sottolineato giusto ieri sera, viviamo in un'epoca molto diversa, no?».

«Già». Mi baciò di nuovo, indugiando un po' più a lungo sulle mie labbra. «Ma mi ricordi di un'epoca che mi piaceva molto di più, Raelyn». Si alzò e si voltò, mentre Angelica tornava nella stanza.

«Questo può andar bene, mio principe?». Tenne sollevato un abito di seta rosso fuoco che mi avrebbe coperto a malapena il seno. Almeno la gonna andava fino ai piedi.

«Sì» rispose lui, tendendo la mano per farsi passare il vestito. «Ora me ne occupo io. Informa Judith che ho cambiato idea, e che preferisco intrattenere Jace qui, invece che al K Hotel».

Angelica impallidì visibilmente. «C... certo, Vostra Altezza». Si inchinò e si allontanò in fretta, lasciandomi sola con Kylan.

Il vampiro sistemò l'abito sul letto e iniziò a sbottonarsi la camicia. «Abbiamo tempo di farci una doccia veloce. Va' ad aprire l'acqua e aspettami lì».

Una parte di me voleva rifiutarsi solo per irritarlo, ma aveva una luce pericolosa negli occhi, che mi spinse a scendere dal letto e ad andare in bagno.

L'acqua aveva appena iniziato a scaldarsi, quando Kylan comparve dietro di me. Nudo.

Tracciamento. Solo i vampiri più antichi possedevano quell'abilità. Non potevano teletrasportarsi molto distante, solo qualche chilometro. Ma era come se Kylan fosse scomparso e riapparso davanti ai miei occhi.

Mi baciò la spalla e mi posò le mani sui fianchi, guidandomi verso il getto. Era la prima volta in cui aveva dato seguito al suo desiderio di volermi ogni sera in doccia con lui.

Attesi che mi ordinasse di inginocchiarmi, di dare sollievo all'erezione prominente appoggiata sul mio fondoschiena, ma non lo fece. Mi pettinò i capelli con le dita, facendo sì che si bagnassero uniformemente.

Mentre si allungava per prendere lo shampoo, dietro di me, le sue labbra incontrarono la mia tempia. Continuò a occuparsi dei miei capelli, spalmando il liquido profumato, risciacquandoli, e poi ripetendo la stessa operazione con il balsamo.

«Girati» disse piano, afferrando il sapone.

Obbedii, ritrovandomi davanti la sua bellezza immortale.

Quella era tutt'altro che una punizione.

A meno che non volesse farmi eccitare fino alla morte.

Ogni carezza del suo palmo caldo stimolava i miei ormoni, suscitando un inferno nel mio basso ventre che mi si propagava nelle vene. Il suo tocco scivolò sul mio addome, arrivando fino in cima alle cosce, e risalendomi il fianco. E mancando così tutti i punti in cui più lo desideravo.

Un gemito si fece strada nella mia gola, ma lo catturai tra i denti, stringendo così forte che qualcosa si incrinò.

Kylan ridacchiò. La sua mano si spostò sulla mia spalla e lungo il braccio. «La tua determinazione è ammirevole, Raelyn. Ma vincerò io».

«Vincerete cosa?» riuscii a mugolare a denti stretti.

«Te» rispose semplicemente. La saponetta tornò sul mio sterno, per poi scivolare tra i miei seni.

Man mano che continuava a insaponarmi, il mio respiro si fece sempre più irregolare. Scese fino all'ombelico, poi ancora più giù, sfiorando la cima del mio inguine. «Voi... voi mi possedete già».

«È vero» concordò. «Ma stando a quello che mi hai detto, posseggo solo il tuo corpo, e nient'altro». Infilò la mano tra le mie cosce, facendomi mancare completamente il respiro. «Voglio di più, Raelyn».

Mi ci volle uno sforzo immane per concentrarmi sulle sue parole e non sul suo tocco ipnotico. Perché, Dea, era una sensazione meravigliosa. Un'unica notte senza di lui aveva acceso in me un bisogno travolgente, che solo Kylan poteva soddisfare.

«Voglio possedere ogni parte di te» aggiunse. La sua voce di seta mi accarezzò l'orecchio.

Un fremito mi corse lungo il corpo, facendomi venire la pelle d'oca, nonostante l'acqua calda. «Non succederà mai» riuscii a esalare.

«Non sono d'accordo» sussurrò, trascinando le labbra lungo la mia guancia, fino a congiungersi alle mie. Mi strinse a sé. «Inizierò con la tua mente. Senza giochetti, solo dicendoti la verità».

Un altro brivido scosse il mio essere in profondità. I miei capezzoli si inturgidirono contro il suo petto. «La verità» ripetei, cercando con tutte le mie forze di restare concentrata sulla conversazione e non sulla sua mano, ancora tra le mie gambe. Il sapone era finito nell'altra, con cui aveva iniziato a lavarmi il fianco.

Così tante sensazioni.

Così tanto *calore*.

«Sì». Mi catturò le labbra, succhiandole nella sua bocca. «Voltati, Raelyn».

I miei piedi si mossero prima ancora che la mia mente potesse elaborare il suo ordine.

«Metti le mani sul muro».

Obbedii.

Mi trascinò il sapone lungo la schiena. «Apri le gambe».

Era l'opposto di ciò che volevo. Avevo bisogno di un po' di sollievo, di contatto, che mi aveva tolto dicendomi di girarmi. Ma seguii i suoi ordini.

«Bellissima». Mi gettò i capelli oltre la spalla, esponendo tutta la mia schiena. Poi iniziò a massaggiarla con dei lenti movimenti circolari. Il profumo floreale del sapone mi solleticava le narici.

Nessuno mi aveva mai fatto nulla del genere. Mi sentivo quasi amata, adorata. Ma non poteva essere quella la sua intenzione.

«Ora, per quanto riguarda la verità». Mi baciò la nuca

e mordicchiò la mia pelle delicata. Fu come se tutte le mie terminazioni nervose fossero colpite da una scarica elettrica. «Jace è in anticipo perché gliel'ho chiesto io. Nonostante le prove sembrino dimostrare il contrario, penso che ci sia lui dietro ai tentativi di rovinare la mia reputazione».

Restai di sasso. *Cosa?* «Jace?». *Perché?*

«Il suo territorio confina con il mio, e il suo nuovo sovrano è il prossimo in linea di successione per ereditare la mia regione. Il che fornisce a entrambi sia un movente che un'opportunità». Il palmo di Kylan scese verso il basso, accarezzandomi il sedere e indugiando tra le mie natiche.

Non poteva voler…

I suoi denti mi perforarono il collo, inondandomi le vene di euforia. Mi contorsi, le mie gambe minacciarono di cedere.

«Kylan» ansimai, inarcandomi verso di lui. Il sapone sparì. Mi avvolse un braccio attorno alla vita, per reggermi, mentre la mano opposta continuava a dedicarsi al mio fondoschiena. A sondare, a provocare, a testare i miei limiti.

Non ero mai stata toccata *là*.

Fino a quel momento.

Fiamme solleticarono la mia pelle per la natura proibita della sua esplorazione. All'università c'erano dei corsi al riguardo. Li avevo sempre evitati, non capendo perché mai qualcuno dovesse preferire certi atti. Ma… oh, forse, solo forse, mi ero sbagliata.

L'estasi si raccolse tra le mie cosce, con il morso di Kylan che acuiva tutti i miei sensi. E il suo dito, no, dita, mi stavano facendo cose indicibili.

Le mie unghie raschiavano le piastrelle, le mie braccia tremavano per lo sforzo di mantenere la posizione.

Troppe sensazioni.

L'acqua calda che scorreva su di noi non faceva che peggiorare la situazione, travolgendo il mio essere con un'ebbrezza estranea che mi scuoteva nel profondo.

Solo il mio corpo, giurai. *Solo quello.*

Ma... *dannazione!*

La testa mi ricadde in avanti con un sospiro mozzato. Aveva intensificato il piacere, squarciandomi in due. La sua intrusione più in basso travolgeva il mio essere. Le gambe non mi reggevano più, se stavo in piedi era solo grazie alla sua presa attorno alla vita.

«Io... oh...». La mia voce sfumò in un gemito, strappandogli una risatina.

«Troppo?» chiese dolcemente. Il mio collo pulsava di desiderio.

Allora è così che ci si sente quando si viene morsi.

Non mi stupisce che Mikael lo adori.

I miei arti tremavano, le mie mani riuscivano a malapena a restare appoggiate alla parete. Mi stava distruggendo. Lentamente. Completamente.

Ma non la mia mente.

Cambiò presa. Il suo palmo scivolò giù, fino ad avvolgere il mio sesso, mentre con l'altra mano continuava a penetrarmi da dietro.

«K... Kylan...». Non sapevo se supplicarlo di fermarsi o chiedergli di più.

Mi baciò la gola, con la lingua che lambiva la ferita lasciata aperta. Ogni leccata mi suscitava un nuovo fremito, che mi scuoteva il corpo e si convogliava tra le mie cosce. Iniziò ad accarezzarmi il clitoride, rendendo il momento ancora più intenso, facendomi esplodere un milione di stelle davanti agli occhi.

Ero così vicina.

Ma non abbastanza.

Avevo *bisogno* di... oh, non lo sapevo nemmeno.

Il suo nome lasciò un'altra volta le mie labbra, mentre i suoi denti si spostarono a mordicchiarmi l'orecchio. «Non vedo l'ora di scoparti, Raelyn. In tutti i modi». Sottolineò le sue parole affondando le dita dentro di me, alimentando le fiamme che mi bruciavano nelle viscere. «Possederò ogni parte di te. Inclusa la tua mente».

Scossi la testa. «No».

«Sì». Un'altra spinta, sia davanti che dietro. Gemetti in risposta, con il cuore che mi martellava nelle orecchie. Avevo i muscoli contratti, pervasi da un bisogno che solo Kylan era in grado di soddisfare. «E anche il tuo cuore, principessa. Il tuo spirito. Voglio tutto».

«No» ripetei. Temetti che le unghie mi si spezzassero sulla parete. «Mai».

Accarezzò col viso il punto sensibile sotto il mio orecchio. «Stai andando a fuoco, agnellino? Ti senti come se fossi sul punto di esplodere?».

Gemetti di nuovo quando aumentò il ritmo, continuando a stimolare il mio orgasmo, ma senza darmi quella spinta extra di cui il mio corpo necessitava. «S… sì» sussurrai. «Non… non riesco…». Era proprio lì. Così vicino. Così feroce. E mi sfuggiva. Un grido frustrato si fece strada lungo la mia gola.

«Questa è la tua mente, Raelyn» mormorò. «È in attesa del mio ordine, si rifiuta di lasciarti venire senza il mio permesso». Mi leccò di nuovo la gola, e fu come se ogni fibra del mio essere fosse pervasa da lingue di fuoco. Le sentii bruciare nell'anima.

«Kylan» mugolai, incapace di elaborare qualsiasi cosa che non fosse il suo incantesimo. Un passionale sortilegio che mi marchiava per sempre come sua.

«La tua mente brama la mia approvazione. Implorami, tesoro, e lascerò che ti frantumi in mille pezzi». Le sue parole mi accarezzarono l'orecchio come un'oscura promessa.

Tremai, incapace di oppormi al suo potere. «Vi prego». Il mio corpo si serrò attorno a lui, esortandolo a finire, a concedermi lo sfogo di cui avevo così disperatamente bisogno. «Vi prego, Kylan».

Il suo divertimento mi strisciò addosso, le sue dita presero a penetrarmi con furia. «Di più».

«Cosa volete?» chiesi, con le lacrime che mi pizzicavano gli occhi, frutto della follia che pulsava dentro di me. «Non posso darvi tutta me stessa. Qualsiasi altra cosa, ma non quello».

«Non vedi?». Le sue labbra erano sul mio orecchio. «Ti ho già, Raelyn».

«No». Scossi la testa, le lacrime presero a rigarmi le guance. «No».

«Oh, sì» mormorò, spingendo in profondità. «Vieni per me, principessa». Scandì il suo comando conficcandomi i denti nella carne.

Urlai, il mio mondo crollò.

Tremava tutto.

Il pavimento.

L'aria.

Il mio stesso essere.

Devastato.

Distrutto in modo irreparabile.

Sono sua.

Le parole riecheggiarono nei miei pensieri. Il suo nome lasciò le mie labbra in un grido rabbioso e implorante.

Mi aveva fatto male. Mi aveva sopraffatta. Mi aveva distrutta.

E volevo che ripetesse di nuovo tutto quanto, che mi trascinasse in quell'oblio che esisteva solo con lui. Solo tra le sue braccia. Sotto le sue mani. Con il suo *permesso*.

Lo odiavo.

Lo adoravo.

Volevo ucciderlo.

Scoparlo.

Colpirlo.

Le gambe mi cedettero sotto quell'assalto di emozioni e sensazioni. Il mio corpo era incapace di sopportare una tale esperienza divina. Kylan mi afferrò, sollevandomi tra le braccia senza sforzo. Le sue labbra mi sfiorarono la guancia, la sua lingua assaporò le mie lacrime.

Mi aveva annullata.

Non riuscivo nemmeno ad aprire gli occhi.

«Adoro il modo in cui pronunci il mio nome in preda alla passione, Raelyn». Mi tenne sotto il getto per risciacquarmi dal sapone. Il calore pizzicava la mia pelle troppo sensibile, facendomi tremare la parte inferiore del corpo.

Tracciò un sentiero di baci fino a raggiungere le mie labbra. Vi insinuò la lingua, riempiendomi la bocca con il suo sangue. Mi sentii soffocare. Non ero pronta. Ma lui non demordeva, costringendomi a ingoiare la sua essenza.

Le mie viscere formicolarono, felici di accogliere l'energia e le proprietà curative del suo essere nel mio. Il fluido inebriante mi avvolse in un bozzolo di estasi, a cui anelavo più di quanto dovessi.

Kylan mi stava creando una dipendenza che soltanto lui poteva soddisfare. Volevo combatterla, ma non ci riuscivo. Non quando il suo sangue mi faceva sentire così beatamente completa.

Mia, sussurrò nella mia mente una voce estranea. *Il mio mondo. Il mio posto. Il mio scopo.*

Scacciai dai miei pensieri quel canto seduttivo. Non volevo, non potevo cadere nella ragnatela di Kylan.

Troppo tardi…

No.

L'acqua si fermò. Kylan uscì dalla doccia tenendomi ancora tra le braccia. Quando avevamo smesso di baciarci? Si era lavato?

Mi avvolse in un asciugamano. I miei piedi erano in qualche modo saldi sul pavimento, nonostante la nebbia che mi offuscava i pensieri.

Cosa mi aveva fatto?

Chi sono?

«Jace sarà qui a breve» disse Kylan, frizionandomi le braccia con il tessuto di cotone. La sua erezione si stagliava tra di noi, un imponente promemoria della mia mancanza di reciprocità.

Mi avrebbe fatta inginocchiare?

Iniziai a piegare le gambe, anticipando il suo ordine, ma la sua presa sui miei bicipiti mi tenne in piedi.

«Più tardi, Raelyn. La nostra priorità, in questo momento, è Jace. Ho bisogno che mi ascolti».

Fissai le goccioline d'acqua che danzavano sul suo petto. *Perfezione mascolina.* Mi sporsi in avanti per seguirne i movimenti con la lingua, adorando il sapore di lui. Mi afferrò i capelli, attorcigliandoseli attorno alle dita.

Ora mi costringerà a…

«Raelyn». Con uno strattone, mi riportò a guardarlo in viso. «Ho bisogno che ti concentri».

Mi limitai a sorridere. «Allora non avreste dovuto farvi la doccia con me».

Ridacchiò e scosse la testa. «Sei ubriaca di sangue».

Alzai le spalle. O quantomeno ci provai. Ebbi l'impressione che si afflosciassero e basta. «Okay».

Con un sorrisetto, si avvolse un asciugamano attorno alla vita e mi sollevò di nuovo, per poi portarmi in camera da letto. «Ti serve più cibo». Mi lasciò cadere sul letto senza troppe cerimonie e mi passò il piatto ancora mezzo pieno di uova. «Quando avrò finito di parlare, devono essere sparite».

Arricciai il naso, ma mi infilai in bocca una forchettata di uova fredde.

«Bravo, agnellino». Mi diede una piccola pacca di approvazione sulla testa.

Gli rivolsi un'occhiataccia, che però non fece altro che strappargli un altro sorriso. «Cretino» borbottai, ricordandomi di un termine che avevo sentito in uno dei vecchi film di Mikael. Mi sembrava un soprannome adatto a Kylan.

La sua risata mi fece trasalire. Era piena di vita e di allegria, non aveva nulla a che vedere con le sue solite risatine cupe. Sul suo viso comparvero delle piccole rughe che non avevo mai visto. La sua ilarità era quasi palpabile.

Mi afferrò e mi baciò con un tale impeto che quasi dimenticai come respirare. Kylan mi lasciò andare altrettanto improvvisamente, col sorriso ancora stampato in faccia. «Attenta, mia cara, o ti terrò per sempre».

Sbuffai. «Poco probabile».

Inarcò le sopracciglia. «Scusami?».

Oh, l'avevo detto a voce alta? Mangiai un altro boccone di uova e mi limitai a fissarlo. Sapevamo entrambi che non poteva tenermi per sempre, quindi che senso aveva parlarne?

Si sedette sul letto, accanto a me, e mi posò la mano sulla guancia.

«È vero» mormorò. «Non mi fido di Jace, e sono preoccupato che possa provare a farti del male. Non direttamente, ma indirettamente, per causare una scenata. Supponendo che sia lui quello che vuole farmi passare per pazzo. Quindi ho bisogno che tu stia al mio fianco per tutta la notte. E che ti comporti bene».

Mandai giù anche l'ultimo residuo di uova e posai il piatto sul comodino.

«Pensate davvero che sia lui ad avere ucciso il vostro harem?». Non corrispondeva al Jace di cui avevo letto all'università, il Jace esperto di politica che aveva una mente brillante quasi quanto quella di Kylan.

«Penso che abbia il movente più plausibile».

«Il che lo rende anche il sospettato più ovvio».

Inclinò la testa di lato. «Cosa intendi?».

«Che è troppo ovvio» ripetei. «Voi fareste mai qualcosa di così ovvio?».

«No, per vari motivi. Il principale è che sono molto più astuto di così».

«E Jace non lo è?».

«Sì, lo è, il che spiega la mancanza di prove e il suo alibi inattaccabile. È esattamente come me la giocherei io».

«Tranne la parte ovvia» gli feci notare.

Aprì la bocca, poi la chiuse. Gli occhi gli brillavano di apprezzamento «Affascinante» mormorò. «Sei la prima persona abbastanza coraggiosa da mettere in dubbio la mia teoria».

Aggrottai le sopracciglia. «Non c'è niente di coraggioso nell'essere logici». Sembrava troppo facile che fosse proprio Jace il colpevole.

«E invece c'è, quando si va contro a ciò che pensa un reale. Saresti sorpresa di sapere quanti dei miei sudditi hanno paura di discutere con me».

«Non sto discutendo». O comunque non era quella la mia intenzione.

«No, mi stai costringendo a vedere oltre una rivalità millenaria, privilegiando il ragionamento». Trascinò il pollice sul mio labbro inferiore. «Questo incontro con Jace potrebbe essere ancora più illuminante di quanto mi aspettassi. Grazie».

«Non ho fatto niente».

«Al contrario, agnellino». Mi baciò dolcemente, la sua lingua giocava sulle mie labbra. «Hai fatto ben più di quanto tu creda». Mi spinse sulla schiena e si sistemò tra le mie gambe, a separarci c'erano soltanto gli asciugamani. «Jace sarà qui tra venti minuti. Ne passerò dieci a baciarti. Poi andrai a prepararti per aiutarmi ad accoglierlo degnamente».

«O... okay» sussurrai.

«Non ti condividerò, Raelyn» giurò sulla mia bocca. «In quanto reale e suo anziano, è mio diritto non farlo. In più, come forse avrai capito, non sono un grande amante delle regole».

Annuii. «Sì».

«Bene. Ora apri la bocca».

KYLAN

Le mie labbra formicolavano. *Formicolavano.*

Resistetti alla tentazione di toccarle.

Raelyn mi faceva sentire… giovane. Vivo. Stranamente in pace.

Non avevo intenzione di andare nella sua stanza, ma dopo aver sentito i commenti sulla promozione di Angelica non potei evitare di fare la mia comparsa. Ecco a cosa portava origliare.

Raelyn le aveva chiesto della transizione da umano a vampiro, una chiara infrazione, e Angelica le aveva risposto. Avrei dovuto punire entrambe, ma come avrei potuto farlo, quando la loro conversazione mi aveva fatto sorridere? Mandare Angelica da Judith, per farle sapere che avevo cambiato il luogo dell'incontro con Jace, era un castigo sufficiente.

Il mio telefono vibrò. Un messaggio del mio tenente più fidato: *Jace è arrivato.*

Mandalo di sopra, risposi, sapendo bene quanto odiasse quel piano. Ovviamente, non disse nulla. Nessuno diceva mai nulla.

Tranne Raelyn.

Il vestito di seta rossa le stava alla perfezione, con i seni messi in risalto dalla profonda scollatura. I suoi boccoli lucenti erano raccolti sopra la testa, in una pettinatura volutamente disordinata che avevo acconciato io stesso. L'unico problema era che il mio sangue aveva guarito il suo marchio.

Dovevo rimediare.

Le afferrai il fianco e la trascinai verso di me. Lei vacillò sui tacchi, aggrappandosi ai miei bicipiti per tenersi in equilibrio.

«Adoro questo vestito». Gli spacchi salivano su entrambi i lati fino in cima alle cosce, e la sua schiena era completamente esposta. «Sarà una gioia togliertelo, più tardi».

Lei fremette, i suoi occhi chiari cercarono i miei. «Anche voi state bene in abito da sera».

Le mie sopracciglia si sollevarono. «Mi hai appena fatto un complimento?».

Lottò per celare un sorriso. «Forse».

Mi aveva sorpreso. Di nuovo.

«Chi sei?» mormorai, con un tono meravigliato. Quella donna non faceva che scioccarmi, fin da quando mi aveva morso. Le avvolsi una mano attorno al collo e riflettei sul punto migliore dove marchiarla. Sulla gola sarebbe stato troppo facile. Volevo qualcosa di più intimo, più scandaloso.

«Rae» rispose, con un lampo di sfida negli occhi che mi colpì dritto al petto. Non mi era sfuggito che Mikael l'avesse chiamata così per tutta la settimana.

«Raelyn» la corressi.

Non le diedi il tempo di ribattere, il bisogno di morderla era troppo forte.

I miei denti si avventarono sul suo seno, accanto all'orlo del vestito di seta. La morsi così rapidamente e in profondità da farla strillare. Le sue unghie mi si conficcarono nella giacca, il suo respiro si fece sempre più affannoso man mano che succhiavo. Mi assicurai che la mia rivendicazione fosse ben evidente, facendo sì che anche il mio sangue scorresse dentro di lei. L'avrebbe in parte guarita, almeno abbastanza da fermare l'emorragia, ma la traccia del mio passaggio sarebbe stata fresca proprio nel momento delle presentazioni. E con un tempismo perfetto, visto che l'ascensore annunciò l'imminente arrivo di Jace.

Continuai a nutrirmi, ignorando il suono dei passi sul marmo. I gemiti di Raelyn erano musica per le mie orecchie. Si era abbandonata a me, ignara della presenza di un pubblico. E io adoravo quella situazione, la adoravo troppo per fermarmi. Almeno, non subito.

Mi staccai da lei ma attesi ancora qualche secondo, per darle modo di riemergere dall'oblio. Poi la raddrizzai e le sorrisi. «Dimmi il tuo nome» sussurrai.

«Rae» rispose. Aveva lo sguardo annebbiato.

Scossi la testa. «Ribelle fino all'ultimo, eh?». Mi voltai per affrontare Jace e il suo nuovo sovrano. «Cosa fai quando un animaletto si comporta male, Jace?».

Raelyn si impietrì, rendendosi finalmente conto che i nostri ospiti erano arrivati.

«Dipende da cos'ha fatto» rispose tranquillamente.

«Non si è ricordata il nome che le è stato dato». Inarcai un sopracciglio. «Tu cosa faresti?».

«La costringerei a ripeterlo mentre le scopo la bocca. E non smetterei finché non fossi convinto che se lo ricorderà anche in futuro».

Sorrisi e avvolsi il braccio attorno alla vita di Raelyn. «Ottimo suggerimento. Raelyn?».

Si morse il labbro, con lo sguardo rivolto verso il pavimento. «Come desiderate, mio principe». La sua voce era bassa, ma sicura. Quando iniziò a piegare le ginocchia per un inchino, la tenni in piedi e la strinsi a me.

«Una punizione in cui indulgere più tardi» le sussurrai all'orecchio. E forse l'avrei fatto davvero, o forse no. Dipendeva da come sarebbe andato il resto della serata. «Benvenuti. Jace. Darius». Tesi la mano a entrambi e strinsi le loro con fermezza, sempre tenendo Raelyn al mio fianco. Entrambi si accorsero del marchio che le risaltava sulla scollatura, ma nessuno dei due disse nulla al riguardo.

«Apprezziamo molto l'invito» mormorò Jace, seguendo le solite formalità. «Darius, presenta loro Juliet».

«Con piacere». Con una mano posata sulla sua schiena, spinse in avanti la splendida donna dai capelli scuri. «Questa è la mia vergine di sangue ed *erosita*, Juliet». La femmina in questione si inchinò, mettendo in mostra tutte le sue grazie, nonché una coppia di morsi subiti da poco. Che Jace e Darius l'avessero condivisa durante il tragitto?

Qualunque cosa ci fosse tra quei tre, avrebbe dovuto intrigarmi molto, molto di più di quanto non facesse. Avere Raelyn al mio fianco, con ancora le sue urla eccitate fresche nella memoria, mi aveva reso insensibile al fascino di Juliet.

«È bellissima» mormorai. «Capisco perché tu l'abbia tenuta, Darius». Lei, intanto, era ancora nella stessa posizione prona, in attesa che le fosse dato il permesso di rimettersi in piedi. Il suo addestramento era evidente. «Può alzarsi».

Juliet obbedì, e Darius le rimise la mano sulla schiena. Lo sguardo di lei era puntato sul pavimento, esattamente come quello di Raelyn.

«Hai lasciato a casa le tue consorti?» chiesi a Jace, notando la mancanza di un entourage.

«Non erano necessarie» rispose pacatamente. «Non quando ho accesso a Juliet. Dovresti sentirla gridare. Un suono meraviglioso».

Considerai la sua risposta con un sorriso. Mi sembrava una scusa intelligente per tenere il suo harem alla larga da me. Il che suggeriva che temeva ciò che avrei potuto fare. Perché pensava che fossi pazzo, o perché si aspettava che mi vendicassi di lui? Solo il tempo avrebbe potuto dirlo.

«Beh, questa è la mia Raelyn». Le accarezzai la gola. «Anche lei urla splendidamente. Volete una dimostrazione?». A quel suggerimento, il suo battito accelerò. Sotto quel ritmo seducente c'era anche una punta di eccitazione.

«Magari più tardi» rispose Jace. «E Juliet sarà felice di ricambiare. Vero, Darius?».

«Ma certo». Sembrava quasi freddo. Aveva una postura rigida, distaccata. Secondo le voci che giravano nell'alta società, aveva preso un'*erosita* per provare la sua ricchezza e potere, e l'aveva tenuta solo perché Jace la usava per divertirsi. La sua espressione annoiata e il tocco leggero sulla schiena della femmina confermavano quell'ipotesi. Non mostrava alcun segno esteriore di possesso, a parte le ferite sul collo. E di certo lei non sembrava particolarmente presa da lui.

Ma è tutto troppo perfetto, mi suggerì il mio istinto. Si comportavano come avrei fatto io se mai avessi deciso di prendermi una compagna. Cosa che non sarebbe mai successa. Nemmeno con...

Raelyn.

La guardai di sottecchi, e la comprensione mi colpì come un pugno alla bocca dello stomaco.

Era vergine, non era mai stata toccata da nessuno.

Né era mai stata morsa.

Finché non ero arrivato io.

Con lo scambio di sangue, avevo involontariamente iniziato la cerimonia.

Affascinante. Non c'era da stupirsi che mi sentissi così legato a lei.

Beh, dovevo assolutamente rimediare. E in fretta.

Ma prima, i nostri ospiti. Riportai lo sguardo su Jace e sorrisi. «Cosa ne dite di bere qualcosa, prima di cena?». Zelda aveva probabilmente bisogno di almeno un'altra ora, visto che avevo cambiato il luogo d'incontro all'ultimo minuto.

«Vino?» suggerì il reale, con le labbra che gli si sollevavano ai lati.

Strinsi la presa su Raelyn. «Con una spruzzata di sangue?».

«È come se mi avessi letto nel pensiero, Kylan». Lanciò un'occhiata a Juliet, l'indicazione era chiara. «A proposito di oggetti di lusso, dov'è il tuo animaletto preferito?».

«Ah, Mikael non si sente molto bene, al momento». Condussi tutti verso il salotto, aggiungendo: «Ieri si è divertito un po' troppo con Raelyn».

Jace ridacchiò e si sedette su un'ampia poltrona. «Ci scommetto». Tese una mano verso Juliet, che la accettò e prese posto sul suo grembo. Darius si sedette accanto a loro, sul divano.

Una dinamica intrigante, che voleva sembrare naturale, ma mi dava l'impressione di un qualcosa di costruito.

Quasi protettivo.

Forse temevano che esigessi un morso? O c'era sotto qualcos'altro?

«Raelyn, ti dispiacerebbe chiedere a Zelda di aiutarci con il vino? Dille che un rosso francese andrà bene; capirà». Avevo un armadietto con tutti i miei vini preferiti, che Zelda riforniva regolarmente.

«Ma certo, mio principe». Fece un inchino perfetto e si allontanò con una sicurezza che si guadagnò tutta la mia ammirazione. Il vestito risaltava le sue curve, ma senza metterle in mostra come quello di Juliet.

«Sono felice che tu non l'abbia uccisa» osservò Jace, con i suoi occhi argentei sul sedere di Raelyn. «Sarebbe stato un peccato sprecare un talento così straordinario».

Accolsi con favore la battuta e il riferimento al mio ex harem. «Sì, è piuttosto disobbediente. Molto diversa dalle mie precedenti consorti».

Mi rivolse un sorrisetto che non lasciava trasparire nulla. «Allora spero la terrai con te per un po'».

Le mie labbra si incresparono. «Intendi, a differenza di ciò che è successo col mio precedente harem?».

«Sì, qualcuno potrebbe definirlo uno spreco di risorse». Mentre parlava, Jace spostò i capelli di Juliet oltre la spalla e le baciò il collo. Il suo battito rimase regolare, segno della familiarità che aveva con Jace. «Personalmente, preferisco riallocare i miei animaletti quando iniziano ad annoiarmi» aggiunse, senza staccare gli occhi da Juliet. «Ma a ognuno il suo».

L'ha giocata alla perfezione, come sempre.

Non aveva criticato il mio comportamento, eppure era riuscito a offrire la sua opinione. Disapprovazione. Era tutto uno stratagemma perché in realtà era stato lui a orchestrare quel massacro? O la pensava davvero così?

Troppo ovvio, aveva detto Raelyn. *Va bene, agnellino. Vediamo se hai ragione.*

Mi sedetti sull'altro lato del divano dove si era accomodato Darius. «Congratulazioni per la tua nuova posizione».

«Grazie» rispose, irradiando sicurezza e anzianità. «È un cambiamento interessante».

«Ci scommetto». Lo scrutai attentamente. Darius era abbastanza anziano da essere un reale, e ne possedeva anche la linea di sangue. Inoltre, colui che l'aveva reso un vampiro, Cam, era stato uno dei migliori giocatori di scacchi che avessi mai conosciuto. Il che rendeva Darius un feroce contendente, anche senza l'appoggio di Jace.

«Allora, cos'ha fatto scattare il tuo interesse a entrare nell'arena politica, dopo tutto questo tempo?» gli chiesi, genuinamente curioso.

Raelyn e Zelda tornarono col vino, ma l'attenzione di Darius rimase su di me. «Principalmente perché mi sembrava che non ci fosse nessuno abbastanza qualificato per candidarsi a sovrano della regione. In più, ero stanco di essere governato da vampiri che hanno la metà dei miei anni».

Un'affermazione sensata, che rispettavo.

Accettai il bicchiere che mi porse Raelyn e me la tirai in grembo, lasciando Zelda a occuparsi di servire gli altri. Non appena tutti ebbero un bicchiere in mano, la mia cuoca sparì senza dire una parola, tornando a concentrarsi sulla cena.

«Ma perché proprio adesso?» chiesi a Darius. «È stato a causa della prematura scomparsa di Adrian Loughton?». Sbranato da una banda di licantropi fuorilegge, stando alle mie fonti. Ma sospettavo che qualcuno li avesse assunti. O almeno, era quello che avrei fatto io.

«La sua dipartita mi ha offerto una nuova opportunità». Schioccò le dita, e Juliet alzò il polso. Nessun tremito. Nessuna paura. Solo un vago profumo di eccitazione.

Oh, quello sì che era interessante.

Darius le piaceva.

E il leggero fremito che le increspò le labbra ne fu la prova.

Un'*erosita* poteva comunicare mentalmente con il suo padrone. Che si stessero parlando in quel momento? Darius le baciò il polso, poi affondò le zanne nella sua pelle delicata. Lei non fece una piega, nemmeno quando lui premette sulla ferita per far scendere nel bicchiere qualche goccia della sua essenza inebriante. Quando Darius ne offrì anche a Jace, lui scosse il capo. Strano.

Che razza di vampiro rifiuterebbe mai l'offerta di una vergine di sangue? Soprattutto dopo averlo suggerito lui stesso.

Un vampiro che custodiva un segreto.

Non feci lo stesso con Raelyn, visto che mi ero già nutrito a sufficienza.

Darius guarì la ferita di Juliet. Le labbra della donna si contrassero di nuovo, la sua eccitazione aumentò.

Oh, stavano sicuramente comunicando.

Incontrai lo sguardo penetrante di Jace, notando nelle sue profondità argentate un desiderio di protezione. Verso Darius, o verso Juliet? O entrambi?

«Mi chiedo» dissi lentamente, cercando con cura le parole «fin dove ti porteranno le tue nuove aspirazioni politiche, Darius».

Si sistemò sul divano, lasciando Juliet sulle gambe di Jace, dove lei si rilassò molto più di quanto un umano avrebbe dovuto. Persino le spalle di Raelyn erano tese, e il suo cuore mi rimbombava in modo seducente nelle orecchie.

«Sono soddisfatto del mio nuovo ruolo» rispose tranquillamente.

«Certamente». Accarezzai il braccio di Raelyn, in un tentativo di far sparire la pelle d'oca che le punteggiava la pelle chiara. «Ma per quanto riguarda il futuro? Sei di sangue reale, dal momento che appartieni alla discendenza di Cam. E potresti qualificarti per avere una regione tutta tua, se ce ne fosse una disponibile. Presumo tu ci abbia pensato».

Ridacchiò, scambiando un'occhiata con Jace. «No.

Non ho mai avuto alcun desiderio di possedere un territorio mio, né mai l'avrò».

Era la verità?

Sorseggiai il vino, continuando ad accarezzare Raelyn. Il suo corpo si stava pian piano rilassando sul mio. Doveva essersi aspettata che la facessi sanguinare nel mio bicchiere. Povero agnellino, sempre a pensare al peggio. Le baciai dolcemente la spalla. «Vuoi assaggiare, agnellino?» le chiesi, tenendole il bicchiere davanti al viso.

Mi guardò per un istante con gli occhi spalancati, poi li abbassò di nuovo. «No, grazie, mio principe».

La sua violazione del protocollo mi fece sorridere. «Di che colore sono gli occhi di Juliet?» riflettei ad alta voce, riportando la mia attenzione su Jace e Darius. «Voglio dire, non vi dà fastidio che siano sempre abbassati?».

«Preferiresti che fosse più sfacciata?» chiese Darius, inarcando un sopracciglio.

Mi strinsi nelle spalle. «Preferirei ammirare il suo bel viso, non che lo celasse sempre dietro un velo di capelli scuri». La mia presa risalì lungo il collo di Raelyn, affondando tra le sue ciocche ramate. Le strattonai delicatamente, costringendola ad alzare il viso. «La mia consorte ha degli splendidi occhi azzurri, che nasconde costantemente. Non preferireste vederli?». Guardai alternativamente i miei ospiti, in attesa di una risposta.

«Ci stai offrendo un'occhiata ravvicinata?» chiese Jace. Il suo sguardo ardente accarezzò le curve di Raelyn in modo allusivo.

Un bisogno irrazionale di ringhiare mi attanagliò la gola. *Mai.*

«Non stasera» mi limitai invece a rispondere. La mia voce suonò più roca di quanto volessi. Il mio istinto si ribellava anche solo alla possibilità di condividerla.

Questa è una novità.

È il legame…

Studiai Darius, Juliet e Jace. Un'idea si stava formando e solidificando nella mia mente, una risposta a una domanda che non mi ero nemmeno reso conto di aver posto.

Ma dovevo essere sicuro.

Bevvi una lunga sorsata di vino, riflettendo sulla mia prossima mossa. Giusto. Le regole. Lasciai andare Raelyn e le accarezzai la guancia, ammirando il delizioso rossore che le sbocciò sulla pelle. «Mi sto solo chiedendo perché costringiamo delle donne così belle a nascondere le loro caratteristiche migliori» mormorai, instillando in quella frase banale una curiosità che non avevo.

«Decoro» rispose semplicemente Darius.

«Già» concordai. «O almeno la versione di Lilith».

Colsi subito la sorpresa nei lineamenti di Jace. Darius riuscì a controllarsi meglio, ma il lampo nei suoi occhi confermò i miei sospetti.

«Cosa? Non ditemi che anche voi preferite le sue ridicole regole?». *Perché mi è chiaro che non è così.* Sospirai, liquidando il mio commento come fosse un qualcosa di frivolo. «Beh, se preferite che si nascondano, va bene. Ma c'è una cosa che mi incuriosisce».

Jace abbozzò un'espressione annoiata. La sua recitazione era quasi perfetta. Quasi. «Di cosa si tratta?».

Svuotai il bicchiere e lo posai sul tavolino, prendendomi il mio tempo e prolungando il momento. Le risposte di Darius erano troppo impeccabili, e il linguaggio del corpo di Jace troppo studiato.

Una facciata perfetta.

E se c'era qualcuno in grado di smascherare quella farsa, ero io.

Erano mesi che sospettavo che Jace stesse tramando

qualcosa. Pensavo fosse un qualche piano per appropriarsi del mio territorio. Ma quello che aveva detto Raelyn mi aveva costretto a guardare al di là della rivalità millenaria con Jace.

Oh, aveva un segreto. Su quello non aveva dubbi. Ma non aveva niente a che fare con me, e tutto a che fare con la femmina che teneva in grembo.

Era troppo tranquilla.

Perché il suo tocco era perlopiù innocuo. Indossava un abito inconsistente, eppure la mano di lui era rimasta tutto il tempo sulla sua coscia.

Non l'aveva baciata.

Non aveva voluto il suo sangue.

E Darius era a suo agio nell'avere la sua *erosita*, la sua compagna, sulle ginocchia di un altro maschio.

Avevo a malapena iniziato la cerimonia con Raelyn e già mi sentivo innaturalmente possessivo nei suoi confronti. Da cui la mia crudeltà verso Mikael. Il solo pensiero di condividerla con quegli uomini mi faceva ribollire il sangue.

No.

Era impossibile che Darius approvasse che Juliet fosse toccata da un altro maschio, a prescindere che fosse il suo reale, a meno che non avessero un qualche accordo.

Presi Raelyn tra le braccia e la strinsi a me. In quel modo, avrei potuto spostarla in fretta.

«Forse vi state chiedendo perché abbia invitato entrambi, stasera» dissi.

«Non sei un amante dei convenevoli né dei giochetti politici» rispose Jace. Il suo sguardo scaltro si fece più attento. «Quindi sì, me lo sto chiedendo. Hai finalmente intenzione di arrivare al punto?».

Ah, ecco il reale che mi ricordava troppo me stesso. Il mio rivale, e per una buona ragione. «Pensavo che fossi stato tu a far uccidere il mio harem, ma ora vedo che non è così».

Spalancò appena gli occhi, l'unico segno di shock che mostrò. Darius, invece, era stranamente immobile. I suoi occhi smeraldo mi scrutavano con l'istinto predatorio di un maschio che aveva individuato una minaccia. Rivolta non a sé, ma alla sua femmina.

Sorrisi. «Già, è quello che credevo» continuai. «Ma non sei stato tu, vero?».

«Se avessi voluto il tuo territorio, Kylan, non avrei cercato di farti passare per pazzo» affermò Jace con un tono piatto. «Che presumo fosse ciò di cui mi accusavi».

Il mio rivale, sì. Ma anche un potenziale alleato.

«Lo era, fino a un'ora fa, quando Raelyn mi ha fatto notare come fosse tutto troppo ovvio». Le baciai la tempia, orgoglioso del suo istinto.

Inarcò le sopracciglia. «Ti fai consigliare dalla tua consorte?».

«Ne sei sorpreso?». Inclinai il capo, e un sorriso minacciò di farsi strada sulle mie labbra. «Interessante, considerando la messinscena che hai imbastito con Darius. Voglio dire, stai solo fingendo di goderti la sua *erosita*, no?».

KYLAN

Silenzio.

La tensione impregnava l'aria. Il respiro di Juliet finalmente vacillò.

Sì. Avevo interpretato correttamente la situazione. «Non vuoi che nessuno lo sappia, perché avere una compagna è percepito come un segno di debolezza. E ti rifiuti di condividere».

Darius non confermò né negò la mia supposizione.

«Dimostratemi che ho torto» li incoraggiai. «Jace, fammi un bello spettacolino con Juliet». Indicai il tavolo. «Non sarebbe la prima volta che ti vedo scopare una donna». In passato avevamo condiviso parecchie femmine.

Jace serrò la mascella. «Cosa vuoi davvero, Kylan?».

«Oh, ho già raggiunto il mio obiettivo per la serata, confermando che non sei tu quello che sta cercando di farmi passare per pazzo. Tutto il resto è solo per divertimento».

«Quindi non hai ucciso il tuo harem». Si tolse Juliet dalle ginocchia e la passò a Darius, che la prese tra le braccia. «Ma qualcuno è riuscito a penetrare nel tuo territorio e a incastrarti».

«Già».

«Il che spiega perché hai organizzato una festa. Vuoi fare uscire allo scoperto il colpevole, usando la tua nuova consorte come esca. Chiunque sia, vorrà fare le cose in grande». Mise da parte il vino che aveva a malapena assaggiato. «Furbo».

«Sì, beh… tu sei, o meglio eri, in cima alla lista dei sospettati».

«Mi sento lusingato e offeso al tempo stesso».

Se i ruoli fossero stati invertiti, mi sarei sentito così anch'io. «Che possa trattarsi di Brandt o di Luka?».

Jace scosse il capo. «No. Luka non ha alcun desiderio di essere vicino all'acqua. E Brandt è un tipo aggressivo, le strategie non fanno per lui. Se volesse il tuo territorio, lo sapresti».

Ero giunto alla stessa conclusione. «Hai qualche suggerimento?».

«Così su due piedi?». Jace si massaggiò la nuca, alzando lo sguardo al soffitto. «L'odio di Naomi nei tuoi riguardi non è un segreto per nessuno, e le risorse non le mancano».

«Sì, immagino che sarebbe molto felice se fossi rimosso». Ma non ci guadagnerebbe nient'altro. Il mio territorio era molto distante dal suo, che un tempo era conosciuto come Sud Africa. «Se dovessi tener conto di tutti quelli che mi odiano, praticamente chiunque sarebbe un sospettato».

Jace sorrise. «Ami far arrabbiare i licantropi».

«Anche i vampiri, in realtà» gli feci notare. «Ma il movente non può essere una semplice vendetta personale per un qualcosa di insignificante. Chiunque sia il colpevole, ha mandato qualcuno in casa mia ad ammazzare la mia proprietà. Ciò richiede un livello di abilità e pianificazione che non molti possiedono».

«A meno che non si tratti di qualcuno che si annoia e desidera un diversivo» disse Darius, accarezzando i capelli di Juliet. Lei si era rilassata su di lui, posandogli la testa sulla spalla. I suoi occhi scuri erano fissi su Raelyn. Sembrava che il decoro non fosse più una priorità. Era ora.

Feci scendere Raelyn dal mio grembo e la feci sedere accanto a me, in un tentativo di farla stare più comoda. Le avvolsi un braccio attorno alle spalle. «Chi sarebbe al tempo stesso così folle e coraggioso da sfidarmi?».

«Un altro reale» suggerì Darius. «Qualcuno che vuole spodestarti».

«Ma allora Jace sarebbe il primo della lista». Inarcai un sopracciglio nella sua direzione. «E abbiamo già determinato che non sei stato tu».

«Il che implica che il prossimo obiettivo sarei io» dedusse. «E Hazel quello successivo, ma non è stata lei».

«No, infatti» concordai. Non era nel suo stile. Quando Hazel voleva qualcosa, era schietta e diretta. Non era mai stata un tipo da giochetti.

«Forse, allora, si tratta realmente solo di un passatempo» mormorò Darius.

Era una prospettiva che non avevo considerato. «Idee?».

«Robyn» disse subito Jace ridacchiando. «Quella stronza ha sempre voglia di giocare».

Scoppiai a ridere. «Sa bene che con me non è proprio il caso di farlo».

Jace alzò le spalle. «Vero. Ma non escluderei nessuno».

«Tranne te».

«Kylan, se volessi il tuo territorio, non cercherei di screditarti. Ti ucciderei». Un'affermazione, non una minaccia. «Non sarei così stupido da lasciarti in vita dopo aver fatto una cosa del genere».

Perché sapeva che sarei andato a cercarlo e gli avrei restituito il favore dieci volte tanto. «Touché». Pensavo lo stesso di lui. «Allora, cosa ne diresti di procedere? Ti ho reso partecipe di una mia debolezza, ammettendo che non ho ucciso il mio harem. E chiaramente ne nascondi una anche tu». Guardai Juliet con insistenza.

Jace rifletté per qualche istante, i suoi occhi argentei brillavano di intelligenza. «Abbiamo trascorso almeno mille anni come avversari, ma un tempo lavoravamo bene insieme».

Era vero. La nostra rivalità era iniziata a causa di un conflitto di interessi su delle proprietà. Avevamo sempre condiviso un certo amore per il lusso, una passione che nel corso dei secoli si era trasformata in una sorta di partita a scacchi. Ciascuno di noi cercava di acquisire più beni dell'altro, il più velocemente possibile. Ma niente di tutto ciò importava più, non in quel mondo così diverso da quello a cui eravamo abituati.

«Hai mai nostalgia del passato? Del modo in cui andavano le cose?». Trascinai il pollice lungo la spalla di Raelyn, riflettendo sulla mia stessa domanda. «Io sì. Mi manca la sfida. E il non dovermi preoccupare di nessun altro, a parte me».

Governare un territorio di vampiri era più una necessità che una scelta. Avevano bisogno di giustizia e ordine. Era l'unico modo di controllare la popolazione, di mantenere un'adeguata fornitura di sangue e di assicurarsi la sopravvivenza della razza umana.

«Cam aveva sempre pensato che potessimo coesistere con gli umani in modo diverso» ammise Darius.

«Già, e Lilith chiaramente non era d'accordo». Visto che aveva sottoposto il più antico della nostra specie a un processo pubblico, che si era concluso con la condanna a morte di Cam. Solo che nessuno aveva mai avuto le prove che la sentenza fosse stata eseguita. «Credete che Cam sia ancora vivo, che sia da qualche parte?». Era contro la legge speculare sul passato, veniva considerato tradimento. Ma non avevo paura di Lilith e del suo esercito di fanatici.

Le pupille di Jace si allargarono. «Tu sospetti che lo sia?».

«Ci ho riflettuto sopra, e ho pensato che forse voi lo sapete. Se avessero invitato qualcuno alla sua esecuzione, sarebbe stato un familiare, no?». Darius, la sua unica progenie, e Jace, suo cugino.

«Ritieni che possa essere vivo?» chiese Darius.

«L'hai visto morire?» ribattei.

Lui restò in silenzio qualche istante, poi rispose: «No».

«Ecco, appunto». Agitai la mano, a indicare che la mia tesi poteva avere un fondo di verità. «Quindi dov'è, ora? E chi lo tiene prigioniero?».

«Pensavo fossimo qui per discutere del fatto che qualcuno sta cercando di incastrarti» osservò Jace con estrema calma. «Come siamo finiti a parlare di Cam?».

«L'ha tirato fuori Darius, quando vi ho chiesto se il passato vi manca». Gli scoccai un'occhiata sospettosa. «Ma è interessante che tu voglia evitare l'argomento».

Calò il silenzio, e con esso tornò la tensione di poco prima.

Ah, quindi mi stava nascondendo qualcos'altro. Qualcosa che riguardava Cam. «Sai dov'è?» gli chiesi, incuriosito.

Le sue narici fremettero, ma per il resto continuava a essere l'immagine della calma.

«Capisco. Non lo sai, ma vuoi saperlo». Osservai sia lui che Darius, e mi accorsi del modo in cui Juliet evitava il loro sguardo. C'era dentro anche lei. «Oh, adesso sì che sono curioso. Mi stai tenendo nascosto qualcosa, Jace».

«Non siamo amici, Kylan. Non siamo nemmeno alleati».

«Ma lo eravamo» gli ricordai.

«Molto tempo fa».

Indicai con un vago gesto della mano tutto ciò che ci circondava. Raelyn, Juliet, le enormi finestre che davano su Kylan City. «È un mondo nuovo, Jace, pieno di nuovi inizi».

«Mi hai invitato qui perché pensavi che stessi cercando di rubarti il territorio» ruggì.

«Cosa che mi hai dimostrato non essere vera. E mi hai fornito anche molte informazioni interessanti». Lanciai un'occhiata alla vergine di sangue, poi guardai Jace negli occhi. «Se io sono riuscito a smascherare il vostro teatrino, quanti altri lo faranno?».

«E quanti crederanno che sei impazzito?» ribatté.

Sbuffai. «Molti, ma possono accusarmi quanto vogliono. So badare a me stesso».

«Idem».

«Ma insieme saremmo imbattibili, e nessuno si aspetterebbe mai un'alleanza tra noi».

Quel commento fece bloccare Jace. Lo vidi rifletterci sopra, con la mascella serrata. Sapeva che avevo ragione. La nostra famigerata rivalità ci dipingeva ai lati opposti del campo da gioco. Nessuno avrebbe mai sospettato una nostra collaborazione. Avrei potuto trarne vantaggio per risolvere il mio problema. E Jace avrebbe potuto fare lo stesso per qualsiasi cosa stesse tramando.

«Quali sono i tuoi termini?» mi chiese lentamente.

«Per cominciare, apprezzerei molto la tua assistenza al mio evento, tra due settimane. Qualcuno potrebbe dirti qualcosa, o dirla nelle tue vicinanze, presupponendo che non condivideresti mai quelle informazioni con me. In cambio, posso offrirti il mio aiuto a nascondere... come dire... le affezioni di Darius?».

Darius inarcò un sopracciglio. «E come proponi di farlo?».

«Nello stesso modo in cui lo sta facendo Jace. Resterete in città per le due settimane precedenti alla festa. Lasceremo che girino voci su *come* avrete passato il vostro tempo qui».

«Ciò non implicherebbe una sorta di collaborazione?».

Sorrisi. «Non se facciamo girare i pettegolezzi in modo appropriato». Qualcosa in cui Judith eccelleva. «Potrei aver preso in simpatia la tua *erosita* e averti proposto uno scambio temporaneo. In quanto tuo anziano, difficilmente potresti rifiutare».

«Ma cosa succederà, in realtà?» insistette lui, accentuando possessivamente la presa attorno alla vita di Juliet.

«Tu e Juliet potete rimanere qui, e io porterò Raelyn nella mia tenuta a nord». Così, avrei avuto il tempo di rimediare al legame che avevo accidentalmente creato. E avrei potuto concedere a Darius e Juliet un momento di solitudine, camuffato come qualcosa di molto più oscuro. Due piccioni con una fava. «Chiunque crederà che abbiamo fatto un accordo, di cui tra l'altro potrai discutere negativamente durante il ricevimento».

«Dovrai fare la parte dell'ospite scontento» tradusse Jace. «Condividere va bene, ma Kylan avrebbe dovuto come minimo rispettare la proprietà di Darius. Alcuni dei segni erano un po' troppo profondi, quasi come se si fosse abbandonato all'ebbrezza del momento».

«Tutti segni della pazzia causata dall'immortalità» aggiunse Darius. «Considerando anche il modo in cui ha massacrato il suo harem, devo ammettere che sono preoccupato».

«La tua preoccupazione è legittima». Jace prese di nuovo il vino, incontrando il mio sguardo. «Ha sicuramente perso la testa».

Ridacchiai e scossi il capo. «Hai praticamente i miei stessi anni».

«Sì, ma me li porto meglio».

Sbuffai. «Il punto chiave è essere realistici, non partire per la tangente».

«Ce la caveremo benissimo» mormorò, facendo roteare il contenuto del suo bicchiere. «Devo restare qui anch'io? Perché sarebbe decisamente meno credibile».

«Avevi degli affari da sbrigare e mi hai lasciato qui per tenere d'occhio Kylan, preoccupato che il suo recente comportamento possa influire sui confini del tuo territorio. Ho accettato e ho usato Juliet come merce di scambio per procurarmi un invito». Darius le baciò il collo, strappandole un sorriso. «La festa sarà la prima occasione che avremo di parlare, da quando te ne sei andato, e di qui la nostra conversazione sulle buffonate di Kylan».

«Geniale» commentò Jace. «Sapevo di averti promosso per un motivo».

Darius sorrise. «Più di uno».

Il loro cameratismo rivelava un'amicizia sincera, che sapevo potesse esistere, ma non avevo visto da più di un secolo. Le infinite formalità a cui Lilith ci costringeva in società avevano sottratto ogni sembianza di umanità ai rapporti, anche ai nostri. Tutto esisteva per mantenere l'ordine, seguire i protocolli e rispettare i più anziani.

Essere al vertice mi permetteva di avere delle opportunità di cui pochi altri potevano godere. Era quello a cui Angelica si riferiva, parlando con Raelyn. Essere un vampiro non era così entusiasmante come gli umani erano portati a credere. Gli immortali più giovani non avevano niente, a meno che il loro reale o il loro alfa non decidesse altrimenti.

«Faremo questa cosa per te» disse Jace, riportando la mia attenzione sulla conversazione. «Se va tutto secondo i piani, allora discuteremo più a fondo la possibilità di un'alleanza».

Un test.

Voleva vedere come si sarebbe svolto il tutto, prima di decidere di fidarsi di me.

«Va bene». Perché anch'io volevo vedere come si sarebbero comportati. Non avevo più dubbi che non fossero loro i colpevoli, ma nel corso della serata avevamo condiviso dei piccoli segreti che avremmo potuto facilmente usare l'uno contro l'altro.

«Allora abbiamo un accordo». Si alzò in piedi.

Feci lo stesso e gli tesi la mano. «Sì».

Zelda entrò in salotto, col capo chinato, proprio mentre ci stringevamo la mano. «La cena è pronta, mio principe» mi informò, rivolgendomi poi un altro inchino e dileguandosi velocemente quanto era apparsa.

«Cena...» ripetei. «Andiamo?».

«Prima, ho un ultimo appunto» mormorò Jace, lasciando andare la mia mano. «Presumo che tu l'abbia già fatto, ma visto che l'attacco è avvenuto all'interno della tua tenuta, dovresti valutare la presenza di complici. Anche nel tuo stesso staff».

«Hai ragione. Ho già indagato su tutti». Mi fidavo implicitamente dei miei dipendenti. E facevo sì che fossero sempre contenti, per assicurarmi la loro fedeltà. «Ma, ovviamente, sono sempre all'erta».

«Non mi aspetterei nulla di meno, è la stessa cosa che farei io». Annuì. «Beh, io sono molto affamato, e presumo lo sia anche Juliet. Non è così, tesoro?». I suoi occhi brillarono mentre la guardava con un sorriso. «Puoi parlare liberamente».

«Sì, in effetti lo sono». Ammise piano.

Darius ridacchiò e le sfiorò il collo col viso, in un gesto intimo e ricolmo di affetto. «Sta imparando a godere delle gioie del cibo».

Lanciai un'occhiata a una Raelyn allibita e le porsi la mano. «Raelyn desidera ancora broccoli e spinaci per la sua colazione serale. Vieni, agnellino. Forse Juliet potrà mostrarti come apprezzare davvero il cibo».

Raelyn mi afferrò la mano, arricciando il naso.

Le alzai il mento con l'indice. «Ora puoi smettere di nasconderti. Jace e Darius non mordono». In ogni caso, non Raelyn. «Vieni fuori a giocare. Mi manchi».

I suoi occhi color ghiaccio mi osservarono. «È mezz'ora che sono seduta accanto a voi».

Le mie labbra si distesero in un sorriso divertito. «Come la mia schiava obbediente, certo. E sono orgoglioso di come ti sei comportata. Ma ora voglio la mia principessa ribelle».

«Un altro giochetto mentale?».

«È solo la verità». Le accarezzai dolcemente i capelli. «Sai cosa desidero».

«Non succederà mai».

«È già iniziato». Le baciai il naso. «E ora abbiamo una settimana insieme, a casa, per consolidare il mio dominio su di te».

I preparativi per la festa erano già ben avviati e non richiedevano un mio diretto coinvolgimento. Tutti i vampiri interessati nella posizione di Tremayne avevano inviato le loro candidature, e il mio incontro con Jace era concluso.

«Non vedo l'ora di passare del tempo con te, Raelyn». *E trovare una soluzione per questo dannato legame.* Era più importante che mantenere intatta la sua verginità. Non potevo permettermi di avere una connessione emotiva con qualcuno. Né ora, né mai.

Mi guardò con un'espressione accigliata. «Una settimana non cambierà nulla».

«Al contrario, tesoro. Una settimana da soli cambierà tutto».

RAE

La cena non andò come mi aspettavo. Si trasformò in una rimpatriata tra vampiri, piena di risate e riferimenti che non capivo. Juliet mi sembrò altrettanto spaesata. Durante il pasto, i suoi occhi scuri cercarono spesso i miei.

Mi sarebbe piaciuto poterle parlare e chiederle della sua relazione con Darius, ma Kylan non vedeva l'ora di andarsene.

Uscì dalla città sfruttando di nuovo la rete di tunnel, eludendo i controlli di sicurezza. Judith lo seguiva con Mikael e parte dello staff. Dall'occhiata che aveva rivolto a Kylan prima di partire, era chiaramente scontenta dell'ennesimo spostamento. Se però lui ne fu in qualche modo turbato, non lo diede a vedere.

La neve avvolgeva il mondo all'esterno dei confini cittadini. Gli splendidi panorami mi facevano battere forte il cuore. In città, erano nascosti dagli edifici e dalle strade pulite di recente, che avevano cancellato quasi ogni traccia del meraviglioso paesaggio invernale.

Kylan mi strinse la coscia. Sentii il suo calore attraverso la seta. «Vuoi andare ancora a esplorare, vero?».

«È così bello» sussurrai, incantata da come la luna illuminava gli alberi spruzzati di neve.

«Preferisci questo ambiente alla città». Non era una domanda, ma un'affermazione.

Ma mi sentii comunque spinta a rispondere. «Sì».

«Anch'io». Guidò in silenzio ancora per qualche minuto. Il rombo del motore era l'unico suono che riecheggiava nella notte. «Abbiamo ancora molte ore prima dell'alba. Cosa ne dici di un'escursione, quando torniamo?».

Lo fissai. «Con voi?». La domanda fuggì prima che potessi ingoiarla. Lo stupore che seguì la sua richiesta era evidente dal tono stridulo della mia voce.

Ridacchiò. «Sì, Raelyn, con me».

Un'escursione. Con Kylan. Non ne avevo mai fatta una, tantomeno nella neve. Abbassai lo sguardo sul mio vestito. «Prima posso cambiarmi?».

La sua risatina si trasformò in una vera e propria risata. Scosse la testa. «Sei adorabile».

«Non è una risposta».

«Hai ragione. Non lo è. Per quanto mi piacerebbe vederti provare, non puoi fare un'escursione con i tacchi, agnellino. Da quello che mi ricordo, riesci a stento a camminare sulla neve con gli stivali».

Corrugai la fronte. «Alla fine ce l'ho fatta».

«È vero». Il suo palmo si allontanò dalla mia gamba, mentre l'auto lasciava la strada principale. «Ci avventureremo tra gli alberi, dove c'è meno neve. Le fronde tendono a proteggere il terreno».

La sua tenuta apparve davanti a noi, incorniciata dalle montagne. Mi tolse il fiato. Non c'era dubbio, preferivo quella vista alla città.

Mentre ci avvicinavamo, il cancello esterno si aprì, permettendoci di entrare. Kylan percorse il sentiero con facilità. Si fermò davanti alla casa, dove due membri del suo staff ci aspettavano per aprirci le porte. Li salutò per nome, porgendo le chiavi a quello più alto.

Nel corso della settimana, mi ero accorta che la maggior parte del personale di Kylan era composto da umani. Judith era uno dei pochi vampiri che lavoravano alle sue dipendenze.

Parcheggiò dietro di lui e uscì dall'auto senza nessuna assistenza. Angelica occupava il sedile del passeggero. Aveva il volto cinereo.

Non doveva essere stato un viaggio piacevole.

«Io e Raelyn andiamo a fare un'escursione» annunciò Kylan, prendendomi per mano. «Sistemati e goditi il resto della serata, Judith».

«Pensate sia saggio, Vostra Altezza?» chiese lei, guardandosi ostentatamente attorno.

«Sono più che capace di badare a me stesso e di proteggere Raelyn, o stai forse suggerendo il contrario?».

Lei si irrigidì. «Certo che no, mio principe».

«Allora cosa stai cercando di insinuare, Judith?». Mi accarezzò la gola, mentre guardava la donna, in attesa di una risposta.

«Che potrebbe non essere sicuro» ammise. «Ma so che siete capace di cavarvela da solo».

«Esatto». Si voltò, trascinandomi con sé. «Buonanotte, Judith».

La risposta di lei, se ce ne fu una, si perse tra i sussurri dell'inverno. Kylan mi condusse nell'atrio, superando altri membri dello staff, e verso la maestosa scalinata. «Bene, agnellino. È ora di infagottarti per affrontare la neve».

Non riuscivo a sentire nulla.

Né il terreno sotto gli stivali.

Né il vento tra i capelli.

Nemmeno la neve sul mio palmo guantato.

E lo odiavo.

Fulminai Kylan con lo sguardo. Aveva addosso solo un paio di jeans e un maglione. I refoli d'aria gelida giocavano tra i suoi capelli scuri. «Tutto questo è ridicolo» borbottai da dietro la sciarpa che mi aveva avvolto attorno alla faccia.

Mi squadrò da capo a piedi, con gli occhi che gli brillavano. «Hai un aspetto adorabile».

Diedi una pacca alla giacca imbottita e sbuffai. O almeno ci provai. Il mio risentimento fu soffocato dallo spesso strato di lana che mi fagocitava la testa.

Kylan mi catturò la mano e mi diede uno strattone, ridendo. «O così, o avresti rischiato di congelare».

«Non credo che sarebbe stato peggio di morire di caldo» brontolai. Almeno le mie gambe riuscivano a muoversi agilmente, con i jeans e gli stivali.

«Ti spoglierò prima che accada» promise, con un tono vagamente sinistro. «Vieni, agnellino. È ora di esplorare».

«Sì, padrone» risposi con tono piatto, facendolo ridere. Avevo imitato la battuta di un film che mi aveva fatto vedere Mikael, in cui la protagonista era una donna terribilmente sarcastica. Esattamente il mio tipo.

«Oh, ti adoro». Mi tirò verso di sé e mi baciò il naso coperto dalla sciarpa. «Adesso cerca di tenere il passo».

Presto ci ritrovammo lungo un sentiero riparato dagli alberi, dove la neve copriva il terreno a chiazze ed era meno profonda. Camminavo dietro a Kylan, ma la mia giacca continuava a impigliarsi nei rami e il percorso si faceva sempre più buio.

Man mano che ci muovevamo, la distanza tra noi

aumentava. Le sue falcate erano molto più efficienti dei miei piccoli passi cauti. L'ennesimo albero mi catturò il braccio, tirandomi indietro. Cercai di divincolarmi, ma mi ritrovai ancora più avviluppata tra i rami.

«Mettiti qualcosa di caldo» borbottai, ripetendo a me stessa le parole di Kylan. Ti proteggerà dagli elementi». Beh, la natura non era d'accordo.

Diedi uno strattone al mio braccio intrappolato con una forza tale che scivolai, finendo per terra.

«Proprio protetta» ansimai, con la schiena e la testa che mi dolevano per l'impatto.

Kylan apparve sopra di me. La notte gli lasciava il viso in ombra, donandogli un'aria sinistra. «Non sei molto aggraziata, Raelyn».

Mi limitai a fissarlo, incapace di rispondere. Cos'avrei potuto dire? Aveva ragione. L'albero aveva vinto.

Mi tese la mano. Mi ci volle qualche istante per metterla abbastanza a fuoco da afferrarla. La mia mente stava ancora protestando per la caduta violenta e improvvisa. Alla fine, riuscii ad accettare il suo aiuto. Mi avvinghiai ai suoi bicipiti per tenermi in equilibrio.

«Posso togliermi qualcosa, per favore?» chiesi, irritata dalla goffaggine a cui mi aveva costretta quell'abbigliamento ridicolo.

Giocherellò con la cerniera della mia giacca. «Non sei abituata ad avere addosso così tanti vestiti, eh?» mi chiese con un sorrisetto.

«Continuo a restare impigliata nei rami».

«È questa la tua scusa?». Iniziò ad abbassare lentamente la cerniera. «In realtà, penso che tu abbia solo voglia che ti spogli». Raggiunse il mio ventre, e la giacca si aprì completamente. «Ho l'impressione che in mia presenza tu preferisca essere nuda».

Un fremito mi corse lungo la schiena, non per il freddo ma per le sue parole. «È solo la giacca» sussurrai.

«Certo, certo». Mi spinse il materiale imbottito giù dalle spalle, facendolo cadere a terra. L'aria fredda si insinuò nella trama del maglione di lana, stuzzicandomi la pelle.

Sospirai di sollievo, abbandonando la fronte sul suo petto. «Oh, molto meglio». Prima mi sembrava di soffocare. La parte superiore del mio corpo non riusciva a sopportare tutto quel peso e quegli strati. «Sono pronta».

«Oh, lo so. Ma non è ancora il momento». Diede uno strattone alla sciarpa e iniziò ad avviarsi, costringendomi a seguirlo. «Niente più scuse, agnellino». Tirò ancora una volta la lana. Spalancai gli occhi.

Aveva trasformato la mia sciarpa in un guinzaglio.

Un dannato guinzaglio.

Come un cane.

E adesso camminava nella foresta, portandomi in giro come fossi il suo animale domestico.

Tentai di liberarmi, ma l'ennesimo strattone mi obbligò a proseguire. «Kylan» ringhiai.

«Sì, animaletto?».

«Non è divertente».

«A me sembra proprio di sì». Un'altra tirata. «Accelera il passo, mio caro agnellino». Superò con un salto un tronco su cui quasi inciampai, ma per qualche miracolo riuscii a imitare i suoi movimenti.

Camminava un po' più piano. Le sue gambe lunghe erano molto più abituate a quell'attività delle mie. Provai inutilmente ad allentare la presa soffocante della lana attorno al collo. Ma sembrava che ogni tentativo non facesse che stringere il nodo.

Perché avevo lasciato che mi vestisse?

Ignorai il paesaggio, che in ogni caso era immerso nel buio, e mi concentrai sul non cadere.

Un bagliore di luce, che splendeva qualche metro più in là, catturò il mio sguardo. La cecità temporanea che ne derivò mi fece inciampare, finendo addosso alla schiena di Kylan. Lui ridacchiò. «Ansiosa, eh?».

«Di uccidervi?» gli chiesi. «Sì». Ma non avrei mai avuto la possibilità di farlo. Purtroppo.

«Oh, quello sì che sarebbe un gioco divertente. Un giorno potremmo provare a sfidarci a scherma. Avevi dei voti piuttosto alti in quello sport». Ricominciò a muoversi, lasciandomi con due sole opzioni: seguirlo o strozzarmi.

Dannato vampiro.

Poteva vedere al buio, il che gli permetteva di camminare liberamente, mentre io ero costretta a fare attenzione a ogni passo. Un'azione incredibilmente difficile da compiere, stando al guinzaglio. Ma a lui non importava.

Gli lanciai uno dei miei guanti, perché non avevo nient'altro a portata di mano. Lui scoppiò a ridere, così gli tirai addosso anche l'altro.

«Te ne pentirai, agnellino».

Certo, certo. Avevo pur sempre le tasche.

La luce iniziò ad aumentare, sostituendo parte della mia furia con la curiosità. Sembrava più luminosa di quella nel giardino della tenuta, come se la luna si riflettesse su una fonte più intensa.

Kylan passò oltre gli ultimi alberi che limitavano la foresta e si voltò, bloccando la mia visuale. Pensavo scherzasse quando mi posò un dito sulle labbra, ma tutto il suo corpo era teso.

Cosa? Mi chiesi. *Cosa c'è?*

Resta immobile, rispose nella mia mente, rischiando di farmi svenire.

La sua mano trovò il mio fianco, reggendomi in piedi.

Le sopracciglia mi schizzarono fin quasi all'attaccatura dei capelli. *Come fate a essere nella mia testa?* I vampiri non avevano poteri telepatici. A meno che i miei libri e i miei professori non avessero trascurato quella parte.

È temporaneo, mi assicurò. *Non muoverti.*

Perché?

Ssh. Mi lasciò andare e si voltò lentamente. Le sue spalle larghe nascondevano qualsiasi cosa ci fosse dietro di lui. «Mi conosci» disse ad alta voce, con un tono profondo, simile a un ringhio.

Aggrottai la fronte. Si aspettava che gli rispondessi?

«Vieni» aggiunse, tendendo il braccio. «Sai chi sono».

Gli fissai la schiena, perplessa. *Cosa...*

Ssh.

Quasi gli ringhiai contro, ma mi bloccai quando qualcosa *effettivamente* ringhiò.

«Oh, è così che va stasera?». Sbuffò. «Me ne vado per qualche settimana e ti dimentichi chi sia il tuo alfa».

La creatura replicò con un ringhio, facendomi venire la pelle d'oca. Afferrai il maglione di Kylan. Aveva lasciato andare la sciarpa, ridandomi la libertà. In quel momento, però, volevo solo essere il più possibile appiccicata a lui.

«È innocua ed è mia» sbottò. «Smettila di ringhiare».

In risposta ricevette un brontolio.

Sulla foresta calò il silenzio. Uno scrosciare d'acqua mi opprimeva le orecchie. Cosa stava succedendo? Un licantropo si era inoltrato nel territorio di Kylan? Era quella la minaccia? Il mostro in agguato?

Qualcosa diede una piccola spinta a Kylan, facendo sbattere la sua gamba sulla mia. Abbassai lo sguardo e vidi una coda bianca avvolgergli la coscia. Conficcai le unghie nel suo maglione di lana, il mio cuore batteva all'impazzata.

Il lupo emise un altro brontolio, strappando una

risatina a Kylan. «Sì, la sua paura è inebriante. Sono d'accordo». Si accucciò, lasciandomi goffamente appesa al suo maglione e quasi facendomi cadere. Dei luminosi occhi gialli incontrarono i miei. Sussultai e indietreggiai, andando a finire contro un albero. Il lupo strofinò il suo gigantesco muso candido sul viso di Kylan e gli leccò la guancia.

«Un licantropo» sussurrai.

«No, questo è un lupo vero e proprio. L'alfa del suo branco». Indicò con il mento la scena che fino a que momento non ero riuscita a scorgere. Un lago ghiacciato che si estendeva in lontananza, incastonato tra le montagne. Sulla riva c'erano svariati lupi, tutti all'erta, tutti con lo sguardo puntato su di noi.

«Dovremmo... dovremmo andare».

«Sciocchezze». Si alzò e accarezzò la testa dell'alfa. «Sono vecchi amici. È solo che ce l'hanno con me perché sono sparito per un po'». Grattò l'orecchio del lupo, guadagnandosi un altro bacio sulla mano. Poi l'animale trottò verso il suo branco, che si rilassò visibilmente. Kylan si voltò verso di me, trovandomi incollata all'albero. Un sorrisetto gli si disegnò sulle labbra. «Mostrare la tua paura ti fa passare per cibo. Sia per loro che per me. Cerca di ricomporti».

«Sono lupi».

«Sì».

«Veri lupi».

«Sì». Piegò la testa di lato. «Hai paura di loro e non di me? Ti posso assicurare che qui il predatore più pericoloso sono io». Si avvicinò e mi afferrò di nuovo la sciarpa. «E ho tutte le intenzioni di divorarti, agnellino».

«Avete dei lupi domestici» sussurrai.

«Non li chiamerei così» rispose, accarezzandomi la guancia. «Quel termine implica un certo livello di obbedienza e sottomissione che a loro manca. Considerali degli amici selvaggi che comprendono il mio lato animalesco».

Fece un altro passo verso di me, sfiorando il mio bacino col suo.

«Questo è uno dei miei posti preferiti, Raelyn» mormorò. La sua bocca era a pochi centimetri dalla mia. «Vengo qui quando ho bisogno di restare da solo a riflettere».

Corrugai la fronte. Perché mi aveva portata lì, se voleva stare da solo? «Ma non siete solo, adesso».

«No, non lo sono». Mi baciò dolcemente, stringendo la presa sulla mia sciarpa. «Volevo condividere questo luogo con te, per ringraziarti di essere stata onesta con me e avermi fatto notare l'ovvietà della mia accusa».

«Mi state ringraziando?».

Sorrise. «Sì, mostrandoti questo posto speciale. È magico, qui. Lascia che ti faccia vedere».

«Io...». Non riuscii a trovare le parole. Voleva ricompensarmi per aver sottolineato l'ovvio? No, per essere stata abbastanza coraggiosa da mettere in dubbio la sua teoria. Perché avevo un cervello e non avevo paura di usarlo. Per essere stata *me stessa*.

Gli piaccio.

È vero, mi sussurrò di rimando, con gli occhi scuri che brillavano. *Vieni a giocare con me, agnellino. Farò sì che ne valga la pena.*

«Come fate a parlarmi nella mente?».

Il divertimento gli illuminò i lineamenti. «Non è stato intenzionale, giuro, e troverò una soluzione. Ma godiamoci il momento finché dura, ti prego».

Okay, avevo visto proprio tutto. «Mi state supplicando».

«Preferisco "sollecitando". E poi, è molto più piacevole che costringerti».

«Voi mi possedete».

«Già».

«Quindi non avete bisogno del mio permesso per fare qualcosa con me».

Inclinò la testa. «Vero, ma magari lo desidero».

«Perché?».

«Perché averti alla mia mercé volontariamente è molto più sexy che esigerlo». Mi mordicchiò il labbro inferiore. «Sei già qui fuori. Lascia che ti mostri la bellezza di questo luogo, e forse i lupi ti lasceranno tornare».

Mi guardai attorno, indugiando sull'ammasso di pellicce bianche in riva al lago, che oziavano senza una preoccupazione al mondo. Molto meglio del ringhiare di prima.

Kylan mi baciò di nuovo. La sua lingua si insinuò tra le mie labbra per un assaggio fin troppo rapido.

«Lascia che ti premi, Raelyn» mormorò. «Ti prometto che ti piacerà».

Il mio sangue si scaldò alla prospettiva sottintesa dalle sue parole. Voleva fare qualcosa di più di una semplice escursione.

Ho tutte le intenzioni di divorarti, agnellino, aveva detto.

Oh...

«Sì» commentò. Stava ancora ascoltando i miei pensieri. «Lo farò finché non mi implorerai di fermarmi». *E probabilmente continuerò anche allora*, aggiunse. Era come se le sue parole mi accarezzassero la mente.

Tremai, stringendo le cosce.

Averlo *dentro* di me, avere i suoi sussurri che mi riecheggiavano nella testa, aumentava la nostra intimità, accentuava le sensazioni che provavo.

Desiderava la mia mente.

Aveva vinto.

Aspettai che la disperazione calasse, che mi inglobasse in un vortice di depressione, ma ero consumata dalla curiosità. Se Kylan era riuscito a entrare nella mia mente, allora forse avrei potuto fare lo stesso con lui. Avrei potuto ribaltare la situazione e batterlo al suo stesso gioco.

«Okay» dissi. Non vedevo l'ora di esplorare quella nuova possibilità. Avere accesso ai ragionamenti di Kylan, scoprire i suoi obiettivi… era un'opportunità imperdibile.

Avrei potuto capirlo, comprendere l'uomo dietro la maschera del reale, al di là della sua passione per i giochi.

Avrei finalmente conosciuto il vero Kylan.

RAE

«Benvenuta nella mia versione del paradiso». Kylan mi condusse lungo il sentiero che portava sulla riva del lago. L'acqua scintillava sotto la luce della luna, che si specchiava anche sugli alberi coperti di neve.

Era un'immagine da togliere il fiato. Non avrei mai pensato di poter ammirare un paesaggio invernale. «È stupendo» sussurrai, girando su me stessa per assorbirne ogni più piccolo particolare.

Il riverbero del chiarore lunare donava all'atmosfera un bagliore ipnotico. Non avevo mai visto nulla di simile, nemmeno nei miei libri.

Qualcosa mi sfiorò la coscia, facendomi bloccare a metà di un passo. Abbassai lo sguardo e trovai un paio di occhi gialli a fissarmi.

«Kylan» boccheggiai. *Kylan!*

La sua risatina si insinuò nei miei pensieri. «Beh, ti sconsiglio di correre, o provocherai il suo istinto da cacciatore». Kylan si rilassò su un tronco vicino al bordo dell'acqua. I suoi occhi scuri scintillavano nella notte.

Un altro colpetto.

Cosa vuole?

«Porgigli la mano» rispose. «Sentirà la mia essenza su di te e si tirerà indietro».

Deglutii. *La mia mano. Va bene.* La allungai lentamente verso quel muso pieno di denti molto affilati e aspettai. Il lupo la annusò e ci si strofinò con forza, finché il mio palmo non finì sulla sua testa.

Kylan ridacchiò. «Bene, adesso vuole che tu gli dia una bella grattata».

«Vuole… vuole che lo accarezzi?». Sfiorai lentamente il pelo dell'animale, sorpresa di trovarlo così soffice. Era… una bella sensazione. «Oh». Trascinai le unghie sulla sua testa, giù fino alla nuca e su di nuovo, ripetendo più volte il movimento, incantata. «È splendido».

«Sì, ma non farti sentire dalla sua compagna». Kylan indicò con il mento un lupo snello che mi osservava con uno sguardo attento. «È molto gelosa».

Il lupo accanto a me si sedette, appoggiandosi alle mie gambe e quasi facendomi cadere sulla neve. Mi spostai appena per restare in equilibrio, continuando a sostenerlo e accarezzarlo.

«Oh, gli piaci» mormorò Kylan con un tono di approvazione. «Sta legittimando la tua presenza con gli altri, mostrando che si fida di te».

«Praticamente non mi conosce».

«I lupi, come la maggior parte dei predatori, fanno affidamento sul loro istinto». Il suo sguardo si fece più intenso. «E a volte lo sai e basta».

«È così che giudicate la maggior parte delle persone? Sulla base della vostra prima impressione?».

«Sempre, ma al tempo stesso non smetto mai di esaminarle». Mi guardò lentamente, attentamente. I suoi occhi assunsero una sfumatura più calda.

Tremai. Nonostante i molti strati di tessuto in cui ero avvolta, mi sentivo nuda. «E cosa vedete quando esaminate me?» gli chiesi. Una domanda che pian piano divenne un sussurro roco. Affondai le dita nella pelliccia del lupo.

«Mmm». Kylan si rilassò, posando le mani sul tronco sotto di lui e stendendo le gambe davanti a sé. «Uno spirito guerriero che bramo di ammansire per il mio personale divertimento, un corpo che desidero avere nel mio letto più di quanto probabilmente dovrei, e una mente ricolma di un'intelligenza che temevo perduta da secoli nella tua specie».

«Vedete tutto questo?» riuscii a mormorare con voce strozzata.

«Sì». Si chinò in avanti. «E nonostante affermi di non avere paura di me, so che, sotto sotto, temi quello che posso farti. E sei terrorizzata che possa piacerti». I suoi occhi catturarono i miei. «Ti posso assicurare che non ti piacerà e basta, Raelyn. Lo amerai».

Deglutii. La mia mano si immobilizzò sulla testa del lupo.

«Sei perfetta per me». Le sue parole mi strisciarono sulla pelle, scaldandomi il sangue. «Possederò ogni parte di te, agnellino. La tua mente, il tuo corpo, la tua anima». La sua promessa trafisse il mio essere, marchiandomi come sua anche mentre protestavo.

E anch'io possederò voi. Quel pensiero sorse spontaneo, provenendo da un qualche posto segreto nelle profondità della mia anima. Se voleva farmi sua, avrei fatto lo stesso con lui.

Sorrise. *Puoi provarci, principessa.*

Seguii la sua provocazione fino alla fonte, perforando la sua psiche. Fu una reazione naturale, una difesa all'essere presa in giro. E trovai la verità in agguato dietro la nebbia. Mi resi conto che non aveva mai avuto un legame di questa natura con nessuno, prima di me.

Mia, sussurrò il predatore davanti a me. *Completalo.*

Cosa sarebbe successo?

Feci un passo verso di lui, avevo bisogno di saperne di più. Di averne di più.

Connessione.

Legame.

Una comprensione approfondita della sua mente.

Non era l'uomo per me, mi avrebbe distrutta. Ma anch'io avrei potuto fare lo stesso con lui. Percepii una nota di panico nel suo essere, un disagio che la sua espressione e le sue parole non mostravano. Non voleva lasciarmi entrare, eppure una parte di lui lo esigeva.

Mi sedetti a cavalcioni su di lui, con le ginocchia posate sul tronco. Il mio corpo si muoveva come controllato da un'energia che non riuscivo ad arginare.

Di più.

Inclinò la testa. I suoi occhi scuri emanavano un inebriante miscuglio di bisogno e sicurezza. Ma sentii la preoccupazione che albergava in lui, il timore che potessimo connetterci completamente. La paura di un legame che mi avrebbe fornito libero accesso alla sua anima.

E, in cambio, avrebbe avuto la mia.

Un vincolo reciproco.

Una promessa.

Le mie labbra sfiorarono le sue. Il mio bisogno di saperne di più aveva sopraffatto ogni ragionamento logico. Volevo essere dentro di lui, *conoscerlo* davvero, intimamente. E quello era il modo di riuscirci.

Gli gettai le braccia al collo e lo strinsi a me, baciandolo appassionatamente. La mia lingua si insinuò nella sua bocca, esplorandone ogni centimetro. Era sempre stato lui a condurre il gioco, a dettare il ritmo, ma in quel momento mi permise di apprendere ciò di cui avevo bisogno.

Rimase immobile, con i muscoli tesi.

Avevo i secondi contati, presto avrebbe ripreso il controllo. Mi rifiutai di sprecarli pensando e mi arresi a sentirlo, memorizzando ogni dettaglio, immergendomi nella sua mascolinità e potenza, nel sapore della sua lingua.

Kylan, ansimai nella sua mente. *Datemi di più.*

Non volevo giocare. Volevo *lui*. Ogni parte di lui.

Mi rispose con un ringhio, basso e profondo. Le sue dita si intrecciarono tra i miei capelli, mentre con l'altra mano afferrò la sciarpa e diede un forte strattone. Gli affondai le unghie nelle braccia, reagendo all'improvviso senso di soffocamento.

«Attenzione, agnellino». La lana si strinse ancora di più attorno al mio collo. Kylan mi leccò il labbro inferiore, guardandomi negli occhi. «Sono io quello che dà gli ordini».

«Sì, mio principe» rantolai, incapace di respirare.

Le sue pupille si dilatarono. «Mmm, mi piace, Raelyn. Sei in mio potere e continui a obbedire». Mi baciò dolcemente. «È eccitante». Un altro bacio. «Inebriante». Ancora. «Rinvigorente». Il nodo della sciarpa si allentò, ma la sua presa sui miei capelli si strinse, tenendomi ferma mentre mi divorava la bocca. Mi sciolsi su di lui. Il mio corpo era suo.

Vi voglio, sussurrai.

Lo so. Diede un nuovo strattone alla lana. «Sei bagnata per me, Raelyn?».

Un gemito mi si strozzò in gola, incapace di passare. Annuii, serrando le cosce attorno alle sue.

«Anche nel bosco, circondata dai lupi» mi sussurrò sulle labbra. «Oh, sei perfetta». Lasciò andare la sciarpa. La sua mano scese sul mio fianco. «E mia».

Kylan prese possesso della mia bocca, rubandomi il respiro e costringendomi a sopravvivere solo grazie al suo. Mi avvinghiai alle sue braccia, reggendomi mentre mi divorava. Mi legava a sé. Mi dominava. Mi adorava.

Mi liberò il collo da ogni impedimento. L'altra mano scivolò sotto il mio maglione, risalendomi l'addome, fino a raggiungere il mio seno nudo. Mi inarcai verso di lui, gemendo sulla sua lingua.

Di più, lo implorai.

Mi torse un capezzolo con un tocco brutale e tipicamente *suo*, esattamente ciò di cui avevo bisogno.

Stanotte sei molto esigente. La sua voce mentale lambì i miei pensieri, suscitandomi un brivido nelle profondità del mio essere. Mi piaceva fin troppo averlo lì. Avrei dovuto rifletterci sopra. Ma dopo. In quel momento le uniche cose importanti erano la sua mano, la sua bocca, la sua erezione che mi premeva tra le cosce.

«Kylan» mi tolsi il maglione, sentendomi viva e sfrontata. E fin troppo calda, nonostante l'aria gelida.

«Dannazione, Raelyn» sibilò. La sua bocca scese sul mio collo e ancora più in basso. Mi afferrò il sedere, sollevandomi e facendomi appoggiare sulle ginocchia, in modo da avere un migliore accesso al mio seno.

Adoravo avere la sua bocca su di me, la sua lingua che mi sferzava la pelle, il suo respiro che mi riscaldava l'anima. Ogni carezza era un marchio, ogni ferita inflitta dai suoi denti un promemoria del suo possesso, del suo diritto.

Spostò la mano sul davanti dei miei jeans e li sbottonò. Affondai le dita tra i suoi capelli, aggrappandomi a lui, reclamando di più, bramando il suo morso.

Mi sfiorò i capezzoli con i denti. Giocò con il mio piacere, provocandomi, facendomi venire la pelle d'oca. Poi si scostò. «Alzati in piedi».

Obbedii. Mi tremavano le gambe.

I miei stivali sparirono.

Poi i miei pantaloni.

Rimasi nuda sulla neve, eppure non avevo freddo. Ardevo per lui, e il suo stesso sguardo mi incendiava la pelle. Si tolse il maglione e lo stese sul terreno accanto al mio, poi si alzò. «Toglimi i jeans».

Mi leccai le labbra. Gli sbottonai i pantaloni con dita tremanti. Mi afferrò i polsi.

«Inginocchiati, Raelyn». Il comando vibrò lungo la mia spina dorsale, vorticando tra le mie gambe.

«Sì, mio principe». Mi abbassai sul terreno. Il suo maglione proteggeva le mie ginocchia e le mie gambe dalla neve.

Mi lasciò andare i polsi. «Continua».

Gli abbassai i pantaloni, liberando la sua enorme erezione ed esponendo le sue cosce muscolose. Il suo sguardo brillava. Aveva la punta umida di eccitazione, una visione che mi incitò a proseguire. Mi sporsi in avanti, ogni mio movimento era spinto dal desiderio. Lo presi in bocca, iniziando subito a succhiare.

Le sue dita si infilarono tra i miei capelli, tenendomi ferma. Il suo ringhio riecheggiò nella notte. Diedi uno strattone ai jeans, tirandoglieli fino alle caviglie. Li scalciò via, insieme alle scarpe.

«Guardami» mi ordinò. La sua voce era bassa e minacciosa.

Cercai i suoi occhi. Lo spinse più in profondità.

«Ti ho detto di succhiarmelo?».

Cercai di scuotere il capo, ma non ci riuscii. *No.*

Questo è barare, Raelyn. Usa la voce.

«No» biascicai. Il suo sesso mi rendeva quasi impossibile parlare.

«Prova di nuovo».

Lo feci, ma la mia risposta uscì altrettanto confusa.

Sospirò. «Adesso sono costretto a darti una lezione».

Per tutta risposta, lo fulminai con lo sguardo e lo presi

ancora più a fondo. *Non potete punirmi perché faccio qualcosa che vi piace, Kylan.*

Le sue labbra fremettero. «Ribelle anche in ginocchio».

Come a riprova di ciò che aveva detto, gli diedi una forte succhiata e gli conficcai le unghie nelle cosce.

«Oh!» gemette. Le sue dita mi attanagliarono i capelli.

Ripetei l'azione.

Con un altro gemito, mi allontanò da lui, facendomi stendere su quel letto improvvisato di abiti e neve.

Si sistemò tra le mie cosce, con la bocca a pochi centimetri dal mio clitoride. «Tesoro, hai proprio bisogno che ti ricordi chi è al comando». La sua lingua stuzzicò il mio bocciolo già gonfio di desiderio, spingendomi a inarcarmi verso di lui. «Mmm, mi piacerà fin troppo».

«Ky...» la mia voce svanì in un grido. Il suo morso mi sconvolse.

Non riuscivo a muovermi. Non riuscivo a pensare. Potevo solo sentire e subire.

E... oh, Dea, se era bello subirlo.

Sensazioni mai provate mi attraversarono il corpo, spezzandomi in due, frantumando la mia capacità di respirare. Faceva così meravigliosamente male. La mia visione si oscurò, poi si schiarì. Un vortice di stelle mi danzò attorno al viso, in una nuvola di estasi che potevo assaporare sulla lingua. E che mi incendiò le vene. Il mio sangue si precipitò verso la sua bocca, mentre Kylan sostituiva la mia essenza con pura euforia.

La gola mi doleva per aver invocato... urlato... il suo nome.

Il tempo si fermò.

Poi ripartì.

Poi si fermò di nuovo.

Mia. La sua voce mi rimbombava nella mente, penetrandomi nell'anima.

Vostra, concordai, incapace di elaborare, né di ricordare, perché non volessi accettarlo. Ma avrei accettato qualsiasi cosa, pur di mettere fine a quella beata agonia che mi distruggeva il corpo. *È troppo.*

Lo accetterai, Raelyn. Il suo ringhio vibrò in ogni anfratto del mio essere. Il suo dominio su di me era completo. Non potevo combatterlo. Non volevo nemmeno farlo.

Sì, sussurrai. *Qualsiasi cosa.*

Tutto, rispose, e la sua mente oscura sbocciò nella mia. Una miriade di segreti, avvolti in complicate ragnatele di ragionamenti, che aveva definito nel corso di migliaia di anni.

Antico, potente, complesso.

Cercai di farmi strada all'interno di quel labirinto, solo per essere bloccata da un muro.

«Kylan» boccheggiai. Implorai. Bramai. Mi contorsi sotto di lui. Il mio orgasmo era una resa infinita.

Le sue dita erano *là*, la sua gola continuava a ingoiare, il mio corpo stava scivolando in uno strano, gelido stato.

Mi stava prosciugando?

La neve iniziò a cadere attorno a noi. O erano stelle? Non riuscivo a distinguerle.

Un'altra ondata mi travolse, facendomi tremare le membra e costringendo la mia schiena a inarcarsi. La mano di Kylan, posata sul mio ventre, mi bloccò. Il suo tocco mi stava letteralmente tenendo a terra, mentre la mia anima minacciava di volare via.

Non ce la faccio più…

Invece sì, rispose lui.

Un singhiozzo mi sfuggì dalle labbra, bramoso e devastato. *Mi state distruggendo.*

Ti sto possedendo, puntualizzò.

Voglio possedervi anch'io. E l'avrei fatto. In ogni modo.

Non poteva prendere così tanto da me senza darmi qualcosa in cambio. *Vi prego, Kylan. Vi imploro.*

Ringhiò, liberandomi dal suo morso. «Questo legame mi ucciderà».

Legame?

«Sì». Mi leccò un'ultima volta il clitoride, provocandomi un'ondata di piacere. Mi stava guarendo? Oh, non mi importava. Lo volevo e basta. Volevo conoscerlo come aveva fatto lui con me. Volevo stare con lui.

«Ho bisogno di voi» sussurrai. Il gelo iniziò a scorrermi nelle vene, senza più il suo morso. O forse quello ne era la causa.

«Lo so» mormorò, salendo sopra di me. «Sono qui, Raelyn».

La sua bocca catturò la mia. Il mio piacere, mescolato al suo sangue, mi deliziò i sensi. Fremetti sotto di lui, sopraffatta, esausta, e ancora una volta eccitata.

Kylan aveva minacciato di distruggermi.

Finalmente, avevo capito cosa intendeva.

Perché ero completamente stregata, pronta a fare qualsiasi cosa desiderasse, solo per poterne avere un altro assaggio.

Il suo sesso sfiorò il mio umido calore. *Sì...* Non che avesse bisogno del mio consenso. Era già dato, acquisito, posseduto.

«Dimmi che sei mia» sussurrarono le sue labbra sulle mie. «Dimmi che lo vuoi».

«È *voi* che voglio» replicai, avvolgendogli le gambe attorno alla vita. Tremavano dal freddo, ma non mi importava. «Sono vostra, Kylan». *E voi siete mio.*

Sospirò. La sua lingua affondò nella mia bocca, riempiendola della sua essenza. Ogni volta che deglutivo, la gola mi bruciava nel più sublime dei modi.

Le sue mani mi afferrarono i fianchi, tenendomi ferma. «Sei così bagnata». Sembrava quasi angosciato, la sua voce si ruppe. «Cazzo, Raelyn. Non posso. Non dovrei. Ma non riesco a fermarmi».

«Cosa...».

Un dolore inaspettato mi fece ammutolire. Gli afferrai le braccia. Il mio corpo si era immobilizzato sotto il suo.

È dentro di me, mi resi conto. E faceva *male*.

«Non riesco a ricordare l'ultima volta che ho desiderato così tanto qualcuno». La sua confessione si infranse sulle mie labbra. «Non può continuare».

Mi accigliai. Le sue parole non avevano alcun senso. «Non...».

«Ssh...». Mi baciò di nuovo, con più tenerezza. «Concentrati sulle sensazioni, Raelyn. Concentrati su di me. Sul mio cazzo dentro di te, che ti allarga, ti riempie, ti possiede».

Le sue parole mi scaldarono in un modo nuovo, accendendo una fiamma nel mio basso ventre. Si mosse, facendomi trasalire. Mi aspettavo altro dolore. Ma non arrivò, solo un piccolo brivido che mi fece formicolare le gambe. Ripeté l'azione, con un po' più forza, e il mio corpo sussultò in risposta.

Gemetti. Il fuoco aumentava, riscaldandomi dentro e fuori.

Una nuova spinta, più violenta, fece sì che le mie unghie gli graffiassero la schiena. La mia mascella minacciò di serrarsi attorno alla sua lingua.

«Mmm, così» mi incoraggiò. «Aggrappati a me, principessa. Godi, urla. Voglio che ti sentano tutti. Voglio che tutti sappiano chi ti sta scopando. A chi appartieni».

Aprii la bocca per protestare, per esigere la stessa cosa da lui, ma le mie parole sfumarono in un susseguirsi di ansimi, nel momento in cui iniziò a muoversi sul serio. Prima era stato delicato, mi aveva abituata poco a poco.

Ma era giunto il momento che il predatore uscisse allo scoperto, a reclamare il suo premio. A dominarmi. A rovinarmi per qualsiasi altro uomo.

«Kylan» gemetti. Un inferno divampava in me, consumandomi dalla testa ai piedi. Mi aveva già portata a livelli indicibili di beatitudine. Non poteva essercene di più. Non sarei sopravvissuta a un'altra dose, men che meno a una più forte.

Ma non si fermò.

Il suo sesso mi colpì in profondità, premendo su una parte di me che mi paralizzò dal piacere.

Ero schiava dei suoi movimenti, persa nella sua volontà.

«Oh, è così bello» ringhiò, con la bocca sul mio collo. «Stai abbracciando il mio cazzo, mi stai possedendo col tuo corpo». I suoi denti si conficcarono nella mia pelle, instillando l'estasi nel mio flusso sanguigno e gettandomi a vorticare nell'oblio.

Di nuovo.

Nessun avvertimento.

Solo distruzione.

E il mio corpo cedette.

Mi fece quasi male.

«Cazzo, Raelyn». L'imprecazione gutturale, che soffocò sulla mia gola, suonò quasi agonizzante.

L'energia vibrava tra noi. Le sue spalle e le sue braccia si contrassero. Il mio nome cadde dalle sue labbra ancora una volta, l'invocazione così angosciosamente bella da farmi venire le lacrime agli occhi.

Il suo orgasmo si riversò in me, facendomi toccare le stelle con lui. Fu come se la mia mente si separasse dal corpo, raggiungendo la volta celeste. Non avevo mai provato nulla di simile. Quell'elettricità che scorreva tra di noi, che ci legava, che mi spingeva in un piano dell'esistenza che non avrei mai creduto possibile. Con Kylan al mio fianco.

Una tale bellezza.

Una tale intensità.

Un tale tormento.

…non è il modo…

…spezzalo…

Non posso essere legato a lei!

Non così.

È troppo.

Devo mettervi fine.

C'è solo un modo…

Nel mio cuore apparve di colpo la visione di Kylan che mi dava a un altro. Per essere scopata. Perché si nutrisse di me. Per essere *usata*.

Non hai scelta, la sua voce si diffuse tra i miei pensieri.

Mi aggrappai con più forza, cercando di capire. Altre parole, canti solenni, *erosita*, il legame tra una vergine umana e un vampiro, la connessione delle nostre menti, dei nostri corpi, delle nostre anime.

Kylan mi aveva legata a lui con un'antica cerimonia destinata a coloro che desideravano stare eternamente insieme.

E voleva cancellare tutto.

Altre visioni, i suoi piani, i suoi obblighi. Mi colpirono al petto tutti insieme, flagellando il mio cuore e la mia anima.

Un errore. Quelle parole bruciavano. *Non avevo intenzione di farlo.*

Altri pensieri, i suoi pensieri, mi riempirono la testa. Alcuni vecchi. Altri nuovi. Tutti raccolti in un'unica verità.

Devo eliminare l'ossessione.

Non appena l'avrò fatto, andrà tutto bene.

Tornerà tutto alla normalità.

Bene.

Sì.

Devo solo condividere...

Strappai la bocca dalla sua. Non mi ero nemmeno resa conto che ci stessimo baciando. I miei occhi scintillavano di lacrime. «Avete intenzione di darmi a un altro reale?». Avevo la voce roca per tutte le grida, il dolore, il piacere, l'estasi che avevamo appena condiviso. E che per lui non rappresentavano altro che un mezzo per un fine.

Mi fissò. Nei suoi occhi c'era un miscuglio di agonia e sgomento. «Raelyn...».

«Questo era tutto... tutto...». Non riuscii a pensare alla parola corretta. Il mio cuore si stava frantumando in un milione di pezzi.

Non dovevo innamorarmi di lui.

Non mi sarebbe nemmeno dovuto piacere.

La mia mente. Il mio cuore. La mia anima.

Quand'era riuscito a insinuarvisi? Come?

Le mie mani si strinsero a pugno, le unghie mi scavavano nei palmi.

Cazzo, quant'ero ridicola? Avevo lasciato che la speranza si impossessasse di me. Per un attimo, avevo creduto che ci potesse essere qualcosa di speciale tra di noi. Un legame unico. Una relazione. Una connessione. Qualcosa.

L'aveva chiamato un errore.

Un'ossessione da eliminare.

Il mio cuore.

Ecco cos'aveva distrutto.

Oh, come mi ero sbagliata. Non aveva mai desiderato fare a pezzi il mio corpo, ma la parte più fondamentale di me. Il mio spirito.

Unirci in un modo così appassionato, mostrarmi la sua mente, prendere il controllo della mia... per poi troncare tutto con un ordine. Scopare qualcun altro.

Ma tu sei la mia consorte, è quella la tua funzione: scopare chiunque ti dica di scopare.

Un singhiozzo mi si strozzò in gola. La mia anima stava avvizzendo dentro di me. «Era tutto un gioco» sussurrai. «Uno stratagemma mentale per farmi abbassare la guardia».

Non gli era mai importato di me.

Era solo un vampiro che giocava con il suo nuovo animaletto.

E gli ci era voluto solo poco più di una settimana per spezzarmi.

«Raelyn». Mi mise una mano sulla guancia, ma distolsi lo sguardo.

«Basta, Kylan» lo implorai. «Basta». Non aveva senso. Non più. «Avete vinto». Le parole mi uscirono in un sussurro, la mia voglia di lottare era sparita. Annientata.

Aveva detto che mi avrebbe posseduta.

E io avevo ingenuamente pensato, sperato, che avrei potuto fare lo stesso con lui.

Che stupida.

Nel mio mondo, non c'era alcun lieto fine.

Solo dolore e sofferenza.

E Kylan mi aveva appena inflitto la peggiore delle punizioni.

Una vita senz'anima, a servirlo per sempre.

Chiusi gli occhi. «Lasciatemi qui a morire».

KYLAN

Senza parole.

Raelyn mi aveva lasciato di sasso, incapace di comprendere come un momento così bello potesse sgretolarsi in modo così catastrofico.

Non mi ero aspettato che fosse in grado di entrare così facilmente nella mia mente, che potesse vedere il mio reale intento. Ma la mia frustrazione per la nostra situazione era in cima ai miei pensieri.

Per infrangere il legame, avrei dovuto condividerla.

Ma non volevo farlo.

Nutrivo un rinnovato rispetto per Darius e la sua messinscena con Jace, perché anche solo l'idea di permettere a qualcuno di toccare Raelyn mi faceva venire voglia di commettere un omicidio. Era una debolezza che non potevo concedermi, e che sapevo sarebbe svanita se avessi lasciato che qualcun altro ci andasse a letto.

Un ringhio mi si strozzò in gola. Pensare a quel piano mi dilaniava.

Non posso lasciare che mi consumi.

Ero più forte di così.

Raelyn giaceva completamente immobile. I suoi occhi assunsero un'espressione priva di vita, che quasi distrusse la mia determinazione. Avrebbe superato tutto. Doveva farlo. La mia guerriera sarebbe tornata. Aveva solo bisogno di spazio, per capire che quella era la soluzione migliore. Le sue emozioni erano vincolate quanto le mie. Tutta colpa del legame.

Mi alzai in piedi, accorgendomi di come i suoi arti stessero perdendo colore. Il sesso nella neve non era l'ideale per un mortale, ma visto che in quel momento la mia immortalità scorreva nelle sue vene, si sarebbe ripresa in fretta.

L'immortalità che ho intenzione di sottrarle.

Perché è l'unica soluzione.

Mi passai le dita tra i capelli, irritato dalla mia stessa incertezza. Prendere decisioni era sempre stato facile. Lo facevo ogni giorno. Rapidamente, e in modo efficiente. Quella donna, Raelyn, aveva cambiato tutto.

No, era stato il legame a farlo.

Fottuta cerimonia.

Come avevo fatto a non rendermi conto di cosa stesse succedendo? Non avevo mai dato il mio sangue alle mie consorti. Solo a Mikael, e solo perché ne aveva bisogno per guarire quando lo prosciugavo.

Mi sfregai la mascella, osservando Raelyn. Era stesa a terra, inerte, l'unico accenno di vita una lacrima che le rigava la guancia.

Sospirai. Odiavo averla ferita. «Non era mia intenzione. È successo e basta». Forse la scusa più idiota della storia. E poi, perché mi stavo giustificando con lei? Non era mia pari. Era solo un'umana. Una *consorte* con cui mi ero divertito un po' troppo.

Qualche giorno separati avrebbe risolto tutto quanto.

Le avrei dato un po' di tempo per riprendersi, poi avrei trovato un candidato appropriato per spezzare il legame. Strinsi i denti al solo pensiero, ma non c'era altra scelta.

«Dobbiamo tornare dentro» le dissi, scrutando l'orizzonte. Eravamo rimasti fuori molto più a lungo del previsto.

Quella femmina era dannosa per la mia routine. E per il mio buon senso.

«Raelyn».

Nessuna risposta. Nemmeno una smorfia.

Quindi era così che sarebbe andata.

Mi avvolsi una mano attorno alla nuca. «Vuoi che ti costringa a seguirmi dentro?».

Fate ciò che volete, rispose. La sua voce mentale aveva un tono solenne. *Sono vostra.*

Le due parole mi colpirono dritto al cuore. Mi era piaciuto sentirle, prima, ma in quel momento suonavano spente e rovinate, come se stesse accettando l'inevitabile, e non promettendosi a me per l'eternità.

Aveva un aspetto violato, nuda e a gambe aperte su una coperta di abiti, con lo sguardo assente.

Odiavo vederla così. Odiavo sapere di essere stato *io* a renderla così.

«È il legame» le dissi dolcemente. «Una volta infranto, capirai». Saremmo stati liberi da quel complicato intreccio, capaci di sentirci di nuovo normali.

Non disse nulla. La sua espressione era priva di emozioni, tranne quell'unica lacrima congelata sulla sua guancia. Come una bambola macabra, danneggiata per sempre.

No. Si sarebbe ripresa.

La avvolsi nei vestiti e la presi tra le braccia. Il minimo che potessi fare era riportarla in casa. Lasciai le scarpe, le avrei recuperate più tardi. Mi materializzai davanti alla porta sul retro. Molto più veloce che camminare attraverso la foresta. Se Raelyn ne fu in qualche modo infastidita o turbata, non lo diede a vedere. Aveva gli occhi chiusi, come se dormisse.

Rimase in quello stato anche quando entrai nella nostra stanza. La stesi sul letto. Il suo respiro mi sembrava sempre più rallentato. «Hai bisogno di qualcosa?» le chiesi piano. «Acqua? Cibo?».

Raelyn si rannicchiò in posizione fetale, senza dire nulla.

Il trattamento del silenzio quasi mi spinse a entrarle nella mente, ma mi trattenni. Si meritava un po' di pace, dopo l'inferno in cui l'avevo accidentalmente trascinata.

Ma... dannazione, non potevo lasciarla così.

Come aveva fatto a diventare tutto così complicato? Raelyn doveva essere un diversivo, un divertimento passeggero nella mia lunghissima esistenza. Eppure, si era trasformata in qualcosa di molto più importante.

Le scostai una ciocca umida dal viso. Il suo sguardo spento era fisso sul vetro della finestra.

Saremmo rimasti nella tenuta ancora per qualche giorno, a cercare di rilassarci. Poi avremmo trovato qualcuno di adatto per aiutarci a risolvere la situazione. Non poteva essere Mikael. Non mi fidavo di me stesso, avrei potuto ucciderlo. No, avevo bisogno di un vampiro, che fosse abbastanza forte da riuscire a difendersi.

La mia mano si chiuse a pugno. *Oppure, potrei tenerla.*

No.

Non era un'opzione praticabile. Lei era un rischio, una debolezza, che non potevo permettermi. E c'erano troppe persone che l'avrebbero usata contro di me. La società considerava la cerimonia un tabù, ma solo a causa dell'invidia che suscitava. Un'*erosita* era una rarità, nessun reale ne aveva mai avuta una. Beh, tranne Cam, ma lui aveva ucciso la sua prima che la Dea lo prendesse in custodia.

Mi massaggiai il collo. Ero esausto.

Non avrebbe dovuto essere così difficile.

Raelyn sbatté le palpebre. Aveva uno sguardo vacuo. Meglio che riposasse un po'. Avremmo potuto parlarne ulteriormente più tardi. Le tolsi di dosso i vestiti che avevo usato per ripararla dal freddo e la misi sotto le coperte. Non si oppose, ma nemmeno collaborò. Era come maneggiare un cadavere.

«Raelyn» sussurrai, angosciato. «Mi dispiace». Non sapevo esattamente per cosa mi stessi scusando. Forse per il legame inaspettato, o per averle lasciato involontariamente accesso alla mia mente. O anche per aver preso la sua innocenza in modo così brutale. O, più probabilmente, per tutte quelle ragioni messe insieme.

Scossi il capo.

«Dormi» le dissi, anche se dubitavo mi stesse ascoltando.

Mi infilai sotto le lenzuola accanto a lei. Desideravo stringerla, ma sapevo che aveva bisogno di spazio.

Forse in serata sarebbe tornata a essere se stessa.

———

Ma non fu così.

E nemmeno il giorno dopo.

Si mosse a malapena dal letto. Zelda dovette portarle il cibo, e solo perché glielo ordinai io. E anche allora Raelyn mangiò solo un paio di bocconi, per poi stendersi di nuovo. Quando provai a parlarle, mi ignorò.

Inizialmente ne fui turbato.

Ma presto la mia apprensione si tramutò in fastidio.

Mi mancava la mia guerriera, il che non faceva che

irritarmi ancora di più. Scoparla avrebbe dovuto annientare quell'ossessione, ma in realtà la desideravo ancora di più. Tutto per colpa di quel maledetto legame.

Ogni vampiro che avevo preso in considerazione per aiutarmi a spezzarlo fu immediatamente scartato. O mi piaceva troppo per rischiare la sua vita, o lo odiavo troppo per lasciarlo avvicinare a qualcosa di così prezioso.

«Dannazione» ruggii, trascinandomi le dita tra i capelli. Non riuscivo nemmeno a concentrarmi sul lavoro da sbrigare. Messaggi dei miei sudditi a cui rispondere. C'era chi chiedeva denaro, chi più terra. Altri desideravano una promozione.

E poi c'era la pila di candidature per la posizione di Tremayne.

Era per quello che i reali avevano dei sovrani. Di solito, non mi dispiaceva occuparmi di quelle incombenze, preferendole di gran lunga al modo in cui i miei pari passavano il tempo. Ma non riuscivo a smettere di pensare a una certa rossa stesa sul mio letto.

Qualcuno bussò alla porta. Una flebile speranza mi sbocciò nel petto, ma si infranse quando a fare capolino fu Angelica.

«Mio principe» mi salutò, inchinandosi leggermente.

Giusto. L'avevo convocata io. «Ho un compito per te».

Entrò nell'ufficio con un'espressione incuriosita. «Sì, mio principe?».

«Ho bisogno che porti fuori Raelyn. Cerca di farla muovere un po'». Mi era sembrato che andassero d'accordo, a Kylan City. Forse Raelyn si sarebbe confidata con lei, o perlomeno le avrebbe fatto piacere un po' di compagnia femminile.

«C… certo» rispose Angelica, dubbiosa.

«Non si sente bene, ma adora la neve». Sorrisi al

ricordo del suo stupore davanti alle finestre, il primo giorno nella tenuta, e del suo piccolo giro sul balcone. «E assicurati che si vesta bene».

Angelica annuì, vagamente corrucciata. «Lo farò».

«E cerca di farle mangiare qualcosa che non siano sempre broccoli e pollo alla piastra». Non vedevo l'ora di farle conoscere il cioccolato, ma non era ancora arrivato il momento. «Oh, e magari dopo falle vedere qualcosa di divertente». Le diedi un po' di titoli che sapevo far parte della mia raccolta di vecchi film.

«Ehm… sì, cercherò di capire come» disse lentamente. Giusto. Essendo diventata una vampira da poco, non aveva alcuna familiarità con i vecchi sistemi di intrattenimento. Gli unici programmi che passavano in televisione, ormai, erano quelli approvati da Lilith, e qualche film girato dai licantropi.

«Mikael ti spiegherà come fare». Era sveglio, ma ancora non stava bene. E neppure lui mi rivolgeva la parola. In serata l'avevo incrociato. Mi aveva lanciato un'occhiata furibonda ed era tornato in camera sua. Sembrava che tutti gli umani della casa mi odiassero. Persino Zelda faceva la sostenuta.

«Okay». L'espressione sconcertata di Angelica mi avrebbe strappato una risata, se non fosse stata così accurata. «C'è altro, Vostra Altezza?».

«Sì. Tienila d'occhio» ordinai con un po' più impeto del necessario.

Lei deglutì. «Capisco».

«Bene. È tutto».

«Mio principe». Si inchinò e uscì dalla stanza.

Esalai un sospiro. Non sapevo se avrebbe funzionato, ma ci speravo. Altrimenti, avrei dovuto entrare nella coscienza di Raelyn per trovare una soluzione. Quando le avevo detto che volevo la sua mente, non intendevo così. Volevo la sua fiducia, che mi ero chiaramente giocato. E se avessi penetrato nella sottile barriera che ci separava per leggerle dentro, avrei causato ancora più danni.

Perché ci stavo ancora riflettendo sopra? Non mi era mai importato cosa pensassero gli altri. Se non si fidava di me, l'avrei costretta a farlo. Era così che agivo. E se si fosse rifiutata, avrei usato un altro metodo.

Eppure, non ci riuscivo. Era come se la mia anima si rifiutasse, terrorizzata di ferirla ancora di più.

«Questo maledetto legame mi ucciderà» ringhiai. Avevo completato la cerimonia solo perché volevo essere il primo a prendere Raelyn, sapendo bene che poi avrei dovuto condividerla.

Eppure, non riuscivo nemmeno a concepire l'idea che un altro la toccasse.

Mi alzai in piedi.

D'accordo.

Era ora di seguire il mio stesso consiglio e uscire di casa. Prendere a pugni qualcosa. Fare la lotta con i lupi. Qualsiasi cosa che mi facesse smettere di pensare alla mia situazione con Raelyn.

Mi stava facendo impazzire.

O forse avevo già raggiunto da tempo quella fase della mia vita immortale.

Mi tolsi la giacca e la camicia.

Una corsa.

Sì.

Era esattamente ciò che mi serviva.

E una bella scopata.

Con Raelyn.

Sospirai. Certo, come se fosse potuto succedere a breve. Adoravo sedurre una donna, ma quel compito, al momento, sembrava impossibile.

Datti una regolata, mi intimai.

Avevo più di cinquemila anni e un'umana di ventidue era riuscita a mettermi in ginocchio. Ridicolo.

Forse sto davvero impazzendo.

RAE

Quella sera, il candido manto di neve che copriva il balcone era diventato ancora più alto. L'avevo visto aumentare costantemente, nelle ultime due notti. Le montagne in lontananza erano il mio unico conforto.

Mi sembrava di essere morta.

Insensibile a qualsiasi cosa.

Ero stata una stupida a cadere in quel modo nella trappola di un vampiro.

Continuavo ad attendere l'inevitabile, che un maschio scelto da Kylan venisse a *risolvere* il problema. A spezzare il legame che lui non aveva mai voluto creare.

L'accesso alla sua mente mi era proibito. Non che volessi avventurarmi di nuovo in quel pozzo di crudeltà. Quello che avevo visto mi sarebbe bastato per una vita intera.

Mi aveva scopata solo per poter essere il primo. Il suo scopo era liberarsi di me il prima possibile e passarmi a qualcun altro.

Lo odiavo.

Odiavo me stessa.

Odiavo quella vita.

Ma soprattutto odiavo non essere in grado di fare qualcosa al riguardo. Mi sentivo persa, sola, senza speranza. Come se un gorgo nero come la pece mi stesse consumando e non volesse più lasciarmi andare.

Silas sarebbe stato deluso dal mio atteggiamento. E anche Willow.

Come state?, mi chiesi, col cuore infranto. *Dove siete?*

Silas era ancora vivo?

Willow stava peggio di me?

Rabbrividii. Conoscevo la verità. Certo che stava peggio di me. Kylan mi avrebbe condivisa, ma ero di sua esclusiva proprietà. Willow, invece…

Un singhiozzo mi si strozzò in gola. Una parte oscura di me avrebbe preferito il suo destino al mio. Il sesso era un qualcosa che potevo gestire. Ma Kylan non aveva giocato solo col mio corpo.

Corrugai la fronte, la furia iniziò a ribollire dentro di me. Ma poi, un'ondata di silenzio.

Cos'avrei potuto fare? Urlargli addosso? Ne sarebbe solo rimasto colpito. Voleva distruggermi. Ci era riuscito. Fine.

Mi premetti le mani sul viso. Un gemito mi sfuggì dalle labbra. Gli stessi pensieri e le stesse impressioni continuavano a turbinarmi nella testa, spingendomi sempre più a fondo, in un luogo che odiavo.

Un abisso oscuro con artigli d'inchiostro che laceravano la mia anima pezzo per pezzo.

Il mio futuro.

Il mio destino.

Il mio nuovo mondo.

Ma era un mondo in cui non volevo esistere. Volevo vivere, respirare, vedere il cielo, volare. *Per andare dove?* Quasi mi misi a ridere. Il tono sprezzante somigliava fin troppo a quello di Kylan.

Vi odio, gli ringhiai contro.

Un urlo iniziò a crescermi nel petto, esigendo di essere

liberato. Ma il destinatario della mia ira non era lì. E, se anche ci fosse stato, si sarebbe messo a ridere.

Oh, ma forse un paio di secondi di shock sarebbero valsi la pena di essere sbeffeggiata.

Mi misi a sedere.

Dove siete?, gli chiesi.

Niente.

Il passaggio tra le nostre menti era bloccato.

Certo che voleva tenermi fuori. Probabilmente stava lavorando a una lista di persone da cui farmi scopare.

Mi lasciai cadere all'indietro, fissando il soffitto con uno sguardo omicida. *Bastardo*.

Mi aveva usata. Che poi era esattamente la mia funzione. Ma, per un attimo, avevo sperato…

Rotolai su un fianco, rifiutandomi di continuare in quella direzione. Era pericolosa. Portava solo ad altro dolore.

«Raelyn?» chiamò una voce femminile. Seguì un bussare delicato.

Chiusi automaticamente gli occhi. Il desiderio di essere lasciata in pace per sempre prevalse sul rispondere alla vampira. Perché avrei dovuto preoccuparmi del protocollo? Avrei preferito morire, che restare intrappolata in quel posto.

I miei stessi pensieri mi fecero trasalire. Non era completamente vero. C'erano dei motivi per cui valeva la pena vivere. Dovevo solo trovarli.

«Raelyn?». Angelica si avvicinò al letto. «So che sei sveglia. Mi è stato ordinato di portarti fuori».

Iniziai a ridere, ma ne uscì un suono strozzato e vagamente folle. Ebbi l'impulso di abbaiare, accentuando così quello strano rumore che mi sfuggiva dalle labbra.

Portarmi fuori.

Come un cane.

Vi odio con tutta me stessa, Kylan, gli dissi.

Ancora nessuna risposta.

Era ovvio che non mi rispondesse. Non voleva nemmeno riconoscere quel legame che mi aveva imposto. Visto che era riuscito a scoparmi, non gli restava che distruggerlo. Il divertimento era finito. Ormai non ero che un giocattolo rotto di cui liberarsi. Dopo avermi offerta a tutti i suoi amici.

Dopotutto, il mio scopo era quello, no?

Sbuffai, ma con più dolore che rabbia. Le lacrime avevano già iniziato a pizzicarmi gli occhi.

Dea, ero così stanca di piangere. Di crogiolarmi nella mia disperazione. Di stare in quel letto che puzzava di Kylan.

Forse era davvero il caso di uscire. E trovare un ghiacciolo abbastanza appuntito da perforare il cranio di Kylan.

Oh, quell'idea mi piaceva.

Avrei dovuto scoprire dove fosse, per metterla in pratica, ma probabilmente Angelica lo sapeva.

O avrei potuto portare lì il ghiacciolo e aspettare che fosse Kylan a farsi vivo. Se l'avessi lasciato sul balcone, non si sarebbe sciolto.

Sì.

Un buon piano.

Assassinio col ghiaccio.

Commovente, considerando il nostro ultimo interludio nella neve.

Ridacchiai all'assurdità di quell'idea, sapendo che non avrebbe mai funzionato. Kylan mi aveva condotta alla pazzia. Aveva senso, dato che possedeva la mia mente.

Angelica si schiarì la voce. «Non so cosa sia successo tra te e Kylan, ma è stato molto preciso sul fatto che avrei dovuto accompagnarti fuori».

«Ci scommetto» borbottai.

«Suggerisco di obbedirgli» aggiunse, con una nota di avvertimento. «Non ho nessuna intenzione di essere vittima del suo disappunto».

Una parte di me voleva dirle di andarsene. Poteva anche mandare qui Kylan a punirmi, non mi importava. Ma la parte più pratica e ragionevole sapeva che avrebbe punito anche lei. E Angelica non lo meritava. Era stata quasi gentile con me, l'ultima volta. E anche in quel momento stava aspettando che mi alzassi dal letto, paziente. La maggior parte dei vampiri avrebbe già reagito brutalmente alla mia disobbedienza.

«Dammi venti minuti, per favore». Avevo bisogno di farmi una doccia. Trovare dei vestiti. Pettinarmi. Cose del genere.

«Solo se mi prometti di metterti qualcosa di caldo» rispose. «Ha insistito anche su quello».

«Già, fa finta che gli importi» brontolai, scivolando fuori dalle coperte. Nuda. Tanto valeva che mi abituassi a stare attorno ai vampiri senza niente addosso.

Meno di venti minuti più tardi ero pronta per uscire. Avevo i capelli umidi raccolti in uno chignon, e mi ero messa un maglione pesante, un paio di jeans e degli stivali. Angelica mi passò anche un cappello e una sciarpa, che aggiunsi con riluttanza al mio outfit. Poi la seguii al piano di sotto.

Zelda ci incrociò lungo la strada. La sua sorpresa nel vederci insieme era evidente. Abbassò immediatamente lo sguardo e proseguì senza una parola.

Angelica scosse la testa. «L'altro giorno mi hai chiesto come sia. Beh, è veramente difficile abituarsi a questa cosa della sottomissione. Meno di dieci anni fa ero un'umana. Il che mi colloca al di fuori della tua specie, ma anche in una posizione di inferiorità rispetto a tutti gli altri vampiri. Mi trovo in questo limbo in cui nessuno mi parla, a meno che non abbia bisogno di qualcosa».

«Come portarmi fuori» dissi, attraversando la porta che mi stava tenendo aperta.

«Esatto». Mi seguì verso il patio sul retro. La neve era profonda e intatta. «Ti fanno credere che la vita sarà grandiosa, e forse prima o poi lo sarà, ma finora non è andata così». Diede un calcio alla neve. «L'unico motivo per cui non vivo per strada è che Kylan mi ha offerto un lavoro decente. La maggior parte dei reali delega l'assegnazione degli incarichi per i nuovi vampiri ai sovrani o ai reggenti».

La seguii in cortile, riflettendo. «Quindi... è stato lui a trasformarti?». Nessuno parlava mai del processo di rendere qualcun altro immortale. Tra gli umani, quel tipo di conversazione era proibita. Ma con Angelica avevo già abbandonato ogni apparenza di decoro. Mi sembrava ridicolo rispettare le regole proprio in quel momento.

I suoi occhi scuri lampeggiarono, incontrando il mio sguardo, ma le sue labbra si curvarono in un sorriso. «Sei molto più coraggiosa di me» mormorò. «Capisco perché gli piaci».

Aggrottai le sopracciglia. «A chi?».

«Lo sai».

«Kylan?» scoppiai a ridere di gusto. «Ha messo bene in chiaro cosa prova per me. E non lo descriverei in quel modo». Forse lo affascinavo. Di certo era ossessionato da me. Ma non gli piacevo.

«Beh, con te si comporta in modo diverso, rispetto a come si comporta con gli altri» disse piano. «Non che abbia mai passato molto tempo con lui... Comunque no, non è stato lui a trasformarmi. Kylan non ha mai reso nessuno un vampiro».

Socchiusi le labbra, sorpresa. «Mai?».

«Mai» ripeté. «Trasformare qualcuno crea un legame tra il vampiro e la sua progenie, un qualcosa che Kylan non permetterebbe mai. È un solitario, che fa affidamento solo su se stesso. È ciò che lo rende un leader così formidabile. La sua lealtà arriva solo fino a un certo punto. Tradiscilo e ne pagherai il prezzo. O almeno è questo ciò che tutti dicono di lui».

Il suo commento sul fatto che Kylan non avrebbe mai accettato un legame con qualcun altro mi fece quasi inciampare sui miei stessi piedi.

Ma lui è legato a me.

Almeno temporaneamente.

Era per quello che ci teneva così tanto a spezzare la connessione tra noi? Perché non poteva permettersi che avessimo una tale intimità?

Angelica mi aveva fornito un nuovo punto di vista.

Cos'aveva detto Kylan l'altra sera? Che nulla di ciò che stava accadendo era sua intenzione?

Aggrottai la fronte. Diceva sul serio?

Avevo dato per scontato che avesse pianificato tutto, per via dei suoi commenti sul volermi possedere completamente. Ma se fosse stato davvero un incidente?

«Quindi... no, la vita da vampiro non è poi così affascinante come si potrebbe pensare» borbottò, alzando lo sguardo sul cielo stellato. «Non esiste un manuale, e il mio creatore non è granché come mentore. Per riuscire a sopravvivere, ho dovuto imparare ad affidarmi al mio istinto».

«Sembra che te la stia cavando bene».

Si strinse nelle spalle. «Già. Temevo che la settimana scorsa Kylan mi avrebbe uccisa, quando gli ho detto di Tremayne. Ma non avrei mai potuto evitare di farlo. L'intera...». Qualcosa iniziò a squillare nella sua tasca. Estrasse il dispositivo. Guardò lo schermo e si accigliò.

C'era un numero privo di nome. «A proposito di creatori...» brontolò. «Devo rispondere».

«Okay». Mi costrinsi a sorridere. «Io resto qui».

Annuì, grata. «Grazie» mormorò, poi rispose al telefono. «Vilheim». Prese a camminare verso il castello, lasciandomi alle mie riflessioni e al cielo limpido che mi sovrastava.

Era tutto così tranquillo.

Splendido.

Solitario.

Era per quello che a Kylan piaceva così tanto stare lì? Il motivo per cui amava il lago nella foresta? *Siete lì, ora?* Sussurrai, pur sapendo che non mi avrebbe sentita.

Chiusi gli occhi, crogiolandomi nella brezza fresca della notte.

Vorrei che parlassi con me, Kylan.

Avrebbe almeno potuto spiegarmi cosa fosse la connessione che ci legava e cosa significasse. O forse era meglio che non lo sapessi, visto che voleva distruggerla.

«Raelyn?». La voce di Mikael fluttuò verso di me. Sorrisi, e mi sembrarono mesi che non lo facevo. Si avvicinò. Indossava un maglione e un paio di jeans. Sul viso aveva un'espressione impenetrabile, ma i suoi occhi brillavano.

Gli gettai le braccia al collo, immensamente sollevata di rivederlo.

«Stai bene» sussurrai, con le lacrime che già iniziavano a pungermi gli occhi. Sapevo che si sarebbe ripreso, ma vederlo mi fece precipitare addosso tutte le emozioni degli ultimi giorni. «Dea, sono così felice che tu stia bene».

Mi diede una pacca sulla schiena e mi rivolse un sorriso ironico. «Ti sono mancato?».

«Non ne hai idea. Non è facile gestire Kylan da soli».

Ridacchiò. «Davvero?».

Mi venne quasi da rispondere seriamente alla sua domanda ironica. Volevo così tanto parlare con qualcuno, ma l'istinto mi costrinse a trattenermi. Una sorta di avvertimento interiore, la consapevolezza che Kylan non avrebbe approvato. E per quanto avessi voluto ignorarlo, non ci riuscii.

Quindi mi limitai a lasciarlo andare sorridendo. «Sono veramente contenta che tu ti sia ripreso. Ero preoccupata».

Mi baciò sulla guancia. «Mi piaci, Rae».

Le mie guance avvamparono in un istante. «Anche tu mi piaci, Mikael».

«Lo so». Mi mise un braccio attorno alle spalle, iniziando a camminare. «Ecco perché è così difficile».

«Cosa?».

«La vita». Sospirò, alzando gli occhi verso il buio della notte. «Sai che questo mese sono undici anni da quando Kylan mi ha comprato? Sembra che sia passato molto di più. Mi ha dato tanto. Dovrei essergli grato, lo so, ma è così…».

«Lunatico?» suggerii, ripensando alla volta in cui gliel'avevo detto in faccia.

«Sì, e anche troppo indulgente». Scosse la testa, sospirando. «Ti fa desiderare cose che non ti darà mai completamente. Ti rende dipendente da lui. Ti costringe ad amarlo. Ma non ricambia mai».

Le sue parole erano come dei chiodi conficcati nel mio cuore. «Lo so» sussurrai.

«Ti distruggerà, Rae» mormorò. «Non voglio che lo faccia».

Mi morsi il labbro. *Troppo tardi*.

«Non ho davvero altra scelta» continuò dolcemente. «Lo capisci, vero?».

Aggrottai le sopracciglia. «Non hai altra scelta?».

«Già». Mi fece voltare verso di lui. Il suo sguardo era

diventato così triste. «Quello che stiamo per fare è l'unico modo di proteggerti».

«Non…». Deglutii. «Cosa stai cercando di dirmi?».

«Che gli dispiace» disse una voce femminile proveniente dalla mia sinistra. Zelda emerse dal bordo della foresta. Aveva le spalle dritte, la testa alta. Non l'avevo mai vista trasudare così tanta sicurezza.

Mikael andò da lei. La abbracciò e le baciò la tempia. «Esatto, proprio quello. Mi dispiace».

Lo fissai, confusa. «Per…?». La mia voce si spense. Ripensai a tutto quello che aveva detto. Sul fatto che Kylan rendesse dipendenti, sulla sua inclinazione a manipolare gli umani affinché lo amassero. Sul desiderio di Mikael di proteggermi *da* Kylan.

No.

Non poteva intendere davvero che…

Zelda fece roteare un pugnale tra le dita.

Sgranai gli occhi. «Voi…». Non riuscii a terminare la frase. Ma Mikael non si trovava con Kylan, quando il suo harem era stato massacrato? «Come…?».

«È complicato» mormorò. Fece un passo verso di me, io indietreggiai di due. «Devi considerarlo un regalo, Rae. Kylan non ti darà nient'altro che disperazione. Fidati di noi, lo sappiamo bene».

«Preferisco comunque quella, all'essere uccisa» sbottai, scioccata dalla ridicolaggine delle loro azioni. «Avete perso la testa?».

Ridacchiò. «Può essere. Kylan ha giocato con la mia fin troppo a lungo». Sembrava così triste, così spezzato. «Non lottare, Rae, ti prego. Farò in fretta».

Inarcai le sopracciglia. «In fretta?». Era completamente impazzito. «Kylan vi ucciderà, quando lo scoprirà».

«Sarà troppo impegnato a occuparsi di altre questioni»

si intromise Zelda. «Come ad esempio le conseguenze dell'assassinio dell'ennesimo membro del suo harem. Il tempismo è perfetto. Giusto poco prima del suo grande evento, e dopo averti sfoggiata per tutta la città. Tutti si aspettano di rivedere la sua preziosa Raelyn. Ma dov'è finita?». Zelda tamburellò con la lama sul mento. «Oh, giusto. Kylan l'ha uccisa per divertimento, esattamente come tutte le altre. Eppure, ha punito Tremayne per aver fatto la stessa identica cosa. Non fa un bell'effetto, vero?».

Rimasi a bocca aperta. Per la prima volta, vidi oltre la sua mite figura di cuoca. «Chi sei?».

Sorrise. «Tutto questo è molto più grande di te, Rae. Sei solo una vittima delle circostanze. E l'ultimo chiodo sulla bara di Kylan».

Quella non era una risposta. Solo un'altra conferma della sua follia.

Mikael si scagliò su di me. Mi afferrò il braccio prima che potessi fuggire. Il suo sguardo incatenò il mio, osservandomi con una nota di indecisione. «Mi dispiace» sussurrò. La sua espressione era intrisa di puro dolore. «Mi piaci sul serio».

Stavo quasi per mettermi a ridere, ma il luccichio del pugnale di Zelda fece sì che il mio cervello prendesse il sopravvento.

Stanno per uccidermi.

Lottai, riuscendo a divincolarmi dalla presa di Mikael, ma Zelda mi afferrò da dietro. Mi bloccò le braccia in modo esperto, immobilizzandomi.

Sono in trappola.

Cercai di muovermi, con l'unico risultato di farmi male alle spalle. Era tutto inutile.

Non può stare succedendo davvero.

Il cuore iniziò a martellarmi nelle orecchie.

Perché ero rimasta lì a parlare con loro? Avrei dovuto

scappare via subito. Ma lo shock e la confusione mi avevano inchiodata sul posto.

«Non possiamo indugiare oltre» disse Zelda. Nonostante fosse proprio dietro di me, la sua voce sembrava lontana anni luce. «Dimostra il tuo valore, Mikael».

Lui strinse le labbra in una linea sottile. Un lampo di irritazione gli balenò negli occhi. «La compassione è importante, Zelda».

«Non quando abbiamo i minuti contati. Non riuscirà a temporeggiare ancora per molto».

Chi? Kylan? No. Non poteva essere.

«Va bene». Mikael fece un passo in avanti, facendo schizzare il mio battito alle stelle.

«Non farlo» lo implorai, cercando vanamente di sfuggire alla presa di Zelda. «Ti prego, non farlo».

I suoi occhi chiari erano pozzi di dolore, ma un accenno di determinazione guizzò nella sua espressione. «Ti sto concedendo la pace, Rae».

Oh, Dea, ci crede davvero.

«Mikael...». Ma non c'era alcuna speranza. Lo capii dal modo in cui mi guardava. L'avrebbe fatto. Mi avrebbe uccisa e avrebbe incastrato Kylan. Esattamente come qualcun altro, forse Zelda, aveva fatto col suo harem.

Kylan!, gridai mentalmente. Avevo bisogno che mi sentisse. *Kylan, aiuto!*

Ma la porta che esisteva tra noi rimase chiusa.

Se anche mi aveva sentita, non diede alcun segno di averlo fatto.

Kylan... ho bisogno di voi!

«Mi dispiace» mormorò Mikael ancora una volta.

«Non...». La mia supplica si spense in un gorgoglio. Il mio collo era in fiamme.

Una lama.

Era stato Mikael?

«Addio, Rae» sussurrò. La sua mano gli ricadde al fianco. Del sangue fresco, *il mio sangue*, stava colando dal pugnale.

Il tempo si fermò. La mia mente si rifiutava di credere, di accettare...

L'ha fatto.

L'ha fatto davvero.

La mia gola si riempì di quel liquido caldo, inondando le mie vie respiratorie. Troppo. Troppo in fretta.

Kylan, gemetti. *Aiutatemi...*

Niente.

Zelda e Mikael vi hanno tradito, lo avvertii. Avevo bisogno che lo sapesse.

Un brusco gorgoglio mi riecheggiò nelle orecchie, soffocando la mia realtà.

Kylan...

Nessuna risposta.

I miei occhi si riempirono di lacrime. Aveva bloccato la nostra connessione così bene che non riusciva nemmeno più a sentirmi.

Perché non gli era mai importato di me.

Mi aveva scartata.

Aveva gettato via il nostro legame.

Avrei dovuto i... impegnarmi... di... di più.

Avrei dovuto...

Il mio fianco gridò, pervaso da un dolore lancinante. Qualcosa di affilato scavava dentro di me, rendendo il mondo tutto nero, spaccandolo a metà.

Non... non riesco...

Kylan... non riesco a respirare...

Sto annegando...

Sbattei le palpebre, la vista mi si stava annebbiando.

La neve era fredda. Pesante.

Un tale fallimento. Mio. Suo.

La mia anima urlava, aggrappandosi al nostro legame, cercando di attirare l'attenzione dell'unica persona che avrebbe potuto salvarmi. *Kylan, vi prego…*

Le mura erano troppo scure.

Così sola.

Così triste.

Abbandonata.

Non verrà.

Il mio cuore vacillò.

Morirò qui…

Da sola.

KYLAN

Mi spinsi lungo il sentiero con più forza, sempre più in fretta, felice di percepire la stanchezza pervadermi le membra. Accolsi con piacere quel formicolio che non avevo sentito da molto, molto tempo. Mi consumò, lasciandomi tremante lungo la via che mi riconduceva a casa.

Avevo la bocca secca e un estremo bisogno di idratarmi. Di sangue.

Dannazione. Non mi sentivo così esausto da… Mi accigliai. Da sempre? Per mantenermi in forze, mi bastava nutrirmi solo una volta al mese. Ma lo facevo quasi ogni giorno. L'ultima volta era successo solo la sera prima.

Aprii il frigorifero, alla ricerca di uno spuntino, mentre un senso di disagio iniziò a calare su di me.

Perché sono così stanco?

Era stata una bella corsa, ma non *così* sfiancante. Facevo spesso esercizio, anche se non ne avevo bisogno.

Roteai il collo, sciogliendo i muscoli tesi. Sentivo l'energia abbandonarmi a ogni respiro. Quasi come se qualcuno stesse risucchiando via la mia essenza vitale.

Fui scosso da uno spasmo, talmente violento che dovetti aggrapparmi al bancone della cucina.

Che diavolo era, quello?

Chiusi gli occhi, scavando dentro di me alla ricerca della fonte. Mi colpì come un treno merci.

Raelyn.

Stava assorbendo la mia immortalità, consumandomi.

Ruggii e mi misi alla ricerca della sua mente, desideroso di sapere come fosse anche solo possibile una cosa del genere. Ma non c'era nulla. Niente coscienza. Solo il vuoto.

«Raelyn!».

Girai su me stesso, frugando l'aria, tentando di percepire il suo odore. Lo trovai e mi precipitai su per le scale. Mi fermai nella nostra stanza. Nessuno.

Ma l'aroma del suo sangue era al piano di sopra. Debole, certo, eppure presente.

Lo seguii fino alla stanza di Mikael. Fuori dalla porta, esitai.

Se aveva scelto da sola di distruggere il nostro legame con lui...

Il mio piede si infranse sulla porta, che si aprì con un botto, andando a sbattere sulla parete. Non vi era alcuna traccia di lei, né di Mikael, ma il rumore della doccia mi spinse a fare irruzione in bagno.

Zelda strillò, nascondendosi dietro un Mikael molto bagnato e molto nudo. La preoccupazione si insinuò nel suo sguardo, macchiata dal senso di colpa. «Vostra... Vostra Altezza?».

L'essenza di Raelyn aleggiava appena nell'ambiente. Era passata da Mikael? «Hai visto Raelyn?».

Deglutì e scosse in fretta la testa. «N... no. Perché?».

Zelda sbirciò da dietro di lui, con gli occhi spalancati. «L'ho vista uscire poco fa con Angelica, mio principe».

Uscii dalla stanza senza dire una parola.

C'era qualcosa di terribilmente sbagliato.

Non riuscivo a percepire Raelyn, a parte il suo attingere alla mia essenza. Il cuore mi rimbombava nel petto al pensiero di cosa potesse significare.

Fui in giardino in un istante. Il suo odore era molto più forte.

Perché ero entrato dalla porta principale? Se fossi entrato dal retro, dopo la corsa, sarei riuscito a cogliere subito la sua presenza.

«Raelyn!» gridai, dirigendomi verso il punto in cui la traccia di lei era più intensa.

Angelica alzò lo sguardo su di me. Era accovacciata per terra, ricoperta di sangue. Aveva un'espressione sconvolta. «V… Vostra Altezza… Io… Io…».

La spostai da Raelyn con una spinta violenta.

«Raelyn» ansimai, cadendo in ginocchio accanto a lei. Le mie mani fluttuavano sul suo corpo, la mia mente non sapeva da dove cominciare. «Oh, Raelyn…». Era stata squartata. La sua gola era aperta e il suo petto costellato di ferite. I suoi occhi di ghiaccio erano vitrei.

Mi si strinse la gola.

L'avevo tradita.

Era morta.

Come?

Perché?

Chi?

Alzai lo sguardo sulla sagoma tremolante di Angelica che si stagliava vicino al limitare della foresta. Il suo corpo era piegato in un inchino che bramavo di distruggere.

«*Tu*» ringhiai. Il mio istinto mi stava gridando di farla a pezzi, come aveva fatto lei con Raelyn.

«Non… non sono stata io!» urlò. «Stavo… stavo solo cercando di guarirla» aggiunse con un singhiozzo strozzato, alzando il polso.

La raggiunsi e le afferrai il braccio, notando il segno di un morso ancora fresco. L'odore di Raelyn era ovunque. Strinsi il braccio. Il suo grido di dolore mi fece capire che l'avevo rotto, ma non mi importava.

«Non muoverti» le ordinai. Tornai da Raelyn. Mi morsi il polso e glielo avvicinai alla bocca.

Che idea ridicola.

Non poteva deglutire.

Era morta, cazzo!

Urlai di rabbia. L'agonia mi stava lacerando dall'interno.

Distrutta…

Il mio cuore batteva sempre più forte, le mie dita si chiusero a pugno sul suo petto, il mio corpo si spezzò sul suo.

Morta…

Mi aveva chiamato, negli ultimi istanti?

Non l'avrei mai saputo, perché l'avevo chiusa fuori. Le avevo bloccato l'accesso alla mia mente. Le avevo sottratto l'unica connessione che avrebbe potuto… no, avrebbe dovuto proteggerla.

Invece di occuparmi di lei io stesso, l'avevo consegnata ad Angelica.

Sono un codardo.

Indegno.

Sapevo che era in pericolo, eppure l'avevo lasciata sola. Troppo arrogante per pensare che avrebbe potuto essere a rischio nella mia stessa tenuta.

Meritava di meglio.

«Raelyn» sussurrai, sfiorando la sua tempia con la mia. «Mi dispiace così tanto».

Il massacro del mio harem mi aveva fatto male, ma questo…

Tremai. Mi si annebbiò la vista, la mia mente si stava ribellando. La mia anima…

La mia compagna.

A volte lo sai e basta, le avevo detto. *Con te lo sapevo, Raelyn.*

I miei polmoni si contrassero, il mio corpo era scosso dalla fatica.

La sua morte mi sta uccidendo…

Sarebbe poi così male?, mi chiesi. Avevo vissuto a lungo, da solo, sopravvivendo… per cosa? Gestire un impero? Godermi i piaceri della vita che avevo già assaporato per millenni?

Raelyn era stata la prima cosa entusiasmante da molto, molto tempo.

E adesso non c'è più.

Niente battito.

Nessun respiro.

Il suo corpo ancora caldo giaceva immobile sulla neve.

La morte non l'aveva ancora presa del tutto.

Ero così vicino. Avrei dovuto riuscire a salvarla.

Avevo fallito.

E faceva dannatamente male.

Mi schiacciava il petto, distruggendomi dall'interno. La cerimonia aveva legato le nostre anime, e la sua stava gridando, portandomi giù con lei. Si stava aggrappando alla mia essenza, come se stesse tentando in tutti i modi di tornare in superficie.

Mi alzai in piedi e la scrutai.

Nessun segno di guarigione.

Ma mi sembra ancora viva.

La sua mente era vuota, ma c'era ancora. La sua anima continuava a essere legata alla mia.

Se fosse stata morta, non sarei stato in grado di percepirla.

Riflettei su tutto ciò che sapevo sulla cerimonia. Le storie, le aspettative. *È connessa alla mia immortalità.*

Ecco perché ero così esausto.

La mia essenza stava guarendo la sua.

La presi tra le braccia. Quanto ci sarebbe voluto? C'era qualcosa che potevo fare per accelerare il processo?

Darius potrebbe saperlo.

Feci per tornare dentro, ma mi bloccai. Qualcuno, presente in quel momento nella mia tenuta, mi aveva tradito. Probabilmente Angelica, considerando la scena che avevo davanti, ma l'odore del sangue di Raelyn era fresco anche in casa…

C'è qualcosa che non quadra.

Finché non avessi scoperto la verità, non potevo fidarmi di nessuno. Tranne Judith. L'avevo vista mentre correvo. Stava pattugliando il perimetro. Il che confermava che il colpevole era già all'interno.

Tenni Raelyn in equilibrio con un braccio, stringendola al mio petto nudo, mentre con la mano libera toccai il dispositivo che avevo in tasca, allertando il mio team di sicurezza. Era una sorta di pulsante antipanico che Judith aveva installato sul mio telefono. Sarebbero stati in grado di vedere subito la mia posizione.

Judith comparve con un'espressione preoccupata in volto e la pistola già in mano. Il sollievo le distese i lineamenti quando mi trovò lì, illeso, ma poi si accigliò alla vista del corpo seviziato di Raelyn.

«Oh…». Si premette la mano sulla bocca. Una reazione che mi confermò che non aveva niente a che fare con quel casino. Avrò pure avuto un traditore tra le mie fila, ma riuscivo ancora a leggere i miei sottoposti. E puro shock lampeggiava nei suoi occhi. «Kylan, mio principe, io…».

«Ho bisogno che prendi in custodia Angelica. Non darle sangue, ma non voglio che le sia inflitta nessun'altra punizione fino al mio ritorno».

Judith restò di sasso, accorgendosi solo in quel momento della vampira prostrata nella neve. Non riuscivo nemmeno a guardarla. Che fosse stata lei o meno a fare del male a Raelyn, mi aveva deluso.

E sarebbe stata punita.

«Ritorno?» chiese piano Judith.

«Mi farò sentire io». Lasciai cadere il telefono, non volevo essere tracciato. Poi mi affrettai verso il garage con Raelyn tra le braccia, prima che Judith potesse mettersi a discutere.

Afferrai le chiavi della mia auto più veloce, sistemai Raelyn nel sedile del passeggero e spensi il localizzatore GPS.

Se qualcuno mi avesse infastidito mentre mi trovavo in quello stato, sarebbe morto. Comprese le guardie della città.

Sfrecciai lungo le strade, sapendo come evitare tutte le parti ghiacciate grazie a quasi due secoli di esperienza. Raelyn era immobile accanto a me, non dava alcun segno di vita. Tranne gli strattoni alla mia essenza. Il suo aspetto afflosciato confermava i miei sospetti. Il suo corpo non era ancora nell'ultimo stadio della morte, visto che la sua anima era ancora sospesa in un limbo.

Ci doveva essere un modo per accelerare la sua guarigione, qualcosa che non stavo facendo.

Cielo, il dolore che doveva aver provato, e tutto mentre la ignoravo…

Trasalii e le afferrai la mano. «Non ti deluderò mai più» le giurai. *Mai più.*

Le luci della città apparvero davanti a noi, inquinando il cielo notturno. Avevo sempre odiato quella vista, preferendo di gran lunga la solitudine di casa mia, ma quella sera desideravo ardentemente gli imponenti edifici e un certo vampiro che si trovava al loro interno.

Sarà meglio che tu sia lì, Darius.

Certo, dubitavo che potesse essere altrove. Soprattutto considerando il nostro stratagemma, per cui doveva sembrare che me la stessi spassando con Juliet. Il loro legame era puro, sincero, creato per amore. Mi era diventato sempre più chiaro durante la cena a casa mia, grazie ai piccoli gesti di Darius nei confronti di lei. Juliet, dal canto suo, sorrideva spesso, e i suoi occhi scuri brillavano di adorazione ogni volta che sbirciava nella sua direzione.

Io e Raelyn non avevamo nulla del genere. Avevo creato la connessione per sbaglio, poi l'avevo finalizzata con l'intento di spezzarla, perché non potevo tollerare il pensiero che qualcun altro la toccasse prima di me.

Che egoista.

Eppure, era l'unica cosa che ancora la teneva in vita.

Il mio cuore mancò un battito, il mio respiro accelerò. Le avevo inavvertitamente salvato la vita. Come avrei potuto rimuovere il nostro legame, dopo una cosa del genere? Non... non volevo che morisse. Mai.

Quella nuova consapevolezza mi fece serrare la mascella. Come aveva fatto quella donna a insediarsi così completamente nella mia vita? Nella mia mente? Nel mio cuore? Ne ero stato ossessionato fin dall'inizio. Una familiarità innata mi aveva fatto fermare davanti a lei durante il Giorno del sangue, poi i suoi occhi azzurro ghiaccio mi avevano incantato. E quando mi aveva morso, sapevo che avrei dovuto averla.

Mi aspettavo che l'infatuazione svanisse in fretta, ma non aveva fatto altro che crescere in quell'ossessione che mi consumava. Era dentro di me.

E voglio che ci resti.

Entrai nei tunnel a fari spenti, guidato dalla mia visione notturna e dal mio istinto. Era raro che le guardie pattugliassero le gallerie, visto che pochissimi, in città, sapevano come usarle. I miei ingegneri le avevano progettate di proposito come un labirinto, fornendomi l'unica mappa esistente. I cancelli venivano chiusi di frequente, bloccando il passaggio, ma avevo un telecomando per aprirli a mio piacimento. Mi bastava premere un pulsante e quei cunicoli sotterranei diventavano il mio parco giochi.

Accelerai, sopraffatto dal bisogno di risposte.

È viva, mi consolai. *A malapena.*

Ma non respirava.

Le mie mani si strinsero sul volante. Presto apparve l'uscita di cui avevo bisogno. Le strade della città erano piene di vampiri, tutti usciti per il loro pranzo di mezzanotte.

Per fortuna, la maggior parte non stava guidando, ma passeggiando sui marciapiedi.

Pochi minuti più tardi, avevo parcheggiato e tenevo Raelyn tra le braccia.

Chiamai l'ascensore. L'attico sembrava non arrivare mai.

Raelyn continuava a non avere battito.

Dai, Raelyn. Dov'è la mia guerriera?

Darius era in attesa davanti alla porta. Il rumore dell'ascensore l'aveva avvertito di un arrivo imminente. I pantaloni neri e la camicia abbottonata a metà suggerivano che si era preparato in fretta.

«Ho bisogno di te» gli dissi a mo' di saluto. I suoi occhi si erano posati immediatamente sulla donna insanguinata tra le mie braccia.

Inarcò le sopracciglia. «Cristo».

«Ecco un nome che non sentivo da un po'» mormorai, passandogli accanto per stendere Raelyn sul divano. «Non respira, ma riesco a *sentirla*». Incontrai il suo sguardo preoccupato. «Abbiamo completato la cerimonia».

«Rendendola immortale» dedusse Darius, accigliandosi. «Ma non respira».

«E non ha battito». Mi passai le dita tra i capelli. «Aiutami. Cosa non sto facendo? So che lei c'è ancora, ma non sta... non sta guarendo».

Darius sospirò e annuì. «Okay». Lanciò un'occhiata a Juliet, che stava entrando nella stanza con addosso un paio di jeans e un maglione. Aveva i capelli scarmigliati e le guance arrossate. Si stavano chiaramente godendo quei momenti insieme. Si fermò a fianco di Darius, fissando Raelyn.

«Quant'è aperta la vostra connessione?» chiese lui, avvolgendo un braccio attorno alla vita della sua *erosita*.

«Ora?». Cercai di capirlo, incerto. «Non lo so, non riesco a udire i suoi pensieri».

«Ma senti la sua presenza» mormorò. «Puoi seguire quella traccia, spingerti nella sua mente?».

«Non c'è nulla, solo il vuoto». La voce mi uscì in un ringhio frustrato. C'era il vuoto perché l'avevo chiusa fuori. E non avevo sentito le sue grida d'aiuto.

Quante volte mi hai chiamato, agnellino?

Doveva essersi sentita così impotente. E così sola.

Perché l'avevo abbandonata, costretta ad allontanarsi da me. Perché avevo bloccato l'accesso alla mia mente.

«...più in profondità» stava dicendo Darius. «Quando Juliet perde conoscenza, posso ancora percepirla. C'è solo bisogno di addentrarsi nell'oscurità. Non cercare pensieri, ma emozioni».

«Puoi sentirmi anche quando non sono cosciente?» chiese piano Juliet.

«Sì» replicò Darius, senza aggiungere altro.

Mi inginocchiai accanto a Raelyn, posando la fronte sulla sua. *Okay, agnellino. Dove ti nascondi?*

Non rispose. Non che me lo aspettassi.

Mi insinuai nella sua mente attraverso la nostra connessione. L'assenza di ogni consapevolezza da parte sua mi fece correre un brivido lungo la schiena. «È possibile che la sua anima stia resistendo, ma che il suo corpo sia troppo danneggiato per riprendersi?» domandai, preoccupato che il suo accesso alla mia immortalità potesse averla intrappolata in un luogo da cui non sarebbe più riuscita a fuggire. Un'eternità all'inferno.

«Un'*erosita* condivide l'immortalità con il suo compagno. Riusciresti a sopravvivere alle ferite che ha subito?».

«Sì, assolutamente». Ci voleva molto per uccidere un vampiro, a maggior ragione uno della mia età.

«Allora lo farà anche lei, anche se forse più lentamente. Mi preoccupa di più il fatto che non abbia ancora mostrato segni di guarigione. Avrebbe già dovuto iniziare a rigenerarsi, ormai».

«Lo so» sussurrai, concentrandomi di nuovo.

Cosa mi sta sfuggendo?

La cerimonia era stata completata. Avevo sentito ogni cosa scattare al suo posto, il suo essere fondersi con il mio, le nostre menti diventare una sola. Mi aveva spaventato a morte, spingendomi a costruire uno scudo impenetrabile tra di noi.

E se fosse stato quello a influire sulla nostra unione?

No.

Mi ritrovai completamente dentro di lei. La sua essenza latente mi circondava.

Una tale solitudine.

Tutto così insulso.

Triste.

Aggrottai le sopracciglia, aggrappandomi a quell'ultima sensazione. La seguii.

Un dolore intenso.

Abbandono.

La perdita della voglia di vivere.

Una sofferenza infinita.

Mi ha lasciata…

Quelle tre parole erano un sospiro nel mio orecchio. Non concreto, ma chiaro.

Il tradimento che Raelyn sentiva di aver subito mi trafisse il cuore. Non solo perché l'avevo chiusa fuori, ma anche per la devastazione interiore che le avevo causato. Potevo *sentire* la sua desolazione. Ed era tutta colpa mia.

Invece di combattere, si stava crogiolando nell'autodistruzione.

Perché non vedeva alcun motivo di provarci.

Non le avevo dato ragione di tornare da me, di sopravvivere. Anzi, la mia insensibilità aveva demolito qualsiasi speranza lei avesse.

La mia Raelyn. Tentai di sfiorare la sua anima, di confortare il suo essere, ma era come accarezzare un fantasma.

Così spezzata, smarrita e abbattuta.

La sua psiche si rifiutava di lasciarla guarire.

Non lo accetto, agnellino, le sussurrai. *Ora torni da me.*

Non reagì, né rispose. Il suo spirito fluttuava impotente, privo di determinazione, con poca voglia di lottare. Avevo scacciato tutto senza volerlo, incolpando il legame per la mia insolita fissazione. Ma era sempre stata lei ad attrarmi. Non il suo sangue. E nemmeno il suo corpo. Ma la sua anima.

Sei mia, tesoro. Il tempo non aveva importanza. L'avevo

rivendicata fin dal primo momento in cui l'avevo vista. Solo che non l'avevo capito.

Le posai la mano sulla guancia, mentre la mia mente continuava a flirtare con la sua. *Non puoi nasconderti da me. Ti troverò, Raelyn.* C'era un motivo se i miei nemici mi consideravano implacabile. Quando desideravo qualcosa, non mi arrendevo mai. E in quel momento volevo lei.

Se era la forza ciò di cui aveva bisogno, le avrei dato tutta quella che avevo.

La mia immortalità.

La mia anima.

Il mio cuore.

Prendila, la incoraggiai. *Usami.*

Le mie dita si avvolsero attorno alla sua nuca. Ero deciso a forzare il più possibile di me in lei. Sarebbe sopravvissuta. Si sarebbe svegliata. Sarebbe stata mia. Qualsiasi fosse stato il prezzo, l'avrei pagato.

Ora, Raelyn, le ordinai. *Adesso ricomincerai a respirare, fosse anche l'ultima cosa che ti costringo a fare.*

Lei era testarda, ma io ero insistente.

Avevo bisogno di lei. Non solo per sapere chi le avesse fatto del male, ma perché senza di lei mi sentivo vuoto. Non era ancora finita, tra noi. Forse non sarebbe mai finita.

L'eternità era un tempo molto lungo, ma se c'era qualcuno con cui sarei stato felice di assaporarla, quel qualcuno era Raelyn. Aveva il fuoco che bramavo, un'intelligenza che ammiravo, e la passione tra noi era più profonda di tutto ciò che avevo provato in precedenza messo insieme. Era per quel motivo che l'avevo marchiata, che le avevo dato il mio sangue. Non avevo mai permesso, né tantomeno pensato di permettere, a una consorte di avvicinarsi così tanto a me. Avevo garantito che fossero soddisfatte, ma nulla di più.

Avevo dato il mio sangue a Raelyn perché volevo farlo. L'avevo morsa perché l'ardore del momento lo esigeva. Era raro che mi nutrissi durante l'atto per piacere personale, ma con lei non riuscivo a trattenermi.

Era la mia droga.

Un ritrovato proposito.

Una ragione per apprezzare di nuovo la vita.

Dannazione, respira, ruggii. *Ho bisogno di averti con me.*

Raelyn era resistente. Sarebbe sopravvissuta. Rifiutavo di considerare qualsiasi altro scenario. E glielo ripetei un milione di volte. Poteva ignorarmi quanto voleva, ma l'avrei costretta a guarire.

Tutta la mia energia, tutto il mio essere, fluirono dentro di lei. La mia età, la mia esperienza, tutto. Spinsi tutto quanto attraverso il nostro legame, senza trattenere nulla.

Conoscenza.

Potere.

Storia.

I miei segreti più oscuri e profondi.

Esposti.

Suoi.

Per sempre.

Perché non potevo più spezzare la nostra connessione, non dopo averle permesso di entrare negli anfratti della mia anima. Avrebbe sempre mantenuto una consapevolezza di me diversa da qualsiasi altra persona. E non avrei mai più ripetuto qualcosa del genere.

Un rumore sordo interruppe la mia concentrazione.

Solo un accenno di suono.

Seguito da un altro tonfo, distante.

Attesi. Il respiro mi si congelò nei polmoni.

Passarono i secondi.

E poi sentii un terzo battito. Un quarto. Un quinto.

I miei occhi si riempirono di lacrime, la mia fronte premette sulla sua.

Raelyn.

Il canto del suo cuore non era mai stato così splendido. Aveva ancora molta strada davanti a sé, ma si sarebbe ripresa. E quando finalmente avrebbe aperto gli occhi, sarei stato lì ad attenderla.

KYLAN

«Come sta?» chiese Darius, dopo aver bussato piano alla porta. Aveva in mano una tazza di caffè.

Accarezzai i capelli di Raelyn. Il suo corpo nudo era premuto contro il mio, sotto le coperte. «Sta ancora guarendo dalla perdita di sangue, ma si sta rigenerando in maniera costante».

Posò il caffè sul comodino accanto a me. «Bene. La sua pelle ha un aspetto sano».

Già. La sua carnagione chiara era tornata del colore normale. L'avevo lavata di nuovo, rimuovendo le ultime tracce di sangue dal suo corpo. Era pulita e pronta per la rinascita. «Anche i suoi pensieri stanno aumentando».

«Qualche indicazione su chi le abbia fatto questo?».

«Non ancora». Corrugai la fronte e decisi di essere onesto. «Tutti i suoi pensieri riguardano quanto mi odi». Il che era orribile. Sentirglielo dire a voce era un conto, ma percepire la verità che sottostava a quell'affermazione era tutta un'altra cosa. «Sono stato veramente uno stronzo con lei».

Darius ridacchiò. «Beh, sono sicuro che ti perdonerà, quando si renderà conto che le hai salvato la vita».

Ridacchiai anch'io. «Non la conosci. Mi farà patire le pene dell'inferno». E mi sarebbe piaciuto.

Qualcosa di simile alla meraviglia attraversò i suoi lineamenti. Aprì la bocca, poi la richiuse di nuovo.

«Dillo» lo incoraggiai.

Scosse la testa. «Non è importante».

«Non me la prenderò, Darius. Dillo e basta».

Si appoggiò al muro, con le mani nelle tasche dei pantaloni scuri e le caviglie incrociate. «Ti ha cambiato».

«Questo mondo, creato da Lilith, toglie tutto il divertimento che c'è nella vita. Raelyn mi ha regalato qualcosa che non affrontavo da secoli. Una sfida».

«Quindi non sei un fan dell'Alleanza di sangue» riassunse lui.

«Posso rispettare certi aspetti del sistema che hanno creato, ma in generale no. Questo nuovo mondo non mi piace». Era noioso e troppo strutturato.

«Avrei pensato che fossi uno dei suoi maggiori sostenitori».

«Di chi? Di Lilith?». Sbuffai. «La odio. Tutte quelle buffonate sul fatto che sia una dea non sono che un modo di legittimare il suo delirio di potere».

«Eppure ha molti sostenitori».

«Purtroppo sì. Per ora».

«Per ora?» ripeté, inarcando un sopracciglio.

«Se c'è una cosa che ho imparato, in questa mia lunga esistenza, è che i dittatori restano al vertice solo per un certo periodo. Lilith è molto brava a fingere che le importi, a tenere in riga tutti i reali e gli alfa coccolando il loro ego quando è necessario, ma prima o poi farà un passo falso. E, a prescindere da ciò che dicono, non tutti la adorano».

«Pensi che ci sia qualcuno che vuole deporla?».

«Ma certo». Feci scorrere le dita tra i capelli di Raelyn, mantenendo il contatto visivo con Darius. «Non mostreranno le loro carte per un bel po', perché i piani migliori richiedono tempo, ma penso che presto vedremo dei cambiamenti nei ranghi». O forse l'avevamo già fatto.

Guardai la sua espressione accuratamente neutra, cercando un segnale che sapesse qualcosa al riguardo.

Non sbatté le palpebre.

Non si mosse.

Rimase totalmente impassibile.

O Darius era un attore eccezionale, o veramente non ne sapeva nulla. Puntavo sulla prima ipotesi. Un anziano vampiro che all'improvviso si era interessato alla politica e si era accoppiato con un'umana a cui chiaramente teneva? Erano due cambiamenti molto interessanti da affrontare nello stesso momento. Quasi come se li avesse pianificati.

Ma chi ero io per speculare?

Sorrisi. «Beh, cosa ne posso sapere, io? Sono solo il reale più antico ancora in vita. Ammesso che Cam sia realmente morto».

Sempre quell'espressione impenetrabile.

«Sarai un politico fantastico, Darius» mormorai. «Non vedo l'ora di scoprire dove ti porterà la tua carriera».

Finalmente sorrise. «Grazie, Vostra Altezza». Si scostò dal muro e si avviò verso la porta a passo sicuro. Si fermò un istante, appena prima di varcare la soglia. «Puoi provare a suggerirle delle scene».

Aggrottai le sopracciglia. «A Raelyn?».

«Sì. Mandale delle immagini di lei all'esterno, con Angelica. Potrebbe condurti a ciò che è successo». I suoi occhi verdi incontrarono i miei. «Ha subito un trauma significativo. È fresco nella sua mente, da qualche parte. Devi solo trovarlo». Se ne andò senza aggiungere altro, lasciandomi a riflettere sul suo consiglio.

Che la risposta si nascondesse dietro l'odio che provava per me?

Vediamo, agnellino.

Accarezzai i suoi pensieri, trasalendo quando mi imbattei in un muro di frustrazione con inciso il mio nome.

È tutto un gioco. Solo e soltanto un gioco. Non significo niente per lui. Non sono che un diversivo temporaneo, in attesa dell'arrivo delle sue nuove consorti.

Ridacchiai. Oh, se fosse stato vero, avrei già visitato da tempo i campi per gli harem. Ma non avevo nemmeno iniziato a studiare i loro file, né dato un'occhiata ai video che mi avevano spedito gli istruttori.

Perché non mi importava.

L'unica consorte che volevo era la donna accanto a me.

Anche se lei non ci avrebbe mai creduto.

Mi ha usata. Mi ha legata a sé per dominare la mia mente e il mio cuore. E io, come un'idiota, gliel'ho lasciato fare. Speravo… No. Smettila. È ridicolo. Che senso ha? Non ho mai significato niente per lui.

Se quel flusso di coscienza fosse stato in tempo reale, avrei potuto correggerla. Ma la sua mente ripeteva soltanto i pensieri più coerenti, quelli su cui ritornava più e più volte. Gli elementi più importanti della sua psiche. Tutti incentrati su di me e su come l'avevo delusa.

Sospirai e mi spinsi oltre il muro iniziale, curioso di vedere cosa ci fosse oltre.

Le immagini di una donna bionda e di Silas tremolarono in lontananza. Seguii il filo fino a un ricordo di loro che ridevano, a cui assistetti dal punto di vista di Raelyn.

«La sua faccia» disse la donna, con le labbra piene tese in un ghigno.

«Come se la performance di Rae fosse stata migliore» ribatté Silas, scuotendo il capo. *«Dea, ero convinto che se ne fossero accorti tutti che stava fingendo».*

La risatina di Raelyn mi colpì dritto al cuore. Era un suono che non aveva mai emesso in mia presenza. «*Qualsiasi cosa pur di passare un corso*».

«*Non hai intenzione di proseguire con il livello successivo?*» *la provocò Silas, facendole l'occhiolino.*

«*Oh, Dea, no. Le arti sessuali non fanno per me*».

«*Allora spero tu non vada a finire in un harem*» *disse la bionda.* «*O peggio, nei campi per la riproduzione*».

Ma è proprio lì che sei stata spedita tu, sussurrò Raelyn, mentre il suo ricordo si tramutava in un pensiero. *Dannazione, Willow, spero tu stia bene. Mi manchi.*

Mi ritrassi, ricordando il nome. Raelyn l'aveva menzionata un paio di volte, era una sua amica. Vedendo come interagivano dal suo punto di vista, non avevo dubbi che tenessero realmente l'una all'altra.

Una vera amicizia.

Tra tutti e tre.

E la società li aveva separati.

Presi il mio tablet, ignorando il caffè che Darius mi aveva lasciato, e cercai negli archivi un'immagine della femmina. Il fatto che fosse stata assegnata ai campi per la riproduzione e i suoi capelli biondi la resero facile da trovare.

Era ancora viva.

Ma la sua foto aggiornata lasciava intuire quanto desiderasse non esserlo.

Già, non era un destino piacevole, soprattutto per una donna.

E per quanto riguarda Silas… Recuperai gli ultimi punteggi del Torneo dell'immortalità. Erano rimasti solo quattro partecipanti, e Silas era tra loro. Presto sarebbero stati dichiarati i vincitori, ammesso che qualcuno fosse sopravvissuto al round finale. Ai suoi occhi zaffiro mancava la sicurezza che avevo visto nel Giorno del sangue. Il suo corpo muscoloso era affaticato, ma la linea serrata delle sue labbra era un chiaro segnale della sua determinazione.

Era un sopravvissuto.

Proprio come Raelyn.

Tornai a Willow, zoomando sul suo volto ferito. Il suo sguardo abbassato rendeva difficile dire se possedesse la risolutezza dei suoi amici, ma qualcosa mi diceva che anche lei era un'umana formidabile.

Un argomento di cui discutere con Raelyn, prima o poi. Dopo aver risolto il nostro problema attuale.

Volevo ancora sapere chi avesse provato a uccidere la mia consorte. No, la mia *erosita*.

Il termine mi scaldò il cuore. La consapevolezza di *chi* fosse per me mi sembrò più giusta di quanto avrei mai potuto immaginare.

Posai il tablet e tornai nella sua mente, aggirando l'assalto di frasi ripetitive sul mio orribile carattere e cercando nuove tracce da seguire. L'idea suggerita da Darius si insinuò nel legame, ma piuttosto che immaginare Angelica all'esterno, Raelyn si concentrò sul cielo. La sua mente fu attraversata da un lampo di meraviglia.

La sua felicità mi strappò un sorriso.

Amava davvero l'aria aperta, la neve, le montagne. Il suo cuore cantava, irradiando un piacere che solo io avrei voluto darle.

E poi la sua gioia aumentò, quando apparve il volto di Mikael.

Un ringhio basso e profondo mi rimbombò in gola. Perché *lui* la rendeva più felice di quanto facessi io? Perché li avevo lasciati soli per una settimana ad allenarsi?

Aspetta…

Tutto il suo essere era pervaso dal sollievo.

Dea, sono così felice che tu stia bene.

Ti sono mancato?

Corrugai la fronte. Quando era avvenuto quello scambio? Mikael aveva detto di non averla incontrata, eppure la visione mostrava lui che la conduceva per una passeggiata verso la linea degli alberi. Senza Angelica.

Era un sogno o un ricordo?

Continuarono a camminare. La confusione iniziò a insinuarsi nella sua mente, l'immagine si stava offuscando ai bordi.

Continua, la esortai, strizzando gli occhi.

L'immagine prese a oscurarsi, come se non volesse pensare a ciò che stava per accadere. Diventò tutto nero, poi si illuminò di nuovo. Il suo cuore prese a battere all'impazzata quando Zelda fece la sua comparsa.

Il tradimento risuonò lungo il nostro legame.

Kylan, aiuto…

Mi tremarono le mani. Le parole non erano state pronunciate in quel momento, ma nei suoi ricordi. Aveva implorato il mio aiuto. Proprio come avevo pensato. E la sua anima aveva pianto quando non avevo risposto.

…vi hanno tradito.

Mi venne un groppo alla gola. Raelyn aveva… aveva trascorso i suoi ultimi istanti cercando di farmi sapere la verità. Non maledicendomi, ma *avvertendomi*.

«Oh, tesoro» sussurrai, stringendola a me. «Ma chi è stato? Chi mi ha tradito?».

Seguii quel filo di immensa tristezza fino a un'immagine che mi fece fermare il cuore.

Una visione di Mikael che le tagliava la gola.

Addio, Rae.

Rimasi come paralizzato.

Mikael?

No. No, era impossibile.

Lui…

Io…

La visione mi apparve di nuovo.

E ancora.

Continuava a ripetersi tra i miei pensieri, lacerando la mia presa sulla realtà.

Il movimento della lama.

Il gorgogliare di Raelyn.

La voce triste di Mikael.

Vorticava tutto dentro di me, spezzandomi il cuore in un milione di pezzi. Mi fidavo di lui. Lo amavo, a modo mio. Era il mio migliore amico…

Non può essere vero. *Perché?*, chiesi. *Perché l'avrebbe fatto?*

Devi considerarlo un regalo, Rae. Kylan non ti darà nient'altro che disperazione. Fidati di noi, lo sappiamo bene. Le parole di lui erano accompagnate da una sofferenza atroce. L'aveva fatto per colpa mia? Perché l'avevo ferito? Come? Avevo fatto di tutto per prendermi cura di lui. L'avevo protetto. Gli avevo dato cose che pochissimi umani potevano sperare di ottenere.

E lui mi aveva tolto l'unica cosa che adoravo.

L'unico barlume di felicità.

E per cosa, per salvarla dalla miserabile esistenza che lui riteneva di condurre?

Ero uno stronzo, ma non ero *così* orribile. La maggior parte dei miei simili era molto più terribile di me, ma Mikael non aveva mai sperimentato il loro "affetto", perché l'avevo sempre protetto da loro.

Strinsi forte Raelyn, il mio cuore batteva a ritmo col suo. *Non pensi anche tu che sia così tremendo, vero?*, le chiesi dolcemente, guadagnandomi in risposta l'ennesima sfilza di accuse. *Giusto, probabilmente lo pensi anche tu.*

Sospirai. Il tradimento di Mikael ribolliva tra noi, scaldandomi il sangue.

Avevo fallito. Li avevo delusi tutti quanti.

Lei.

Lui.

Non di proposito, solo per abitudine.

Ma ciò non giustificava il fatto che Mikael volesse togliere la vita a Raelyn.

Mi si serrò la gola, il cuore mi martellava nel petto. Come eravamo arrivati lì? Perché?

Mikael era con me quando il mio harem è stato massacrato. Aveva pianto, la sua sofferenza era tangibile. L'avevo consolato nell'unico modo che conoscevo. L'aveva sempre saputo? Era coinvolto? Chi l'aveva aiutato?

Fidati di noi, lo sappiamo bene, aveva detto.

"Noi" chi?

La mente di Raelyn si aprì di nuovo. La scena continuava ad apparire e scomparire, rivelando dei nuovi pezzi. Gli occhi chiari di Mikael contenevano così tanto dolore, il suo rimorso era evidente.

Ti fa desiderare cose che non ti darà mai completamente. Ti rende dipendente da lui. Ti costringe ad amarlo. Ma non ricambia mai.

Lo so.

A quelle parole così crude, così brutali, il mio cuore vacillò. Era davvero ciò che pensavano? Che li costringevo a sentirsi in quel modo, ma mi rifiutavo di ricambiare i loro sentimenti?

«Cazzo» sussurrai duramente.

Il ricordo continuò in ordine sparso. Lo shock di Raelyn si mescolò al mio, e la sua paura aumentò quando…

«Zelda» dissi a denti stretti.

Smisi di ascoltare, attirato dal suo pugnale.

Anche lei era parte di quell'orrore. Le sue provocazioni avevano fatto rabbrividire Raelyn. Mikael sembrava così deciso.

E la lama tagliò di nuovo la gola di Raelyn.

E ancora.

E ancora.

«Basta!». Non riuscivo più a continuare.

Non potevo…

Tutto ciò non…

Seppellii il viso nel collo di Raelyn. Nella mia mente si rincorrevano bisogni contrastanti.

Vendetta.

Punizione.

Dolore.

Lealtà.

Raelyn mugolò di nuovo nella sua mente. Ripeté il mio nome più e più volte, finché non venne sopraffatta da una profonda tristezza. Dovuta alla consapevolezza che l'avevo lasciata a morire da sola.

La sua angoscia era ciò che mi faceva più male.

Pensava che non mi importasse nulla.

Che l'avessi abbandonata al suo destino.

«No» sussurrai, stringendola tra le braccia. «No».

Non l'avrei lasciata di nuovo. Non l'avrei lasciata mai più.

Mikael…

Soffocai le mie imprecazioni sui suoi capelli.

Lui avrebbe dovuto aspettare.

Tutto avrebbe dovuto aspettare.

Raelyn era più importante.

Sono qui, le giurai. *Non ti lascerò mai più.*

Nemmeno per vendicarmi.

RAE

Sapone. Arricciai il naso. *Al profumo di menta. Mascolino.*

Strano. L'odore era ovunque. Su di me. Dentro di me. Mi consumava. E avevo caldo, troppo caldo. La mia pelle sudata premeva su qualcosa di altrettanto caldo. La fonte di tutto quel calore.

Kylan.

Sbattei le palpebre nel buio della stanza. Niente montagne innevate. Solo tende scure, come quelle del suo attico.

Aggrottai la fronte. Mi aveva spostata mentre dormivo? Quand'è che avevo dormito? Non riuscivo a ricordare. Era tutto così confuso. Gli ultimi giorni sembravano avvolti nella nebbia.

Kylan mi aveva riportata nella sua tenuta. Eravamo usciti per una escursione. Il mio cuore mancò un battito, ricordandomi cos'era successo. I giorni che seguirono, avvolti nel dolore. Angelica che mi aveva esortata a uscire. E…

Mi misi a sedere di scatto, portandomi la mano alla gola.

Mikael.

Zelda.

Kylan che mi aveva abbandonata al mio destino.

Mi colpì con una forza tale da togliermi il fiato. Il ricordo della mia morte era vivido e intenso. Avevano continuato ad accoltellarmi. Ancora e ancora. Il mio corpo moriva, mentre la mia anima teneva duro, sentendo tutto quanto.

Toccai il mio fianco nudo, i miei seni, il mio addome.

Niente segni. Niente sangue. Solo pelle calda e liscia.

Come?

Sfiorai di nuovo la mia gola intatta, convinta che fosse un qualche genere di trucco. Gli umani non guariscono magicamente.

Non sono più una mortale?

«No, sei mia» rispose Kylan. La sua voce era bassa, cauta. E impregnata di un'emozione più oscura.

Mi voltai verso di lui. Feci una smorfia, mi girava la testa. Mi portai le mani alle tempie, un fremito di sofferenza rimbalzò in tutto il mio essere. «Ahia» mormorai, muovendo soltanto le labbra. La mia voce si rifiutava di uscire.

«Tieni». Mi infilò delicatamente una cannuccia in bocca. «Bevi».

Fui sul punto di rifiutare, ma ne avevo bisogno. Senza, la gola mi faceva troppo male. L'acqua fredda mi toccò la lingua, lenendo il bruciore che ardeva nella mia bocca e ancora più giù. Era una bella sensazione. Rilassante. Calmante. Continuai a bere, mentre i miei occhi pian piano si chiudevano. I miei muscoli si distesero, finché non desiderai nient'altro che stendermi di nuovo.

Kylan posò il bicchiere sul comodino e mi abbracciò. La mia testa trovò subito la sua spalla. Era una sensazione così… giusta, così bella.

Sbadigliai. Il mio corpo stava lentamente…

«Raelyn» mormorò Kylan, svegliandomi.

Sono tra le sue braccia.

Com'era successo? Come avevo fatto a permettergli di attirarmi in quella posizione? Mi aveva abbandonata quando avevo bisogno di lui, mi aveva allontanata, mi aveva usata, spezzata e…

«Ti ho salvato la vita» aggiunse dolcemente. «Non che questo compensi tutto quello che ti ho fatto, ma la tua connessione con la mia immortalità è l'unico motivo per cui sei viva». Strinse la presa e mi posò un bacio sulla tempia. «Volevi arrenderti, ma non te l'ho permesso».

Cosa?

L'ultimo ricordo che avevo era di averlo implorato di aiutarmi. Senza ricevere nessuna risposta.

«Ahia» borbottò, trasalendo. «Beh, me lo merito».

Di cosa sta parlando? Cos'è che si merita?, mi chiesi.

«Il ricordo» rispose. «E il dolore che vi è associato».

Ero confusa. *Cosa sta…?* Il mio pensiero si interruppe quando un'immagine del mio corpo sventrato mi attraversò la mente, seguita da un'ondata di emozioni.

Confusione.

Furia.

Angoscia.

Ma non erano le mie emozioni. Erano quelle di Kylan.

Seguite da un assalto di parole intrecciate ai suoi ricordi.

Raelyn! Dove sei? Cos'è successo?

È morta…

Ucciderò chiunque sia stato, lo farò a pezzi, spargerò i suoi resti ovunque, darò tutto alle fiamme.

L'ho abbandonata.

Il legame…

Lo sta combattendo.

A causa mia.

Cazzo, Raelyn, non farlo. Non osare arrenderti.

Così, agnellino. Respira. Fallo per me. Non ti lascerò sola finché non ti sarai svegliata. E forse neanche allora.

Dovrai sopportarmi ancora per un bel po', principessa.

Ho bisogno che tu mi dica chi ti ha fatto questo. Chi c'è dietro?

L'ultimo pensiero mi fece arretrare. Le sue vere motivazioni mi erano finalmente chiare. «V… voi…». Deglutii. La mia gola era ancora dolorante, anche dopo aver bevuto. Ma dovevo dirlo. «Mi avete salvata solo per sapere…».

«No». Mi premette un dito sulle labbra, spingendomi di nuovo sul materasso, per poi sistemarsi sopra di me. «Guarda meglio, Raelyn, e scoprirai che non è così».

Fissai i suoi occhi scuri, avvolti dalle lunghe ciglia nere. Non distolse lo sguardo. La sua mente era a mia disposizione. Fui travolta da un'altra serie di parole, intessute di furia e confusione, accenni di lussuria, mormorii di devozione, rimpianto, tristezza, devastazione.

Il nome di Mikael era ciò che risuonava più forte di tutto il resto.

E una rabbia verso Zelda trattenuta a stento, in agguato.

Kylan doveva aver visto il mio ricordo non appena mi ero svegliata… *No*… L'aveva visto nei miei incubi, mentre mi stavo riprendendo.

«Lo sapevate già» sussurrai.

Annuì. «Sì».

«Eppure siete rimasto qui?».

Mi posò una mano sulla guancia. «Ti ho promesso che non ti avrei lasciata mai più, Raelyn. Dicevo sul serio».

Le mie labbra si mossero, ma non ne uscì alcun suono. Era rimasto con me.

Mi immersi di nuovo nei suoi pensieri. Avevo bisogno di più spiegazioni. Lui fu paziente, mi diede pieno accesso a tutto quanto. A tutto se stesso.

La cerimonia mi aveva resa la sua *erosita*, come Juliet lo era per Darius. E mi aveva permesso di usufruire dell'immortalità di Kylan.

Era stato grazie a quello che ero sopravvissuta. E grazie al suo incitamento mentale a non abbandonare la speranza.

Fui sopraffatta dai suoi ricordi. L'agonia provata quando pensava che fossi morta, la sua reazione quando si rese conto che la mia anima era ancora lì, il viaggio a Kylan City, come si era preso cura di me per quasi una settimana nel suo attico.

Promesse.

Decisioni.

Non aveva mai voluto davvero spezzare il legame, anzi, il solo pensiero lo faceva infuriare. Ma non aveva nemmeno voluto crearlo. Si rifiutava di distruggerlo, ma al tempo stesso era anche un po' incerto. Desiderava che potessi scegliere, non voleva costringermi a essere connessa a lui.

«Il legame può essere rotto solo se un altro vampiro ti prende» disse piano, conscio del mio curiosare nella sua testa. Il che significava che mi stava permettendo di farlo, nonché lasciando la sua mente aperta per me.

«Quella parte me la ricordo» borbottai, ripensando a quello che aveva intenzione di fare.

Un turbine di possessività mi invase, limitando la mia capacità di respirare. Mi compresse il petto, mi dilaniò le interiora e mi incendiò il sangue, facendomi venire le lacrime agli occhi.

E poi sparì in un battito di ciglia, lasciandomi senza fiato e vagamente stordita.

«Quella non è che una frazione di ciò che provo all'idea di condividerti, Raelyn». Il suo sguardo intenso cercò i miei occhi. «Nonostante avessi valutato quell'opzione, all'inizio, c'è un motivo se non l'ho mai attuata. E anche ora mi rifiuto di farlo».

Rimasi a bocca aperta. Ero scioccata dall'ennesimo scoppio di quell'energia affamata, che dalla sua mente si era riversata nella mia. «Come fate?» riuscii a dire, con voce roca.

«Sei la mia compagna. Posso condividere qualsiasi cosa con te, incluse le emozioni più intense, e tu puoi fare lo stesso con me. A questo proposito, cosa ne diresti di abbandonare la formalità del "voi"? Almeno quando non siamo in pubblico».

Considerai la sua proposta per meno di un secondo, poi risposi subito: «Va bene. Quindi posso condividere con voi, scusa, con *te*, le mie riflessioni?».

«Sì, e anche eventi a cui hai assistito». Sfiorò il mio labbro inferiore col pollice. «Posso vedere i tuoi ricordi, esattamente come tu puoi vedere i miei. La nostra connessione è aperta, dandoci inoltre la possibilità di spingere qualcosa nella mente dell'altro».

«Stimolando così un ricordo specifico». *Come quello che era successo in giardino.*

«Esatto» sussurrò. «Ti ho immaginata all'aperto, e tu mi hai mostrato tutto il resto».

Tremai e mi accarezzai di nuovo la gola. «È stato... è stato orribile».

Kylan rotolò su un fianco, trascinandomi con sé. Le nostre teste condividevano lo stesso cuscino, i suoi occhi si specchiavano nei miei. Mi passò le dita tra i capelli, scostandomeli dal viso.

«Avrei dovuto essere là, avrei dovuto ascoltarti. E invece ti ho lasciata con Angelica, dando per scontato che ti avrebbe protetta». L'irritazione che gli suscitò l'ultima frase corse lungo la nostra connessione, facendomi accigliare.

«Le dai la colpa».

«In parte. Ma do soprattutto la colpa a me stesso».

«Però incolpi anche lei». Potevo udire le sue intenzioni letali, tutto perché mi aveva lasciata priva di protezione. «Il suo creatore le ha telefonato. È per questo che si è allontanata». Non capivo bene il legame tra creatore e progenie, ma supponevo che averla trasformata lo rendesse il suo superiore.

«Vilheim l'ha chiamata» ripeté Kylan, mentre una ruga gli si disegnava sulla fronte. «Che singolare tempismo».

Il suo commento fece scattare un ricordo. Qualcosa sul tempo...

Non quando abbiamo i minuti contati. Non riuscirà a temporeggiare ancora per molto.

Le parole di Zelda mi rimbombarono in testa. In quel momento, non sapevo a chi si riferisse, ma forse...

«Parlava di Vilheim» finì Kylan per me. «È lui il motivo per cui l'ho assunta. È stato Vilheim a raccomandarmi Zelda». Sentii i suoi muscoli tendersi. I ricordi della loro conversazione fluttuavano lungo il nostro legame. Non nascose nemmeno il più piccolo dettaglio, lasciandomi osservare tutto dal suo punto di vista. «È stato due anni fa».

Probabilmente era stata messa lì da Vilheim con l'intento di screditare Kylan. Restai in ascolto mentre rifletteva su tutti i possibili intrecci, considerando potenziali alleanze.

Vilheim non ha abbastanza esperienza per poter ereditare una regione.

Ma sotto qualcun altro, potrebbe diventare sovrano.

Quindi... quale reale gli ha promesso quella carica in cambio della mia disfatta?

Una serie di nomi si rincorse nella sua mente. Giudicò

e assegnò possibili moventi. Alla fine, si ritrovò con una solida lista di sospetti che avrebbero desiderato usurpare il suo territorio. Nonché una lista di reali e alfa annoiati che avrebbero potuto farlo per divertimento.

«La cena della prossima settimana sarà uno spasso» mormorò, mentre un piano prendeva forma nei suoi pensieri.

Così rapido e accurato, e innegabilmente intelligente.

Lo fissai meravigliata, adoravo quel lato di lui. Le complicate riflessioni di un essere brillante con migliaia di anni di esperienza. La crudeltà che gli altri percepivano non era nient'altro che il risultato di un disegno sapiente. Kylan non amava infliggere dolore. Le sue punizioni servivano a tenere tutti in riga. E portava il peso della regione da solo, non fidandosi dell'aiuto di nessuno.

Il suo palmo si insinuò sotto i miei capelli, avvolgendosi attorno alla mia nuca.

«Non ho mai permesso a nessuno di avvicinarsi così tanto a me, Raelyn». La sua affermazione era venata da una sfumatura di paura.

«Sei convinto che confidarsi con gli altri sia una debolezza» sussurrai.

«Fornire ad altri l'opportunità di danneggiarmi è un difetto innato, sì».

«Ma ti può anche rendere più forte». Gli posai la mano sulla guancia, continuando a guardarlo negli occhi. «Sono sopravvissuta solo perché mi sono sempre fidata di Silas e Willow, ho sempre saputo che mi avrebbero coperto le spalle. Mi hanno aiutata nei momenti più duri, o quando stavo per fare qualcosa di avventato. E io ho ricambiato il favore. A volte, avere un alleato può essere la spinta necessaria per avere successo».

«C'è una bella differenza tra l'avere un alleato e l'avere un confidente» ribatté. «Io ho molti alleati…».

«Di cui non ti fidi» lo interruppi. «Non hai nemmeno informato Judith della nostra presenza qui». Un pensiero che avevo colto mentre ripassava il suo piano di vendetta per la festa. «E lei ha fatto di tutto per meritarsi la tua fiducia». Almeno, da quello che mi aveva mostrato. «Allontani chiunque voglia aiutarvi, contando solo su te stesso. È un modo logorante di vivere».

«Lo è ancora di più farlo con la preoccupazione che qualcuno possa tradirti» replicò. «La gente è crudele, Raelyn. Ho imparato che l'unica persona di cui posso fidarmi sono io».

Mi sommerse con le sue esperienze, mostrandomi tutti i modi in cui gli era stato fatto del male nel corso della sua lunga esistenza. Tutti piccoli incidenti che, messi insieme, portavano a un'unica, solida conclusione: poteva contare solo su se stesso.

«Sì, sono d'accordo; badare a se stessi garantisce che il risultato sia sempre nel proprio interesse. Ma questo non significa che tu non possa fidarti anche degli altri. Hai lasciato che una manciata di situazioni negative dettassero tutto il tuo approccio verso la vita». Premetti il palmo sul suo viso. «Tutta la mia esistenza è stata governata da vampiri e licantropi, la maggior parte dei quali si comportava in modo crudele. Dovrei evitare di fidarmi di te a causa del loro comportamento?».

«Infatti non ti fidi di me» disse piano. «Posso vedere la tua indecisione, Raelyn. Sei preoccupata che possa farti del male».

«Sì, e presumo che mi sentirò così ancora per molto tempo» ammisi. «Ma ciò non significa che non correrò il rischio e non ti darò la possibilità di dimostrare che mi sbaglio». Dicevo sul serio. Dopo tutto quello che mi aveva fatto passare, volevo ancora fidarmi di lui. Parte di ciò derivava dal mio accesso alla sua mente, che mi permetteva di capire le sue motivazioni e i suoi metodi. Ma era dovuto soprattutto alla convinzione, scolpita nella mia anima, che Kylan fosse il mio destino.

Non riuscivo a comprenderne il senso, ma avevo deciso di affidarmi al mio istinto.

Cos'avevo da perdere?

Assolutamente niente.

Ero venuta al mondo come una schiava, e Kylan mi aveva dato l'opportunità di ottenere di più. Di ottenere la cosa più vicina all'immortalità, al vivere una vita vera.

«Non sono tra le motivazioni migliori per acconsentire al nostro legame, agnellino» commentò Kylan con una nota di tristezza. «Ma sono molto pragmatiche».

«Quali altre ragioni dovrei avere?» chiesi sottovoce, studiando i suoi lineamenti.

Certo, aveva passato l'ultima settimana a prendersi cura di me. Ma ciò che mi aveva salvata, la nostra connessione, non era stata pianificata. E, se avevo capito bene, la mia immortalità dipendeva dalla mia fedeltà verso di lui, non il contrario. Che razza di relazione era? Un rapporto a senso unico, in cui potevo beneficiare della sua energia vitale a patto che gli restassi fedele per l'eternità, mentre lui poteva fare tutto quello che desiderava.

«Vuoi un impegno anche da parte mia» mormorò, seguendo il filo dei miei pensieri. Mi sfiorò un sopracciglio col pollice, poi le sue dita tornarono a giocare coi miei capelli. «È una cosa che non ho mai concesso a nessuno, Raelyn».

Annuii, avevo già scorto anche quello nei suoi pensieri. «Lo so».

«E non mi sono nemmeno mai legato in questo modo con qualcuno» aggiunse. «Non posso dirti cosa dovresti aspettarti, perché non ne ho idea». Inclinò la testa di lato, il suo sguardo si fece bollente. «Ma so che ti voglio».

«Per adesso».

«Sì, per adesso». Mi sfiorò dolcemente le labbra con le sue. Il movimento era più lento e tenero del solito. «Credo che entrambi abbiamo bisogno di un po' di tempo per capire la situazione».

Che lui mi aveva concesso, attraverso la sua essenza immortale. «Sì».

«Ma prima, dobbiamo occuparci di quelli che cercano di screditarmi».

«Dobbiamo?» ripetei, inarcando le sopracciglia.

«Oh, sì». Mi mordicchiò il labbro inferiore, poi si scostò da me. «Ho un'idea, che ti coinvolge direttamente».

«Ci sto».

Sorrise. «Lo so».

KYLAN

«Lɪʟɪᴛʜ, che piacere averti qui con noi». Salutai la vampira bionda con un piccolo abbraccio. Il vestito rosso rubino non lasciava nulla all'immaginazione, dandole un'aria diabolica, anziché sacra. Decisamente appropriato.

«Kylan» mormorò, sfiorandomi la guancia con le labbra. «Lo sai che non mi perderei mai una delle tue feste, per quanto di recente siano diventate una rarità».

«Già, è passato un po' di tempo dall'ultima volta» mormorai, porgendole il braccio per condurla nella sala principale. «È solo che c'è così tanto da organizzare, e non so mai chi farà o meno un'apparizione». *E il tuo arrivo tardivo significa che posso finalmente dare inizio allo spettacolo,* pensai con un ghigno interiore.

«Beh, da quello che ho sentito, la maggior parte dell'alta società ha deciso di partecipare».

Sorrisi. «Quasi si aspettino che succeda qualcosa di notevole».

Le sue labbra si incresparono subdolamente. «Penso proprio che tu abbia ragione».

Si era sparsa la voce della morte di Raelyn, anche grazie all'aiuto di Jace. Il quale aveva suggerito, durante una conversazione con altri membri dell'alta società, che forse era giunto il momento che qualcuno diventasse temporaneamente il leader della mia regione.

Ed era quello il motivo per cui tutti i reali e gli alfa avevano deciso di venire.

Le osservazioni di Jace si erano trasformate in speculazioni sull'eventualità di una sfida, che mi avrebbe lanciato proprio nel corso della serata.

Esattamente ciò che volevamo.

Tutti quegli immortali annoiati desideravano uno show.

E io gliel'avrei concesso, solo che non sarebbe stato quello che si aspettavano.

«Sono sicura che sarà una serata illuminante, Kylan». Lilith mi fece l'occhiolino e si allontanò per parlare con gli altri ospiti. Era chiaro quanto la situazione la intrigasse. C'era un motivo se era riuscita ad ascendere alla carica più importante di tutte. La sua esperienza e la sua età la rendevano la regina della scacchiera. Gli stratagemmi erano la sua versione dei preliminari, e ne era diventata maestra molti secoli prima.

La disprezzavo e la ammiravo al tempo stesso.

Mi stai facendo venire le palpitazioni, sussurrò Raelyn, strappandomi un sorrisetto.

Presi una coppa di champagne da un cameriere di passaggio, per nascondere la mia reazione dietro il cristallo. *Come mai? Forse è perché sto distruggendo la tua prospettiva sulla religione, agnellino?*

Stai distruggendo un sacco di cose.

Sorseggiai il liquido mescolato al sangue, divertito. *Bene. Ricordami di mostrarti qualche testo religioso, prima o poi. Penso che troverai alcuni passaggi familiari, seppur con un linguaggio leggermente diverso.*

La sua ilarità mi attraversò, quasi distraendomi dal compito che mi aspettava. Quasi. *Stai bene?*

Sì, esattamente come l'ultima volta che me l'hai chiesto, cinque minuti fa.

Puoi biasimarmi? Mikael e Zelda si trovavano nello stesso edificio, anche se ignari della sua presenza. Gli unici che sapevano che Raelyn era ancora viva erano Judith, Darius, Juliet e Jace. *Judith è ancora lì con te, giusto?*

Il suo sospiro mentale rischiò di farmi sorridere di nuovo. *Sì, Kylan.*

Sarà meglio…

Che non vada da nessuna parte, finì lei per me. *Sì, lo sappiamo. E se succede qualcosa, ti avverto subito. Come ti ho già giurato almeno un milione di volte.*

Ecco il fuoco che adoravo. *Smettila di fare la ribelle.*

E tu il lunatico.

«Sembri di buon umore» mormorò una voce familiare e seducente. Robyn trascinò le unghie lungo il mio bicipite avvolto nella giacca elegante. «Cos'è che ti fa sorridere così?».

«Un uomo non rivela mai i suoi segreti, mia cara. Lo sai». Le baciai la guancia, guadagnandomi un ringhio mentale. *Calmati, agnellino. Robyn non è il mio tipo.*

Ti piacerebbe che baciassi un altro uomo?

Fui sul punto di far esplodere in mille pezzi il bicchiere che tenevo in mano. *Assolutamente no.*

Allora smettila di baciare altre donne.

È parte della messinscena, tesoro.

Lo sbuffo che ricevetti in risposta mi fece capire chiaramente cosa ne pensasse.

La tua gelosia è adorabile, Raelyn.

Dubito che più tardi la penserai allo stesso modo. Quando ti morderò di nuovo. E mi mandò un'immagine fin troppo dettagliata di cosa aveva intenzione di mordere. Scoppiai a ridere.

A questo punto, penso che mi farebbe venire anche quello. Erano passate quasi due settimane da quando l'avevamo fatto, principalmente perché volevo che fosse completamente guarita e pronta per la festa. E in parte come risultato della mia preoccupazione su come si sentisse Raelyn nei confronti del nostro legame.

«Kylan?» sbottò Robyn, attirando la mia attenzione.

«Scusami, cara. Cosa stavi dicendo?».

I suoi occhi azzurri si spalancarono. «Cosa diavolo ti è preso?».

«L'ultimo mese è stato illuminante» risposi. «E non mi sento più la stessa persona».

Una genuina preoccupazione le adombrò il viso. «Kylan…».

«Anzi,» dissi ad alta voce, decidendo che era il momento di dare inizio allo spettacolo «ora che siete tutti qui, vorrei dire qualche parola». Posai lo champagne su un tavolino lì accanto e mi avviai al centro della sala.

Pronta, Raelyn?

Non che abbia molta scelta, mi rispose mentalmente, con un tono divertito.

Sorrisi, col risultato che qualche ospite fece un passo indietro. Erano convinti che fossi impazzito. Sarebbe stato uno spasso.

«Grazie a tutti per essere venuti a Kylan City. So che è passato un po' di tempo dall'ultima volta che ho organizzato una festa. Così, anche alla luce degli ultimi avvenimenti, ho pensato fosse il caso di offrirvi una serata di intrattenimento». Molti vampiri si misero a ridacchiare. Si erano tutti riuniti lì aspettandosi qualcosa di diverso dal solito, e io avevo appena confermato che gliel'avrei dato.

«Come già sapete, di recente ho massacrato il mio harem per divertimento, e la mia ultima consorte ha incontrato un simile destino. A essere onesti, era una piccola femmina ribelle fin dall'inizio, come molti di voi hanno potuto notare, vero?».

Mormorii di assenso risuonarono in tutta la stanza, seguiti dal sospiro stizzito di Raelyn. *Grazie, eh.*

Prego!

Spiritoso, ruggì, allietandomi immensamente. Adoravo quel suono. Mi faceva venir voglia di strapparglielo in camera da letto.

Smettila di distrarmi, piccola sfacciata. Ho uno show di cui occuparmi.

E allora datti da fare.

Mi schiarii la voce per mascherare l'ennesima risatina. Raelyn stava rendendo la situazione quasi piacevole. Una sensazione di cui avrei avuto bisogno, considerando quello che mi aspettava.

«Oh, prima di continuare, vorrei presentarvi i piatti della serata». Schioccai le dita due volte, segnalando a Cherise che ero pronto.

L'ex direttrice della reception si era dimostrata piuttosto abile nell'organizzare le sale da pranzo del K Hotel, così avevo deciso di darle un'altra opportunità di fare una buona impressione su di me. Si era occupata lei del catering per la festa, che si teneva nelle sale da ballo dell'albergo.

Anche Maeve l'aveva aiutata, oltre ad aver gestito l'accoglienza e la sistemazione degli ospiti. Il nuovo direttore del K Hotel sarebbe stato soddisfatto dello staff. Un altro annuncio da fare in serata.

Dalla cucina uscì una schiera di umani, che indossavano solo della lingerie. Ognuno teneva in mano un vassoio ricolmo di cibo. Era usanza che il padrone di casa offrisse del sangue, quindi avevo chiesto a Cherise di improvvisare, mescolandolo agli antipasti più popolari. E di rendere le cose più piccanti con quegli outfit seducenti.

Gli ospiti chiaramente approvavano. Iniziarono subito ad ammirare e accarezzare gli umani. I pochi licantropi presenti gravitavano attorno agli antipasti di carne, mentre i vampiri erano più concentrati sui mortali che sul cibo.

Se qualcuno avesse voluto portarsi di sopra un umano, dopo la festa, non avrei potuto dire di no. Non senza destare sospetti. Che io fossi d'accordo o meno, era quella la natura del nostro mondo.

Anche Zelda apparve tra la folla. Aveva un'espressione confusa, sembrava stesse cercando qualcosa.

Avevo ordinato di proposito a Cherise di far uscire anche lei. Di solito, si nascondeva nelle cucine. Ma non quella sera.

E infine, ecco Mikael. Per lui avevo chiesto qualcosa di molto speciale.

Fece la sua entrata con addosso uno smoking, affiancato da due delle mie guardie. Entrambi elementi che lo caratterizzavano come mio pari, non come mio servo.

Era la prima volta che lo vedevo dalla notte dell'omicidio di Raelyn, e dovetti sforzarmi notevolmente per accoglierlo con un sorriso.

«Ah, il mio vergine di sangue preferito» mormorai, quando il silenzio calò sulla sala. Da come si erano tutti immobilizzati, era chiaro come l'abbigliamento che avevo scelto per lui li avesse scioccati. «Sono due settimane che non lo vedo» li informai. «Dopo quello che è successo alla mia consorte, temevo che la stessa sorte potesse toccare anche al mio amato Mikael. Così, ho preferito tenerlo lontano da me, al sicuro».

Un lieve rossore gli dipinse le guance mentre si dirigeva verso di me, con l'accenno di un sorriso che gli increspava le labbra. Aveva interpretato le mie parole proprio come speravo. Come delle discrete scuse per averlo abbandonato così a lungo. Volevo che credesse che il mio unico scopo era tenerlo al sicuro, mentre tutti gli altri presumevano che volessi proteggerlo dalla mia follia. Agghindarlo come un mio pari non faceva che provare ulteriormente il declino della mia sanità mentale, almeno a un osservatore casuale.

Si fermò al mio fianco. Aveva una postura sottomessa, ma manteneva anche un briciolo di sicurezza di sé. Mi faceva fisicamente male non poter reagire alla sua vicinanza.

Mi aveva tradito. Incastrato. Aveva quasi ucciso Raelyn.

E nonostante tutto, quel bastardo aveva l'arroganza di sorridere come se andasse tutto alla grande.

Gli avevo dato tutto.

E l'avrei lasciato senza niente.

Premetti il palmo sulla parte bassa della sua schiena, un gesto che mi aiutò a nascondere la tensione visibile nei miei muscoli contratti.

Ci siamo quasi, mi dissi. Il desiderio di vendetta mi faceva ribollire il sangue.

L'elemento finale della parata di carne umana strappò alla folla svariati mormorii di sorpresa, Lilith inclusa. Fino a quel momento, era sembrata piuttosto indifferente. Ma le sue labbra si schiusero quando Angelica barcollò in avanti, avvolta da uno strato di catene d'argento. Il suo corpo emaciato tremò. I suoi occhi scuri avevano un'espressione folle, dovuta alla mancanza di sangue.

Kylan... Il disagio di Raelyn mi raggelò. Nonostante l'avessi informata di quella parte del piano, non aveva capito del tutto cosa avrebbe implicato.

Fidati di me, tesoro, sussurrai. *Lascia che mi concentri.*

Okay, rispose, riscaldandomi il cuore. Mi ero aspettato che esitasse, ma non lo fece.

Grazie. Le accarezzai la mente con la mia, nella versione ancora più intima di un abbraccio.

Angelica si fermò davanti a me, col capo chino. Il più alto tra le guardie che scortavano Mikael, Gavin, fece un passo in avanti per darle una spinta, costringendola a cadere in ginocchio. Gemette quando atterrò sul pavimento, l'argento le stava scavando la carne. A differenza dei licantropi, i vampiri erano immuni a quel metallo. Ma le catene erano spesse e pesanti, soprattutto per qualcuno in quello stato.

«Uhm... manca qualcuno». Guardai a destra e a sinistra, ma solo per fare scena. Sapevo benissimo dove fosse il mio viscido subordinato. «Oh!». Intercettai lo sguardo di quel bastardo e sorrisi teatralmente. «Vilheim, questa qui è tua, vero?».

«Sì, mio principe» rispose, alzando le sopracciglia.

«Allora dovresti unirti a noi». Sottolineai l'invito con un ampio gesto della mano, consapevole di quanto folle apparissi agli occhi dei presenti. O così, o avrei dovuto uccidere tutti i colpevoli senza dare nessuna spiegazione. E preferivo di gran lunga la prima opzione. Soprattutto perché speravo che avrebbe fatto uscire il vero giocatore da dietro le quinte.

Dopo aver riflettuto a lungo con Darius e Jace, eravamo giunti alla conclusione che il responsabile doveva essere qualcuno che desiderava solo un po' di caos. Perché tutti coloro che avevano diritto a ereditare il mio territorio erano disinteressati all'espansione, o vivevano troppo distante per poterlo sfruttare.

E per quanto avessi dei nemici, come tutti, farmi passare per pazzo non avrebbe portato a chissà quale beneficio sul lungo termine. Per non parlare del fatto che il colpevole si sarebbe assicurato la mia vendetta.

Il che significava che avevo ristretto il campo a una manciata di candidati, di cui solo due si erano degnati di venire alla festa.

Robyn e Walter. Il vecchio alfa era già con un piede fuori dalla porta, visto che l'età avanzata lo aveva costretto a ritirarsi. Avrebbe apprezzato un'ultima litigata tra i membri dell'alta società, soprattutto se gli avesse lasciato un'eredità di cui godere.

Naturalmente, ciò non significava scartare Robyn. La sua colpevolezza era altrettanto probabile, soprattutto considerando quanto le piacesse prendersi gioco degli altri.

«Vilheim» lo salutai, quando si avvicinò. Aveva un'espressione annoiata. «Adesso possiamo iniziare». Osservai la folla silenziosa, soddisfatto che tutti prestassero più attenzione a me che agli umani mezzi nudi sparsi per la sala. Perfetto. «Vi piacerebbe assistere a un processo tra vampiri?».

«Dipende da cosa la accusi» replicò Lilith, con un'espressione neutra.

«Omicidio». Quell'unica parola suscitò tutta una serie di mormorii e occhiate confuse. «Giusto, prima dovrei darvi qualche spiegazione. Non intendo mettere in dubbio le voci che girano sul mio stato mentale, ma vorrei chiarire quello che si dice sul mio harem. Il fatto è che non ho ucciso nessuna di loro».

Il brusio si intensificò. L'aria era piena di risatine ed esclamazioni di incredulità.

«Dai, Kylan. Lo sappiamo tutti che hai un debole per il sangue» intervenne Robyn, con un tono divertito.

«Su questo non c'è dubbio» concordai. «Ma non per gli omicidi senza senso. Non ero a casa quando il mio harem è stato massacrato, e l'assassinio di Raelyn è avvenuto mentre ero fuori a correre. Ho trovato Angelica accanto al suo cadavere, ed era coperta del sangue della mia consorte. È per questo che l'ho lasciata a digiuno per due settimane. E stasera la metterò a processo per l'omicidio della mia proprietà».

Alla mia affermazione fece eco un coro di scetticismo e vero e proprio sdegno. Tanti non riuscivano a credere che fossi così pazzo da incolpare qualcun altro. Alcuni sostenevano che punire un vampiro per l'omicidio di un mortale era ridicolo. E molti altri sospiravano che avevo ufficialmente perso la testa, ormai era chiaro.

«Basta così». Lilith alzò una mano, mettendo a tacere la folla. Nei suoi occhi verdi c'era un'acuta consapevolezza. «Bene, Kylan. Mi hai incuriosita. Procedi».

Sorrisi. Aveva appena accettato un processo non solo per i crimini di Angelica, ma anche per i miei. Se fosse andata male, avrebbe usato l'incidente per dichiararmi mentalmente instabile. Era quello che avrei fatto io al suo posto.

«Grazie, Lilith». Inclinai la testa in segno di reciproca comprensione e lasciai andare Mikael. Con le mani dietro la schiena, camminai attorno alla vampira vestita di catene. Aveva un aspetto così fragile e spezzato che quasi mi sentii in colpa, ma poi mi ricordai che aveva abbandonato Raelyn. «Sai già tutto dell'omicidio di cui ti sto accusando, Angelica. Come ti dichiari?».

«Non… non sono stata io» mormorò, scuotendo la testa. «Non sono… non sono stata io».

«Interessante, considerando che ti ho trovata sulla scena del crimine, con addosso il sangue della mia consorte. Spiegami cos'è successo».

«Stavo… stavo parlando con V… Vilheim». Si bloccò, tremando violentemente. «L'ho… l'ho trovata così. L'ho trovata dopo aver messo giù il telefono».

Inarcai le sopracciglia, fingendo di essere sorpreso. Il mio sguardo cercò subito Vilheim. «Ti sta usando come alibi, ti rendi conto?».

Lui scoppiò a ridere, la sua recita era impeccabile. «È ridicolo. Perché avrei dovuto chiamarla?».

«L'avete... l'avete fatto!». Alzò il capo. Nei suoi occhi c'era un fuoco ricolmo di furia e disperazione. «Mi... mi avete telefonato!».

Vilheim fece un passo avanti, ma lo bloccai posandogli una mano sulla spalla. «Ssh, sentiamo cos'ha da dire» consigliai. «Se non altro, ci divertiremo».

Si sistemò la giacca e si rimise al suo posto, annuendo. «Okay. Va bene. Ma voglio avere l'onore di ucciderla».

«Ma certo» risposi. «L'onore sarà tutto tuo». Mi accucciai davanti ad Angelica, incontrando il suo sguardo furibondo. La maggior parte delle persone nella sua situazione si sarebbe messa a singhiozzare, ma lei sembrava pronta a commettere un omicidio. «Cos'ha detto, quando ti ha chiamata?».

«Mi ha chiesto quali compiti mi avevate assegnato» ringhiò. «Voleva sapere di Rae». Su quell'ultima parola, il suo atteggiamento mutò. «Non... non avrei dovuto lasciarla sola. Ma... ma non sono stata io a ucciderla. Lo giuro».

Vilheim sbuffò. «Non era neanche lontanamente divertente. Perché dovrebbe importarmi di una consorte?».

Mi alzai in piedi e mi sistemai la cravatta. «Già, perché?».

Raelyn, sei pronta?, le chiesi, dipingendomi sul viso un'espressione pensierosa.

Sì. La sua risposta repentina era avvolta dalle fiamme. Nonostante la conoscesse appena, voleva vendicare Angelica. Ammiravo la sua tenacia e la sua lealtà, anche se non ero del tutto convinto che fosse ben riposta. *Ha avuto la sua punizione, Kylan.*

Sicura?, ribattei, osservando la femmina emaciata. *Le avevo dato un compito, e ha fallito.*

Ma non è stata lei ad attaccarmi.

Se avesse fatto il suo dovere, non saresti stata attaccata, le feci notare.

La sentii sospirare nella mia mente. *Ha sofferto abbastanza.* Un'esplosione di senso di colpa mi investì. Raelyn stava scatenando il suo tumulto interiore, causato dal vedere Angelica punita per qualcosa che riteneva fuori dal controllo della vampira. *Per favore, Kylan.*

Il mio comando prevaleva su qualsiasi altro, in quel territorio, cosa che Angelica avrebbe dovuto sapere. Ma lenire il dolore di Raelyn era più importante che fare un esempio di Angelica.

Va bene, agnellino. È il momento.

«Ho l'impressione che ci serva un altro testimone» comunicai alla sala, guardandomi attorno. «Qualcuno in grado di confermare la versione di Angelica». Afferrai un dispositivo dalla tasca e premetti un pulsante. «Judith, siamo pronti».

«Sì, mio principe» rispose lei attraverso il vivavoce, recitando la sua parte, proprio come le avevo chiesto.

Mikael si irrigidì, ma Vilheim rimase indifferente. Non vedevo l'ora di assistere alla sua disfatta.

Nella sala svolazzarono congetture mormorate a mezza voce. La maggior parte degli ospiti era silenziosa e interessata ai nuovi sviluppi, mentre alcuni discutevano del mio stato mentale. Jace incontrò il mio sguardo dall'altro lato della sala. I suoi occhi argentei non lasciavano intuire nulla, ma sapevo che approvava. Anche lui avrebbe gestito la situazione nello stesso modo.

Dei tacchi riecheggiarono sul pavimento di marmo, facendo voltare molti degli astanti verso l'entrata della sala da ballo.

Le mie labbra iniziarono a incurvarsi, pronte a dare il benvenuto alla mia grande sorpresa.

E lei apparve in cima alla scalinata, con i capelli

raccolti e la gola esposta. L'abito rosso che avevo scelto per lei scendeva fino a terra, ma era adornato da spacchi seducenti che le arrivavano fino in cima alle cosce. Il tessuto opaco abbracciava le sue forme, mettendole in risalto.

Splendida, pensai, con un sorriso smagliante. «Vi presento la mia *erosita*, Raelyn».

RAE

Scesi le scale avvolta da conversazioni caotiche e sussurri increduli. Mi tremavano le gambe, ma mi sforzai di mostrarmi sicura. Judith camminava dietro di me. La sua presenza mi aiutava a rimanere concentrata.

Potevo sentire i loro occhi su di me.

La fame.

Lo shock.

La letalità in agguato nella sala.

Licantropi e vampiri, la maggior parte d'alto rango, tutti in attesa che mi unissi a loro come testimone di punta.

Respira, agnellino, mormorò Kylan. *Ti sto aspettando in fondo alla scalinata.*

Non potevo vederlo; tenevo gli occhi bassi, come richiedeva il mio ruolo. Sapere dove fosse mi aiutò a muovermi più in fretta, con l'abito che ondeggiava a ogni passo.

«Ciao, agnellino» mi diede il benvenuto Kylan. La sua mano si avvolse attorno al mio collo, trascinandomi in un bacio non appena raggiunsi l'ultimo gradino. «Hai un aspetto delizioso».

«Grazie, mio principe». Le mie parole si infransero sulle sue labbra, il cuore mi rimbombava nelle orecchie.

Sono qui, tesoro, mi rassicurò. *Fidati di me.*

Un intenso calore inondò i miei pensieri e il mio sangue. *Lo so.*

Fece un passo indietro. «Ora, vediamo di avere finalmente qualche risposta».

Parte del calore lasciò il mio corpo, quando Kylan mi condusse vicino a Mikael. Gavin era dietro di lui. Aveva un atteggiamento protettivo, mentre teneva strette le braccia dell'umano. Sarebbe potuto sembrare che lo stesse proteggendo, forse che Kylan stesso gli avesse ordinato di farlo. Ma io conoscevo la verità. E anche Mikael. I suoi occhi chiari incontrarono i miei. Orrore e dispiacere si mescolavano nel suo sguardo.

Perché era pentito di ciò che mi aveva fatto?

O perché si disperava per la sua situazione?

Se gli fosse dispiaciuto, ci sarebbe almeno un po' di sollievo, in lui. Ma non è così. L'ultima frase risuonò nella mia mente come un ringhio. La rabbiosa delusione di Kylan mi fece venire la pelle d'oca. Si era aspettato, anzi, aveva sperato che Mikael fosse in qualche modo rincuorato dal mio essere ancora in vita. Ma il suo battito rimbombava di paura. Il che provava a Kylan che a Mikael era sempre importato solo di se stesso.

Una profonda tristezza strisciò lungo la nostra connessione. Kylan era sinceramente sconvolto per aver sbagliato tutto con il suo vergine di sangue.

Non è colpa tua, lo rassicurai, convinta delle mie parole. *L'hai trattato meglio di chiunque altro avrebbe mai fatto.*

Senza dubbio, ma ha sempre desiderato di più da me. Qualcosa che non ho mai potuto dargli. Mi mostrò una sfilza di ricordi, per farmi capire cosa intendesse.

Mikael che si prendeva cura di Kylan con dei piccoli gesti, come portargli la colazione serale, una tazza di caffè, un bicchiere di vino… Obbedendo a qualsiasi ordine del suo signore, anche quando gli faceva chiaramente male.

Non aveva mai detto di no.

E non aveva mai smesso di guardare Kylan come se fosse l'unico scopo della sua vita. Il suo desiderio era evidente in ogni occhiata, il suo corpo si piegava a qualsiasi richiesta, e il suo cuore era sempre stato del suo padrone.

Amore, mi resi conto. *Voleva il tuo amore.*

«Bene, dov'eravamo rimasti?» chiese ad alta voce, invece di rispondermi.

Osservando i lineamenti devastati di Mikael, non era nemmeno necessaria una conferma. Il suo dolore derivava dal sapere che aveva deluso Kylan, che non l'avrebbe più avuto. Che aveva perso per sempre l'amore della sua vita. E che, da quella sera, chiunque l'avrebbe saputo.

«Oh, giusto, Angelica ha detto che ha dovuto rispondere a una telefonata, ed è per quello che ha lasciato Raelyn da sola. Sono curioso di conoscere la versione della mia *erosita*, visto che ha avuto modo di viverla in prima persona». Mi fece voltare verso di lui. Le sue dita mi alzarono il mento, costringendomi a guardarlo negli occhi. «Parla». Una punta di malizia seguì quella parola lungo il nostro legame. Ricordarmi il nostro primo incontro era il suo modo di cercare di alleggerire la situazione.

Gli scoccai un'occhiataccia. *Non sono un cane, Kylan.*

Lo so bene, agnellino. «Adesso, Raelyn».

«Io e Angelica eravamo in giardino, e il suo telefono ha iniziato a squillare. Mi ha detto che si trattava di Vilheim, il suo creatore, e che doveva rispondere. Poco dopo, sono stata raggiunta da Mikael». Mi fermai e sbirciai nella sua direzione. I suoi occhi erano pieni di lacrime. Il mio cuore vacillò, travolto dall'incertezza.

Cosa gli farai?

«E poi cos'è successo, Raelyn?» mi incalzò Kylan. *Mi dispiace, tesoro, ma ho bisogno che tu lo dica.*

Ma cosa gli farai?, gli chiesi di nuovo, ancora

concentrata su Mikael, vedendolo sgretolarsi davanti a noi. Sapeva cosa stava per succedere. Conosceva il suo destino. Avrei dovuto essere elettrizzata all'idea di vendicarmi, ma l'unica cosa che provavo era un'immensa tristezza. Sapendo dov'era arrivato pur di avere Kylan tutto per sé.

Non so ancora cosa farò, ammise dolcemente Kylan. *Ma ho bisogno che tu finisca il racconto.*

Eravamo circondati dal disagio e dalle aspettative della folla. Mi sentivo sopraffatta dalla loro bramosia di sapere cosa avessi da dire. Deglutii, tremando, e chiusi gli occhi, incapace di sopportare le lacrime di Mikael un secondo di più.

Feci un respiro profondo, cercando di ricompormi. «Mikael ha passeggiato per un po' con me. Ha continuato a ripetere quanto gli piacessi e che si scusava, ma non capivo perché. Poi è apparsa Zelda con un pugnale in mano. Ha detto qualcosa sul fatto che la mia morte sarebbe stata l'ultimo chiodo sulla vostra bara, e ha esortato Mikael a uccidermi per provare il suo valore. Così, lui mi ha tagliato la gola, per poi accoltellarmi».

Trasalii al ricordo della lama affilata che penetrava tra le mie costole, nel mio petto, la sensazione di annegare nel mio stesso sangue…

Kylan mi avvolse di scatto una mano attorno al collo e lo strinse. Aprii gli occhi, specchiandomi nel suo sguardo ardente. La sua espressione mi fece tornare in me più rapidamente di un ordine.

«Sembra che i tuoi umani abbiano bisogno di un po' di disciplina» osservò una voce femminile.

L'attenzione di Kylan si spostò lentamente verso di lei. Mi resi conto che si trattava di Robyn. «Stai forse suggerendo che i mortali siano abbastanza intelligenti da mettere a punto un piano del genere da soli?».

«Beh, non ho sentito nominare un vampiro nel mix, quindi direi proprio di sì».

Kylan sorrise. Lasciò andare il mio collo e mi trascinò al suo fianco. «È interessante che tu l'abbia menzionato. Vedi, stando ai ricordi che ho estratto dalla mente della mia *erosita*, posso conferma che Angelica è stata realmente chiamata da Vilheim, perché l'immagine del numero è stampata nella memoria di Raelyn. E c'è di più. Una frase che Zelda ha pronunciato sull'avere i minuti contati e sul fatto che qualcuno non avrebbe potuto temporeggiare molto a lungo».

Schioccò le dita verso la sua sinistra, dove Judith apparve tenendo stretta tra le braccia una Zelda in lacrime. Non mi ero nemmeno accorta di lei, ma vederla mi fece ribollire il sangue.

Le rivolsi un'occhiata omicida. *Tu.*

«Ti ucciderò, Zelda» disse Kylan con un tono piatto. «L'unica incertezza, a questo punto, è se si tratterà di una morte rapida, o di una lenta ed estremamente dolorosa. Puoi chiarire cosa intendevi con quel commento?».

Lei sbiancò. I suoi occhi volarono oltre la mia spalla, imploranti.

Kylan seguì il suo sguardo, girandosi mentre lo faceva. Un vampiro dai capelli neri e il volto cinereo ricambiò le nostre occhiate. La sua espressione era impenetrabile.

«Oh, giusto» disse Kylan. «Per chi non lo sapesse, Vilheim era il proprietario di Zelda. Me la regalò dopo un mio commento estasiato sui suoi dessert». Si voltò di nuovo verso di lei. «Sto cominciando a pensare che non fosse una coincidenza, Zelda. Ti suggerisco di iniziare a parlare. Perché lui non può aiutarti, e ti assicuro che sto fremendo dal desiderio di punire qualcuno per ciò che è stato fatto alla mia proprietà».

Essere definita in quel modo mi ferì, ma solo finché

non ne percepii lo scopo. Kylan non poteva rischiare che qualcuno si rendesse conto di quanto tenesse a me. Doveva sembrare forte e infallibile, non indebolito dai sentimenti.

«Io... Io...». Zelda cominciò a singhiozzare. Le sue gambe cedettero, facendola cadere sul pavimento.

«È stato Vilheim a dirle di farlo» disse piano Mikael. I suoi occhi erano puntati su Kylan, il suo sguardo pieno d'amore. «Avevo capito che era stata lei a lasciarlo entrare per ammazzare le ragazze, il vostro harem, mentre eravate via. Quando...».

«L'avevi capito?» ripeté Kylan.

«Sì. Avevo trovato una camicia insanguinata nella sua stanza. Quando le ho chiesto spiegazioni, è crollata e mi ha raccontato cos'era successo. Stavo per riferirvelo, ma lei ha chiamato Vilheim. E...» la voce di Mikael vacillò, la sua espressione ancora una volta devastata. «Ha detto... ha detto che se l'avessi aiutato a screditarvi, si sarebbe assicurato che venissimo esiliati insieme. Io dovevo occuparmi di Rae». I suoi occhi verde acqua cercarono i miei. Sembrava volersi scusare. Poi la sua attenzione tornò su Kylan. «Mi disp...».

«No» lo zittì Kylan. Un dolore intenso fluiva lungo la nostra connessione. Non poteva tollerare di sentirglielo dire, non in quel momento, non quando doveva celare a tutti i costi la sua fragilità. «C'è qualcos'altro che vorresti aggiungere, Vilheim?». Si girò lentamente per fronteggiarlo. Nonostante il suo aspetto esteriore irradiasse calma, percepivo la sua furia bruciare tra di noi. Voleva uccidere.

«Vuoi che parli per te?» insistette Kylan, inarcando le sopracciglia. «Perché, se dovessi indovinare, direi che il tuo scopo era di farmi passare per pazzo, in modo che qualcun altro ottenesse il mio territorio. Qualcuno che ti avrebbe concesso più potere. Voglio dire, sappiamo entrambi che non sei abbastanza anziano da ereditare tu stesso una regione, il che ti lascia con l'unica opzione di avere un nuovo reale a capo di questa. E ciò fa sorgere una domanda: quale reale avevi in mente?».

«Questa è un'accusa pesante» disse la Dea, mettendosi vicino a Kylan. «Ma sono curiosa anch'io, Vilheim. Come di certo ben sai, cospirare contro un reale, per non parlare del fatto che si tratti del *tuo* reale, è un crimine punibile con la morte. E sono sicura che Kylan vorrà prolungarla il più possibile».

«Assolutamente» confermò lui.

La Dea annuì. «Come pensavo. Vilheim, ti suggerisco di parlare, prima che Kylan decida di strapparti la lingua per divertimento».

Grazie a Kylan, quella macabra immagine prese forma nella mia mente. Per fortuna, la sua mano catturò la mia prima che potessi fare una smorfia. Il suo tocco mi costrinse a restare calma.

«È pazzo» disse Vilheim. «È evidente».

Le sopracciglia della Dea si alzarono. «Forse mezz'ora fa sarei stata d'accordo con te. Ma dopo tutto quello che ho visto, mi sembra chiaro che Kylan stia benissimo». Posò la mano ben curata sul braccio di Kylan e si voltò verso di lui. «Voglio dire, trasformare la tua consorte in un'*erosita* solo per scovare il colpevole... è stata una mossa geniale».

Quell'insinuazione mi fece gelare il sangue nelle vene. Non poteva...

«Come puoi vedere, ha funzionato alla perfezione» mormorò lui, trafiggendomi il cuore.

No. Aveva creato la connessione per sbaglio, non per rendermi più forte come esca.

Kylan, dimmi che non è quello il motivo per cui l'hai fatto.

Mi ignorò, tutta la sua concentrazione era dedicata alla Dea.

Lei scosse la testa. «Davvero, Kylan, a volte penso che tu sia più bravo di me in questo gioco».

Le rivolse un sorriso indulgente. «Su, mia cara, sarai sempre tu la regina della scacchiera».

La Dea arrossì, sulle sue labbra c'era l'accenno di un sorriso. «Mi ero quasi scordata quanto fossi piacevole. Devo venire a trovarti più spesso».

«Assolutamente» concordò. «Ma prima, Vilheim?».

Sentivo il cuore palpitarmi nelle orecchie. *Ti prego, dimmi…*

Devo concentrarmi, Raelyn, rispose. La sua voce mentale era brusca e decisa.

Deglutii. *Certo.*

Una volta finito, avremmo potuto parlare. Così mi avrebbe confermato che non aveva creato il nostro legame solo per tenermi in vita fino a quella sera. Mi aveva spalancato le porte della sua mente. Me ne sarei accorta, no?

A meno che non sapesse come fare a nascondermi i suoi piani.

Corrugai la fronte. Era in grado di occultare dei dettagli? No. Mi aveva dato accesso illimitato ai suoi ricordi, al suo essere, e io avevo ancora la capacità di entrarci. Anche se in quel momento sembrava tutto più torbido, come se stesse realmente cercando di impedirmi di vedere qualcosa.

La verità sul nostro legame?

«Non ho niente da dire». Vilheim sembrava indifferente all'atteggiamento minaccioso dei due vampiri più antichi ancora in vita, in piedi davanti a lui.

«Niente?» ripeté Kylan. «Beh, è molto interessante, visto che sappiamo entrambi che non hai concepito questo piano da solo. Non sei abbastanza intelligente per farlo. Che, per inciso, è esattamente il motivo per cui non ti ho mai promosso. Quindi mi domando chi ti abbia spinto ad agire in questo modo». Si picchiettò il mento con un dito, guardando i presenti.

La Dea lo osservò con un misto di interesse e sospetto, come si farebbe con un avversario.

Poi i suoi luminosi occhi verdi incontrarono i miei, immobilizzandomi. *Oh...* Non avrei nemmeno dovuto guardarmi in giro. E adesso non potevo muovermi, la mia mente era congelata. Lei piegò la testa di lato, mentre la curiosità impregnava i suoi lineamenti. Era come se fossero passati anni dall'ultima volta che aveva visto un essere umano.

Così antica.

Così fredda.

Così... non una Dea.

La rivelazione mi colse di sorpresa. Avevo temuto quella creatura sin dalla prima volta che avevo aperto gli occhi. Ma, in quel momento, riuscii finalmente a vedere sotto la maschera.

Era solo un altro vampiro. Era incredibilmente antica, come Kylan, ma in lei non c'era niente di etereo, né tantomeno di divino.

«Robyn» chiamò Kylan. «Sai quanto adoro vederti in azione, tesoro. Ti dispiacerebbe aiutarmi a spezzare Vilheim?».

La Dea... *no, Lilith...* spostò lentamente la sua attenzione sulla folla.

«Oh, dolcezza, penso tu sia molto più abile di me» rispose la reale dai capelli d'oro. «E preferisco di gran lunga assistere alla tua opera».

«Sciocchezze». Lasciò andare la mia mano e la tese a lei. Il suo sorriso era così seducente che il mio cuore mancò un battito. Kylan era troppo bello, e quell'espressione non faceva che peggiorare la situazione. «Per favore. Unisciti a noi. Insisto». Aveva un tono che nessuno avrebbe osato sfidare, nemmeno io.

Robyn posò il suo drink su un ripiano e iniziò a farsi strada verso di noi. «Beh, a questo punto non posso certo dire di no».

«Fantastico. Allora, stavo pensando... invece di strappargli la lingua, potremmo farlo sanguinare e offrire la sua essenza a tutti gli umani presenti nella stanza». Kylan lanciò un'occhiata a Lilith. «Un atto così degradante dovrebbe costringere un vampiro anziano come Vilheim a parlare, no?».

«Sprecare del sangue così prezioso per degli umani?». Suonava disgustata. «Va bene. Ma poi dovremo ucciderli tutti».

«Ma certo» Kylan agitò una mano con noncuranza. «Avevo dato per scontato che quello fosse l'after-party».

Lilith annuì. «Allora sì, potete procedere».

Molti dei presenti fecero qualche passo indietro, mentre Kylan si toglieva la giacca del vestito. Me la passò senza dire nulla, poi iniziò ad arrotolarsi le maniche della camicia. «Inizia pure, tesoro. Mi unirò a te in un attimo».

Robyn si passò i palmi sull'abito e si avvicinò a Vilheim. Lui le rivolse un'occhiata feroce, che non passò inosservata. La reale trascinò le unghie sulla sua giacca, facendone rimbalzare i bottoni sul pavimento, e gliela sfilò brutalmente. Il vampiro aprì la bocca, ma lei gliela schiaffeggiò così velocemente, e con una forza tale, che il sangue iniziò a sgorgargli dal labbro.

Kylan, lo avvertii.

Lo vedo. Ma finse di non farlo, apparentemente ancora intento ad armeggiare con le maniche.

Vilheim fece di nuovo per parlare, ma Robyn lo colpì ancora più forte. Le sue unghie gli lacerarono la pelle del viso.

Quella brutalità mi fece trasalire, ero sconvolta che una mano riuscisse a causare simili danni. Aveva improvvisamente senso che molti si fossero allontanati, soprattutto con Robyn che si avventava con tutte le sue forze sulla faccia del vampiro.

Lilith posò una mano sul braccio di Kylan, sembrava tesa. Annuì brevemente, mi sembrò una sorta di scambio tra loro due.

Vilheim cominciò a reagire. Alzò le braccia davanti al viso, cercando di difendersi e al tempo stesso di colpire la femmina impazzita.

Era tutto troppo veloce per i miei occhi da mortale. I loro movimenti erano rapidi, e dalla bocca del maschio iniziarono a uscire delle parole in un sibilo sconosciuto.

Non capivo nulla, la scena si svolgeva a una velocità che il mio cervello non poteva comprendere.

L'aria mi vorticò attorno. Mi girava la testa. Fui colpita da qualcosa di duro. Il pavimento mi accolse, spietato. Le mie labbra si schiusero in un grido, zittito da quelle di Kylan. Per un attimo. Abbastanza da farmi tornare in me. E tutto d'un tratto, stavo fissando la sua schiena.

Cos'era appena successo?

Il mio respiro vacillò, il mio cuore batteva all'impazzata. Afferrai i fianchi di Kylan per restare in equilibrio. Lo sentii ringhiare: «Hai appena attaccato la mia *erosìta*, Robyn?».

«Cosa?». Sembrava senza fiato, ma non riuscivo a vederla. «No, certo che no. Si è chiaramente messa sulla mia strada. L'avete visto tutti».

«No, ciò che ho visto è stato tu che aggredivi la proprietà di un altro» rispose Lilith, con un tono gelido. «Ho anche l'impressione che tu stia cercando di rendere Vilheim incapace di parlare».

«È... è così...» biascicò il vampiro. «Mi... mi ha... incastrato».

Mormorii scioccati infransero il silenzio calato sulla sala, facendomi rabbrividire. Cosa sarebbe successo?

Mi guardai attorno e trovai Zelda prostrata a terra, in un inchino implorante. Mikael era in piedi accanto a lei, affiancato da due delle guardie di Judith.

Kylan mi trascinò lentamente al suo fianco. La sua giacca era sul pavimento, macchiata di sangue. L'avevo lasciata cadere nel tafferuglio, ma non sembrava gli importasse.

«Perché, Robyn?» le chiese. «Perché hai organizzato tutto questo?».

La bionda raddrizzò le spalle. Aveva il labbro sanguinante, il vestito rovinato. E sorrideva. Il suo aspetto era talmente delirante, che mi venne il dubbio che fosse realmente pazza.

«Dai, Kylan. Non ho fatto niente di che. Mi sono limitata a dire a Vilheim che Jace avrebbe ereditato il tuo territorio e gli avrebbe offerto la carica di sovrano. Previo suggerimento da parte mia, ovviamente. E lui ha fatto tutto il resto. Mi sono dovuta occupare soltanto di far salire qualcuno sul tuo aereo per inviare quelle e-mail. Il che è stato facile, dopo aver coinvolto la tua puttanella di sangue». Indicò Mikael con un gesto teatrale. Lui trasalì come se l'avesse toccato davvero.

«Hai cercato di screditare un altro reale per noia?» chiese Lilith, incredula.

«Perché no?». Robyn alzò le spalle. «Onestamente, non è stato nemmeno così divertente».

«Nemmeno così divertente...» le fece eco Kylan. «Hai massacrato il mio harem, Robyn, e hai quasi ucciso la mia *erosita*».

«Gli umani sono rimpiazzabili. Lo sai meglio di

chiunque altro. Non essere arrabbiato, tesoro. L'ho fatto solo per divertirmi un po', e tu mi hai beccata. Tutto qui».

«Non essere arrabbiato» ripeté piano Kylan, come se stesse assaggiando quelle parole. «Hai tentato di mettere in dubbio la mia sanità mentale, e vuoi che mi stia bene. Lilith, penso che sia Robyn quella impazzita per via dell'età».

«Sembra proprio di sì» concordò lei, con un tono pensoso. «Robyn, non posso lasciare che le tue azioni restino impunite».

«Ma certo». La bionda alzò di nuovo le spalle. «Fa' pure del tuo peggio».

La sua nonchalance mi inondò di rabbia. A quella donna non importava essere stata scoperta. E non temeva nemmeno la punizione che la aspettava.

Perché era estremamente raro che un reale venisse ucciso. L'ultimo ad affrontare una sentenza di morte era stato Cam, per aver sfidato la Dea stessa. Stando alle deduzioni di Kylan, tra l'altro, forse era ancora vivo.

Perciò non c'era da stupirsi che Robyn non fosse troppo preoccupata.

Sapeva che non le avrebbero inflitto danni permanenti.

Lilith congiunse le mani. «Robyn, sei ufficialmente bandita da ogni evento, incluso il Giorno del sangue, per una decade. Di conseguenza, non avrai diritto a comprare o acquisire nuovi umani fino al termine della tua condanna».

La reale sbiancò. «Una decade?».

«Uhm… sì, in effetti è poco». Lilith si voltò verso Kylan. «Quanto tempo è servito alla tua *erosita* per riprendersi?».

«Sette giorni» rispose con tono pacato.

«Molto meglio. Bene, sarai bandita per sette decadi, Robyn. Ti suggerisco di trattare bene il tuo harem e i tuoi servitori. Passerà un po' di tempo, prima che tu abbia la possibilità di sostituirli. E nel frattempo la maggior parte morirà comunque di vecchiaia».

Robyn farfugliò qualcosa. Le sue labbra carnose esprimevano mute parole di protesta.

«Preferisci una sentenza più lunga?» le domandò Lilith, inarcando un sopracciglio.

«Io… No, mia regina». Robyn si inchinò. Le tremavano le gambe. «Io… accetto la mia punizione».

«Molto bene. Allora è meglio che tu te ne vada, visto che questo è un evento sociale. A cui non sei più la benvenuta».

Robyn si irrigidì, il suo corpo rimase bloccato nel bel mezzo dell'inchino.

«Adesso» sbottò Lilith.

«Sì, certo». Robyn raddrizzò la schiena. Nei suoi occhi si agitava un tornado di emozioni. Shock, dolore, furia. Lanciò un'occhiata a Kylan, troppo rapida perché potessi interpretarne il significato, poi scomparve dalla stanza.

«Beh, è stata senza dubbio una serata interessante» affermò Lilith, rivolgendo di nuovo la sua attenzione verso Kylan. Teneva in mano un pugnale tempestato di gemme. «Me ne occupo io, o preferisci farlo tu?».

«Oh, lascia che me ne occupi io». Tese il palmo. «Per favore».

«È dei tuoi, e ha danneggiato una tua proprietà». Porse l'arma a Kylan e si rivolse alla folla. «Vilheim è stato accusato di aver tramato contro il suo reale. Certo, il piano era di Robyn, ma lui avrebbe dovuto parlarne con Kylan e avvisarlo, invece di stare al gioco».

Fece una pausa, come se si aspettasse delle domande.

Nessuno osò emettere un suono.

«C'è qualcuno, qui, che si oppone al fatto che Vilheim,

vampiro della regione di Kylan, riceva la punizione prevista per questo crimine?».

Silenzio.

«Non avendo sentito obiezioni... puoi procedere, Kylan».

«Grazie». Si allontanò dal mio fianco per avvicinarsi a Vilheim. Il vampiro era inginocchiato sul pavimento, trattenuto da due della sua specie.

«Sei uno stronzo» borbottò.

«Vuoi che siano quelle, le tue ultime parole?» chiese Kylan. «Non ne sono molto colpito».

Vilheim intonò qualcosa in una lingua straniera, che strappò una risatina a Kylan e gli fece scuotere la testa. «Non sei mai stato degno, Vilheim. E non lo sarai mai». Conficcò la lama nel petto dell'uomo con un movimento veloce ed efficiente. Un sussulto collettivo seguì il suo gesto.

Una morte vera e propria, mi resi conto, sconvolta.

Non avevo mai visto morire un vampiro. Non sapevo nemmeno che potessero farlo sul serio. E Kylan ne aveva appena ucciso uno, in una sala piena di licantropi e dei suoi simili.

Il corpo di Vilheim si disintegrò in un mucchio di cenere. Kylan usò la giacca di Mikael per ripulire il pugnale, che poi restituì a Lilith.

Era l'unica a possedere quell'arma?

Era rivestita di una sostanza speciale, o era stata forgiata specificatamente per quello scopo?

«Fantastico». Nascose il pugnale da qualche parte nell'abito, il luccichio del metallo sparì in un battito di ciglia. «Presumo che ti arrangerai tu con i tuoi umani».

«Beh, c'è un'ultima questione ancora irrisolta».

Lilith inarcò un sopracciglio. «Ossia?».

«Ora nella mia regione sono ufficialmente sotto di uno. Per colpa delle azioni di un altro reale, non mie. E visti tutti i problemi che la situazione mi ha causato, tra il mio harem e le insinuazioni sulla mia figura, ritengo di avere diritto a una nuova risorsa».

Non capii il significato delle sue parole, ma, a giudicare dalla sfilza di sussurri che si librò nell'aria, probabilmente ero l'unica.

«Capisco» mormorò Lilith. «C'è un motivo se abbiamo delle regole, Kylan. E non sono sicura che questo incidente giustifichi il violarle».

«Una vita per una vita» disse qualcuno. «in questo scenario, mi sembra del tutto giustificato. Vilheim è morto. Kylan ha bisogno di una nuova recluta per mantenere l'equilibrio nel suo territorio».

Lilith si girò in direzione di chi aveva parlato. «Supporti la sua richiesta, Jace?».

«Sì. Penso che sia giusto, considerando tutto quello che ha subìto negli ultimi mesi». Jace si fece avanti. Reggeva una coppa di sangue e champagne, teneva una mano in tasca. Il ritratto della disinvoltura. «Non sono esattamente un suo fan, ma in questo caso sono d'accordo».

Seguirono altri sussurri, la stanza si stava riempiendo di rumore e speculazioni.

«Ha ragione». Il profondo ringhio suggerì che a parlare era stato un licantropo.

«Walter?». Lilith apparve stupita. «Anche tu sei d'accordo?».

«Sì. Se fossi al suo posto, chiederei la stessa cosa».

«Anch'io» disse un altro.

Molti si aggiunsero, esprimendo il loro supporto, e continuarono finché il vociare non raggiunse un livello che Lilith non riuscì più a tollerare.

«Basta» li zittì.

Kylan era davanti a lei. La sua espressione era impenetrabile, al pari della sua mente. Non sapevo cosa stesse pensando, perché aveva di nuovo bloccato l'accesso. Non del tutto, ma abbastanza da non farmi udire i suoi piani.

Ero talmente sopraffatta dal caos che mi circondava, da non essermene accorta. Il mio cuore si strinse al pensiero di essere stata allontanata ancora una volta, ma dovevo credere che fosse solo perché aveva bisogno di tutta la concentrazione possibile.

Sì, dev'essere quello.

Lilith sospirò. «Il Torneo dell'immortalità è quasi terminato, Kylan. Non posso darti nessuna di quelle reclute, visto che siamo già scesi a due. Ma considerando tutto il sostegno che stai ricevendo, potrei fare una concessione per il prossimo anno».

Mi mancò il respiro. *Già scesi a due? Silas era uno di loro?*

«In realtà, ho già in mente l'umano adatto» disse Kylan, strappandomi ai miei pensieri.

«Ah sì?» chiese Lilith. «E di chi si tratta?».

Sorrise e mi tese la mano. «Raelyn».

RAE

La mano di Kylan era davanti ai miei occhi.

Aveva appena suggerito…?

No.

Dovevo aver capito male.

Era impossibile che intendesse…

«La tua *erosita*?» domandò Lilith, suonando ancora più scioccata di quanto mi sentissi io. «No, assolutamente no».

«Perché no?» le chiese di rimando, lasciando cadere la mano lungo il fianco. «Era una dei primi dodici candidati al Torneo. I suoi voti sono sempre stati fenomenali. È stupenda, intelligente e ha recitato perfettamente la sua parte nel mio piano. Non esiste una persona più adatta».

«È un'insolente» sentenziò Lilith, fulminandomi con lo sguardo. «Anche in questo momento, mi sta fissando direttamente».

«Perché non è nata per essere una semplice umana, ma una vampira. La mia».

I mormorii si levarono di nuovo, molti per sottolineare il loro assenso. Li udivo appena, sovrastati dal cuore che mi martellava nelle orecchie.

Kylan, ansimai.

Ma la connessione continuava a essere bloccata. La sua attenzione era rivolta esclusivamente a Lilith.

«Darius» intervenne Jace, all'apparenza concentrato sul contenuto del suo bicchiere, che stava facendo roteare pigramente. «Nell'ultimo paio di settimane hai condiviso una certa intimità con Raelyn, giusto?».

Il vampiro in questione fece un sorrisetto. «Sì. Kylan si è dimenticato di menzionare le sue abilità in camera da letto. A cui do un dieci pieno, nel caso qualcuno se lo stesse chiedendo».

«Quindi ritieni sia abbastanza brava da unirsi ai nostri ranghi?» chiese Jace.

Darius si strinse nelle spalle. «C'è ancora qualche dettaglio da perfezionare, ma presumo Kylan sia all'altezza del compito. Ha fatto miracoli con la mia Juliet».

Bugie. Tutte bugie. Avevamo trascorso l'ultima settimana a rilassarci. La relazione tra Darius e Juliet era diversa da qualsiasi altra, era chiaro quanto lui l'adorasse. E Kylan non l'aveva nemmeno sfiorata, troppo impegnato a complottare in vista della festa e assicurarsi che stessi bene.

Ma non avevamo mai affrontato quella parte del piano.

Molti dei presenti espressero il loro consenso. Uno addirittura affermò che Kylan avrebbe dovuto avere tutto ciò che voleva, perché se l'era guadagnato.

Lilith mi squadrò di nuovo. Le sue labbra arricciate lasciavano trasparire quanto mi trovasse carente.

Non sarebbe mai stata d'accordo.

E non sapevo nemmeno se era quello che desideravo. Non più.

Diventare un vampiro non avrebbe significato rinunciare al legame con Kylan?

E allora capii il motivo della sua richiesta.

Mi stai dando una via d'uscita. Il dono dell'immortalità, senza dover essere legata per sempre a lui. *Kylan…*

«Sarà sotto la mia responsabilità. Ti prometto che entro il prossimo Giorno del sangue ti stupirà».

Lo sguardo di Lilith guizzò su di lui. «Stai suggerendo di trasformarla tu stesso?».

«Sì».

«La tua prima progenie» commentò lei, esterrefatta. «Non avrei mai pensato che questo giorno sarebbe arrivato. Per non parlare del fatto che vuoi sprecare un'occasione del genere per una creatura così indegna».

«Dimentichi che, grazie al legame, posso leggerle la mente. Fidati quando ti dico che non c'è nessuno più degno di Raelyn». La veridicità della sua dichiarazione risuonò attraverso la nostra connessione. Il suo orgoglio nei miei confronti infranse le barriere temporanee che aveva eretto poco prima.

Non solo mi stava dando una via d'uscita, ma ci stava anche regalando l'opportunità di stare insieme per desiderio, non per necessità.

Perché non avrei dovuto dipendere da lui per avere l'immortalità.

Il che significava che avrebbe dovuto impegnarsi per mantenere vivo il mio interesse.

E voleva farlo.

Com'era riuscito a nascondermi tutto quanto? Potendo finalmente curiosare di nuovo nella sua mente, scoprii che era sempre stato parte del piano.

Non sapevo cosa dire.

Tutto ciò che riuscii a fare fu guardarlo a bocca aperta.

«Va bene» mormorò Lilith. «Se è questo che vuoi, ti sarà concesso».

«Grazie». Chinò appena la testa.

«Ma mi aspetto di vedere un notevole miglioramento, al nostro prossimo incontro».

«Certo» rispose Kylan. «Mettere in riga Raelyn è uno

dei miei passatempi preferiti». La sua ironia mi raggiunse attraverso la nostra connessione, ma ero ancora troppo scioccata per ribattere, o anche solo per alzare mentalmente gli occhi al cielo.

Vuole trasformarmi.

Diventare il mio creatore.

«Ora, resta il piccolo problema di cosa fare con il resto di voi» disse, affrontando per prima Angelica. Si accucciò per togliere alcune delle catene che le cingevano il corpo nudo. «Tu hai decisamente bisogno di sangue».

I suoi occhi infossati si alzarono su di lui. «Lo sapevate» ruggì.

«Sì, ma mi hai comunque deluso. Ti avevo ordinato di proteggere Raelyn, e tu l'hai lasciata sola». Le strappò di dosso altre catene. La sua forza sovrumana traspariva in ogni strattone. «Quando ti dico di fare qualcosa, ha un peso che ricade anche su tutti gli altri. Capisci?».

Lei tremò mentre Kylan la liberò anche dall'ultimo pezzo di metallo, togliendole i ceppi dalle caviglie a mani nude. «S... sì, Vostra Altezza».

«Bene. Allora considera la tua punizione terminata». I suoi occhi si posarono su Mikael, la sua espressione l'immagine della crudeltà. «Posso offrirti qualcosa da bere, Angelica?».

Le labbra di Mikael si schiusero, i suoi occhi si riempirono di nuovo di lacrime. Aveva l'aspetto di un uomo distrutto, di un amante abbandonato.

Il mio cuore piangeva per lui.

Anche dopo quello che mi aveva fatto, non riuscivo a restare indifferente alla sua sofferenza.

Kylan era tutto ciò che aveva sempre desiderato.

E non l'avrebbe mai avuto.

«Inginocchiati» gli ordinò Kylan.

Mikael si lasciò cadere a terra, con la testa bassa. Non

avrebbe nemmeno provato a implorarlo. Sapeva cosa lo attendeva.

Una fitta mi trapassò il petto. Originata da Kylan. La sua lotta interiore mi ferì ancora di più. Non sapeva cosa fare. Se ucciderlo rapidamente, se farlo soffrire a lungo, se massacrarlo a beneficio della sala… se lasciarlo vivere.

«Dalle il tuo polso». La sua voce non vacillò. Ma, dentro, quel gesto lo stava uccidendo.

Non devi ammazzarlo, sussurrai. *Non per vendicarmi.*

Cosa dovrei fare con lui?, mi chiese dolcemente. *Imprigionarlo per il resto della sua vita?*

Puoi darlo a qualcuno?

Merita un destino peggiore, Raelyn.

Lo so, ma l'ha fatto perché ti ama.

Mikael gemette quando le zanne di Angelica gli si conficcarono nella carne. La bocca famelica della vampira iniziò subito a succhiare con foga tutto il sangue di cui aveva bisogno. Era reduce da due settimane di digiuno e aveva davanti un vergine di sangue, la cui essenza era irresistibile anche per vampiri molto più anziani. Non aveva alcuna possibilità contro di lei. Se Kylan non decideva di fermarla, l'avrebbe divorato. E Mikael lo sapeva.

Kylan si alzò in piedi, ignorando la scena, nonostante il cuore spezzato. Guardò Zelda, un sorriso sadico gli illuminava il volto. «Cherise» chiamò.

«Vostra Altezza» rispose subito lei, praticamente correndo verso di lui, speranzosa.

«Sono molto compiaciuto dei tuoi miglioramenti. Più tardi discuteremo di una possibile promozione, ma per adesso ho bisogno che ti occupi di quella lì». Indicò Zelda. «È una ex cuoca. Forse potrà aiutarti a creare qualcosa di speciale con il suo sangue».

Mi si rivoltò lo stomaco. *Kylan…*

Merita molto di peggio. Dovrebbe essere grata che non sarò io a ucciderla.

«Certo, mio principe» rispose Cherise, sorridendo. «Sarò felice di farlo».

«Grazie. Assicurati di prosciugarla completamente. Non ho più bisogno di lei, ed è inutilizzabile in questa regione».

«Capisco». Cherise si inchinò, poi afferrò Zelda per i capelli. «Andiamo, ex cuoca».

Kylan diede un'occhiata a Judith e al team di sicurezza, per poi finalmente tornare su un Mikael a malapena cosciente. La sua mente lottava tra giusto e sbagliato, finirlo e perdonarlo.

Teneva davvero a Mikael.

Glielo leggevo nell'anima. Non era amore, ma una profonda amicizia.

Il suo sospiro mentale fu stanco e pesante. «Basta, Angelica» disse, allontanandola da Mikael. Lei lottò per un istante, prima di rendersi conto chi fosse stato a strattonarla via. A quel punto, indietreggiò in fretta, pulendosi la bocca coperta di sangue. «Judith, porta Mikael nelle mie stanze. Lo finirò io».

«Lo preparerò per voi, mio principe». Si avvicinò all'umano e lo sollevò senza fatica.

Kylan annuì e rivolse la sua attenzione agli invitati. «Bene, spero di avervi regalato una serata emozionante».

Ricevette in risposta qualche risatina, e Lilith scosse la testa. «Con te non ci si annoia mai, Kylan».

«È l'unico modo in cui valga la pena vivere». Sorrideva a tutti quanti, ma il suo cuore era in frantumi per ciò che avrebbe dovuto fare. Percepivo il suo dolore, era un qualcosa di terribile. «Buon divertimento a tutti. Mangiate. Bevete. Siate felici. E, ovviamente, godetevi la mia ospitalità. Penso che passerà un po' di tempo, prima che decida di organizzare un'altra festa». Fece un inchino teatrale. «Ho un po' di cose da fare, incluso scopare per l'ultima volta la mia *erosita*, quindi ora vi lascio».

Lilith alzò il bicchiere, e così fecero anche Jace e Darius.

Kylan mi prese per mano e mi trascinò via dal salone. Camminava piano, salutando tutti quelli che incontravamo lungo il tragitto. Quando finalmente entrammo nell'ascensore, sospirò e si passò le dita tra i capelli.

«Dammi solo un minuto, prima di dire qualsiasi cosa». Premette il pulsante per raggiungere la reception.

Invece di ribattere o fargli notare che non sapevo cosa dire, lo strinsi tra le braccia.

Inizialmente non si mosse, il suo stupore si insinuò lungo il legame. Poi ricambiò il mio abbraccio e affondò il viso nel mio collo.

Sono qui, lo rassicurai. *Non sei solo.*

Tremò e mi strinse ancora più forte. *Cos'era la mia vita prima che ti incontrassi?*

Noiosa?, suggerii. *Scontata? Più semplice?*

Lo sentii ridacchiare nella mia mente. *Noiosa mi sembra la definizione adatta.* Mi baciò sulla gola e mi lasciò andare, proprio mentre le porte si aprivano. Maeve ci stava aspettando nella lobby. Porse a Kylan le chiavi dell'auto. «Ottimo, grazie. Ho un ultimo compito per te, se non ti dispiace».

«Ci mancherebbe, mio principe».

«Informa tutti quanti che ho promosso te e Cherise, sarete voi ad avere la vecchia posizione di Tremayne. Una di voi si può occupare del K Hotel, e l'altra di Tremayne Tower. Ma assicuratevi di cambiargli il nome. Io gestirò la proprietà a Lilith City. Sentitevi libere di spartirvi il resto come meglio credete».

Maeve spalancò la bocca. «Ma... ma... Vostra Altezza...».

«Non ti sei candidata, lo so. Ma sono stanco di affidare a dei vecchi vampiri delle posizioni di potere per cui non hanno alcun rispetto. Ha molto più senso offrirle a qualcuno che capisca e apprezzi sul serio queste attività, cosa che tu e Cherise chiaramente fate. Lei aveva solo bisogno di un piccolo promemoria».

Gli occhi della donna si riempirono di lacrime, le sue labbra si distesero in un sorriso mozzafiato. «Non so cosa dire».

«Comincia col dire che non mi deluderai».

«Non vi deluderò» promise, la sua gioia era palpabile. «Grazie, Vostra Altezza. Grazie».

Lui annuì. La sua mano si posò sul mio fondoschiena. «Assicurati di dirlo a tutti, inclusa Cherise, e fammi sapere chi andrà dove».

«Certo. Sì». Stava praticamente saltellando. «Perdonatemi, sono...».

«Elettrizzata, lo so. Goditi la serata, Maeve. Ti sei guadagnata tutto questo». Mi spinse in avanti, superando velocemente una serie di umani che si inchinarono al nostro passaggio.

Dopo esserci sistemati in auto, mi voltai verso di lui. «È stato molto gentile da parte tua».

Si mise in strada. «È stato pratico, Raelyn».

«È stato bello» lo corressi. «Non sei poi così terrificante e crudele come vuoi far credere».

Kylan sbuffò. «Non lasciare che nessuno ti senta dire una cosa del genere».

«Non preoccuparti». Gli picchiettai la coscia e mi rilassai sul sedile. «Sarà il nostro piccolo segreto».

Mi guardò di sottecchi. «Credo che ne condivideremo molti, Raelyn».

KYLAN

«Sei proprio sicuro di volerlo fare?» mi domandò Jace. La sua espressione era illeggibile. Era andato via presto dalla festa, insieme a Darius e Juliet, per raggiungermi alla tenuta. Proprio come avevo chiesto.

Annuii. «Sì, sono sicuro». Non c'era alternativa.

«Non merita la tua generosità» commentò Darius, appoggiato allo stipite del mio ufficio.

«È davvero un atto generoso?» riflettei ad alta voce, firmando anche l'ultimo dei documenti impilati sulla scrivania.

Alzò le spalle. «Per qualcuno lo sarebbe».

Forse. Presi in mano la pila di fogli e alzai lo sguardo sui due vampiri. «Non posso ucciderlo» ammisi. «So che dovrei farlo, ma…».

«Ti importa di lui» finì Jace. «I nostri simili sono ossessionati dal considerarla una debolezza, ma non lo è. È ciò che ci tiene legati alla nostra umanità, nonché sani di mente».

«Suppongo sia un modo di vedere la cosa» mormorai, passandogli il fascicolo. «Assicurati che si prendano cura di lui, per favore».

Jace annuì. «Luka farà sì che passi il resto della sua vita indisturbato».

«In un territorio abitato dai licantropi» sospirai, ancora confuso dal suo suggerimento.

«Prima o poi, bisogna che tu veda com'è davvero» disse Jace con un tono enigmatico. «Potresti addirittura trovarci qualcosa di interessante».

«Perché ho l'impressione che tu mi stia iniziando a qualcosa?» chiesi, diffidente.

«Perché è così» replicò Jace e mi tese la mano. «Non sei l'unico ad avere dei sospetti, Kylan».

Gliela strinsi. «Su cosa?».

«Su tutto». Ricambiò il gesto. «Mi farò sentire al più presto con maggiori dettagli. Nel mentre, gestirò il problema con Mikael secondo le tue indicazioni».

«Deve restare illeso» ripetei per l'ennesima volta.

«Ti ho già dato la mia parola. Starà bene». Jace si avviò verso la porta, ma poi si bloccò sui suoi passi. «Hai davvero intenzione di trasformare Raelyn?».

«Se è ciò che vuole, sì».

«E tu lo vuoi?» chiese, attraversando la soglia. «Sii onesto con lei, Kylan. Da quello che ho sentito, è la base di ogni relazione sana».

Darius sbuffò. «Come se sapesse qualcosa di donne».

«Sembra che abbia una certa familiarità con loro». Jace era solito circondarsi di femmine che assecondavano ogni suo capriccio. Anche se, negli ultimi viaggi, era sempre da solo. Strano.

«Non quando si tratta di sentimenti» ribatté Darius, per poi seguire il suo reale. «Buona fortuna con Raelyn. Segui il tuo istinto. Potresti trovare il tuo cuore».

Sparì, lasciandomi a bocca aperta.

Che consiglio orribile. Quando si trattava di Raelyn, il mio istinto era di chiuderla in camera da letto e non permettere a nessuno di avvicinarsi.

Tra l'altro, era proprio dove l'avevo lasciata. A lavarsi via di dosso gli orrori della serata e a rilassarsi.

Inviai l'e-mail che confermava a tutti i miei sudditi la mia decisione su chi avrebbe sostituito Tremayne, poi spensi il tablet.

Quella notte sembrava non finire mai. E si sarebbe prolungata ancora di più, se Raelyn avesse accettato la mia proposta.

Mi stava aspettando seduta sul letto, con addosso solo un asciugamano. I capelli bagnati le ricadevano sulla pelle nuda. I suoi occhi azzurri incontrarono i miei. Nelle profondità del suo sguardo vorticava una miriade di emozioni. «Ho saputo cos'hai fatto a Mikael».

Mi fermai davanti a lei, improvvisamente preoccupato che non approvasse la mia decisione. «Non poteva rimanere qui».

«Lo so».

«E non potevo ucciderlo». Nonostante se lo meritasse. Non riuscivo a finirlo, non dopo gli undici anni trascorsi insieme. Mi aveva amato. Il che era colpa sua, ma anche un po' mia. Condannarlo a una vita di solitudine mi sembrava una punizione sufficiente.

Le labbra di Raelyn si piegarono in un sorriso triste. «Hai fatto la scelta giusta. Per quanto sia stata dura, la capisco».

«Quindi non sei arrabbiata con me?».

Sbuffò, inginocchiandosi sul letto, in modo da avere il viso alla mia stessa altezza. Mi afferrò le spalle. «Non posso rimproverarti per essere stato compassionevole». Posò le labbra sulle mie. Il suo bacio spontaneo era la migliore ricompensa. Nelle ultime due settimane, la nostra intimità era stata molto casta, per facilitare la sua guarigione. Esattamente l'opposto di ciò che bramava il mio corpo, ma quello di cui aveva bisogno il suo.

Accarezzai con la lingua il punto in cui le sue labbra si congiungevano, esigendo di entrare. Cosa che feci nel giro di un istante. Accettò la mia invasione con un gemito, avvolgendomi le braccia attorno al collo. Le afferrai il sedere, sollevandola e stringendola a me. Avevo bisogno di molto di più.

Era stata una serata dannatamente lunga.

Avevo bisogno di perdermi solo per un momento, di lasciare che le sensazioni prendessero il sopravvento, di godermi Raelyn. Il suo tocco ipnotico. Il suo profumo agrumato. La carezza della sua mente sulla mia. La sua pelle nuda. Il suo sapore.

«Oh» mormorai, incapace di trattenermi dal prendere di più. La baciai con una passione ardente, facendola mia come desideravo, marcando con la lingua ogni centimetro della sua bocca. Era così inebriante. Così splendida. Così *mia*.

Infilai le dita tra le sue ciocche umide, stringendola a me come se temessi di vederla sparire. Una volta trasformata, avrebbe potuto farlo. Ma avevo bisogno che avesse anche quell'opzione, che potesse essere mia pari in ogni modo, fatta eccezione per l'età. Altrimenti la nostra relazione sarebbe stata sempre a senso unico. Volevo che scegliesse me.

Il cuore mi martellava nel petto.

Solo un'ultima volta.

Quando era ancora mia.

Era tutto ciò di cui avevo bisogno. Poi l'avrei lasciata andare, se era quello che voleva.

Ma quella notte l'avrei avuta completamente.

«Raelyn» sussurrai. «Ho bisogno…».

«Sì» mi interruppe, avendo già letto tutto nella mia mente. «Un milione di volte sì, Kylan. Prendimi. *Scopami*».

Fremetti contro di lei, già pronto.

Mi sbottonò i pantaloni senza chiedere. Aveva un tocco sapiente, un'abilità notevole. Gettai il suo asciugamano sul pavimento. Le mie labbra scivolarono lungo il suo collo, poi più giù, verso i suoi seni meravigliosi. Le catturai un capezzolo tra i denti, facendole inarcare la schiena. Lo succhiai mentre mi abbassava la cerniera.

Mi spostai sull'altro, leccandolo e mordicchiandolo.

«Sei perfetta, Raelyn» mormorai. «Tutto di te è così dannatamente perfetto». Ero stato sincero con Lilith. Non pensavo ci fosse qualcuno più qualificato di lei a ottenere l'immortalità.

Mi spinse giù i pantaloni e iniziò a dedicarsi alla mia camicia. Al terzo bottone aveva già perso la pazienza. Strappò via il resto, strattonando il tessuto. Mi scrollai di dosso i brandelli di cotone e rimasi a petto nudo davanti a lei.

«I pantaloni devono sparire. Ora». Erano bloccati sulle mie cosce.

Sorrisi. «Mi stai dando ordini?».

«Sì».

Ridacchiai e obbedii. «Stenditi, principessa. A gambe aperte. Voglio vedere quanto sei bagnata per me».

Gemette. I suoi muscoli si tesero in risposta. Il dolce profumo della sua eccitazione mi diede il benvenuto a casa. Il mio corpo bramava di riunirsi al suo.

Nessuno mi aveva mai fatto sentire così. Completo. Come se avessi potuto perdermi per sempre tra le sue braccia.

Volevo che non finisse mai.

Non volevo doverle dire addio.

Il resto dei miei abiti sparì mentre lei si sistemava sul letto come le avevo ordinato. Ebbi l'impressione che il luccichio tra le sue cosce mi stesse chiamando. Baciai la sua eccitazione, avevo bisogno di gustarla. La mia lingua affondò dentro di lei, rivestendosi del suo sapore unico.

Le morsi delicatamente il clitoride, poi le accarezzai col viso i soffici riccioli rossi che le adornavano l'inguine. Aveva smesso di depilarsi, su mia richiesta, ma continuava a tenersi curata. La baciai ovunque, adorandola e scolpendola a fuoco nella mia memoria.

«Kylan» esalò, con le dita tra i miei capelli, strattonandoli. «Mi serve di più».

«Oh, anche a me» sussurrai.

Una notte.

Un mese.

Un anno.

Un secolo.

Un'eternità.

Non sarebbe mai stato abbastanza.

Avevo rinunciato a cercare di capirlo. Avevo smesso di lottare. Avevo deciso di accettarlo e basta.

Perché non avevo le energie di continuare a mettere in discussione i miei sentimenti. Perché non erano dovuti al legame, ma a Raelyn.

Si era sempre trattato solo e soltanto di lei.

Del suo fuoco.

Del suo spirito.

Del suo cuore.

Tracciai un sentiero di baci lungo il suo corpo, venerandone ogni centimetro e ignorando la mia voglia di farla voltare e prenderla da dietro.

Doveva essere diverso. Speciale. *Reale*.

Volevo fare l'amore con lei. Qualcosa che non avevo mai fatto con nessuno, perché non ne avevo mai visto il senso. Ma con Raelyn... Lei lo meritava. Meritava quello e tanto altro. E volevo fare quell'esperienza con lei. Onorarla in un modo diverso, unico. Riverirla e amarla.

«Raelyn» ansimai sulle sue labbra, posizionandomi tra le sue cosce. «Mi hai cambiato per sempre». Scivolai dentro di lei. Il mio corpo mi implorava di prenderla con forza, il mio cuore mi obbligava a farlo lentamente.

Si inarcò verso di me, costringendomi ad andare più a fondo. «Mi hai rovinata per qualsiasi altro uomo» sussurrò. «Ti sei preso ogni parte di me e l'hai fatta tua».

«Ah, ma… Raelyn, non l'ho fatto». Dopo tutte le provocazioni e le minacce, non ero mai riuscito a impossessarmi della sua mente, né del suo cuore, o della sua anima. «Sei tu che mi possiedi, tesoro. Ogni parte di me esiste in te e in nessun altro».

La baciai dolcemente, muovendomi piano dentro di lei. Assaporai il modo in cui la sua carne si stringeva attorno a me, i suoi gemiti al termine di ogni spinta.

«Kylan». I suoi occhi di ghiaccio brillavano, le sue guance erano tinte di rosso. «Farà male?».

«Diventare un vampiro?» chiesi, continuando a baciarla. «No, mia cara». Erano passati molti secoli dalla mia rinascita, ma le mostrai i pezzi che ricordavo. Il sonno profondo, le nuove sensazioni che mi attendevano al risveglio, la sete iniziale.

«Perderemo questa connessione?» mi domandò ansimando. Il suo corpo continuava a inarcarsi verso il mio, alla ricerca del piacere di cui necessitava.

Le baciai la mascella, il collo, l'orecchio. E, una volta lì, le dissi la verità: «Non so cosa accadrà». Il mio creatore morì poco dopo la mia rinascita. «Saremo ancora legati, ma in modo diverso».

«Sarò ancora tua, Kylan?» mi chiese piano, con le unghie conficcate nelle mie spalle. «Dimmi che sarò ancora tua».

«Un altro ordine?» la presi in giro, mordendole la gola e penetrandola con forza. Lei rispose con un mugolio, serrandosi attorno al mio sesso. «Mmm… continua a fare così, e potrei prometterti che lo sarai per sempre».

«Kylan» ruggì lei, graffiandomi la schiena, marchiandomi in un modo delizioso.

«Ancora».

«Accetta di stare con me» ribatté, avvolgendomi le gambe attorno alla vita. «Dimmi che sarò tua».

Mi spinsi di nuovo dentro di lei, brutalmente, rapidamente. Sorrisi quando rantolò il mio nome. «Adoro quel suono». Ripetei l'azione e la baciai. Il suo corpo fremeva, l'orgasmo era vicino.

Mossi i fianchi in un modo che sapevo le sarebbe piaciuto. Il grido con cui accolse il mio gesto lo confermò.

Il mio nome lasciò le sue labbra in un'imprecazione. La sua mente si ribellava, ma il suo corpo implorava di averne di più. Esigeva una risposta quasi quanto desiderava venire.

«Me lo stai annegando» sussurrai. «Stai possedendo ogni centimetro di me». Le afferrai i fianchi, inclinandola verso l'alto, per andare ancora più a fondo e farla impazzire. «Urla il mio nome, Raelyn. Voglio che tutti sentano che sono tuo».

Quelle parole la spinsero oltre il limite, mentre la sua bocca obbediva al mio comando.

Con ogni sillaba, ripetuta più e più volte, sentii il suo dominio su di me solidificarsi e crescere, consumandomi dall'interno.

Sarà pure stata mia, ma io sicuramente ero suo.

In tutti i modi.

Raggiunsi anch'io l'orgasmo, riversandomi dentro di lei con un impatto che mi riecheggiò nell'anima. Era così intenso che quasi mi faceva male. Una sensazione stupenda e totalizzante. Lei mi prosciugò fino all'ultima goccia, mentre il mio corpo si contorceva sul suo.

Non mi ero mai sentito così vuoto e sazio al tempo stesso, mai, in tutta la mia vita.

Amore.

Devozione.

Energia.

Che si spandeva e fluiva, avvolgendoci nell'intimità propria solo di una coppia. Il mio cuore le apparteneva. Il mio spirito. La mia mente. Non le nascosi nulla, permettendole di sentire tutto il peso di ciò che provavo e dandoglielo in custodia.

«Adesso» sussurrò, sciogliendosi su di me. «Voglio farlo adesso».

«La trasformazione?».

«Sì. Fammi tua. Tua pari. Una vera e propria compagna. Ti prego, Kylan. È ciò che voglio. Ciò di cui *ho bisogno*». I suoi pensieri me lo confermarono. Aveva preso la sua decisione. Ma non perché desiderasse essere libera, per trovare un modo di sfuggirmi.

Raelyn desiderava l'immortalità per restare per sempre al mio fianco.

Non riuscivo a immaginare una femmina più degna.

Lo voleva davvero, l'aveva sempre voluto.

E io per lei.

Era l'unico regalo che potevo offrirle, l'unico modo per ricompensarla per tutto ciò che mi aveva dato.

La mia Raelyn.

Il mio cuore.

La mia compagna.

Le baciai il collo, già pregustando l'ultima volta in cui mi sarei nutrito di lei. Non sarebbe stato lo stesso, quando fosse diventata un vampiro. Affondai le zanne dentro di lei e iniziai a bere. La sua essenza mi fluì in gola, mentre lei gemeva e si contorceva sotto di me. L'impatto le aveva provocato un altro orgasmo.

Era fantastico sentirla venire attorno al mio sesso, ancora dentro di lei.

«Kylan» mormorò, con le unghie sepolte nella mia carne. «Oh, Kylan».

Se continui a gemere il mio nome in quel modo, sarò costretto a smettere e a scoparti di nuovo.

Mugolò qualcosa. Il piacere che le avevo scatenato nelle vene rendeva la sua voce mentale un farfugliare incoerente.

Continuai a bere, tenendo sotto controllo il suo battito cardiaco, in attesa del momento giusto.

La sua connessione con la mia immortalità prolungò il momento. La sua anima aveva già iniziato a strattonare la mia.

Alla fine, però, la sua resistenza si affievolì.

Le sue grida sfumarono in gemiti.

Sospiri.

La pelle di Raelyn diventò più fredda, il suo cuore rallentò.

Mi staccai da lei. Era ancora vagamente cosciente, aveva le palpebre pesanti. Era il momento cruciale, quello in cui l'anima comincia ad allontanarsi, per danzare con la morte.

Mi morsi il polso e glielo posai sulla bocca, riversando la mia essenza vitale sulla sua lingua.

All'inizio non reagì. La sua mente annebbiata dal sonno non riusciva a comprendere di cosa avesse bisogno. Ma il suo corpo prese il sopravvento, il suo istinto si fece strada fino in superficie. Si attaccò al mio polso, riempiendosi di quel liquido rivitalizzante.

I secondi diventarono minuti, il mio corpo era sul punto di essere prosciugato. Allontanai il polso. Il suo grido frustrato mi strappò una risatina. «Più tardi ne avrai di più, piccola. Ma per adesso...». La baciai dolcemente, odiando quello che stavo per fare. Che dovevo fare.

Era la parte che avrebbe fatto un po' male.

Temporaneamente.

Le coprii completamente la bocca e le strinsi il naso.

Alcuni preferivano un proiettile. Altri lo strangolamento. L'occasionale collo spezzato.

Ma non avrei mai potuto fare niente del genere. Non a lei.

Chiusi gli occhi. Tremavo per lo sforzo di soffocarla. Di fermarle del tutto il cuore.

Va tutto bene, sussurrò.

No, per nulla, risposi. *Ma presto sì.*

Mi fido di te.

Quelle parole mi fecero venire le lacrime agli occhi. Perché era proprio così. E anch'io mi fidavo di lei. Qualcosa che non avrei mai pensato di poter condividere con qualcuno.

Trascinò la mano sulla mia schiena, un'ultima carezza prima di lasciarla cadere lungo il fianco. Quando iniziò ad avere le convulsioni, una lacrima riuscì a sfuggire dalle mie ciglia. Il suo corpo stava lottando, nonostante la sua mente avesse già accettato il suo destino.

Il panico cominciò a dilagare in lei. L'ultimo stadio della morte, in cui la ragione cessava di esistere.

E poi rimase immobile.

Il suo battito sempre più flebile.

Più lento.

Svanito.

Attesi ancora qualche istante, poi la lasciai andare. Posai la fronte sulla sua. «Sogni d'oro, Raelyn».

RAE

L'OSCURITÀ MI INGHIOTTÌ, lasciandomi cieca. Intrappolata. Sola.

Era un sogno?

Un incubo?

La realtà?

Provai a spingere la superficie dura sotto di me, accanto a me, davanti a me. Non si mosse.

Kylan? Riuscivo a percepire la sua presenza. Era lì, da qualche parte. Sembrava divertito. *Kylan, cosa sta succedendo?*

Puoi fare meglio di così, principessa. A meno che tu non sia ancora un agnellino.

Il suo commento mi fece piegare le labbra all'ingiù. *Di cosa stai parlando?*

Uno scalpiccio mi fece voltare verso sinistra, il suono sembrava farsi sempre più vicino. Piedi che calpestavano la neve. I passi di Kylan. I suoi pantaloni che si tendevano mentre si accucciava su di me, fornendomi l'immagine di dove si trovasse. Solo che non sapevo come raggiungerlo.

Cos'è questa?

Una bara. Aprila.

Non si muove.

«Perché ci hai a malapena provato. Mettici un po' di

impegno» mi incoraggiò. Sentivo la sua voce provenire da sopra di me.

Posai i palmi sul legno che mi sovrastava e lo spinsi forte. Il coperchio cedette con uno scricchiolio, rivelando un barlume di luce lunare. Un'altra spinta e si aprì completamente, facendomi cadere addosso terra e neve.

Saltai fuori dalla bara. I miei piedi nudi atterrarono sul terreno gelido molto più agilmente di quanto mi aspettassi.

Le sopracciglia di Kylan si inarcarono in un'espressione genuinamente sorpresa. «Notevole, per una novellina». Si alzò in piedi. Teneva tra le braccia dei vestiti e un paio di scarpe. «Per quanto mi dispiaccia anche solo suggerirlo, cosa ne diresti di metterti addosso qualcosa?».

Mi guardai attorno, un movimento di zampe mi avvertì che non eravamo soli.

Lupi.

Sei lupi.

Tutti a poltrire vicino allo stagno ghiacciato, intenti a osservarci.

«Perché sono qui fuori?» gli chiesi, ammirando i ghiaccioli scintillanti che pendevano dagli alberi coperti di neve. Il morso gelido del vento. E… wow… la luna sembrava glitterata.

Era stupendo.

Mi inginocchiai per terra. Le mie dita affondarono nell'acqua cristallizzata. *Neve*, mi meravigliai, come se l'ammirassi di nuovo per la prima volta. *Wow…*

Il divertimento di Kylan riscaldò la mia pelle fredda. Il suo piacere nel vedermi reagire ai miei nuovi sensi era palpabile.

Aspetta… «Riesco ancora ad ascoltare i tuoi pensieri» dissi, rialzandomi. I miei piedi registrarono a stento il gelo sottostante. «E a percepire la tua presenza».

«Sì» mormorò, avvicinandosi a me. «Non conosco

nessuno che abbia questa facoltà tra creatore e progenie, ma sospetto sia per via del legame tra le nostre anime. Ho vissuto la tua rinascita come se stesse accadendo a me».

Cercai di ricordare come mi fossi sentita, la mia mente era confusa. «È tutto così... oscuro». Mi aveva morsa. Forse soffocata. Il suo sangue nella mia bocca. Scossi la testa, l'intera esperienza era avvolta nella nebbia. «Non riesco a ricordare».

«È normale. Ti accorgerai che anche alcuni aspetti della tua vita mortale inizieranno a svanire, perché sei ufficialmente ascesa all'immortalità». Mi passò un paio di pantaloni e un maglione, calzini e stivali. Li indossai per abitudine, non per bisogno, nonostante il freddo che ci avvolgeva.

«Ma perché sono qui fuori?» gli chiesi di nuovo, ancora confusa da quell'aspetto.

«Lo stadio finale del processo è di diventare tutt'uno con la terra». Mi mise un cappello in testa e mi baciò la punta del naso. «Ho pensato che avresti preferito svegliarti qui. E avevo già una nicchia nel terreno».

«Perché?».

Alzò le spalle. «Ogni vampiro ha dei nascondigli, Raelyn. Ora puoi condividere questo con me. Nessuno sa che esiste». Chiuse la cassa, il cui coperchio era rivestito di erba, e la coprì con la neve, per far sì che si confondesse con il resto del paesaggio.

Riconobbi il tronco lì accanto. Rimasi a bocca aperta. «È dove abbiamo...».

«Sì». Un sorrisetto si fece strada sulle sue labbra. «Il che, secondo me, lo rende un luogo ancora più adatto per la tua resurrezione».

Sorrisi anch'io e scossi la testa. «Non smetti mai di sorprendermi, Kylan».

«Ne sono lieto». Mi venne vicino e mi afferrò i fianchi, stringendomi a sé. «Devi essere molto affamata».

Corrugai la fronte. «Per nulla, a dire la verità».

«Sul serio? La maggior parte dei vampiri appena trasformati si risveglia con una fame incredibile». Mi sfiorò le labbra con le sue. «Torniamo a casa. Forse l'odore del sangue ti stimolerà l'appetito».

Arricciai il naso, vagamente disgustata all'idea di mordere un umano. Ma era così che avrei dovuto nutrirmi. Solo che non me n'ero resa pienamente conto, fino a quel momento.

«Okay» risposi. Una nuova consapevolezza piombò su di me, inondandomi di adrenalina. «Vediamo chi arriva prima».

Ridacchiò. «Raelyn, sei praticamente un cucciolo di vampiro. Cerchiamo di fare un passo alla volta».

Inarcai le sopracciglia. «Pensi che non possa batterti?».

«Ho più di cinquemila anni. Non lo penso, lo so».

«Allora non vedo dove sia il problema». Feci un passo indietro. Mi sentivo traboccante di energia. «Sempre che tu non abbia paura».

«L'unica mia paura è che tu possa farti del male, principessa. Sei immortale, non indistruttibile. Non ancora, almeno».

«Beh, mi sento abbastanza resistente». Forte, addirittura. E veloce. Una parte di me aveva voglia di scattare, solo per vedere cosa sarei riuscita a fare. Non mi ero mai sentita così viva, così libera, così euforica.

«La maggior parte dei vampiri si sveglia debole e affamata di sangue». Inclinò la testa, rivolgendomi un'occhiata incuriosita. «In te non percepisco nessuna fame».

«Perché non ce l'ho». Non stavo mentendo. Volevo solo correre, sentire gli elementi sulla pelle, volare.

«Va bene, tesoro. Facciamo una gara. Ma solo per vedere se ti fa venire voglia di nutrirti. E perché la tua impazienza è palese». Mi morse il labbro inferiore abbastanza forte da farlo sanguinare, poi leccò la ferita. «Sei ancora deliziosa».

Lo fissai. «Adesso posso farlo anch'io».

«Puoi provarci» mi provocò. «Se mi batti, ti permetterò di farlo». Mi lasciò andare. «Ti darò anche un po' di vantaggio». Fece un cenno verso il sentiero. «La strada la conosci».

Mi guardò con aria di sfida. Era il ritratto della presunzione maschile.

«*Quando* ti batterò, potrò morderti dove voglio?».

Ridacchiò, sicuro di sé. «Certo, principessa. E quando perderai, sarò io a farlo a te».

Tremai, ma non di paura. Era una prospettiva terribilmente allettante. «Okay».

«Via!».

Gli mandai un bacio e iniziai a correre. Mi muovevo sulla neve con una facilità estrema, a differenza della prima volta che avevo provato.

Se speri di vincere, dovrai fare molto meglio di così. La sua provocazione mi attraversò, esortandomi a impegnarmi di più. *Ricordati, tesoro, che non sei più umana.*

Aprì la sua mente, spingendo nel nostro legame tutta la sua esperienza e le sue conoscenze. Mi infiammò il sangue, stimolando i miei nervi e il mio stesso essere.

Così tanto potere. Forza. Agilità.

E adesso anch'io possedevo tutte quelle caratteristiche.

Il suo sangue era il mio sangue.

La sua anima era sposata con la mia.

I nostri cuori battevano all'unisono.

Chiusi gli occhi. I miei sensi presero il sopravvento. Il

mio corpo si muoveva seguendo solamente la memoria muscolare. La *sua* memoria muscolare.

Era esaltante.

Sconvolgente.

Bellissimo.

La mia mano si posò sulla maniglia della porta sul retro pochi secondi prima che Kylan mi comparisse accanto. Era sbalordito.

«Ti sei teletrasportata» ansimò, squadrandomi. «Sei riuscita a teletrasportarti!».

Lo fissai, confusa. «Uhm… sì». A quanto pareva, l'avevo proprio fatto. Era una sensazione incredibile, come se stessi volando. «Rifacciamolo!».

Prima che potessi ripartire, mi afferrò le spalle, guardandomi negli occhi. «Raelyn, è un potere che hanno solo i vampiri più anziani. Mi ci sono voluti quasi duemila anni per acquisirlo».

Spalancai la bocca. «Cosa?».

«Già». Valutò mentalmente la situazione. I suoi pensieri si rincorsero in una miriade di scenari diversi. Li seguii, assorbendo ogni dettaglio. «A quanto pare, il nostro legame sembra averti donato il mio stesso livello di abilità» riassunse ad alta voce. «Non ho mai sentito parlare di niente di simile, ma è l'unica spiegazione che abbia senso».

«Nessuno ha mai trasformato la sua *erosita*?».

«Non che io sappia». Mi accarezzò la guancia. «Sei unica, Raelyn».

«Rae» lo corressi, sorridendo. «Adesso che sono un vampiro, posso scegliere il mio nome».

Un lampo gli attraversò lo sguardo, l'oscurità ribolliva in lui. Possessività, adorazione, dominio… tutto si riversò su di me, avvolgendomi in un bozzolo mentale che era tutto Kylan. «Sarai per sempre la mia Raelyn. Ma se preferisci che gli altri ti chiamino Rae, hai tutto il diritto di esigerlo».

Mi misi in punta di piedi e premetti le labbra sulle sue. «Sarò per sempre la tua Raelyn» acconsentii. «Ma per il resto del mondo sarò Rae». Mi sembrò un segno di intimità concedergli di utilizzare il nome che mi aveva donato. «Sono ancora tua, Kylan. Finché mi vorrai».

«Attenta, tesoro» mormorò sulla mia bocca. «Perché se me lo permetterai, ti terrò con me per sempre».

«Lo spero con tutto il cuore». E dicevo sul serio. «Ma solo se anche tu sarai solo mio».

«Oh, Raelyn, quando capirai?». Mi spinse contro la porta. La sua bocca catturò la mia in un bacio prepotente, che mi tolse il fiato. «Sono già tuo. Completamente. Per sempre».

Fremetti, le sue parole mi incendiarono le viscere.

«Sei dentro di me, Raelyn. Ci sei stata fin dal primo momento in cui ti ho vista. Fin da quando il tuo morso ribelle ha segnato il mio destino». Mi prese il viso tra le mani, stringendomi a sé. Il suo bacino premeva sul mio, bloccandomi tra lui e il legno. «La mia anima ti ha scelta. Sei la mia compagna, il mio sangue è per sempre legato al tuo. Non desidererò mai un'altra. Non quando metterebbe a rischio ciò che condividiamo. Non quando posso avere *te* ogni notte nel mio letto. Che senso avrebbe?».

La sincerità nella sua voce rivaleggiava con quella nella sua mente. Tutte le promesse che non aveva pronunciato, le emozioni che aveva conservato solo per noi. Mi aveva donato l'immortalità per rendermi libera. Libera di scegliere. Perché voleva una compagna al suo fianco, non una schiava. Quello era il suo più grande segreto, che non avrebbe mai ammesso al resto del mondo, perché non era necessario. Io lo sapevo, ed era l'unica cosa importante.

Kylan non aveva mai desiderato un agnellino.

Bramava una guerriera.

Me.

E avrebbe fatto qualsiasi cosa in suo potere per dimostrarsi degno del mio amore. Come offrirmi l'immortalità, pur sapendo che così avrei potuto liberarmi di lui.

Ma non l'avrei mai fatto.

«Anche tu sei dentro di me» sussurrai. «Voglio tutto questo... voglio te».

Mi baciò. Le sue labbra veneravano le mie, la sua lingua era una presenza familiare nella mia bocca. Non volevo che finisse. E non avrebbe mai dovuto farlo.

Avremmo affrontato il nuovo mondo insieme.

Fianco a fianco.

Come pari.

Come compagni.

«Per l'eternità» giurò.

«Sì». Gli avvolsi le gambe attorno alla vita. Lui mi sollevò. «Fammi tua, Kylan».

«Oh, Raelyn». Mi mordicchiò il labbro. «Questo è un ordine che accetto con gioia».

La sua risposta mi scaldò il petto. «Bene. Aspettati di sentirlo molto spesso».

«Solo se in cambio obbedisci al mio». Mi portò dentro, direttamente in camera. «Ti voglio nuda e stesa a letto. Ora».

«Dominante come al solito».

«Quella parte di me non cambierà mai. E adesso obbedisci, prima che inizi a spogliarti io».

«Mi devi ancora un morso» gli ricordai, posando i piedi a terra.

«Giusto. Potrai mordermi solo quando sarai nuda».

Sorrisi. «Continui a dettare le regole». Ma non l'avrei voluto in nessun altro modo.

«Sempre, agnellino».

«Non sono più un agnellino».

Mi tolse il berretto e mi infilò le dita tra i capelli, trascinandomi verso di lui. «No, tesoro, non lo sei. Sei la mia Raelyn».

«Allora tu sei il mio Kylan».

«Finché morte non ci separi» scherzò. «O almeno è così che si dice».

«Il che significa che dovrai sopportarmi per molto, molto tempo». Cominciai a sbottonarmi i pantaloni. «Ma devo avvertirti: ho uno spirito ribelle».

«Ah sì?»

«Sì». Gli afferrai i fianchi. Avevo ancora i pantaloni addosso.

«Provalo».

Mi alzai in punta di piedi per premere la bocca sulla sua, guardandolo negli occhi. E gli catturai il labbro inferiore tra i denti.

Poi lo morsi.

Forte.

Rivendicandolo come mio.

Il mio compagno.

Il mio vampiro di sangue reale.

Il mio Kylan.

Epilogo

RAE

Un mese dopo…

KYLAN AVEVA una sorpresa per me. Era riuscito a tenerla nascosta in un angolino della sua mente, dietro un muro eretto con cura. Si era rifiutato di darmi qualsiasi dettaglio, dicendomi soltanto che mi avrebbe rivelato tutto nel corso dell'evento di quella sera.

Un mese di allenamento e ancora non mi sentivo pronta.

Continuavo a voler abbassare gli occhi.

Nascondermi.

Restare in un angolo.

Essere invisibile.

Ma, a braccetto con Kylan, nessuna di quelle azioni era possibile. Mi presentò come Rae, la sua nuova progenie e amante. Tutti mi salutavano con una curiosità senza limiti nello sguardo.

Kylan aveva rifiutato di prendersi un harem, affermando che non ne aveva bisogno. Ciò non fece che acuire l'interesse dell'alta società.

Un reale senza harem, solo con una compagna della sua stessa specie.

Pochissimi, nella sua posizione, vivevano così. Tra loro

vi era l'alfa del clan Majestic. Avevo incontrato Luka e la sua compagna, Mira, all'inizio della serata. Eravamo a una specie di cerimonia di licantropi. L'alfa del clan Clemente, Walter, si sarebbe ufficialmente ritirato e avrebbe passato le redini a suo figlio, Edon.

«Lei è la mia progenie, Rae» disse Kylan, presentandomi all'ennesimo alfa. Niko del clan Ernest. Era affiancato da due donne. Una la riconobbi, era la sua compagna. L'altra, invece, era una femmina dagli occhi e dai capelli neri come quelli di lui.

«Piacere di conoscerti, Rae» mormorò Niko, afferrandomi la mano e baciandola con un po' troppo trasporto.

Ma quella non è la sua compagna?, chiesi.

Cora, esatto. Non è famoso per la sua fedeltà.

Non stento a crederlo. Mi sforzai di sorridere, sfilando con cura la mano dalla sua e intrecciandola a quella di Kylan. «Piacere mio».

«Questa è la mia compagna, Cora. E lei è Luna, nostra figlia» disse, indicando la femmina alle sue spalle.

Luna è stata promessa a Edon, mi informò Kylan.

Non ne sembra particolarmente felice.

Una femmina alfa promessa a un maschio alfa? È una pessima accoppiata, ma non ha scelta. «Immagino che tu non veda l'ora di partecipare ai festeggiamenti della serata» disse Kylan ad alta voce.

«Sì, decisamente. I Clemente hanno accettato di prendere Luna con loro, stanotte, per aiutarla a familiarizzare con le usanze del branco».

Luna trasalì alle parole del padre. Le sue labbra si incurvarono ancora di più verso il basso.

Ma è una licantropa. Non dovrebbe avere dei diritti?

Oh, tesoro, ci sono così tanti aspetti di questo mondo di cui sei ancora all'oscuro. «Quand'è la cerimonia di accoppiamento ufficiale?» chiese, fingendo di essere effettivamente interessato.

«La prossima luna piena». Niko sembrava orgoglioso. Sua figlia, invece, era sul punto di vomitare. Cora afferrò la mano di Luna e la strinse. Non riuscii a capire se per rimproverarla o offrirle un po' di sostegno. Aveva un'espressione illeggibile.

«Forse parteciperemo» mormorò Kylan. «Sto facendo conoscere a Rae i vari aspetti della nostra società. Quel rituale potrebbe affascinarla».

Niko sorrise, i suoi occhi scuri ardevano di lussuria. «Sì, può essere eccitante».

Ho l'impressione che sia qualcosa che preferirei evitare, gli feci notare, seccata.

Potresti cambiare idea nei prossimi cinque minuti. «A proposito di eccitazione, ho bisogno di qualcosa da bere. Walter ha detto che dovrebbe esserci una stanza riservata al nutrimento…».

«Sì, dovrebbe essere negli alloggi principali». Niko indicò l'enorme edificio accanto a noi, quello dove dormiva la maggior parte degli ospiti.

La tenuta del clan Clemente era molto diversa dalla nostra. Anch'essa era circondata da una foresta, ma era molto più calda. E tutti gli edifici avevano l'aria di casette sugli alberi, a differenza dell'architettura netta e rigida che caratterizzava Kylan City.

«Ah, giusto, grazie». Kylan strinse la mano a Niko. «Sono sicuro che ci rivedremo presto».

Spero proprio di no, pensai, dicendo invece: «È stato un vero piacere conoscervi».

Luna mi rivolse un'occhiata cinica, mentre sua madre si limitò ad annuire una volta soltanto, sempre impassibile. Niko, tuttavia, sembrava felice di avermi incontrata. Un po' troppo felice.

Tenne le mani a posto, ma solo perché Kylan mi aveva allontanata dalla sua portata.

Okay, quel Niko non mi piace proprio per nulla.

Non ne dubitavo, rispose Kylan. *Penso che ti avrebbe scelta per il suo harem, se ne avesse avuto la possibilità.*

Ebbi un conato di vomito mentale, strappando una risatina a Kylan. *Un tempo ti facevo lo stesso effetto.*

No, ti ho sempre trovato attraente. Anche quando ti odiavo.

Mi baciò la tempia e aprì la porta, per poi condurmi all'interno dell'edificio indicato da Niko. «E adesso mi odi ancora, Raelyn?».

«Solo qualche volta».

Ridacchiò e mi fece attraversare una seconda porta. «Beh, forse questo ti spingerà a odiarmi ancora meno».

Mi guardai attorno, ma non scorsi nulla. «Questo cosa?».

«Vedrai». Fece un passo indietro. «Tornerò tra un attimo. Non muoverti».

Corrugai la fronte mentre la porta si chiudeva dietro di lui. *Cos'hai intenzione di fare?*

È una sorpresa.

Un'altra occhiata alla piccola camera da letto non mi offrì alcun indizio. *Kylan?*

Nessuna risposta.

Sentii un fruscio di tende. Qualcuno stava aprendo la portafinestra dall'esterno. Non poteva far parte del piano di Kylan. Andai verso la porta da cui eravamo entrati. Avevo già il palmo sulla maniglia, quando udii una voce familiare sussurrare il mio nome.

Mi voltai e incontrai un paio di occhi blu che non avrei mai pensato di rivedere. «Silas».

Sorrise e si lanciò verso di me a braccia spalancate. Feci lo stesso, saltandogli addosso, stringendolo in un abbraccio soffocante. Le sue spalle ampie accolsero senza problemi la mia nuova forza da vampiro.

«Sei vivo» sussurrai. Lo sapevo già, Kylan mi aveva detto che aveva vinto il Torneo. Ma vederlo lì rendeva tutto molto più reale.

Affondò il viso tra i miei capelli, inspirando. «Puzzi di vampiro». Ridacchiò, per poi aggiungere: «E di Kylan».

Scoppiai a ridere. «Sì... beh... mi ha...».

«Trasformata» terminò lui. «Sì, l'ho sentito. L'hanno sentito tutti, a dire il vero. E ti ho anche vista con lui, là fuori, ma non potevo avvicinarmi».

Mi scostai per guardarlo in faccia. «Cosa? Perché?».

«Oh, Rae, davvero non lo sai?». Ridacchiò di nuovo, lasciandomi andare. Si passò una mano tra i capelli color sabbia. «È una questione di gerarchia, tesoro. Tu sei a braccetto con un reale, io un licantropo appena trasformato. Mi considerano un novellino. Parlare con un alfa, o con un reale... Sono fortunato anche solo che mi abbiano assegnato un compito, qui. Devo occuparmi della sicurezza».

«Non ti è permesso parlare con me?» chiesi, sbalordita.

«Non è consuetudine» disse Kylan, tornando nella stanza.

Silas fece un passo indietro e abbassò lo sguardo. «Vostra Altezza».

«Silas» lo salutò Kylan, posandomi una mano sulla schiena.

«Mi scuso per l'intrusione. È stata colpa mia. Rae non ha fatto nulla di sbagliato».

Kylan rimase in silenzio per un attimo. Li guardai entrambi, scioccata dall'atteggiamento sottomesso di Silas e dalle sue parole.

Quando ai mortali veniva concessa l'immortalità, guadagnavano anche dei diritti.

Ma in quel momento Silas non sembrava nient'altro che un umano, non un licantropo nuovo di zecca.

E *sapevo* che Silas aveva un temperamento dominante. Lo vedevo nel modo in cui stringeva i pugni, costretto a sottomettersi a un altro maschio.

«Sei un buon amico per lei» disse Kylan. «È per questo che sapevo che avresti sentito il suo odore, se l'avessi lasciata sola».

Il mio regalo, capii.

Sì, fu la sua unica risposta. «Non ho problemi se restate in contatto. Basta che siate discreti».

Silas alzò lo sguardo. Aveva un'espressione diffidente, la fronte aggrottata. «Ci state dando il permesso di socializzare?».

«Sei un amico di Raelyn. Lo accetto». Mi sfiorò la tempia con un bacio. «Ciò non significa che lo faranno anche Walter o Edon, ma non mi è mai piaciuto rispettare le regole. La mia consorte te lo può confermare». Mi fece l'occhiolino e si girò per andarsene. «Altri cinque minuti, amore. Poi dobbiamo tornare fuori».

Chiuse la porta dietro di sé, dandoci ancora qualche momento di privacy.

Silas era rimasto a bocca aperta, suscitandomi una risatina. «Sembri sotto shock» lo presi in giro.

«Quello è Kylan?» chiese, indicando il punto dove poco prima si trovava il vampiro. «Il terribile, sadico reale di cui abbiamo letto all'università?».

«Ha quella reputazione, sì. Ma non è poi così male. A volte mi piace». Sapevo che Kylan poteva sentirmi, e il suo sbuffo mentale non si fece attendere. «Ma basta parlare di me, dimmi di te. Un licantropo, eh?».

Silas fece una smorfia. «Già. Walter ha potuto scegliere per primo, visto che sta lasciando la sua posizione. È stato suo figlio a trasformarmi, suo malgrado».

«Non voleva farlo?».

«No. Sono il suo primo. E probabilmente sarò anche l'ultimo, visto com'è andata. È tutto parte delle prove per diventare alfa. La sua ascensione si concluderà la prossima luna piena».

«Pensavo che sarebbe successo stanotte».

«Oh, no, questa è solo la cerimonia iniziale». Si posò una mano sulla nuca, sospirando. «Sarà un mese sanguinoso».

«In che modo?».

Si limitò a scuotere il capo. «Gran parte riguarda i rituali del clan. È un segreto».

«Ma tu starai bene, vero?» lo incalzai.

«Quant'è che ci conosciamo, Rae?». Mi diede una pacca sulla spalla. «Sono un sopravvissuto, proprio come te».

Sorrisi, in qualche modo rassicurata. «Già, è vero».

«E lo è anche Willow, ovunque sia» aggiunse dolcemente.

Sentii il cuore spezzarsi. «Giusto, anche lei lo è». *Spero.*

«Beh, è meglio che vada, prima che qualcuno si accorga della mia assenza. Ma sono felice che tu stia bene, Rae».

«Lo sono anch'io per te, Silas». Lo abbracciai di nuovo, forte, e lo guardai sparire oltre la portafinestra.

Kylan mi raggiunse solo allora, stringendomi tra le sue braccia da dietro. «Vuoi vederlo ancora, il mese prossimo?».

«Alla cerimonia della luna piena?» indovinai.

Annuì sulla mia spalla.

«Sì».

«Lo immaginavo». Mi baciò il collo. «Torniamo alla festa o ce ne andiamo?».

Girai su me stessa per guardarlo. Il suo abito elegante

mi fece ribollire il sangue. «Sono assolutamente favorevole ad andarcene».

«Vuoi proprio rubarmi il cuore» sussurrò, baciandomi dolcemente.

«No, quello ce l'ho già» gli ricordai. «È il tuo cazzo che voglio».

«Raelyn» ruggì. «Cosa devo fare con quella tua boccaccia?».

Mi dipinsi in viso un'espressione di pura innocenza. «Punirla?».

«Oh, farò molto di più». Un altro bacio, più appassionato. «Sempre così insolente».

«Lo so che ti piace».

«Mi piace tutto di te» mormorò. «Ti amo, Raelyn».

Sorrisi. «Ti amo anch'io».

La storia continua nel *Il Morso dell'Alfa*...

Il morso dell'alfa

Un tempo, il genere umano governava il mondo, mentre vampiri e licantropi vivevano nell'ombra. Ma ora non è più così.

Luna

Un matrimonio combinato? Al diavolo.
Sono una femmina alfa. Sarò io a decidere il mio futuro.
Non la società. Non mio padre. E sicuramente non *lui*.

Silas

Non sono sopravvissuto per essere trattato come un licantropo di basso rango. Sono molto più potente di quanto pensino. Più determinato. Più intelligente. E molto più degno di lei di chiunque altro.

Edon

Dovere. Una parola che detesto.

Sono il futuro del clan Clemente. Ci sono delle regole.
Delle responsabilità. Non possono esserci amore né scelte.

Ma al cuor non si comanda, e il mio li desidera entrambi.

Benvenuti nel clan Clemente.
Fate attenzione. Mordiamo.

AMAZON

SERIE DELL'ALLEANZA DI SANGUE

... COSA SUCCEDERÀ?

Caro lettore,

grazie di essere arrivato fin qui! Spero che Kylan e Rae ti siano piaciuti. Io ho adorato raccontarti la loro storia. E fidati, li ritroverai di nuovo nel corso della serie.

I protagonisti del mio prossimo libro saranno i licantropi. Non vedo l'ora di giocare con loro e di scoprire qualcosa di più su Silas. Sì, lui sarà l'eroe, e Luna la sua eroina. Ma Edon? Decisioni, decisioni... forse ci sarà anche lui. ;)

Grazie ancora per la lettura!

A presto xx
    Lexi

RINGRAZIAMENTI

Prima di tutto, voglio ringraziare Julie Nicholls per aver creato una copertina incredibile. Senza le tue splendide grafiche, la serie dell'*Alleanza di sangue* sarebbe rimasta soltanto un breve racconto. I tuoi magnifici lupi bianchi, invece, mi hanno ispirata a scrivere anche dei licantropi. Ora ho un mondo immenso da raccontare, ed è tutta colpa tua. Grazie! <3

Poi voglio ringraziare mio marito, per l'incessante pazienza, il tuo supporto e la tua saggezza. Oh, e perché hai capito/accettato che non potrai mai leggere questa serie. Mai.

Allison: grazie per le chiacchierate a tarda notte, per aver letto tutte le mie parole (anche quelle brutte) e per avermi sempre tenuta sulla strada giusta. Ti apprezzo così tanto!

Bethany: mi hai fatto notare quanto sia fantastico che abbia tutti questi mondi nella mia mente. Beh, io penso che sia fantastico come *tu* riesca a ricordarti tutte le regole della lingua. Perché non sarei in grado di padroneggiare l'arte della punteggiatura neanche in un milione di anni. Sarei persa senza di te.

Delphine & Pam: la vostra attenzione ai dettagli mi aiuta a fidarmi di più delle mie parole e dei miei libri. Vi sono grata per la vostra abilità di proofreader. Grazie!

Louise & Melissa: voi due fate girare il mio mondo. Vi manderò delle foto, più avanti, come ringraziamento/pagamento per tutto il vostro aiuto. ;) Vi adoro entrambe!

Amy, Joy, Louise, Katie, Melissa & Tracey: grazie per essere state le lettrici beta di *Sangue reale* e per avermi aiutata a finalizzare i piani per il prossimo libro. Avrò bisogno di tutto il vostro aiuto con questa cosa a tre. Ho la sensazione che Edon e Silas saranno una bella gatta da pelare.

Famous Owls: grazie per essere una parte così importante del mio team e perché riuscite sempre a farmi sorridere. Siete fantastici!

Niente di tutto questo sarebbe stato possibile senza il mio team ACR e i Night Owls di Foss. Grazie, grazie, grazie!

E ai lettori: grazie di aver letto la storia di Kylan e Rae. Li vedrete di nuovo, molto probabilmente nel prossimo libro ;)

LEXI C FOSS

La scrittrice di Bestseller per *USA Today* Lexi C. Foss è un'autrice persa nel mondo della tecnologia. Vive ad Chapel Hill, in North Carolina, con suo marito e i loro figli pelosi. Quando non scrive è impegnata a mettere crocette sulla lista dei posti che vuole visitare. Nella sua scrittura si ritrovano molti dei luoghi in cui è stata, tra cui il mitico mondo di Hydria, basata su Hydra, nelle isole greche. È eccentrica, consuma troppo caffè e ama nuotare.

www.LexiCFoss.com
https://www.facebook.com/LexiCFoss
https://www.twitter.com/LexiCFoss

I LIBRI DI LEXI C. FOSS

www.ingramcontent.com/pod-product-compliance
Lightning Source LLC
Chambersburg PA
CBHW05058250626
47155CB00001B/17

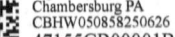